D1099490

L'empreinte du passé

GINNA GRAY

L'empreinte du passé

BEST SELLERS

éditions **Harlequin**

*Cet ouvrage a été publié en langue anglaise
sous le titre :*
PALE MOON RISING

Traduction française de
DANIÈLE LARUELLE

HARLEQUIN®

est une marque déposée du Groupe Harlequin
et Best-Sellers® est une marque déposée d'Harlequin S.A.

Photos de couverture
Falaises : © PETE TURNER / GETTY IMAGES
Maison : © THINKSTOCK / GETTY IMAGES
Femme : © DIGITAL VISION / GETTY IMAGES

*Toute représentation ou reproduction, par quelque procédé que ce soit, constituerait
une contrefaçon sanctionnée par les articles 425 et suivants du Code pénal.*
© 2004, Ginna Gray. © 2005, Traduction française : Harlequin S.A.
83-85, boulevard Vincent-Auriol, 75013 PARIS — Tél. : 01 42 16 63 63
Service Lectrices — Tél. : 01 45 82 47 47
ISBN 2-280-08664-6 — ISSN 1248-511X

1.

Les nerfs à vif, Olivia Jones sursauta en entendant la légère sonnerie. Avant que les autres passagers de première classe aient eu le temps de réagir, elle détacha sa ceinture, bondit de son siège, empoigna son manteau, passa son sac en bandoulière et fila vers la sortie, munie de son attaché-case.

Ignorant le sourire factice de l'hôtesse et son « Bonne journée » de pure forme, elle s'engagea dans le tunnel transparent qui menait de l'avion à l'aéroport. Son cœur battait plus vite à chacun de ses pas.

Bien qu'elle eût grandi dans la région, elle n'était pas revenue à Savannah depuis quatorze ans, depuis ce triste jour pluvieux de novembre où elle avait pris l'autocar Greyhound à destination d'Atlanta, emportant toutes ses possessions dans une vieille valise écornée. Au fond de son sac, dans son portefeuille, était cachée sa fortune d'un montant exact de neuf cent quarante-sept dollars et dix-huit cents — toutes les économies de sa jeune vie. A dix-huit ans, seule pour la première fois et désemparée, elle avait fui cette ville, le cœur lourd et les rêves brisés, en se jurant de ne plus jamais y remettre les pieds.

Pourtant, elle était là. Preuve que l'adage ne se trompe pas et qu'il ne faut jamais dire jamais.

Derrière elle, un homme toussota, et elle sursauta de nouveau. Agacée par sa nervosité, elle s'exhorta au calme. Pourquoi s'inquiéter à ce point ? Savannah était une grande ville et elle ne risquait pas de croiser d'anciennes connaissances.

Elle inspira profondément, redressa les épaules et pénétra dans le terminal. Sous son manteau ouvert, elle était vêtue d'un chemisier de soie rouille à col Mao, d'un tailleur vert bouteille à la jupe longue et étroite, ainsi que de bottes italiennes à talons hauts, et elle savait que l'on voyait en elle une femme distinguée et pleine d'assurance. Remontant son sac sur son épaule, elle suivit la foule des voyageurs qui se dirigeaient vers l'aire de retrait des bagages. A peine consciente des regards admiratifs que l'on posait sur elle, elle avançait, les yeux fixés droit devant elle, ses cheveux auburn mi-longs dansant sur ses épaules au rythme de ses pas.

Certes, la petite bourgade qui l'avait vue grandir était pratiquement une banlieue de Savannah, et la vieille garde de Bella Vista avait des intérêts et des bureaux en ville. Cependant, si ces gens lui étaient autrefois familiers, elle ne les avait pas fréquentés et n'appartenait pas à leur milieu. Aucune raison donc de s'inquiéter. Elle ne venait pas causer de scandale ni ranimer d'anciennes querelles, mais était là pour raisons professionnelles, avec un contrat sous le coude.

Et puis elle avait bien changé depuis son départ précipité de Savannah ; elle ne ressemblait en rien à la timide adolescente d'autrefois. Il y avait peu de risque qu'on la reconnaisse. Peut-être même l'avait-on oubliée.

Quatorze ans plus tôt, elle avait causé quelques vagues dans le petit monde clos de l'élite locale. Depuis, l'eau avait coulé sous les ponts, et l'aristocratie de Bella Vista et de Savannah s'était émue d'affaires autrement plus sérieuses.

Olivia soupira. Il n'en restait pas moins que le vieux Sud avait la mémoire longue. Une mémoire d'éléphant...

Après avoir récupéré sa valise, elle prit un taxi, donna au chauffeur l'adresse d'AdCo Enterprise, et se cala sur la banquette arrière. Tout en s'efforçant de respirer calmement, elle contemplait d'un œil distrait le paysage familier, lequel éveillait en elle une émotion inattendue. La ville lui avait manqué à son insu. Savannah était à ses yeux un lieu unique, hors du temps, une sorte de grande dame d'autrefois, revêtue de ses plus beaux atours.

Olivia ne put retenir un sourire en passant devant le centre commercial Ogglethorpe. A l'époque, lorsque Blair et elle n'étaient pas au cinéma à regarder un film en mangeant du pop-corn, dans la campagne à galoper ou sur la plage à faire semblant d'ignorer les garçons, elles passaient leurs week-ends et une partie de leurs étés à parcourir les boutiques de Savannah. Elles étaient inséparables en ce temps-là, aussi proches que des jumelles.

Le sourire d'Olivia s'effaça. Les choses avaient bien changé ! Depuis son départ, elle n'avait pas eu la moindre nouvelle de Blair, pas même un coup de fil. Pourtant, lui avait écrit à diverses reprises, sans résultat.

Irritée contre elle-même, elle se détourna de la vitre. En acceptant l'invitation d'AdCo, elle s'était promis de ne pas remuer les souvenirs amers. Le passé était mort et enterré, et n'avait plus rien de commun avec la femme qu'elle était devenue, avec la vie qu'elle s'était construite. En quête d'oubli, elle avait espéré ne jamais revenir, mais se refusait à gâcher une chance comme celle qu'on lui offrait pour fuir ses fantômes — des gens qui l'avaient rejetée et dont elle n'avait que faire.

Elle avait longuement hésité avant de prendre cette dure décision. Mais avait-elle le choix ? Il y allait de sa carrière. Depuis qu'elle avait monté son entreprise de décoration, six ans plus tôt, elle avait pour clients des membres éminents du pays. Ils la recevaient chez eux et l'invitaient à leurs soirées, à des croisières sur leurs yachts, à des week-ends au ski ou bien à la campagne. L'aristocratie de Bella Vista et de Savannah n'avait qu'à bien se tenir. Y compris Eleanore Connally. Et son fils.

Le taxi approchait du quartier historique et elle se pencha afin de demander au chauffeur de prendre par Bull Street.

— Pas de problème, ma petite dame. Mais je vous préviens, ce sera plus long et plus cher. Il faut faire le tour de plusieurs places, il y a des feux rouges, des limitations de vitesse...

— Je sais.

— Comme vous voudrez, c'est votre argent.

Le chauffeur s'engagea bientôt dans Bull Street et, deux cents mètres plus loin, entreprit de contourner la première d'une succession de places. Olivia se renfonça dans son siège, le cœur étrangement serré à la vue des vieilles demeures bourgeoises qui bordaient le petit parc aux chênes couverts de mousse, aux allées jonchées de feuilles mortes, aux bancs publics déserts. Tristesse de l'hiver.

Dans quelques mois, l'herbe brûlée reverdirait ; les arbres, nus aujourd'hui, se pareraient de feuilles tendres ; azalées et camélias refleuriraient dans une débauche de couleurs, et l'air printanier embaumerait. Olivia aimait les printemps de Savannah dont les parfums et la luxuriance, véritable bonheur pour l'âme, exaltaient la noblesse et le charme du quartier historique. Dans sa jeunesse, elle avait passé des heures sur les bancs de ces petits parcs, à se délecter du spectacle tout en s'inventant une autre vie. Elle devenait alors une grande dame de jadis, s'imaginait habitant l'une des élégantes demeures de Montgomery Square.

Quand le taxi parvint à destination, Olivia s'aperçut avec plaisir qu'AdCo Enterprise occupait un bâtiment ancien de River Street, au cœur même du quartier historique. Situé en bordure de la rivière Savannah, il s'agissait probablement d'un entrepôt de coton reconverti. Sous le charme, elle resta un long moment dans la cour pavée de briques à admirer la façade après le départ du taxi. Le choix de restaurer une construction du XVIIIe siècle en ruine plutôt que de bâtir un immeuble moderne tout de verre et d'acier en disait long sur l'éthique de la firme. Compte tenu des réglementations contraignantes qui régissaient ce genre de restauration, il eût été moins cher et plus efficace de raser pour construire du neuf. Cependant, la ville y aurait perdu un témoignage du passé, un pan de sa mémoire.

L'intérieur ne déparait pas la façade, mais Olivia n'eut guère le temps d'admirer les hauts plafonds et le parquet en chêne clair lustré. Derrière le comptoir, une grande femme d'une trentaine d'années, blonde et mince, parlait à la jeune réceptionniste au frais minois. A peine Olivia eut-elle pénétré dans le hall qu'elles reportèrent leur attention sur elle.

— Je peux vous aider ? s'enquit poliment la plus jeune.

— Je suis Olivia. M. Addison m'attend.

Elle lui tendit sa carte de visite au milieu de laquelle s'étalait son prénom en grandes lettres décoratives. Pas de nom de famille. Professionnellement, on la connaissait sous le seul nom d'Olivia, nom que portait également son entreprise. Cette affectation la faisait parfois sourire mais, au moment de lancer son affaire, elle avait eu l'intuition que ce supplément de cachet retiendrait l'attention de riches clients un peu snob. Elle les connaissait bien pour avoir grandi parmi l'élite — et, de fait, ne s'était pas trompée.

Avant que la jeune réceptionniste puisse répondre, la femme blonde déclara avec un sourire :

— Olivia, bien sûr. Nous vous attendions, en effet. Je suis Caroline Keeton, l'assistante de M. Addison. Nous nous sommes déjà parlé au téléphone.

— C'est exact.

— Je suis désolée, mais il y a un léger contretemps. M. Addison vient d'appeler. Il est retenu en réunion avec des investisseurs et ne sait pas quand il pourra se libérer. Il s'en excuse et regrette sincèrement de ne pas vous accompagner à Mallen Island comme prévu. Je m'en serais volontiers chargée personnellement, mais je suis totalement débordée. Ne vous inquiétez pas. Reese vous demande de vous rendre seule sur l'île où il vous rejoindra en fin d'après-midi.

— Ah. Très bien. Je… euh… Cela ne devrait pas poser de problème, bredouilla Olivia, surprise par ce soudain changement de programme.

— Il veut que vous fassiez comme chez vous et que vous visitiez les lieux à votre guise. Il vous recommande toutefois de ne pas trop vous éloigner de la maison. L'île fait environ dix kilomètres sur cinq, mais les deux tiers de sa surface sont boisés, et les anciens sentiers, envahis par les broussailles, sont potentiellement dangereux.

— Je vois.

— Surtout, ne craignez rien, la rassura Caroline Keeton. Vous ne serez pas seule sur l'île. Une équipe d'ouvriers est là dans la journée. Ils construisent les quais et les appontements pour la future marina. Et puis, naturellement, il y aura Mme Jaffe, la gouvernante et cuisinière qui y réside en permanence pendant la durée des travaux. Elle est chargée de veiller sur les visiteurs, ainsi que sur les ingénieurs qui viennent prendre des mesures. Deux autres décorateurs ont déjà séjourné quelques jours à Mallenegua pour examiner la maison et se familiariser avec les intentions des commanditaires. Vous êtes la dernière.

— Si je peux me permettre une question, comment suis-je censée rejoindre l'île ? On m'a dit qu'il n'existait pas de navette régulière entre la côte et Mallen.

— En effet. L'île est propriété privée depuis 1870. Mais ne vous en faites pas, votre transport est prévu. Le *Lady Bea* est à quai sur la rivière et vous attend. Si vous voulez bien me suivre, je vais vous conduire au bateau et vous présenter le capitaine — Buford Baines pour l'état civil, mais tout le monde ici l'appelle Cappy.

Alors que le bateau approchait de l'île, Olivia contemplait l'imposante demeure victorienne, la « résidence d'été » qu'AdCo souhaitait rénover. Doux Jésus, quelle ambition !

« Quand tombe la brume et que la lune pâle se lève sur Mallen Island, Dieu vienne en aide à l'intrépide qui ose s'y aventurer. »

Ces paroles murmurées à son esprit par une voix du passé la firent frissonner. Vaguement honteuse de cette réaction instinctive, elle agita la tête pour se reprendre. Elle avait souvent entendu dans son enfance cet avertissement prononcé d'un ton lourd de menace, et se souvenait encore du regard à donner froid dans le dos qui l'accompagnait.

A l'évidence, les nouveaux propriétaires de Mallen Island n'étaient pas originaires de la région. Des nordistes sans doute, des yankees qui ignoraient que l'île était non seulement hantée mais aussi maudite. Jamais des gens du cru n'auraient investi le temps, l'argent et l'énergie nécessaires à la réalisation d'un projet comme celui d'AdCo.

D'aucuns prétendaient que Savannah était la ville la plus hantée de toute l'Amérique. Cependant, si la population locale était fière de ses fantômes, Mallenegua faisait peur. L'île comme la vieille demeure étaient réputées maléfiques, et personne ne s'en approchait. Mais bien sûr, en quatorze ans, les choses avaient pu changer.

Au téléphone, Reese Addison lui avait expliqué que son associé et lui désiraient transformer les lieux en une retraite privilégiée destinée à une clientèle fortunée. Elle s'attendait donc à trouver une maison d'allure palatiale — d'autant que les nouveaux riches du XIXe siècle voyaient grand —, mais, là, vraiment, la réalité dépassait l'imagination.

Elevée à Savannah, Olivia avait beaucoup entendu parler de Theobald P. Mallen, riche magnat du commerce maritime qui avait établi sa résidence d'été sur cette île située au large de la Géorgie. Toutefois, comme elle n'appartenait pas à l'élite du yacht-club, elle n'allait pas en mer et n'avait jamais vu les lieux.

Elle sourit au souvenir des histoires échevelées que l'on racontait à propos de Mallen Island et de son ancien propriétaire. De son vivant, Theobald était déjà l'objet de controverses, et les rumeurs sur l'origine de sa grande

14

richesse allaient bon train. Selon la légende locale, il était arrivé à Savannah quelques mois après la capitulation de Lee qui avait mis un terme à la guerre de Sécession, toujours appelée dans la région la « guerre contre l'agression nordiste ». Agé d'un peu plus de vingt ans, il n'avait pour toute fortune que sa prestance et un unique costume en drap, ainsi que du charme à revendre. En bref, il incarnait le parfait *carpetbagger*, l'aventurier de jadis. En l'espace de quelques mois, personne ne savait comment, il avait réussi à acquérir deux navires marchands et, dix ans plus tard, était l'homme le plus riche de la ville.

A l'époque, les citoyens de Savannah pensaient — et les vieux le croyaient encore — que la compagnie maritime Mallen Shipping Lines était en réalité une couverture pour le trafic de contrebande auquel se livrait Theobald. Il n'était pas regardant, traitait avec des pirates, introduisait dans le pays des marchandises volées, des substances illégales dont on disait aussi qu'elles transitaient par Mallen Island.

Theobald était mort dans des circonstances mystérieuses, tombant des falaises qu'il connaissait comme sa poche dans la mer déchaînée et parsemée d'écueils. Selon la légende, toujours, quelqu'un l'aurait poussé et, pour prix de ses péchés, il serait condamné à errer pour l'éternité à travers l'île. Régulièrement depuis ce jour, certaines personnes affirmaient avoir vu son fantôme sur les falaises par les nuits spectrales de brume sous la lune pâle. Et, bien sûr, les récits sanglants de fantômes et de maléfices concernant Mallen Island s'étaient multipliés.

Enfant, Olivia écoutait ces récits d'épouvante avec une fascination mêlée d'horreur. Les nuits où elle restait dormir chez Blair, toutes les deux se les racontaient jusqu'à trembler de peur.

Ses lèvres esquissèrent un léger sourire. Dieu merci, elle ne croyait plus aux revenants.

L'énorme demeure de pierre se dressait, arrogante, sur la pointe nord de l'île, au sommet des falaises à pic, et ce mur de granit donnait l'illusion d'une proue de bateau. Sa tour massive qui se découpait contre le ciel gris de janvier tel un poing levé, paraissait lancer un défi à l'Atlantique et à ses tempêtes.

— On dirait un château fort, murmura Olivia, médusée.

Emmitouflée dans son manteau, elle se tenait près du capitaine dans la cabine de pilotage du *Lady Bea*.

— Humph, répondit ce dernier.

Elle lui coula un bref coup d'œil. Le *Lady Bea* était un remorqueur, et Cappy Baines l'image même du vieux loup de mer, digne des plus beaux clichés d'Hollywood. Il avait bien cinquante-cinq ans, davantage peut-être, le torse large et bombé, l'assurance et la rudesse des marins. C'était aussi un homme de peu de mots. En dehors des ordres qu'il aboyait à l'équipage, il n'avait pas prononcé trois phrases pendant l'heure et demie qu'avait duré la traversée.

Il portait un ciré vert olive qui avait vu des jours meilleurs, et un bonnet de laine bleu marine enfoncé jusqu'aux sourcils. Entre le bonnet et la barbe argentée, son visage buriné avait la peau tannée du vieux cuir, et ses mains larges comme des battoirs, rongées par le sel, agrippaient le gouvernail tandis que ses yeux gris perçants scrutaient les vagues. A intervalles réguliers, il surveillait la barge lourdement chargée que poussait le remorqueur.

De la petite pipe courbe plantée au coin de sa bouche s'élevaient de minces volutes de fumée. L'odeur douceâtre du tabac aromatique chatouillait les narines d'Olivia qui aurait préféré être dehors, sur le pont. Hélas, entre les embruns et le vent glacial de janvier, le temps ne s'y prêtait guère et, sujette au mal des transports, elle avait préféré respirer la fumée du capitaine plutôt que de descendre dans l'espace réservé aux passagers où son estomac mal en point n'aurait pas supporté la forte houle.

Ignorant le vieux loup de mer taciturne, elle reporta son attention sur Mallenegua. Quel projet passionnant ! Quelle chance on lui offrait ! Ses trois jours sur l'île seraient bien occupés et passeraient comme un rêve — aucun doute là-dessus. Heureusement, son appréhension initiale s'était dissipée. A peine le *Lady Bea* avait-il pris le large, laissant Savannah derrière lui, qu'elle s'était détendue, et elle retrouvait maintenant son enthousiasme pour le projet.

Ils approchaient l'île par le nord, ce qui lui offrait une vue panoramique sur le long bâtiment de deux étages. Construit dans le même granit rose que les falaises, il semblait avoir jailli spontanément du sol. Le style était curieux, mi-victorien, mi-Queen Anne, avec une pointe d'inspiration française.

Cappy guidait le remorqueur et sa barge le long de la côte où l'eau était plus calme. Alors qu'ils dépassaient la pointe, Olivia découvrit l'aile ouest. Vue de côté, l'imposante demeure semblait encore plus grande que de face.

Soudain, le capitaine réduisit la vitesse. Détachant son regard du sommet de la falaise, Olivia s'aperçut qu'ils étaient entrés dans une crique abritée qui formait un port naturel. A une centaine de mètres de la jetée existante, plusieurs doubles rangées de poteaux de soutien s'avançaient dans la mer en ordre militaire. Sur le rivage et dans de petites embarcations, des hommes lançaient des ordres en criant et adressaient des signaux aux ouvriers qui pilotaient une énorme machine montée sur une barge. L'engin enfonçait les poteaux dans l'eau, avec un martèlement semblable aux pas d'un géant.

Apercevant le remorqueur, un homme quitta une équipe d'ouvriers pour courir le long du rivage à sa rencontre. Le temps d'amarrer le *Lady Bea*, il était là, sur le vieil appontement branlant, probablement construit à la même époque que la maison.

— Salut, Cappy. Le voyage s'est bien passé ? s'enquit l'homme tandis qu'Olivia et le capitaine descendaient la passerelle.

— Pas mal.

— Je vois que tu apportes le bois pour les tabliers et les étais.

— Comme prévu, marmonna le vieux loup de mer. Mais qu'on veuille restaurer ce lieu maudit, ça me dépasse.

— Allons, allons, Cappy…

— Il n'y a pas de Cappy qui tienne. Il se passe des trucs bizarres ici, tu le sais comme moi. Ce fichu coin est malsain.

— Tais-toi, tu vas effrayer la dame.

— Ne vous inquiétez pas, intervint Olivia pour le rassurer. J'ai grandi par ici et je connais toutes les histoires qu'on raconte sur Mallen Island.

Sous son bonnet de laine qui lui couvrait le front, l'inconnu avait un visage buriné et chaleureux. Vêtu d'un jean, de bottes de chantier et d'une grosse veste en laine, il avait un peu plus de la quarantaine et le physique d'un homme rompu aux durs travaux d'extérieur.

Se souvenant soudain de l'existence d'Olivia, le capitaine se tourna vers elle, puis fit un signe de tête en direction de l'autre homme.

— Lui, c'est Mike Garvey, grommela-t-il. Le chef de chantier responsable de cette équipe de moussaillons là-bas. Mike, Olivia. Une des décoratrices. Elle vient voir la maison.

— Enchanté, fit l'intéressé en souriant.

Il reporta son attention sur le remorqueur et ajouta :

— Le patron n'est pas là ? Je croyais qu'il devait venir aujourd'hui.

— Apparemment, il a été retenu par une réunion, expliqua Olivia. Il devrait arriver en fin de journée.

Comme Mike se proposait de porter sa valise jusqu'au château, elle déclina poliment son offre et, laissant les deux hommes discuter du déchargement des matériaux, gagna la terre ferme puis entreprit de gravir une volée de marches taillées à même la falaise. Le vent du large soufflait par bourrasques humides. Mouettes et goélands tournoyaient au-dessus du rivage et survolaient la jetée en lançant leurs cris lugubres, lancinant contrepoint au martèlement de la machine à enfoncer les poteaux.

Couverts de forêt, les deux tiers sud de l'île descendaient en pente plus douce vers la mer, et les grands pins secoués par la bise hivernale se balançaient avec d'affreux grincements. Au-delà de la petite crique, la houle océane s'enflait sous le ciel gris devenu ardoise. Levant les yeux, Olivia contempla les nuages menaçants, et frissonna, glacée jusqu'à la moelle. Le danger rôdait dans ce lieu sauvage, presque palpable.

Parvenue en haut des marches, elle posa sa valise pour reprendre son souffle et s'orienter.

A cette distance, l'imposante demeure, toujours aussi intimidante, montrait des signes de vieillissement et d'abandon. A l'évidence, personne n'y avait fait de travaux depuis des lustres. De la petite esplanade en haut de l'escalier partaient trois allées de gravier mal entretenues qui s'éloignaient en sinuant à travers un dédale de broussailles, d'arbres et de mauvaises herbes, vestiges de ce qui avait été autrefois un jardin.

Une bourrasque cingla le visage d'Olivia, faisant voler ses cheveux en tout sens, s'engouffrant sous son manteau qui gonfla comme une voile. Avec un autre frisson, elle reprit sa valise et opta pour l'allée centrale, sans doute le chemin le plus court vers la maison.

Bientôt, elle déboucha sur une vaste terrasse qui bordait la façade ouest du bâtiment. Tandis qu'elle en faisait le tour, une odeur d'humidité et de moisi lui agressa les narines. Les dalles, fêlées et disjointes, étaient couvertes de débris divers — feuilles mortes, aiguilles de pins, branches cassées, ardoises brisées. Au centre, la fontaine de marbre était silencieuse, et ses trois vasques superposées remplies d'une eau croupie, verte d'algues, sur laquelle flottaient des détritus. Quant aux angelots sculptés qui soutenaient les vasques, ils avaient souffert des intempéries et nécessitaient une bonne restauration.

Accablée par le triste spectacle de cette splendide demeure laissée à l'abandon, Olivia secoua la tête. Une bourrasque souleva un tourbillon de feuilles mortes qui dansèrent une folle ronde au-dessus des dalles puis retombèrent en tas contre une jardinière brisée. Les branches nues des grands chênes centenaires du parc s'agitaient dans le vent, dans un horrible grincement.

Alors qu'une nouvelle bourrasque s'engouffrait sous l'avant-toit en gémissant, Olivia sentit le duvet de sa nuque se hérisser. Inquiète, elle jeta un rapide regard autour d'elle, puis ses yeux allèrent de fenêtre en fenêtre. Personne. Il n'y avait personne. Et pourtant, elle ne parvenait pas à se défaire de l'impression qu'on l'observait.

Resserrant frileusement les pans de son manteau, elle frissonna. Peut-être était-ce dû au temps, à l'atmosphère de désolation ambiante — en tout cas, le lieu était sinistre, vaguement angoissant. Pour un peu, elle aurait presque cru les rumeurs et légendes qui circulaient sur l'île. Heureusement qu'elle avait la tête sur les épaules et n'était pas sujette à la paranoïa.

Des portes-fenêtres ouvraient sur la terrasse, rideaux tirés. Pas de heurtoir, pas de sonnette ni de cloche en vue. Olivia alla de fenêtre en fenêtre, tapant contre les vitres, s'efforçant de voir à l'intérieur entre les lourdes tentures. Sans résultat.

Renonçant, elle revint sur ses pas jusqu'à l'esplanade et prit sur sa gauche. Le chemin qui menait sur le devant de la maison était envahi de mauvaises herbes et jonché de bois mort, à croire que personne ne l'avait emprunté depuis des mois. Ecartant les branches qui lui barraient le passage, elle avança prudemment jusqu'au porche à colonnes, surmonté par un élégant fronton. Elle avait bien trop froid pour admirer les détails et les proportions, et gravit vivement les marches du perron. Le vent la glaçait jusqu'aux os, au point qu'elle avait hâte de se mettre à l'abri.

Une fois en haut des marches, elle tira la chaîne et éprouva un vif soulagement en entendant une cloche tinter à l'intérieur. L'écho grave et lugubre se prolongea longuement avant de s'éteindre. Devant la porte close, Olivia faisait le gros dos et dansait d'un pied sur l'autre de façon à se réchauffer.

L'on ne venait toujours pas. Se retournant, elle se mit à contempler la vue. Au pied de la falaise, les eaux glauques s'agitaient sous le ciel menaçant. Dieu, que c'était triste ! Pourtant, elle le savait d'expérience, la côte atlantique sud était souriante et accueillante durant la majeure partie de l'année.

Au premier plan, devant la véranda, s'étendaient les vestiges des jardins qui avaient autrefois entouré la maison. L'on devinait plus qu'on ne le voyait l'emplacement de l'ancienne roseraie et des tonnelles. Un lieu où les couples d'amoureux se promenaient le soir au coucher du soleil. Autrefois. Quand la propriété était entretenue.

Comme à l'ouest, ce jardin était entouré d'un mur de pierre haut de deux mètres, au-delà duquel le paysage redevenait naturel. De ce côté-ci de l'île, pas de forêt ni de pins, mais des escarpements de granit parsemés d'une maigre végétation avec, çà et là, des arbres rabougris aux formes torturées jaillissant d'entre les roches. Et la falaise qui tombait dans l'océan.

Restait à espérer qu'AdCo et ses investisseurs avaient les reins solides, songea Olivia, gelée jusqu'à la moelle. Il faudrait une fortune pour remettre la propriété en état.

Toujours aucun signe de vie. Impatientée, elle se retourna vers la porte. Où diable était passée la gouvernante ? Elle s'apprêtait à tirer de nouveau sur la chaîne quand le battant s'ouvrit sur une femme au visage revêche. La soixantaine passée, elle était anguleuse, tout en os et si grande qu'elle dominait d'une tête Olivia malgré ses bottes à hauts talons. Laide jusqu'à la caricature, elle ne faisait rien pour s'arranger. Ses cheveux clairsemés, d'un gris métallique, étaient tirés en un maigre chignon, accentuant encore la sévérité de ses traits. Avec ses lunettes cerclées d'acier, ses yeux aux orbites creuses, ses lèvres pincées et si minces qu'elles auraient été invisibles sans les faisceaux de rides qui attiraient l'attention, elle semblait échappée d'un film d'horreur.

Glacée par la dureté de son regard — et par son silence —, Olivia réprima une forte envie de fuir.

— Bonjour, déclara-t-elle en s'obligeant à sourire. Vous devez être madame Jaffe. Je suis Olivia.

— Oui. La demoiselle Keeton a appelé pour m'annoncer votre arrivée.

La voix était aussi sèche que le personnage, et sa mauvaise grâce évidente. Enfin, elle s'effaça, invitant Olivia à entrer. Cette dernière n'eut pas plus tôt posé le pied à l'intérieur qu'elle oublia ses angoisses et l'inquiétant cerbère. Fascinée par le décor somptueux à la beauté fanée, elle examina le haut plafond, détailla les moulages aux motifs complexes, admira la courbe gracieuse du grand escalier.

— C'est superbe. Magnifique ! murmura-t-elle.

— Je vous ai préparé une chambre au premier.

Surprise, elle cligna des yeux. Mme Jaffe avait pris sa valise et se dirigeait vers l'escalier.

— Ah… Oui, bien sûr.

— N'attendez pas de miracle. Il n'y a pas beaucoup de chambres en état d'accueillir des visiteurs. Mlle Prudence a fermé toutes les pièces qui ne servaient pas.

— Mlle Prudence… ?

— Mlle Prudence Mallen, la petite-fille de Theobald Mallen. Elle est née et a vécu ici toute sa vie jusqu'à ces derniers mois.

— Vous la connaissez ?

Mme Jaffe lui jeta un regard glacial par-dessus son épaule.

— Naturellement. Je suis au service de la famille Mallen depuis plus de quarante ans. Mon défunt mari travaillait ici avec moi.

— Je vois.

Olivia reporta son attention sur l'impressionnant escalier et la vue qu'il offrait sur le hall.

— Cette demeure est une pure merveille. Mlle Mallen a dû souffrir de devoir la quitter. Personnellement, ça m'aurait fait de la peine.

Elles avaient atteint le palier, et Olivia suivit Mme Jaffe le long d'un vaste couloir.

— Vous voulez que je vous dise ? C'est une honte de l'avoir obligée à quitter la demeure familiale, surtout à son âge ! s'indigna brusquement la gouvernante tout en s'arrêtant devant une porte. Theobald a construit cette maison et les Mallen l'occupent depuis plus d'un siècle. Une honte, je vous dis !

Surprise par ce débordement soudain, Olivia ne sut que répondre, mais Mme Jaffe ne se souciait pas de son avis. Elle ouvrit la porte, fit signe à Olivia d'entrer et la suivit à l'intérieur.

— C'était la suite du maître, mais quand Mlle Prudence a hérité de la propriété, elle a préféré rester dans la chambre qu'elle occupait depuis toujours, la chambre bleue, au fond du couloir. Celle-ci, c'est son neveu qui l'occupait depuis quelques années.

Olivia s'avança sur le tapis d'Orient aux couleurs passées et tourna lentement sur elle-même.

— Très agréable.

La pièce était immense, assez grande pour contenir plusieurs chambres modernes, mais bien proportionnée, avec un plafond haut, des moulures, des lambris et de larges fenêtres. Par une porte ouverte, on apercevait un salon meublé de canapés et de fauteuils confortables ; il y avait aussi une armoire qui contenait un poste de télévision, un combiné magnétoscope et lecteur de DVD, ainsi qu'une chaîne hi-fi complète.

— Le salon privé du maître, confirma Mme Jaffe. De l'autre côté du salon, une porte donne sur la chambre de feu Mme Mallen. Tous ces gadgets appartiennent au neveu de Mlle Prudence. Il ne devrait pas tarder à venir les chercher.

Se dirigeant vers la cheminée, elle jeta du bois sur le feu, tisonna les braises, puis ajouta :

— Cette suite a vu des jours meilleurs, mais elle est propre.

Comme le reste de la maison, l'endroit accusait son âge et trahissait le manque d'entretien : tapis élimés aux couleurs défraîchies, papier peint à moitié décollé, plancher terne aux lattes disjointes, meubles au vernis craquelé. Quant aux lourdes tentures de velours qui avaient coûté une fortune en leur temps, elles étaient aujourd'hui passées et, par endroits, usées jusqu'à la corde. Pourtant, la pièce conservait quelque chose de sa grandeur, comme le grand lit sculpté, l'élégante cheminée, les dorures qui s'accrochaient encore avec ténacité aux moulures du plafond. Autrefois, ç'avait dû être une chambre grandiose. Une maison grandiose.

Retrouvant son enthousiasme, Olivia se promit de lui rendre sa splendeur si elle décrochait le contrat.

La gouvernante remua les braises une dernière fois et se redressa.

— Il y a une chaudière, mais elle a plus de cinquante ans et ne fonctionne pas toujours très bien. Pour avoir chaud, il vous faut du feu. Je vous ai mis du bois, là, dans le coffre.

Elle rangea le tisonnier à sa place, avant de reposer son regard glacial sur Olivia.

— La salle de bains se trouve par ici. La plomberie fait du bruit et il faut un moment avant d'avoir de l'eau chaude, mais tout marche.

— Je suis sûre qu'il n'y aura pas de problème.

— Vous désirez quelque chose ?

— Non, je vous remercie. Je vais défaire ma valise et m'installer. Ensuite, j'irai visiter la maison.

Mme Jaffe la dévisagea d'un air presque hargneux. Visiblement, l'idée ne lui plaisait guère. Cette vieille harpie s'imaginait-elle qu'elle allait dérober l'argenterie ou partir à la nage avec un meuble ancien attaché sur le dos ?

Enfin, quand la gouvernante se retira, Olivia jeta un coup d'œil sur sa valise et remit son installation à plus tard, impatiente de découvrir les lieux.

Elle explora d'abord sa suite, examinant attentivement chaque meuble, ainsi que le bois dont étaient faits le plancher, les plinthes et les huisseries. Malgré l'usure et les dégâts dus au temps, la chambre maîtresse et le salon étaient bien entretenus, preuve qu'ils avaient été occupés régulièrement. En revanche, dans la chambre de Mlle Mallen, le ménage laissait à désirer et, sous les vieux draps poussiéreux, le mobilier était couvert de toiles d'araignées.

L'inspection de la suite terminée, elle poursuivit son étude en partant du palier afin de remonter le couloir, chambre après chambre.

En tant que décoratrice, elle appréciait tous les styles, mais elle avait une préférence marquée pour l'architecture ancienne et les antiquités. Bien qu'en piteux état, la maison était une véritable caverne d'Ali Baba. Chaque chambre recelait un trésor, une pièce unique, et à chaque découverte, Olivia sentait son enthousiasme grandir. En refermant la troisième porte, elle se dit qu'il lui fallait absolument décrocher le contrat. Moins pour l'argent et le prestige que pour le plaisir de rendre à cette vieille demeure sa splendeur d'antan. Il était rare de se voir proposer un projet de cette envergure. Si elle laissait passer sa chance, jamais plus elle n'aurait une occasion pareille.

En fin d'après-midi, elle avait atteint la chambre du fond, laquelle donnait des signes d'occupation récente. Alors qu'elle inspectait les volets coulissants de chaque côté de la fenêtre, elle aperçut un yacht de croisière qui fendait les vagues en direction de l'île.

Un instant plus tard, le bateau se rangeait derrière le remorqueur. Un homme, grand et brun, sauta sur la jetée branlante pour l'amarrer. Deux des ouvriers qui déchargeaient la barge vinrent le saluer, et Cappy Baines lui fit signe de la main depuis le poste de pilotage du *Lady Bea*.

Incapable de distinguer ses traits à cette distance, Olivia supposa qu'il s'agissait de Reese Addison. Une hypothèse qui parut se confirmer quand, après un bref échange avec les ouvriers, il remonta la jetée vers l'escalier taillé à même la roche.

Les bonnes manières voulaient qu'elle descende à sa rencontre, mais il lui en coûtait d'abandonner sa tâche. Avec un soupir de regret, elle tira les volets et allait sortir quand le superbe lit à baldaquin retint son attention. S'en approchant, elle effleura du doigt les montants torsadés qui soutenaient le dais, et s'absorba dans la contemplation des feuilles d'acanthe sculptées sur la tête de lit.

Au bout de quelques minutes, des pas résonnèrent sur le plancher de bois de pacanier, annonçant l'arrivée de son client potentiel.

— Ah, vous voilà ! Vous devez être Olivia.

Elle s'immobilisa, comme tétanisée, le cœur battant à se rompre. Cette voix grave, veloutée, au lent débit chantant lui était par trop familière. Elle ne l'avait pas entendue depuis quatorze ans, mais l'aurait reconnue entre mille. Dieu du ciel, non, pas lui ! Ce ne pouvait être lui, et pourtant…

Les yeux fermés, elle inspira profondément. Puis, acceptant l'inévitable, elle pivota lentement pour affronter son ex-mari.

2.

— Reese n'a malheureusement pas pu se libérer. Il m'a demandé de le remplacer. Je suis Joe Connally, son associé, le Co de Ad…

Il s'interrompit brutalement et resta là, bouche bée, pendant quelques secondes. De la part d'un autre, en des circonstances différentes, songea Olivia, sa réaction aurait eu quelque chose de comique.

Enfin, il retrouva l'usage de la parole.

— Livvie ? C'est bien toi ?

— Bonsoir, Joe.

— Seigneur Dieu ! C'est bien toi…

— Je le crains, en effet.

Incrédule, il cligna des paupières et agita la tête.

— Qu'est-ce que tu fais ici ? Je ne comprends pas.

— J'ai été invitée par Reese Addison à venir examiner Mallenegua puisque je dois proposer un projet de restauration.

— Mince, alors ! Je n'imaginais pas qu'Olivia, c'était toi ! s'exclama-t-il, sidéré.

— Eh bien si, c'est moi.

— Mais enfin… Comment… Quand as-tu…

Il passa une main dans ses cheveux bruns et reprit :

— Je… J'ignorais que tu étais devenue décoratrice d'intérieur.

Jamais elle ne l'avait vu aussi déstabilisé. Posé, imperturbable, Joe gardait la tête froide même dans la pire des crises. Sa propre sœur, Blair, affirmait qu'il s'emportait rarement, qu'il en fallait beaucoup avant qu'il perde son calme. De fait, Olivia ne l'avait jamais vu en colère, mais à en croire Blair, le spectacle était impressionnant. Il s'exprimait alors avec une extrême douceur, beaucoup plus inquiétante que tous les éclats de voix, et, sans prévenir, explosait soudain dans une rage noire à vous coller au mur.

Olivia se serait peut-être amusée de sa stupéfaction si son apparition n'avait pas réveillé en elle de douloureux souvenirs. Et si son association avec Reese Addison ne lui ôtait pas toute chance de décrocher le contrat. Toutefois, elle se refusait catégoriquement à laisser paraître son trouble et sa déception.

— Tu n'avais pas de raison de le savoir, répliqua-t-elle avec un léger haussement d'épaules. Nous ne nous sommes pas parlé depuis quatorze ans.

— Certes, mais ta mère vit toujours à Bella Vista. Elle est à la retraite, bien sûr, et je n'habite plus Winterhaven Farm, cependant, j'y viens fréquemment. Le bruit a bien dû se répandre.

— Qu'il se soit répandu, je n'en doute pas. Qu'il ne te soit pas revenu aux oreilles ne m'étonne pas plus que ça. Vous ne fréquentez pas les mêmes cercles, ma mère et toi.

Elle se retint d'ajouter que, de toute façon, personne n'aurait osé prononcer son nom en présence d'Eleanore Connally, l'imposante matriarche du clan. Mais en admettant même que la rumeur lui soit parvenue, cette dernière se serait bien gardée de transmettre l'information à son fils. Elle réglait les problèmes de manière décisive, tranchait dans le vif, puis faisait comme si de rien n'était. Et, pour tout l'or du monde, elle n'aurait pris le risque de rappeler à Joe leur mariage désastreux.

Le pli de sa bouche prouvait que la pique avait touché, et ses yeux lui disaient que, s'il n'était pas ravi, il ne pouvait nier la réalité. Evidemment, puisque la mère d'Olivia avait été pendant vingt-deux ans la domestique d'Eleanore.

— Exact, concéda-t-il finalement.

Incapable de s'en empêcher, il la détaillait de la tête aux pieds, depuis ses cheveux mi-longs élégamment coiffés jusqu'à ses bottes hors de prix importées d'Italie.

— Tu es superbe, Livvie. Différente, mais superbe.

— Merci.

Elle aurait pu lui retourner le compliment. Quatorze ans avaient ajouté une touche d'argent à ses tempes et gravé quelques légères rides sur son visage, ce qui lui conférait plus de maturité, plus de caractère. A trente-cinq ans, Joe était plus séduisant que jamais

Ecartant les pans de son blouson de cuir, il enfonça les mains dans ses poches.

— Alors, comment tu vas ?

— Ça va. Et toi ?

— Bien. Très bien.

— Tant mieux.

Elle dansait d'un pied sur l'autre. Lui faisait tinter sa monnaie dans sa poche.

Silence.

— Tu vis à Atlanta, non ? Enfin... comme ton entreprise se trouve à Atlanta, j'en déduis que tu y habites.

Elle hocha la tête.

— Effectivement.

— Hmm. Jolie ville.

— Ce n'est pas Savannah, mais je m'y plais bien.

Nouveau silence. Qui se prolongeait, semblant ne jamais devoir finir.

A bout, Olivia lâcha un soupir.

— Arrêtons d'échanger des lieux communs, c'est ridicule. Et ne t'inquiète surtout pas. Je vais nous simplifier la tâche à tous les deux. Donne-moi le temps de rassembler mes affaires pour repartir avec Cappy Baines, et je reprendrai le premier avion en direction d'Atlanta.

Cruellement déçue mais bien décidée à se retirer dignement, elle se dirigea vers la porte, tête haute. Il la rejoignit en deux enjambées et lui barra le passage.

— Attends ! Ne t'en va pas comme ça !

Surprise, elle sursauta et parvint de justesse à étouffer un cri. Ils étaient si proches qu'elle percevait l'odeur saine et virile de sa peau — une odeur si douloureusement familière que, prise de panique, elle recula d'un pas.

— Je t'en prie, Joe. Inutile de jouer à ce petit jeu avec moi. Etant donné notre passé, je n'ai aucune chance de décrocher le contrat, et tu le sais. Je ne vois pas l'intérêt de perdre mon temps et mon énergie à échafauder un projet qui sera de toute façon refusé.

— Qu'est-ce qui te fait croire ça ? Nous sommes divorcés, et alors ? Ça ne date pas d'hier et il n'y a jamais eu le moindre ressentiment entre nous.

Elle soutint son regard tout en songeant que, pour éprouver du ressentiment ou des regrets, il aurait fallu qu'il tienne à elle.

Leur divorce avait été des plus courtois. Une simple annulation de contrat. Joe lui avait même serré la main et souhaité bonne chance au terme de l'audience qui finalisait leur séparation.

Prenant soudain conscience de sa tension, elle s'en voulut de réagir si violemment. Joe avait raison. Tout ça, c'était de l'histoire ancienne. L'histoire d'une jeune fille naïve qui n'existait plus aujourd'hui. L'histoire d'une autre vie…

— Tu es un homme droit, Joe. Je sais que tes intentions sont bonnes, que tu t'efforceras d'être juste, mais tu es aussi humain, influençable, et notre passé jouera nécessairement contre moi. Réfléchis deux secondes… Au moment de juger les projets des divers décorateurs, une petite voix te soufflera : « Est-ce que je tiens vraiment à travailler au quotidien avec mon ex-femme ? » Tu connais la réponse aussi bien que moi. Et je comprends. Ça nous mettrait tous les deux dans une situation embarrassante.

— Possible. Seulement, ça n'influencera ni mon choix, ni celui de Reese. Bien sûr, travailler avec toi me paraîtrait bizarre dans les premiers temps, mais ça passerait. D'autant que nous nous sommes toujours bien entendus. Avant et pendant notre mariage.

Il inclina la tête sur le côté avec un petit sourire — ce même sourire qui, autrefois, la faisait fondre.

— Finalement, je crois que c'est notre première dispute, remarqua-t-il.

— Je t'en prie, Joe. Ce n'est pas drôle. Je ne plaisante pas.

— Moi non plus. C'est le projet le plus ambitieux que notre firme ait accepté. Il représente une priorité, pour Reese comme pour moi. La qualité est notre principal critère, et nous tenons à engager les personnes les plus compétentes à tous les niveaux. Pour ne rien te cacher, tu nous as été chaleureusement recommandée. D'après tes clients, tu es la meilleure en matière de restauration historique.

Désarmée, elle cligna des paupières.

— C'est vrai ?

— Absolument.

Il n'imaginait pas son plaisir à être ainsi reconnue. Elle avait créé de belles pièces dans tous les styles possibles, depuis le « chic brocante » jusqu'à l'ultramoderne, selon le goût de ses clients, mais sa préférence allait à l'historique — de l'élégance prérévolutionnaire influencée par l'Europe, aux périodes fédérale et victorienne. Tout ce qui était ancien l'attirait.

— Si tu le dis… Il n'empêche que, quand ton associé découvrira qui je suis, il peut décider que le second choix fera l'affaire.

Joe sourit de nouveau. Une lueur malicieuse dansait dans ses yeux bruns.

— Parce que tu penses être la meilleure ?

— Je suis la meilleure, affirma-t-elle en redressant le menton.

Consciente de sa valeur et de son savoir-faire, elle ne doutait pas d'elle-même sur le plan professionnel.

— Alors, reste et termine ce que tu as commencé, proposa-t-il.

— Je ne vois pas pourquoi tu insistes. Tu devrais être soulagé que je me retire du projet.

— Pas du tout. Ainsi que je te le disais, pour Reese comme pour moi, la qualité passe avant tout. Et puis AdCo t'a fait une offre que tu as acceptée. Nous ne revenons pas sur nos engagements. Sans compter qu'il s'agit d'un contrat juteux pour celui ou celle qui le décrochera, et je m'en voudrais que tu rates une occasion pareille à cause de moi.

Et voilà. Toujours aussi chevaleresque, Joe avait les valeurs du vieux Sud chevillées au corps — code de l'honneur d'un autre âge que lui avait inculqué son père, le regretté Brian Connally. Plus que les grands idéaux ou les belles manières, ces règles de conduite étaient de tradition dans l'aristocratie. Un gentleman du Sud se montrait toujours courtois et respectueux envers les dames, prenait ses responsabilités au sérieux et s'efforçait de se conduire avec droiture. Jaloux de son honneur, il ne revenait jamais sur la parole donnée, que l'accord soit scellé par un contrat signé ou par une simple poignée de main. C'étaient ces mêmes valeurs qui avaient poussé Joe à l'épouser quatorze ans plus tôt.

Olivia demeura si longtemps silencieuse qu'il haussa un sourcil interrogateur.

— Tu veux cet emploi, non ?

— Naturellement, mais...

— Alors, fais le nécessaire. Je te répète que notre seul critère est la qualité. Nous choisirons le meilleur décorateur, quel qu'il soit. Je t'en donne ma parole. Et ne t'inquiète pas des réactions de Reese, je le connais depuis longtemps. Nous partagions une chambre à l'université, mais il ignore tout de nous et de notre mariage. Quand je suis retourné à Princeton, j'ai raconté que j'avais pris un an de congé pour raisons familiales.

— Je vois.

Elle le dévisageait sans rien dire, s'efforçant de refouler sa douleur. Leur union n'avait été pour lui qu'un épisode sans importance, un léger contretemps qu'il n'avait même pas jugé bon de mentionner à son ami et associé.

— Je ne vais pas le lui dire maintenant, de sorte que, s'il te choisit, tu sauras à coup sûr que c'est parce qu'il préfère ton projet de décoration aux autres.

Elle hésitait encore. L'idée de travailler en collaboration avec Joe pendant un an la déstabilisait sérieusement. Cette proximité serait pénible et ranimerait des souvenirs qu'elle s'était efforcée d'oublier. Sans compter que, si elle décrochait le contrat, il lui faudrait compter avec Eleanore. Cette dernière ne manquerait pas d'être furieuse en apprenant qu'elle côtoyait de nouveau son fils.

Seulement, argumenta Olivia *in petto*, cet emploi était la chance d'une vie, et elle le voulait de toutes ses forces...

— Bon, lâcha-t-elle enfin. Je reste. Si tu es sûr que ça ne pose pas de problème.

— J'en suis certain.

Il s'effaça et fit un geste en direction de la porte.

— Et maintenant, si je t'emmenais visiter la maison comme Reese te l'a promis ?

— Je te remercie, mais il y a deux bonnes heures que je mène mes propres explorations, et je pense pouvoir me passer de guide.

— Ne crois pas ça. Cette maison est un labyrinthe dans lequel on se perd facilement. Je te propose un rapide tour du propriétaire afin que tu te fasses une idée du plan d'ensemble. Ensuite, tu poursuivras tes explorations à ta guise.

Elle n'avait pas la moindre envie de passer une heure seule avec lui à errer à travers cette immense demeure au charme romantique, mais comment refuser ? Elle était là dans le but de visiter les lieux, non ?

— Puisque tu insistes...

— Commençons par le rez-de-chaussée, en partant de l'entrée pour aller vers le fond. Et nous procéderons de même à chaque étage.

— Comme tu voudras.

Parvenus au bas de l'escalier, ils s'avancèrent dans le grand hall de marbre dont le centre était marqué par une mosaïque d'étoiles dans les tons rose, mauve, noir, gris et blanc. Lentement, Olivia tourna sur elle-même afin d'admirer l'effet de ce vaste espace bien proportionné, puis, levant la tête, elle examina l'immense dôme à vingt mètres au-dessus d'elle, avec sa rosace identique au motif du sol. La lumière arc-en-ciel qui filtrait à travers les vitraux était atténuée par la grisaille, mais lorsqu'il faisait beau, ce devait être un enchantement. Malgré le vitrail en mal de nettoyage, la coupole qui nécessitait quelques réparations, le plâtre légèrement effrité et les coulées brunes signalant la présence d'infiltrations, quelle beauté spectaculaire !

— Impressionnant, non ? lança Joe. A croire que M. Mallen tenait à frapper l'imagination de ses invités. L'ancienne propriétaire, Mlle Prudence Mallen, m'a dit que cet espace était utilisé comme annexe de la salle de bal lors des fêtes et réceptions.

— Ça ne m'étonne pas, murmura-t-elle distraitement.

De fait, ce hall était à lui seul plus vaste que bien des habitations.

Si le manoir avait souffert du manque d'entretien au fil du temps, Olivia discernait les vestiges de sa splendeur passée. Touchée au cœur, elle dessinait déjà des esquisses dans son esprit, et son enthousiasme ne cessait de grandir. Restaurer un tel lieu, qui plus est dans les conditions proposées par AdCo — liberté complète, budget quasi illimité, possibilité de consulter l'architecte chargé des travaux —, comblerait les rêves de tout décorateur. Si seulement elle avait la chance de décrocher ce contrat !

Joe alla ouvrir des doubles portes de bois de cerisier, découvrant une pièce immense au plafond orné d'une fresque décolorée. Les murs étaient recouverts de soie en lambeaux, et les sols, de tapis d'Orient aux couleurs fanées. Quant aux meubles, ils se dressaient çà et là, protégés par des draps blancs, telles des formes fantomatiques.

— Voici le plus grand des quatre salons d'apparat. Quinze mètres vingt de long sur neuf de large. Hauteur de plafond : six mètres, récita Joe à la manière d'un guide touristique. Comme tu le vois, il y a une cheminée à chaque extrémité et...

La visite se poursuivit à l'avenant, dans une atmosphère de gêne prévisible. Mal à l'aise malgré leurs efforts pour feindre le contraire, ils allaient de pièce en pièce en évitant de se regarder, et leur conversation demeurait superficielle — simple échange de renseignements doublé d'une courtoisie excessive.

Dire qu'ils avaient fait l'amour avec passion presque quotidiennement pendant cinq mois ! songea-t-elle tristement. A les entendre, personne ne s'en serait douté.

Par trop consciente de la présence de Joe à son côté, elle veillait à maintenir une certaine distance entre eux. Sa tension était telle qu'elle frissonnait et se crispait au moindre effleurement accidentel. Et, lorsqu'il posa la main au creux de sa taille afin de l'orienter vers un nouveau couloir, elle sursauta comme si ce contact la brûlait. Toujours très gentleman, Joe ôta sa main sans commentaire.

De son côté, il meublait le silence, débitant des histoires et des anecdotes sur la maison et la famille Mallen, attirant son attention sur des détails d'architecture, lui expliquant le projet d'AdCo à mesure qu'ils avançaient. Aux yeux d'un étranger, il aurait pu paraître naturel dans ce rôle, mais pour qui le connaissait bien, sa raideur était évidente, jusque dans le ton de sa voix.

Au rez-de-chaussée, il lui montra les autres salons, les salles à manger, le solarium, la salle de musique, le fumoir avec son billard, une bibliothèque gigantesque dotée d'une galerie en mezzanine à laquelle on accédait par un escalier en spirale, ainsi qu'un bureau très masculin, lambrissé de chêne sombre, sans doute celui qu'utilisait autrefois Theobald Mallen. Il y avait au total quatre salons — cinq en comptant celui des dames —, trois salles à manger avec de longues tables pouvant accueillir de douze à cinquante personnes. Le grand salon d'apparat, la salle à manger principale, la bibliothèque, le bureau et la salle de bal ouvraient sur une vaste terrasse qui longeait la façade ouest de la maison.

De l'autre côté du hall, en face de la salle de bal, le solarium donnait sur l'un des deux jardins intérieurs. Des allées de gravier mal entretenues et de trop hautes haies de buis y dessinaient autrefois des motifs entrelacés. Au centre, on devinait les restes d'un ancien potager envahi par les mauvaises herbes, dont seul le coin extérieur semblait encore cultivé — probablement au bénéfice de Mlle Prudence Mallen et de sa domestique.

Joe n'avait pas menti. La maison était une véritable garenne dans laquelle il était difficile de s'orienter, au point qu'Olivia se demanda si elle serait en mesure de regagner sa chambre sans se perdre.

Comme s'il devinait ses pensées, Joe expliqua :

— A l'origine, le bâtiment devait avoir la forme de deux E face à face, mais des ailes supplémentaires ont été ajoutées au cours de la construction, de sorte que le plan d'ensemble est un peu compliqué. Apparemment, l'architecte aurait protesté, mais Theobald Mallen a tenu bon et obtenu gain de cause.

— Drôle de lubie. Le projet d'origine était suffisamment vaste, plus classique de conception, et bien plus élégant.

— Certes, mais les nouveaux riches de l'époque rivalisaient de projets plus ambitieux les uns que les autres. D'après Mlle Prudence, son grand-père était en compétition avec les Vanderbilt. Peut-être parce qu'ils tenaient leur fortune de source légitime, alors que des rumeurs persistantes attribuaient la richesse des Mallen à la contrebande et autres activités douteuses — ce, malgré les dénégations de Theobald. Quoi qu'il en soit, quand George, le fils de Cornelius Vanderbilt, a entrepris de construire sa propriété de Biltmore en 1890, Theobald s'est lancé dans la construction de Mallenegua. Il était déjà propriétaire de l'île, et le cadre à lui seul donnait à sa demeure un caractère unique. Il espérait faire mieux et plus grand que Vanderbilt. Tu imagines sa déception quand il a découvert que Biltmore aurait deux cent cinquante pièces ! D'où sa décision d'ajouter des ailes aux bâtiments prévus. Malheureusement, les travaux étaient déjà en cours, et le site retenu pour la construction imposait des limites. Mallenegua n'aurait, en fin de compte, que cent soixante pièces.

— Quelle affreuse tragédie ! ironisa-t-elle.

Le premier et le deuxième étage ne comportaient guère que des chambres, ce qui l'étonna.

— Combien d'enfants les Mallen avaient-ils ? C'est incroyable ! En dehors de Biltmore, je n'ai jamais vu autant de chambres chez des particuliers.

— Theobald et son épouse, Agatha, ont eu plusieurs enfants, mais un seul de leurs fils a atteint l'âge adulte.

Toutefois, étant donné leur statut social, ils recevaient énormément. Cette demeure était leur résidence d'été. Ils y venaient accompagnés par une foule de relations et toute une armée de serviteurs. Pendant la saison, les invités arrivaient ou repartaient presque quotidiennement.

— Ce qui explique que le lieu ressemble à un hôtel.

— Et le rend particulièrement adapté à notre projet. Comme à son apogée, Mallenegua accueillera de nouveau les grosses fortunes et les célébrités.

Au bout d'un couloir du deuxième étage, Olivia ouvrit une porte sur un immense débarras. Soigneusement rangées sur des étagères, se succédaient des piles de linge de maison jauni par les ans et une multitude d'objets datant du XIXe siècle — lampes à pétrole, crachoirs en laiton, cruches et bassins en porcelaine, pots de chambre, flacons de sels, savons, crème pour les cheveux, rasoirs à manche d'écaille, chausse-pieds en corne, baleines de corset, tire-boutons. Le tout recouvert d'une épaisse couche de poussière et de toiles d'araignées.

— On dirait que personne n'est entré ici depuis au moins dix ans, remarqua-t-elle en fronçant le nez.

— Au moins. Le vieux Theobald a disparu avant la Première Guerre mondiale. Entre les mains de son fils, puis de son petit-fils, les affaires familiales ont périclité. Après la crise de 29, la famille n'a plus été en mesure de recevoir sur un grand pied. Quand Mlle Prudence a reçu l'héritage de la famille il y a douze ans, toutes les propriétés des Mallen ainsi que Mallen Shipping Lines, avaient été vendues pour couvrir les dettes. De la fortune de Theobald, il ne restait que cette maison, l'île, et une modeste somme d'argent. Sachant qu'en plus, la maison est un gouffre… Bref, Mlle Prudence a dû vendre des tableaux et des meubles de valeur afin de joindre les deux bouts.

— D'où les traces sur les murs et sur les tapis. Je ne comprends pas qu'elle n'ait pas vendu si elle manquait d'argent à ce point. C'est un peu ridicule de vivre à deux dans un endroit pareil.

— En fait, ils étaient trois : Mlle Prudence, la gouvernante, et un vague neveu qui n'est pas lié aux Mallen par le sang. Ce type est l'arrière-petit-fils de la belle-mère de Mlle Prudence. Quand Randolf Mallen, le père de Mlle Prudence, a épousé Charity Ainsworth, elle était veuve et mère d'un fils nommé Franklin dont le petit-fils, Lennard, s'est installé ici il y a environ huit ans à l'instigation de Mlle Prudence. Apparemment, la présence d'un homme sur place la sécurisait. En échange du logement, il devait effectuer des travaux d'entretien.

— Vraiment ? s'étonna-t-elle. Eh bien, on ne peut pas dire qu'il se soit démené pour remplir sa part du contrat !

— Effectivement. Cela dit, un manoir de cette taille représente trop de travail pour un seul homme. Remarque, je ne l'ai pas rencontré. Il a déménagé dès qu'il a su que Mlle Prudence vendait. Mais tu as raison sur le fond. La maison aura été pour elle un véritable boulet. Seulement, elle y était attachée. Après y avoir passé presque toute sa vie, elle a eu du mal à s'en défaire.

— Vu sous cet angle, je comprends mieux. Et qu'est-ce qui l'a poussée à vendre, finalement ?

— La fragilité de la vieillesse. Il y a environ six mois, elle est tombée dans son jardin, alors que Mme Jaffe et son neveu étaient à Savannah pour le ravitaillement hebdomadaire. Quand ils sont rentrés, des heures plus tard, ils l'ont trouvée à terre, légèrement blessée et bien ébranlée. Cette expérience lui a fait peur. Il y a de cela quelques années, je l'avais jointe afin de lui racheter l'île et la propriété, mais elle avait refusé. L'offre était pourtant généreuse. Quoi qu'il en soit, une semaine après sa chute, elle me téléphonait pour me demander si j'étais toujours intéressé. Comme tu l'imagines, j'ai sauté sur l'occasion. Je rêvais de cette maison depuis des lustres. L'affaire conclue, Mlle Prudence s'est installée dans un complexe de retraite médicalisé à Savannah.

— La malheureuse. Ça a dû lui fendre le cœur.

— Dans un premier temps, sans doute. Mais elle s'est adaptée très vite. La dernière fois que je suis passé la voir à Tall Pines, elle était heureuse et en pleine forme. A plus de quatre-vingts ans, elle s'est fait des amis ; elle prend des cours de peinture ; elle joue au bridge, au croquet, et je ne sais quoi encore… Bref, elle s'amuse comme une folle.

— Parce que tu vas la voir ?

— De temps en temps, oui, bien sûr, répondit-il en ponctuant sa phrase d'un haussement d'épaules. C'est une brave petite vieille. Elle est gentille, je l'aime bien.

Olivia n'aurait pas dû s'en étonner. Enfant déjà, et même adolescent, au moment où les garçons se transforment en barbares, Joe avait toujours été bon envers les tout-petits, les personnes âgées, les plus faibles que lui. C'était d'ailleurs en partie pour sa bonté qu'elle était tombée amoureuse de lui autrefois…

Soudain gênée par le tour que prenaient ses pensées, elle reporta son attention sur le contenu du débarras.

— Curieux qu'elle ait conservé tout ce bazar si elle avait besoin d'argent. N'importe quel antiquaire se serait fait un plaisir de lui racheter ces objets.

— Elle aurait certainement fini par les vendre. Et je suis heureux qu'elle n'en soit pas arrivée là. Nous tenons à conserver le caractère d'époque, et ces objets qui datent de la fin du XIXᵉ siècle trouveront sûrement leur place dans le décor.

— Il y a des pièces de valeur dans ce débarras.

— Dans la réserve du grenier aussi.

Elle s'avança parmi les étagères pour examiner les objets de plus près, mais aussi pour s'éloigner de Joe. Se penchant, elle essuya du doigt un couvercle de porcelaine et découvrit les initiales TPM en lettres d'or savamment imbriquées les unes dans les autres.

— Le comble du raffinement ! Des pots de chambre marqués aux initiales du maître des lieux ! s'exclama-t-elle avant de se tourner vers Joe, curieuse. Pourquoi y en a-t-il autant ? D'après ce que j'ai pu voir, les toilettes semblent d'origine.

— En effet. Theobald a équipé Mallenegua des dernières innovations, comme Vanderbilt. Plomberie, tout-à-l'égout, chauffage central, le dernier cri de l'époque. Mais en 1890, les toilettes intérieures étaient une nouveauté dont les gens se méfiaient, et la plupart des invités tenaient à avoir les commodités dans leur chambre.

Olivia regagna le couloir en secouant la tête devant tant d'absurdité. Ils poursuivirent leur visite du deuxième étage en silence, puis s'engagèrent dans un petit escalier discret qui menait sous les toits.

— Les domestiques logeaient dans les soupentes, expliqua Joe tandis qu'ils enfilaient un étroit corridor entre deux rangées de portes. Les greniers de l'aile ouest étaient destinés au personnel de maison. Ici, dans l'aile sud-ouest, c'était le quartier des femmes. Celui des hommes se trouve dans l'aile nord-ouest. Tous les autres greniers étaient utilisés comme débarras et pour stocker des meubles et objets saisonniers. Les sous-sols abritent la chaudière, le ballon d'eau chaude, une cave à vin et tout l'équipement nécessaire à l'entretien, intérieur et extérieur. Caché à l'autre bout de l'île, un gros générateur fournit l'électricité.

— Je vois, murmura-t-elle, faussement détachée.

Eclairé par des ampoules nues, peu puissantes et irrégulièrement réparties, le couloir était sombre, triste et sans ornements en dehors d'une bande de tapis élimé. Et encore, sans doute ce luxe était-il prévu afin que les invités ne soient pas dérangés par les bruits de pas des domestiques.

Olivia frissonna et se frotta les bras.

— Brrr... Il fait un froid de loup ici.

— Parce qu'il n'y a pas de chauffage sous les toits. Les chambres ne contiennent que le strict nécessaire et se ressemblent toutes.

Comme il poussait une porte, elle jeta un coup d'œil à l'intérieur. Le décor était spartiate et l'espace restreint — moins du quart des chambres d'invités, avec un plafond bas et mansardé. Le plancher nu était partiellement recouvert d'une pauvre descente de lit usée. Quant au mobilier, digne d'une cellule de moine, il se limitait à un lit étroit, un petit coffre de rangement, une table et une chaise, le tout en mauvais état.

— Il y a une salle d'eau à chaque bout du couloir. Apparemment, les domestiques ne comptaient pas pour grand-chose, à l'époque. Nous pensons abattre des cloisons, de façon à doubler la taille des pièces, et installer des salles de bains. De nos jours, il faut offrir un certain confort et de bonnes conditions de travail au personnel si on veut le garder à résidence.

— C'est fou ce que les domestiques sont devenus exigeants dans les quarante dernières années, railla-t-elle sans pouvoir s'en empêcher.

Elle se détourna et ajouta à voix basse :

— Il y en a même qui ont le culot d'épouser des fils de famille.

Joe grimaça.

— Pardon, Livvie, je suis désolé. J'oubliais que ta mère... Enfin, bref, je ne pense pas à toi en termes de classe.

Parce que tu ne penses pas à moi, songea-t-elle pour elle-même. Mais si elle n'en dit rien, le sarcasme devait se lire sur son visage.

— C'est vrai, Livvie, insista-t-il. Tu sais bien que je t'ai toujours considérée comme une égale.

— A ta place, je ne répéterais pas ça devant ta mère, persifla-t-elle.

Il eut la grâce de grimacer de nouveau.

— Je reconnais que ma mère a ses côtés pénibles...

— Je t'en prie. Inutile de relancer cette discussion. Ne t'inquiète pas, c'est sans importance.

Sur ces mots, elle s'éloigna et alla ouvrir une autre porte, laissant Joe sur place, sourcils froncés.

L'incident ne fit qu'accroître la tension et la gêne qui régnaient entre eux. Prenant son temps, Olivia examina chaque étroite cellule avec le même soin, la même attention aux détails que pour les chambres d'invités, tandis que Joe la suivait en silence. Lorsqu'ils atteignirent le bout du couloir, il déclara :

— Les quartiers des hommes dans l'autre aile sont en tout point identiques à ceux-ci, mais si tu veux, je t'y conduirai.

— Merci, ce ne sera pas nécessaire.

— Dans ce cas, la visite officielle est terminée. Restent les sous-sols, les greniers et quelques cagibis répartis ici et là. Viens. Je vais te ramener dans ta suite.

Elle se raidit quand il lui prit le coude pour la guider. Il pinça les lèvres mais ne dit rien. Ils cheminèrent en silence, son coude dans sa main, jusque devant sa porte. Alors seulement, Joe la relâcha et scruta son visage, comme s'il cherchait une réponse.

Puis, brusquement, il plissa le front et la saisit aux épaules.

— Livvie ? Livvie, qu'est-ce qui se passe ? Seigneur, tu es livide !

C'est à peine si elle l'entendit. Elle fixait un point à quelques mètres d'eux, au croisement de deux couloirs. Là se tenait un homme d'aspect fantomatique en costume du XIXe siècle. Et il dardait sur elle un regard menaçant.

3.

— Livvie, pour l'amour du ciel, qu'est-ce qui t'arrive ? Parle ! Je t'en prie, dis quelque chose !

Elle détacha ses yeux de l'étrange apparition et s'efforça de reprendre ses esprits. Joe la secouait doucement, les traits empreints d'inquiétude.

— Mince, Livvie, tu te sens mal ou quoi ? Tu es pâle comme la mort !

— Non... euh... Ça va. C'est seulement que... Je... j'ai cru apercevoir quelqu'un qui nous observait depuis le coin du couloir.

Il jeta un coup d'œil par-dessus son épaule, mais le mystérieux inconnu s'était évaporé.

— Il n'y a personne, constata-t-il en reportant son attention sur elle. C'était sans doute Mme Jaffe.

— Mme Jaffe, hein ? Parce qu'elle joue les espions dans les couloirs ?

Olivia n'en croyait pas un mot. Ce n'était pas la gouvernante qu'elle avait vue mais une silhouette d'homme. Qui, malgré son regard hargneux, n'avait pas plus de substance qu'une fumée. Quoi qu'il en soit, elle ne s'en vanterait pas. Pas question de gâcher le peu de chance qu'il lui restait de décrocher le contrat en passant pour une hallucinée.

— Je crains bien que oui. Elle nous surveille pour savoir quelles atrocités nous allons faire subir à sa chère maison.

— Alors, tu es courant ?

— Qu'elle nous en veut et réprouve nos projets ? Bien sûr. Elle ne s'en cache pas.

— Dans ce cas, pourquoi la gardez-vous ?

Prudemment, elle recula d'un pas en s'efforçant de rester naturelle. Joe ne la retint pas et laissa ses bras retomber le long de son corps.

— C'est une vieille femme inoffensive. Revêche et sinistre, je te l'accorde, mais inoffensive. Et puis, ce n'est pas si facile de trouver quelqu'un qui accepte de rester seul sur une île à des kilomètres de la côte dans une propriété soi-disant maudite. Non que les gens de Savannah craignent les revenants ; ils y sont habitués et ils en sont fiers. N'importe quel habitant du quartier historique te racontera qu'il y a des fantômes chez lui. Mais les rumeurs sanglantes sur les maléfices et autres atrocités qui entourent ce lieu les inquiètent au point que pas une femme de la région ne voudrait de cet emploi. De toute façon, Mme Jaffe n'est ici que temporairement, c'est prévu dans son contrat.

— Je comprends, et je ne doute pas que vous ayez agi au mieux.

Il l'observa quelques instants en silence.

— Ça va ? Tu te sens bien ?

— Oui, ça va.

Dubitatif, il la dévisageait toujours.

— Tu en sûre ? Tu n'auras pas peur toute seule ?

— Mais non, voyons. C'était le choc de la surprise, rien de plus.

Elle recula encore d'un pas avec un sourire poli.

— Ne t'en fais pas pour moi. Je suis une grande fille maintenant, je n'ai plus besoin que tu me protèges.

Elle n'avait pas achevé sa phrase qu'elle la regrettait déjà. Depuis deux heures, en dehors d'une maladresse, ils n'avaient pas évoqué leurs rapports passés. A présent, l'air vibrait de tension contenue. Joe s'était raidi, preuve que l'allusion touchait quelque chose en lui. Il la fixa en silence pendant si longtemps que, mal à l'aise, elle se retint à grand-peine de remuer nerveusement. Enfin, il se détendit et, inclinant la tête sur le côté, sourit.

— C'est vrai. Excuse-moi. Les vieilles habitudes, tu sais… C'est mon côté saint-bernard.

Soulagée, elle lui rendit son sourire et posa la main sur la poignée de sa porte.

— J'imagine que tu dois rejoindre tes ouvriers, et je ne voudrais pas te retenir davantage. Merci de m'avoir consacré un peu de temps.

Il consulta sa montre.

— Tu as raison. J'ai encore des détails à régler avec Mike avant de partir. Je dois dîner en ville avec des investisseurs. Mieux vaut que je ne traîne pas trop, conclut-il avant de la considérer avec attention. Je regrette de devoir te laisser seule ici. Reese avait prévu de te tenir compagnie pendant ton séjour, mais nous avons eu une urgence sur un autre projet et il a pris l'avion pour Chattanooga. Ça risque de l'occuper quelques jours. Je serais volontiers resté, mais j'ai également d'autres engagements. Si tu veux, je vais voir si Caroline peut réaménager son emploi du temps afin de venir te rejoindre.

— Pas la peine, ça ira.

Il jeta un nouveau coup d'œil au bout du couloir tout en se massant la nuque.

— Bon. Alors, je vais y aller.

Avec un sourire, il lui tendit la main. Offre qu'elle ne pouvait décemment refuser. Le contact de ses doigts lui électrisa tout le bras en même temps que le souvenir de ses caresses sur son corps nu lui revenait à la mémoire malgré elle. Prise d'une soudaine faiblesse, elle laissa échapper un léger gémissement.

— Désolé, s'excusa Joe en relâchant son étreinte. Je ne sens pas ma force. L'habitude de serrer des mains d'homme, sans doute. Je t'ai fait mal ?

— Euh… Non… Je… Ça va, bredouilla-t-elle.

Il recouvrit leurs deux mains enlacées de sa main libre.

— Bien. Il est temps que j'y aille. Je te souhaite bonne chance pour ta présentation. Ça m'a fait plaisir de te voir, Livvie.

— A moi aussi, Joe.

— Pendant que j'y pense, voici ma carte avec mon numéro de téléphone au bureau et mon portable. Si tu as des questions, un problème, besoin d'un service, tu me trouveras sur la jetée dans l'heure qui vient. Après ça, n'hésite pas à m'appeler. Moi ou Caroline, notre assistante. Elle en sait autant que nous sur le projet.

Il allait s'éloigner quand elle lui lança :

— Justement, j'ai un petit service à te demander.

S'arrêtant, il se retourna, visiblement intéressé.

— Ah oui ? Quoi donc ?

— S'il te plaît, arrête de m'appeler Livvie. Mon nom est Olivia.

— Mais… je t'ai toujours appelée Livvie. Tout le monde t'appelle comme ça.

— Plus maintenant. En dehors de ma mère et de ma sœur, plus personne n'emploie ce diminutif depuis quatorze ans, et je préfère ça de beaucoup.

51

D'accord, elle chipotait sur un détail, mais elle éprouvait un impérieux besoin de maintenir leurs rapports dans un cadre professionnel. Livvie était trop familier, trop intime — surtout de sa part.

— Bon. Puisque tu y tiens, va pour Olivia.

Il lui fit au revoir de la main et poursuivit son chemin. Olivia le regarda disparaître dans l'escalier, puis écouta le bruit de ses pas jusqu'à ne plus l'entendre. Alors seulement, elle ouvrit sa porte, pénétra dans la chambre, referma le battant et s'y adossa en frissonnant, ébranlée par l'apparition — et sa rencontre inattendue avec son ex-mari.

Des deux, le second événement était certainement le plus déstabilisant.

D'autant que les fantômes n'existaient pas. Il devait y avoir une explication logique à ce qu'elle avait vu. Ou alors, elle hallucinait. Ce qui n'aurait rien de surprenant étant donné le choc qu'elle avait subi.

Tant de malchance semblait à peine croyable ! Au cours de ses négociations, elle avait toujours eu affaire à Caroline Keeton ou Reese Addison. Ce dernier avait parfois mentionné son associé, mais sans jamais le nommer. Et, en dépit de son appréhension à l'idée de revenir sur les lieux de son enfance, elle n'avait pas imaginé un instant que le sigle AdCo signifiait Addison et Connally.

Comment l'aurait-elle deviné ? A l'instar de tous — et de son ex-belle-mère en particulier —, elle avait cru qu'au terme de ses études, Joe succéderait à son père à la tête de Winterhaven Farm. Les Connally possédaient cette propriété située à la périphérie de Bella Vista depuis des générations, et avaient acquis une renommée internationale pour leur élevage de pur-sang. Ancienne plantation de coton, autrefois beaucoup plus étendue, elle était dotée d'une villa parmi les plus élégantes de la région. Après la guerre de Sécession, l'exploitation avait périclité faute de main-d'œuvre. Dans un effort désespéré pour sauver une partie de leurs terres, les Connally s'étaient reconvertis dans l'élevage des chevaux. Une sage décision qui avait redoré le blason de la famille et lui avait rendu sa fortune d'antan, voire davantage.

Olivia laissa échapper un petit rire en songeant à la tête qu'avait dû faire Eleanore quand Joe lui avait annoncé qu'il renonçait à l'élevage pour se mettre à son compte. La vieille dame avait dû être folle de rage. En temps normal, elle se montrait gracieuse, courtoise et charmante, avec cette fragilité féminine qui éveillait l'instinct protecteur des messieurs et mettait ses consœurs à l'aise. Mais ce côté tout sucre-tout miel et ses belles manières cachaient une volonté de fer, une manipulatrice qui ne reculait devant rien pour obtenir ce qu'elle voulait. Malheur à quiconque la mettait en colère ou contrecarrait ses projets.

De fait, elle avait pris le mariage d'Olivia avec son fils comme un affront doublé de trahison. N'avait-elle pas offert un emploi et un toit à Flora, la mère d'Olivia ? Elle avait même permis que Blair et la petite Livvie deviennent amies. Du moins jusqu'à leur adolescence. A ce moment-là, elle avait regretté ce laxisme et tenté d'orienter sa fille vers des fréquentations plus dignes de son rang. Sans grand succès. A l'époque, Blair s'était refusée à briser cette amitié.

Olivia plissa le front en songeant de nouveau à Joe. Etrange. Malgré leur proximité d'antan, elle ignorait qu'il s'intéressait à la construction et aux restaurations historiques. Oh, bien sûr, comme tous les garçons, il bricolait et fabriquait des cabanes, mais de là à en faire son métier...

A la réflexion, il lui avait un jour déclaré qu'il aimerait bien acheter une maison dans le vieux quartier de Savannah afin de la retaper lui-même, mais elle ne l'avait pas pris au sérieux.

Toujours adossée à la porte, elle leva les yeux. Au plafond, la tapisserie se décollait et partait en lambeaux. Trop absorbée dans ses pensées, Olivia n'y prêta pas attention. Avec un sourire triste, elle se souvint de son mariage avec Joe. Dans la journée, ils bavardaient de tout et de rien, une façon de meubler les silences embarrassés qui s'étiraient entre eux. Ils se tournaient autour sur la pointe des pieds, méfiants et inquiets, trop peu sûrs d'eux et de leur avenir pour se conduire naturellement. Mais la nuit venue...

Sur le plan physique, ils formaient un couple passionné et merveilleusement assorti. Sexuellement, elle était comblée. Quand les paroles n'étaient plus nécessaires et qu'ils éteignaient la lumière, ils se retrouvaient, nuit après nuit, avec la fougue de deux jeunes animaux débordant de vigueur et de santé.

Elle se secoua mentalement.

— Hors du lit, c'était une autre histoire, ma vieille, et tu ferais bien de ne pas l'oublier, marmonna-t-elle pour elle-même.

Chassant ces images de sa tête, elle se dirigea vers la table sur laquelle elle avait laissé son sac et son attaché-case et attrapa son portable. Ayant composé le numéro de son bureau, elle se mit à arpenter la pièce, le téléphone contre son oreille.

— Entreprise de décoration Olivia. Puis-je vous aider ?

Un sourire amusé éclaira son visage. Margaret Went, la standardiste, avait une voix de femme fatale qui contrastait avec sa forte carrure, ses cheveux gris et son côté mère poule. Elle maternait littéralement Olivia, ses deux assistantes et les deux ouvriers qui constituaient le personnel.

— Salut, Maggie. C'est moi.

— Bonjour, Olivia. Le vol s'est bien passé ?

— Pas trop mal.

— Aïe. Ne me dis pas que tu as oublié de prendre tes pilules contre le mal des transports avant d'embarquer ?

— Ne t'inquiète pas. J'ai suivi tes conseils et je n'ai pas été malade. Ecoute, je suis un peu bousculée. Tu peux me passer Janie ou Mary Beth une seconde ?

— Tu es toujours bousculée, rien de nouveau sous le soleil. Il faut toujours que tu coures comme un lapin décérébré. Boulot, boulot, boulot. Tu ne penses qu'à ça. Si tu veux mon avis…

— Maggie, pas maintenant, je t'en prie. Tu peux me passer Janie ?

— Non. Elle est au magasin de meubles, mais Mary Beth est là. Et pense à tes pilules avant de reprendre l'avion au retour.

— Je n'y manquerai pas, répondit Olivia en sortant son agenda électronique pour vérifier la liste des urgences.

— Mlle Mason à l'appareil.

— Ah, Mary Beth, c'est moi. Je voulais te rappeler que Mme Devereaux doit passer demain après-midi afin de regarder des échantillons de tissus.

— Je sais, Olivia. Tu me l'as déjà dit vingt fois ce matin, avant de partir.

— Et la livraison de meubles concernant le projet Prescott aura lieu demain. Il faut que quelqu'un soit sur place dès la première heure. Tu t'arrangeras avec

Janie. Et n'oublie pas le sofa que j'ai fait porter chez le tapissier. C'est un bon artisan, mais il lambine si on ne le remue pas.

— Pas de problème. Janie sera chez les Prescott dès qu'elle aura déposé ses gosses à l'école, et j'appelle M. Bodette demain matin pour le sofa. Ne t'affole pas, nous veillons au grain.

— Je ne m'affole pas, je vérifie par acquit de conscience.

— Tu sais, Olivia, il va falloir que tu apprennes à te détendre. Si tu décroches le contrat de Mallenegua, tu seras sur place une bonne partie du temps, de sorte que, l'année prochaine, il ne restera que Janie et moi pour satisfaire les autres clients.

— Je préfère ne pas trop compter sur ce boulot. Si je l'obtiens, très bien, mais d'ici là, j'aime autant m'assurer que nous gardons nos habitués.

— Naturellement. Tu sais que tu peux nous faire confiance.

Olivia perçut un léger tremblement dans sa voix. Lâchant un soupir, elle s'assit sur la chaise montgolfière près de la table.

Mary Beth travaillait à ses côtés depuis la création de son entreprise. Au cours de ces six années, elles étaient devenues très proches, des confidentes l'une pour l'autre. Oh, bien sûr, Olivia ne lui avait pas tout dit de son passé, juste le nécessaire pour satisfaire sa curiosité et lui faire comprendre pourquoi elle hésitait à retourner à Savannah. En gros, elle lui avait expliqué qu'elle avait épousé Joe à dix-huit ans, malgré l'opposition d'Eleanore Connally qui, au bout de cinq mois, avait réussi à briser leur couple.

Le reste — sa rencontre inattendue avec Joe, le choc qu'elle avait ressenti, ses doutes concernant le contrat de

Mallenegua — demanderait des explications détaillées qu'elle n'était pas prête à donner au téléphone.

— Pardonne-moi. J'ai été un peu sèche. A vrai dire, je suis affreusement tendue.

— Pas grave, je comprends.

Mary Beth toussota avant de poursuivre :

— Alors, tu passes voir ta mère en quittant l'île, jeudi ?

— Nous en avons déjà parlé. Il n'est pas question que j'aille à Bella Vista.

— Pourquoi ? Ce serait dommage de ne pas en profiter alors que tu es si proche. Pense à ta mère. Si elle découvre que tu es venue dans la région sans aller la voir, elle va être vexée.

Olivia doutait de parvenir à la convaincre du contraire. Mary Beth était issue d'une famille heureuse, étroitement liée, et la distance qu'Olivia mettait entre elle et les siens la chiffonnait. Certes, elle aimait sa mère et sa sœur, et savait qu'elles l'aimaient aussi, à leur façon. Mais elle ne leur ressemblait en rien. Si elle n'avait pas ressemblé à son père, elle aurait pu se croire adoptée.

Flora et Vicky ne partageaient pas ses rêves. Elles n'avaient jamais compris son profond besoin de réussir par elle-même après son divorce. En conséquence, elles réprouvaient ses choix et étaient gênées en sa présence — et réciproquement.

Depuis quatorze ans, Olivia s'inventait des excuses pour ne pas rentrer au pays à l'occasion des fêtes et, en guise de pardon, leur envoyait ensuite des billets d'avion afin qu'elles viennent la voir. En général, Vicky renvoyait les siens accompagnés d'un mot de refus assez sec. En quatorze ans, sa sœur n'avait accepté que trois de ses invitations.

Olivia aurait peut-être culpabilisé si sa mère n'avait pris goût à cet arrangement. Elle n'en avait jamais rien dit, mais devait être secrètement soulagée de voir sa cadette rester à l'écart de Bella Vista.

— Je n'ai pas le temps de les voir, Mary Beth, argumenta-t-elle avec lassitude.

— Eh bien, tu le prends. Il s'agit de ta mère, de ta famille.

— Non, pas cette fois. J'ai trop à faire et d'autres soucis en tête.

Elle se passa nerveusement une main dans les cheveux. Au fond, Mary Beth n'avait peut-être pas tort. Maintenant que les circonstances l'avaient mise en face de Joe, elle n'avait plus de raison valable de fuir Bella Vista.

— Bon. Voilà ce que je te propose. Si je décroche ce contrat, j'irai rendre visite à ma mère dès que le temps me le permettra. Ça te va ?

— Comme si j'avais le choix ! Quand tu parles sur ce ton, je sais que rien ne te fera changer d'avis. En tout cas, ta mère sera ravie de te voir.

Olivia n'en aurait pas juré, mais plutôt que de prolonger la discussion, elle répondit par une vague onomatopée.

— Bien. Et maintenant que ce chapitre est clos, parle-moi de Mallenegua, Olivia. Je meurs d'envie de savoir. A quoi ça ressemble ? C'est aussi terrifiant que dans les histoires qu'on raconte ?

— Oh, tu n'imagines pas ! L'endroit est fabuleux !

Portée par sa passion, elle oublia Joe, Eleanore, ses relations difficiles avec sa famille, pour se lancer dans une description détaillée de la propriété, des jardins, ainsi que du projet de restauration qui prenait forme dans son esprit.

Après dix minutes passées à discuter boutique, elle se sentit plus calme, plus maîtresse d'elle-même.

Lorsqu'elles eurent raccroché, Olivia s'approcha de la fenêtre. D'où elle se tenait, on ne voyait qu'un tiers de l'ancienne jetée. Elle s'avança encore afin d'observer l'activité du chantier. Sous la force accrue du vent, les vagues atteignaient maintenant la petite anse abritée. Le martèlement de la machine à enfoncer les poteaux s'était tu, et la barge qui portait le monstre au repos était sagement à quai.

Au bout de la jetée, près du remorqueur, Joe parlait avec un groupe d'hommes. Même à cette distance, il se distinguait des autres. Il avait toujours eu cette autorité naturelle, cette assurance tranquille qui forçait le respect. On lui obéissait sans poser de questions. Etait-ce inné ou le fruit de son éducation ? Olivia l'ignorait, mais cette qualité faisait partie intégrante du personnage, au même titre que ses cheveux noirs et ses yeux bruns.

Bizarrement, en le voyant arriver sur la jetée, elle ne l'avait pas reconnu alors qu'autrefois, elle sentait sa présence, même de très loin. Normal, puisqu'en ce temps-là, elle était amoureuse.

Croisant les bras sur sa poitrine, elle considéra son large dos. Dieu, qu'elle l'avait aimé !

A peine avait-elle posé les yeux sur Joe Connally qu'elle était tombée en adoration, se rappela-t-elle comme si c'était hier. Elle avait neuf ans à l'époque, lui, douze. Il était beaucoup plus vieux, beaucoup plus mûr.

Suite au départ à la retraite de la domestique et cuisinière des Connally, Flora avait été choisie pour lui succéder — une véritable aubaine pour la famille Jones. Car ce travail se doublait d'un logement indépendant, une modeste maison sur les terres de Winterhaven Farm.

C'était jour de déménagement pour Flora Jones et ses filles. Si Victoria, quatorze ans, et Olivia envisageaient l'événement comme une aventure, ce n'était sans doute pas le cas pour Flora que ce bouleversement avait dû terrifier. De nature casanière, elle avait passé toute sa vie d'adulte entre ses quatre murs, femme au foyer et mère de famille. Au décès de son mari, mort d'une crise cardiaque à quarante-six ans, elle s'était retrouvée seule avec ses deux filles à nourrir, sans diplômes ni expérience professionnelle. Elle s'était rabattue sur le seul travail qui fût à sa portée.

Ce jour-là, tandis que sa mère et Vicky rangeaient leurs affaires dans leur nouveau logis, Olivia était partie en exploration. Les premières personnes qu'elle avait rencontrées étaient deux enfants de son âge : Luke et Blair Connally. Blair n'avait qu'un an de moins qu'elle, de sorte qu'elles avaient immédiatement sympathisé. Mais, en véritable petit macho de dix ans, Luke s'était moqué d'Olivia et l'avait rudoyée, jusqu'à ce que Joe sorte de l'une des écuries pour le mettre au pas.

Il n'aurait pas semblé plus chevaleresque ou plus galant à ses yeux s'il était apparu en armure sur son fier destrier. Aussitôt, il était devenu son prince charmant.

Naturellement, il l'avait ignorée pendant les neuf ans qu'elle avait passé à Winterhaven.

A l'instar de la plupart des garçons, il considérait sa sœur comme un boulet, mais il la défendait. Et sa protection s'étendait à Olivia, puisque Blair et elle étaient inséparables. Hélas, elle n'était pour lui qu'une frêle gamine aux genoux osseux, « la petite Livvie », camarade de jeu de sa sœur.

Lorsque Joe avait commencé à sortir avec des jeunes filles, Olivia était devenue triste comme les pierres. Et quand, au cours de sa deuxième année à Princeton, il avait annoncé ses fiançailles avec Selina St Clair, elle avait souffert à en mourir.

Enfant gâtée d'une autre famille riche de Bella Vista, Selina était blonde, ravissante et têtue, sujette aux caprices et habituée à obtenir ce qu'elle voulait. Dès le début, son histoire d'amour avec Joe s'était révélée orageuse, et leurs disputes souvent publiques ainsi que leurs ruptures répétées avaient entretenu une lueur d'espoir dans le cœur tendre et naïf d'Olivia. Plutôt que de vivre sa vie, elle avait attendu et prié pour qu'un jour, Joe se lasse des caprices de Selina et brise définitivement leurs fiançailles.

Malheureusement, les deux jeunes gens finissaient toujours par se raccommoder — en grande partie grâce à Eleanore. Très favorable à leur relation, cette dernière ne ménageait pas sa peine pour que leur union aboutisse. Après chaque brouille, elle manœuvrait de façon à réunir son fils et Selina et, après chaque réconciliation, Olivia pansait en silence les blessures de son cœur.

Blair était seule à connaître le secret de cet amour à sens unique, secret qu'elle gardait jalousement, même si, comme toutes les sœurs du monde, elle prétendait ne pas comprendre comment on pouvait s'intéresser à son « imbécile de frère ».

— Tu sais, Livvie, il y a des tas de garçons bien mieux que lui. J'en connais au moins quatre qui seraient ravis de sortir avec toi. Je t'en prie, sois raisonnable et oublie Joe ! lui répétait-elle inlassablement.

Avec un soupir, Olivia resserra les bras sur sa poitrine et se massa distraitement les coudes. Si seulement elle l'avait écoutée, elle se serait épargné bien des souffrances !

Tout en le regardant désigner une rangée de poteaux neufs qui sortaient de l'eau, elle se demanda s'il était toujours aveugle aux défauts de Selina. Avant qu'elle quitte Savannah, Eleanore l'avait informée qu'il allait épouser son ex-fiancée, une nouvelle que sa mère avait confirmée en lui apprenant quelque temps après que sa maîtresse était très occupée par les préparatifs du mariage.

Depuis, Olivia n'avait plus jamais demandé de nouvelles de Joe. D'abord, elle avait préféré ne rien savoir ; puis, les années passant, elle avait guéri et ne s'était plus guère souciée de lui. Quoi qu'il en soit, au cours des rares visites de sa famille ou de leurs coups de téléphone, jamais personne ne mentionnait Joe ou les Connally.

Olivia avait remarqué, pendant qu'il la guidait à travers la maison, qu'il ne portait pas d'alliance. Mais cela ne voulait rien dire. Il n'en portait pas davantage du temps de leur mariage.

Joe et Selina étaient-ils heureux ? Avaient-ils des enfants ?

Son cœur se serra soudain. Douleur violente, inattendue. D'une main rageuse, elle écrasa les larmes qui coulaient sur ses joues.

Sur la cheminée, la pendule tinta doucement. Olivia pinça les lèvres en prenant conscience du temps qu'elle avait perdu. Lorsqu'elle avait accepté l'invitation d'AdCo, elle s'était promis de ne pas remuer ses vieux souvenirs, et voilà qu'elle retournait les cendres du passé et s'apitoyait sur son sort comme une idiote !

Là-bas, Joe riait à gorge déployée — sans doute suite à la plaisanterie d'un ouvrier. Elle se raidit et, quittant la fenêtre, alla s'asseoir sur l'élégante chaise au dossier montgolfière. Elle prit son cahier d'esquisses et ses crayons dans sa mallette.

Pourquoi se laisserait-elle perturber par la présence de Joe ? Exception faite de sa surprise quand il l'avait vue, il ne semblait nullement troublé. Elle n'avait aucun effet sur son équilibre mental, et lui ne se mettrait sûrement pas en vrille à cause d'elle.

Livvie est de retour.

Cette pensée tournait en boucle dans sa tête. Depuis qu'il l'avait vue devant lui, si adulte et si étonnamment séduisante, Joe se répétait cette phrase comme une litanie, incapable de penser à autre chose. Pendant toute la visite de la maison, pendant que Mike lui détaillait les progrès des travaux et donnait des consignes à ses hommes, il ne pensait qu'à Livvie.

Adossé à un vieux poteau bruni par l'âge, il faisait mine de regarder l'équipe qui déchargeait la barge, mais chaque fibre de son être était tendue vers Livvie, là-haut, dans la maison. Ni l'activité des hommes, ni le vent glacial qui lui cinglait le visage et agitait ses cheveux en tous sens ne pénétraient sa conscience.

Sur le quai, Mike aboyait ses ordres, les mains en porte-voix, et Cappy s'en faisait l'écho depuis le pont du remorqueur. De temps à autre, les deux hommes lui criaient un commentaire, et Joe hochait distraitement la tête en guise de réponse, sans chercher à comprendre.

Il leva les yeux vers la maison. Incroyable mais vrai, Livvie était de retour.

Qu'éprouvait-il, au juste ? Il n'en savait trop rien. Sans doute était-il déstabilisé. Non qu'ils se soient quittés en mauvais termes. Il n'y avait pas de ressentiment entre eux, pas d'animosité, mais de la voir soudain devant lui avait été un choc. Après toutes ces années, il ne s'attendait pas à la retrouver un jour.

Diable ! Qui aurait imaginé qu'Olivia, la décoratrice en vogue que sa mère et toutes ses amies portaient aux nues, se révélerait être son ex-femme ?

L'ironie de la situation lui arracha un rire que le vent emporta et qui passa inaperçu de ses compagnons. En tout cas, il pouvait être sûr que sa mère n'avait pas rencontré la décoratrice de Dorothea Montgomery et n'avait pas fait le rapprochement entre son ex-bru et cette « Olivia ». Sinon, elle n'aurait pas insisté aussi lourdement pour qu'il prenne contact avec elle. Seigneur, elle ferait une attaque en apprenant qu'elle lui avait recommandé Livvie !

Il grimaça. *Pas Livvie, Olivia.*

Pfff. Jamais il ne l'avait entendu appeler autrement que Livvie. Mais puisqu'elle y tenait, il ne la contrarierait pas. Même si elle restait « la petite Livvie » à ses yeux.

Pendant quelques mois, elle avait même été *sa* petite Livvie.

Bon sang, qu'est-ce qu'elle avait changé ! Et force lui était d'admettre qu'elle était bien jolie. Diablement belle, même. La Livvie de ses souvenirs était une petite chose mignonne, avec de grands yeux verts et des cheveux auburn relevés en une queue-de-cheval qui dansait sur ses épaules. Mais jamais il ne l'avait considérée comme une beauté.

Pfff et re-pfff. Preuve qu'il n'y connaissait rien.

Pourtant, ce n'était pas sa métamorphose physique qui le troublait, mais sa froideur et la colère qu'il sentait couver sous son attitude princière. Une colère apparemment dirigée contre lui.

Il leva de nouveau les yeux vers la maison et fronça les sourcils. Pourquoi diable Livvie lui en voudrait-elle ? Ce n'était pas lui, mais elle qui avait demandé le divorce. Pourtant, elle se conduisait comme s'il était l'ennemi ;

elle lui parlait avec une politesse excessive ainsi qu'à un étranger, le regard froid. Il avait aussi remarqué qu'elle se raidissait au moindre contact et s'efforçait de rester à bonne distance de lui.

Et merde ! Jadis, il avait accès aux moindres recoins de son corps pour l'embrasser, la caresser. Et elle ne le fuyait pas, bien au contraire...

Le vent lui rabattit les cheveux sur le front. D'une main impatiente, il les repoussa en arrière. Son irritation allait croissant. Incapable de tenir en place, il se redressa et s'écarta du poteau.

— Mike ? Je retourne à mon bateau. Si tu as besoin de moi, tu sais où me trouver. Je reste encore une petite demi-heure avant de regagner la côte.

— O.K., patron.

Ayant descendu la jetée au pas de charge, il longea le remorqueur et la barge jusqu'à son yacht. Le bateau tanguait au gré des vagues et tirait sur l'amarre. Ayant enjambé le bastingage, Joe alla se réfugier dans la cabine, à l'abri du vent.

Il se laissa choir sur la banquette et se releva presque aussitôt pour arpenter l'étroit habitacle.

Livvie avait peut-être raison. Travailler avec elle sur ce projet risquait de générer des tensions. Il aurait mieux fait d'accepter son désistement...

S'immobilisant, il se frotta le menton. Bah, il pouvait toujours remonter là-haut lui dire qu'il avait changé d'avis. Ce serait sans doute plus sage.

Il lâcha un soupir, les sourcils froncés.

Oui, il le pouvait, mais il ne le ferait pas. On ne reprenait pas la parole donnée.

4.

Le jeudi, Olivia reprit l'avion pour Atlanta, retrouva sa voiture qui l'attendait sur le parking de l'aéroport et se rendit directement à son bureau.

Dès qu'elle aperçut le bâtiment, son abattement se dissipa. Elle alla se garer dans les anciennes écuries reconverties en garage, puis emprunta l'allée en briques qui conduisait à l'arrière de la maison avec la même satisfaction qu'à ses débuts. Elle était fière de ce qu'elle avait accompli, fière d'avoir eu la présence d'esprit d'acheter cette propriété.

Construite après la guerre de Sécession par un aristocrate sudiste déchu, la maison avait sans doute moins d'allure que l'ancienne plantation de ses propriétaires, mais son charme victorien était très attrayant. Olivia avait tout de suite été séduite malgré son emplacement dans un quartier résidentiel sur le déclin.

Contre l'avis de tous, elle avait acheté, gageant que la proximité du centre-ville attirerait les investisseurs commerciaux. Ensuite, grâce à un financement de la Société d'Histoire doublé d'un important prêt bancaire, elle avait restauré la propriété afin d'en faire le siège de son entreprise naissante.

Le pari avait payé. Le temps de remettre locaux et jardins en état, trois immeubles de bureaux étaient en construction dans son voisinage immédiat et, aujourd'hui, elle possédait le seul bâtiment historique de la rue.

Avec sa façade jaune clair, ses finitions de bois sculpté, ses volets, sa terrasse en auvent protégée par une balustrade, ainsi que ses avant-toits de bardeaux, la maison occupait un vaste espace vert dominé par des chênes centenaires, d'immenses pins et des magnolias. Des plates-bandes, le long de la barrière de bois blanche qui entourait le terrain, explosaient au printemps en une débauche de fleurs colorées. Sur un côté, une roseraie bordait la maison avec, en son centre, une fontaine en pierre dotée d'une vasque pour les oiseaux. Harmonieusement disposés sur la terrasse, des sièges en rotin blanc aux pimpants coussins verts et une balancelle à l'ancienne invitaient au repos. Tel un joyau parmi de vulgaires cailloux, la maison retenait l'attention des passants, son charme pittoresque se reflétant dans les vitres des immeubles modernes alentour.

Olivia gravit les marches de la terrasse et entra par la porte-fenêtre qui donnait sur la salle à manger. Longeant la grande table à pied central, elle se rendit dans le salon attenant transformé en bureau.

A l'image du reste de la maison, la vaste pièce était meublée dans le style victorien. Un tapis d'Orient couvrait en grande partie le plancher en cœur de pin avec, au milieu, une table ronde sur laquelle trônait un vase de fleurs coupées. Deux canapés de brocart à médaillon se faisaient face de chaque côté de la cheminée, et l'on pouvait admirer, savamment disposés çà et là, des plantes en pots, des chaises rococo, des guéridons ouvragés à plateau de marbre supportant des lampes à abat-jour frangé, ainsi que des dessertes couvertes de bric-à-brac d'époque.

Des figurines de jade et d'ivoire, un vase chinois et une composition en plumes de paon décoraient le manteau de la cheminée au-dessus duquel était accroché un portrait de femme victorienne avec ses enfants et son bichon. Enfin, un piano à queue drapé d'une étole à franges occupait l'alcôve en arc de cercle de la fenêtre. Le seul anachronisme était constitué par deux classeurs de bureau astucieusement insérés dans le buffet.

Olivia adorait cette pièce. Impressionnant, d'un goût sûr, le salon comme tout le rez-de-chaussée servait de vitrine à son travail. Lorsqu'elle recevait un client, elle fermait les doubles portes qui communiquaient avec le hall d'entrée et la salle à manger pour plus d'intimité.

Après avoir posé son attaché-case sur le secrétaire, elle prit les messages soigneusement empilés sur l'abattant et les feuilleta tout en gagnant le hall.

— Je vois que la maison est encore debout et que vous avez survécu sans moi, lança-t-elle.

— Eh bien, eh bien… Voilà notre voyageuse !

Occupant les multiples fonctions de réceptionniste, standardiste et comptable, Margaret Went la considéra par-dessus ses lunettes avec un sourire depuis son poste de travail — une lourde table gothique accolée à l'escalier. A côté d'elle se trouvait Janie Greer, dont le bureau occupait la petite chambre du rez-de-chaussée à l'arrière de la maison.

— Salut, Olivia. Contente que tu sois revenue parmi nous.

— Le voyage s'est bien passé ? s'enquit Margaret. Tu n'as pas l'air très fraîche. Ne me dis pas que tu as oublié de prendre ton médicament !

— Non, mais il y avait un début de tempête en mer, et la traversée jusqu'à la côte n'a pas été de tout repos.

Après quoi, l'avion a subi des turbulences pendant presque tout le vol.

— Il me semblait bien avoir reconnu ta voix ! s'écria Mary Beth en s'élançant hors de son bureau situé de l'autre côté du hall.

Ses deux assistantes étaient aussi différentes que le jour et la nuit. Agée de trente ans, Janie Greer débordait de vitalité ; pleine d'une énergie nerveuse, elle avait également tendance à s'inquiéter. Mary Beth, l'amie chère au cœur d'Olivia, était au contraire solide comme un roc. Elégante, dotée d'un goût très sûr, elle avait la grâce alanguie des belles du Sud, mais son accent du Minnesota trahissait ses origines nordiques dès qu'elle ouvrait la bouche. Agée de quarante-quatre ans, c'était une jolie brunette, veuve et mère de jumeaux de vingt-deux ans, qui possédait une assurance et un aplomb nés de l'expérience. Elle affirmait volontiers qu'élever seule deux garçons turbulents l'avait rendue imperméable aux chocs de la vie.

— Quel plaisir de te retrouver !

Elle serra brièvement Olivia dans ses bras, puis recula d'un pas.

— Alors ? Comment ça s'est passé ?

— J'ai travaillé comme une bête pendant trois jours. J'ai tout mesuré, tout photographié sous la surveillance d'une horrible vieille sorcière qui ne voulait pas de moi chez elle — et ne s'en cachait pas.

— C'est moche, commenta Janie avec une grimace.

— Je faisais de mon mieux pour l'éviter, mais où que j'aille, elle était là. Soit je voyais juste disparaître une jupe noire au coin d'un couloir ; soit elle restait plantée là comme la statue du Commandeur, à me dévisager avec ses yeux de vieille chouette. C'était flippant ! Je ne crois pas un mot des histoires qui circulent sur Mallenegua, mais je vous promets que rester seule là-bas avec Mme Jaffe me donnait la chair de poule au point de m'inciter à fermer ma porte à clé !

— Flippant, en effet, acquiesça Mary Beth. C'est quoi son problème, à ta sorcière ?

— Oh, elle travaillait pour les Mallen depuis des lustres, et elle ne supporte pas que des étrangers aient racheté l'île afin de convertir la propriété en hôtel de luxe, expliqua Olivia. Enfin, ma réaction était sans doute exagérée. Le personnage est inquiétant mais inoffensif.

Selon Joe, en tout cas, ajouta-t-elle mentalement avant de poursuivre :

— Quand je n'étais pas occupée à prendre des mesures ou des photos, je l'évitais en restant dans ma suite. J'ai mis ce temps à profit pour réaliser des esquisses et des dessins à l'échelle. J'ai joué avec différentes dispositions de mobilier, avec des combinaisons de tissus et de papiers peints. J'ai trouvé quelques bonnes idées pour ma présentation.

— A quoi ressemble Reese ? s'enquit Janie, curieuse. Il paraît qu'il est supersexy.

Olivia ne put s'empêcher de sourire. On pouvait compter sur Janie pour aller droit au but. Bien que mariée et mère de deux jeunes enfants, elle appréciait la beauté virile et s'était donné pour objectif de lui dénicher un époux. Les protestations répétées d'Olivia qui ne voulait pas d'homme dans sa vie ne refroidissaient en rien ses ardeurs d'entremetteuse.

— Je n'en sais rien, je ne l'ai pas rencontré. Il était censé passer ces trois jours à Mallenegua avec moi, mais il a eu un empêchement de dernière minute. C'est son associé qui m'a fait visiter les lieux. Cela dit, il n'est pas resté longtemps, lui aussi avait des engagements.

— Zut ! C'est vraiment pas de chance !

La jeune femme prit son manteau rouge vif dans le placard et rassembla les albums d'échantillons qu'elle avait posés sur la table de Maggie, tout en ajoutant :

— Ce n'est pas que je m'ennuie, et j'aimerais bien en savoir davantage sur cette visite, mais j'ai rendez-vous avec Mme Pettigrew dans un quart d'heure pour choisir des tentures et des tissus d'ameublement. A plus, les filles !

Et, en l'espace d'une seconde, elle disparut dans un claquement de talons aiguilles et un tourbillon de rouge au-dessus duquel dansaient ses boucles blondes. Elle ne marchait pas, elle volait d'un endroit à l'autre, vive comme l'oiseau-mouche qui butine de fleur en fleur. Olivia était souvent lasse rien qu'à la regarder papillonner de la sorte. Grand Dieu, quelle énergie !

— Moi, je n'ai pas de rendez-vous avant une heure et je suis curieuse de voir tes photos.

— Plus tard, Mary Beth. Dans l'immédiat, j'aimerais discuter avec toi. Allons prendre un thé.

Dans la cuisine, elles s'installèrent autour de la petite table ronde, une chope fumante à la main.

— Si c'est le projet de Bayou Teche qui te tracasse, ne te fais pas de souci, attaqua Mary Beth. Comme je te l'ai dit, Janie et moi sommes parfaitement capables de satisfaire nos autres clients pendant que tu travailles à Mallen Island.

— Justement, c'est de ça que je voulais te parler. Il y a peu de chances que je décroche le contrat de Mallenegua.

— Arrête d'être défaitiste, s'il te plaît. D'accord, il y a deux autres firmes en concurrence. La belle affaire !

Tes adversaires n'ont pas ton talent dans ce domaine, et quand AdCo verra ta présentation, ils seront aussitôt hors course.

— Merci. J'apprécie ta confiance en moi. Seulement, la concurrence est le cadet de nos soucis, répliqua Olivia avec abattement.

— Aïe. Voilà qui n'augure rien de bon.

Plissant les yeux, Mary Beth l'examina attentivement.

— Il s'est passé quelque chose là-bas, n'est-ce pas ? A l'évidence, tu n'es pas dans ton assiette… Raconte. Tu ne serais pas tombée sur ton ex, par hasard ?

Olivia n'eut pas besoin de parler, la réponse se lisait sur son visage. Pour se donner une contenance, elle but une gorgée de thé.

— Oh, merde ! J'ai deviné juste, tu l'as revu !

— A vrai dire, c'est bien pire que ça.

— Pire ? Alors, tu as rencontré sa mère. Qu'est-ce qu'elle t'a dit ?

— Non, Dieu merci, je n'ai pas vu Eleanore.

Olivia marqua une pause et ferma les yeux. Sentant poindre un début de migraine, elle se massa les tempes du bout des doigts.

— Joe Connally est l'associé de Reese Addison, le Co de AdCo.

Mary Beth en resta muette de surprise. Le silence se prolongea un moment, aucune des deux ne reprenant la parole. On aurait entendu une mouche voler dans la cuisine.

— Joe Connally ? Ton ex-mari ? lâcha enfin Mary Beth, se ressaisissant. Ce n'est pas possible ! Tu plaisantes. Tu me fais marcher, hein ?

— J'aimerais bien, mais c'est la vérité.

— Bon sang... Tu as dû avoir un sacré choc. Il n'y a pas eu de scène, au moins ?

— Non. Tout s'est passé dans la plus grande courtoisie, mais c'était affreusement gênant. Très déstabilisant.

— J'imagine, commenta-t-elle avant de poser affectueusement la main sur son bras. Ça va ? Tu tiens le coup ?

Olivia repoussa sa lourde chevelure en arrière avec un soupir.

— Ça va. Sur le moment, j'étais ébranlée, bien sûr. Je ne m'attendais tellement pas à le voir ! Mais je pense m'en être tirée honorablement et je doute que Joe ait remarqué mon trouble.

— Je suis sûre qu'il ne s'est aperçu de rien ! s'exclama sa collègue en éclatant de rire. Je t'ai vue à l'œuvre, ma belle. Plus une situation est délicate, plus ton interlocuteur est pénible, et plus tu deviens royale. Jamais un ex-mari ne parviendra à te faire perdre ton assurance princière et tes belles manières. Et maintenant, venons-en au fait : Joe est revenu sur les propositions d'AdCo ?

— Au contraire. Il a insisté pour que je présente mon projet et prétend que j'ai toutes mes chances face à la concurrence.

— Seulement, tu ne le crois pas.

— Je pense que lui le croit.

— Je vois. Et qu'est-ce que tu comptes faire ?

— Est-ce que j'ai le choix ? Je vais travailler à mon projet de restauration et, dans quinze jours, tu te rendras à Savannah pour le présenter devant Joe et Reese Addison. Mais je ne me fais pas d'illusions.

— Tu veux que *moi*, j'aille à Savannah présenter le projet à ta place ?

— Exactement. Crois-moi, ils rejetteront mon projet sous un faux prétexte, et je ne vois pas pourquoi j'irais me torturer à revoir Joe pour une présentation de pure forme. S'ils te posent des questions, tu n'auras qu'à répondre que j'avais un engagement préalable.

— Bon, si tu y tiens vraiment, j'irai.

Olivia soupira.

— J'y tiens. Parce que tu ne sais pas tout. Il faut encore que je te dise ce qui s'est vraiment passé entre Joe et moi.

— Ah ?

Elle contempla sa chope, cherchant les mots justes, et reprit :

— Je crois t'avoir déjà dit que je suis tombée en adoration devant lui dès notre première rencontre. Il ne se doutait de rien et me considérait simplement comme la petite camarade de sa sœur.

Elle but une gorgée de thé et enveloppa sa chope de ses mains, le regard tourné vers la fenêtre. Dehors, les nénuphars flottaient sur le bassin, agités par une brise légère, et les oiseaux picoraient gaiement dans la mangeoire suspendue aux branches du magnolia. Mais elle ne voyait rien. Ses yeux étaient fixés sur un autre temps, sur les images du passé qui affluaient à sa mémoire.

— C'est le jour de mon dix-huitième anniversaire que tout a changé, commença-t-elle enfin. Je me souviens de cet après-midi comme si c'était hier. Etendue sur mon lit, je m'apitoyais sur mon sort en contemplant les lauriers-roses du jardin…

Livvie parvenait au seuil de l'âge adulte dans l'indifférence générale. Sa mère ne rentrerait que très tard de son service, Mme Connally donnant une réception, et Vicky, qui avait épousé dix mois plus tôt l'un des dresseurs de chevaux de la ferme, souffrait de nausées dues à sa grossesse, de sorte qu'elle n'était pas d'humeur à sortir pour fêter l'anniversaire de sa petite sœur.

Quant à un petit ami, Livvie n'en avait pas, pas même un compagnon avec qui célébrer dignement l'événement.

Seul sujet de réjouissance : les vacances de printemps de Joe. Au lieu de partir à la mer avec ses amis de Princeton comme prévu, il avait surpris tout le monde en débarquant à Winterhaven Farm sans crier gare quelques jours plus tôt. D'une humeur de chien, il avait claqué la porte de la maison, surgi dans le salon où Blair et elle regardaient la télévision, et annoncé qu'il avait rompu avec Selina. Définitivement cette fois — du moins, à l'en croire.

Sur le moment, Livvie avait senti son cœur bondir dans sa poitrine, mais elle se méfiait. Mieux valait attendre et voir ce que réservait l'avenir. Les fiancés terribles n'en étaient pas à leur première rupture.

Depuis ce retour orageux, elle l'avait à peine revu. Joe passait son temps à broyer du noir, à se disputer avec sa mère, à rembarrer quiconque l'approchait. S'il se souvenait que c'était aujourd'hui l'anniversaire de « la petite Livvie » — ce dont elle doutait —, il s'en souciait comme d'une guigne.

Tout à sa tristesse, elle sursauta quand Blair entra en trombe dans sa chambre.

— Vite, vite, lève-toi ! Nous n'avons que quelques heures pour te préparer.

Elle se redressa et s'assit en tailleur sur son lit.

— Me préparer ? Mais pourquoi ?

Elle fronça les sourcils. Blair avait apporté plusieurs robes sur leurs cintres et un gros sac rempli d'accessoires divers, dont des chaussures et une trousse de maquillage.

— Pour ton rendez-vous.

— Qu'est-ce que tu racontes ? Je n'ai pas de rendez-vous.

— Là, tu te trompes. Tu en as un.

Blair drapa soigneusement les robes sur le pied du lit et posa son sac. Après quoi, elle reporta son attention sur Livvie qu'elle gratifia d'un sourire triomphant.

— Joe t'invite à dîner pour ton anniversaire.

Livvie crut que son cœur s'arrêtait de battre avant de s'emballer comme un cheval au galop. Incrédule, elle la dévisagea.

— Quoi ? Mais enfin… Qu'est-ce qu'il… ? Pourquoi… ? Jamais il n'a…

— J'ai réussi à l'en convaincre, déclara Blair, si fière de son exploit qu'elle ne remarqua pas sa soudaine déconfiture.

— Ah… Je vois.

— Ouais. Il a découvert que Selina et ses parents venaient dîner à la maison, et il a eu une prise de bec épique avec maman à ce sujet.

Sans s'arrêter de parler, Blair allait et venait tout en déballant ses affaires.

— Il est fou de rage. Il refuse catégoriquement d'assister au dîner, ce qui met le projet de maman par terre puisque le seul but de cette soirée était de le réconcilier avec Selina. Pour qu'elle cesse de l'empoisonner, il lui a dit qu'il avait un rendez-vous ce soir. Naturellement, ce n'était pas vrai. Histoire de consolider son alibi, il a pris son carnet d'adresses et s'est mis à appeler les filles qu'il connaissait avant ses fiançailles. Seulement, celles qui n'étaient pas mariées étaient en fac à l'autre bout du pays. Du coup, je lui ai rappelé que c'était ton anniversaire et

76

suggéré de t'emmener dîner pour fêter tes dix-huit ans. Bonne nouvelle, il a accepté !

— Mais alors… il ne veut pas vraiment sortir avec moi, en conclut Livvie, déconfite. Il cherche seulement à échapper au dîner et aux manigances de votre mère.

Les mains pleines de bigoudis chauffants, Blair se détourna de la commode et la considéra. Voyant sa déception, elle posa les rouleaux, vint s'asseoir près d'elle et lui prit la main.

— Allons, ma puce, ne fais pas cette tête. Bien sûr, si je ne l'avais pas poussé, il ne t'aurait probablement pas invitée à sortir.

— Il ne m'a *pas* invitée.

Blair évacua la remarque de la main.

— La question n'est pas là. Tu as la chance dont tu rêvais. Peu importe pourquoi ou comment. Tout ce qui compte, c'est que tu sors avec Joe ce soir. Alors, vas-y, profites-en !

Les yeux baissés, Livvie triturait nerveusement le vieil édredon qui recouvrait son lit tout en pesant le pour et le contre. D'un côté, dix ans de rêveries romantiques et de fantasmes ; de l'autre, la peur de gâcher une occasion unique qui ne se reproduirait pas si elle refusait.

Au bout d'un long moment, elle releva la tête avec un sourire.

— Finalement, tu as peut-être raison.

— Super !

Blair la prit dans ses bras pour l'embrasser, puis elle sauta du lit et frappa dans ses mains.

— Vite, vite, on se dépêche. Ne reste pas là comme une potiche ! On a des milliers de trucs à faire avant que Joe vienne te chercher.

A l'évocation de cette journée qui avait marqué la fin de son amitié avec Blair, un sourire triste se peignit sur les lèvres d'Olivia.

— J'étais bien naïve et bien sotte à l'époque, remarqua-t-elle avec un coup d'œil en direction de Mary Beth. Pendant ces heures d'excitation et de rires, de soins de beauté, d'essayages et de coiffure, j'imaginais que Joe tomberait raide amoureux de moi en me voyant toute mignonne avec mon chignon et ma jolie robe empruntée.

— Si je comprends bien, le miracle ne s'est pas produit.

— Non, mais à sa décharge, je dois reconnaître qu'en m'apercevant, il a ouvert des yeux comme des soucoupes. Puis il s'est contenté de dire avec un sourire : « Eh bien, petit bout, si je m'y attendais ! » Et il a tout gâché en ajoutant : « Viens vite. Allons montrer aux garçons ce qu'ils ratent. On va les rendre tellement jaloux que, dès demain, ils se battront devant ta porte ! »

— Aïe, gémit Mary Beth. Ce n'est pas le genre de discours qui met du baume au cœur d'une jeune fille amoureuse.

— Pas précisément, non. Et, naturellement, la soirée a été un désastre, poursuivit Olivia.

Son regard se fit lointain de nouveau.

Joe l'avait emmenée dans l'un des restaurants les plus populaires de Savannah, mais Livvie était trop nerveuse pour apprécier. Tendue à s'en rendre malade, elle ne put enchaîner trois phrases de tout le repas. Poli, il s'efforçait d'entretenir la conversation, mais comme il n'obtenait que des hochements de tête et des monosyllabes en échange de ses efforts, il finit par se lasser et garder le silence.

Après le dîner, lorsqu'ils se retrouvèrent seuls dans la voiture, il lui demanda si elle voulait aller faire un tour, proposition qu'elle accepta avec enthousiasme.

Si elle avait cru un instant qu'il nourrissait quelque intention romantique, son silence buté la détrompa bien vite et, au bout de quelque temps, elle comprit que la promenade n'était qu'un moyen de tuer le temps et de ne pas rentrer avant que les invités de sa mère soient partis.

Livvie se demandait même s'il l'avait oubliée. Muré dans son silence, il regardait droit devant lui en filant à travers la nuit de Géorgie. Il conduisait vite, comme s'il cherchait à distancer ses démons.

Toute sage, mains croisées sur les genoux, elle se taisait aussi. Un bref coup d'œil au profil de Joe ne fit qu'accroître son malaise. On aurait cru ses traits sculptés dans le roc tant ils étaient figés.

Ils franchirent Talmadge Bridge, passèrent en Caroline du Sud. Kilomètre après kilomètre, le paysage de marais éclairé par la lune défilait autour d'eux. Ce n'est qu'en atteignant la petite ville de Beaufort que Joe fit demi-tour afin de regagner Savannah.

Livvie se répétait qu'elle devait dire quelque chose, mais sa langue restait obstinément collée à son palais. Ce qui, finalement, valait peut-être mieux puisqu'elle ne trouvait pas l'ombre d'une idée intelligente pour relancer la conversation. De toute façon, le courage lui manquait.

Vers minuit, Joe s'engagea sur la route de Bella Vista au grand dam de Livvie. Malheureuse comme les pierres, elle se reprochait amèrement sa sottise et sa lâcheté. Elle avait gâché une occasion en or. Alors qu'elle avait Joe pour elle seule toute la soirée, elle était restée muette comme une carpe.

Ils traversèrent Bella Vista sans même ralentir et prirent la départementale qui menait à Winterhaven Farm. Bientôt, Joe tourna pour passer sous l'arche de brique qui marquait l'entrée de la propriété. De chaque côté de la longue allée, les magnolias et les chênes formaient une voûte, éclairée par la clarté lunaire. Au-delà de la barrière blanche s'étendaient les prés et les collines qui ondoyaient au loin et se perdaient dans la nuit.

Lorsque la maison de maître apparut devant eux, Livvie vit Joe regarder en direction de l'aire réservée au parking, ce qui confirma ses soupçons. Laissant l'imposante demeure derrière lui, il enfila l'étroite route boisée qui menait aux fermettes des employés. Quelques instants plus tard, il se garait devant celle des Jones et coupait le moteur.

Livvie était au désespoir. Leur soirée s'achevait ici. Elle avait eu sa chance, et elle l'avait gâchée. Des larmes de frustration lui montèrent aux yeux qu'elle s'efforça de retenir.

— Eh bien voilà, nous sommes arrivés, déclara-t-il.

Il se tourna vers elle et posa le bras sur son dossier. Là, à l'ombre des arbres, il faisait noir comme dans un four. C'est à peine s'ils pouvaient se voir à la faible lueur de l'ampoule suspendue au-dessus de la porte.

Joe sourit. Eclair blanc de ses dents dans la pénombre.

— Je suis désolé, petit chat. Je n'étais pas de très bonne compagnie ce soir, murmura-t-il en effleurant son cou du bout des doigts.

80

Elle sursauta. Ce léger frôlement lui fit l'effet d'une décharge électrique qui se répercuta à travers tout son corps.

— Hé, doucement ! Qu'est-ce qui te rend si nerveuse ? Ce n'est que moi.

Elle esquissa un pauvre sourire.

— Excuse-moi. Je... J'ai dû boire trop de café aujourd'hui.

— J'espère que tu ne t'es pas trop ennuyée.

— Non... Non, pas du tout, au contraire. J'ai passé une super soirée.

Il lui prit une mèche de cheveux et tira dessus en riant.

— Menteuse, va. J'ai été en dessous de tout et tu le sais. Tu méritais mieux que ça. Surtout ce soir. Tu étais censée fêter tes dix-huit ans.

Sans cesser de lui sourire, il glissa la main sur sa nuque, l'attira doucement à lui et se pencha pour effleurer ses lèvres d'un baiser. Quand elle sentit son haleine se mêler à la sienne, son cœur s'accéléra brusquement.

— Bon anniversaire, Livvie.

Jamais il ne l'avait embrassée, pas même sur la joue. Elle avait passé des heures à imaginer ce moment, mais la réalité dépassait tous ses rêves.

C'était le plus chaste, le plus léger des baisers, à peine un effleurement. Mais le contact de ses lèvres sur les siennes eut un effet cataclysmique. Les tensions de la soirée, sa panique à l'idée qu'il s'agissait sans doute de son unique chance et qu'elle lui échappait, avaient généré tant de pression qu'une digue se brisa en elle. Tout à coup, sa retenue et ses inhibitions s'évanouirent, et dix ans de désir accumulé s'engouffrèrent dans la brèche.

Se jetant contre lui, elle noua les deux bras autour de son cou et l'embrassa avec tout son amour. Surpris, il se raidit. Puis il la prit par les épaules et interrompit le baiser de façon à s'écarter.

— Livvie ?

Elle laissa échapper une plainte et resserra l'étreinte de ses bras.

— Joe, s'il te plaît…

Interloqué, il la dévisageait en silence. Elle avait le visage en feu, les yeux suppliants, le souffle irrégulier. Ni l'un ni l'autre ne bougeaient. Un chien aboya au loin. Dans un pré, un cheval hennit en réponse. L'après-midi, on avait coupé l'herbe dans les champs, et l'air sentait le foin et les oignons sauvages.

Joe demeura si longtemps silencieux qu'une angoisse sourde lui noua le ventre. Lorsqu'il crispa les doigts sur ses épaules, elle crut qu'il allait la repousser. Mais, au lieu de cela, il se pencha lentement vers elle, comme mû par une force irrésistible. Quand enfin leurs lèvres se touchèrent, ce fut l'étincelle qui mit le feu aux poudres.

D'abord aussi doux que le premier, ce baiser-là se transforma bientôt en un baiser brûlant, humide et dévorant. Ni chaste, ni timide, mais sensuel et excitant. Livvie s'y abandonna, émerveillée par tant de plaisir. Sans la moindre retenue, elle embrassa Joe avec toute la passion, tout le désir qu'elle nourrissait à son égard en secret depuis tant d'années.

Etourdie par sa fièvre, elle ne sut jamais à quel moment Joe l'étendit doucement sur la banquette. Elle ne s'inquiéta pas davantage lorsqu'il dégrafa sa robe pour la lui ôter. Puis ses sous-vêtements en dentelle. Peu lui importait. Elle était entre les bras de Joe qui l'embrassait, la caressait, et cela seul comptait.

Quand il se défit de ses propres vêtements et se positionna sur elle, une bouffée d'angoisse vint déchirer le voile de sa passion aveugle. Cependant, pour rien au monde, même au prix de sa vie, elle ne l'aurait arrêté. Non seulement elle ne le voulait pas, mais elle n'en était pas capable. C'était Joe et elle l'aimait. Elle l'avait toujours aimé.

La douleur aussi inattendue que fulgurante de la pénétration lui arracha un cri. Joe s'immobilisa aussitôt. Se redressant sur ses avant-bras, il plongea dans ses yeux, horrifié.

— Dieu du ciel, Livvie, pourquoi ne me l'as-tu pas dit ?

— Je... je... Excuse-moi, bredouilla-t-elle d'une voix tremblante tandis que de grosses larmes roulaient sur ses joues. Il ne faut pas m'en vouloir...

— T'en vouloir ? Mais je ne t'en veux pas.

Il se détourna pour jurer à voix basse, puis reporta son attention sur elle en agitant la tête.

— Livvie, franchement...

Les dents serrées, il s'apprêtait à se retirer. Elle lui agrippa les épaules, plantant les ongles dans sa chair.

— Non, Joe, n'arrête pas... Pas maintenant... S'il te plaît !

— Livvie, sois...

— Non, Joe ! Je t'en prie... Je... je te désire.

Il ferma les yeux, gémissant. D'instinct, elle souleva les hanches pour mieux le prendre en elle. Il frissonna convulsivement. Du bout des doigts, elle effleura son ventre plat jusqu'à l'endroit où leurs deux corps se rejoignaient.

— S'il te plaît, Joe, murmura-t-elle. Je voudrais que tu sois le premier.

Cette remarque eut raison de ses bonnes résolutions. Avec un grondement sourd, il posséda sa bouche en un baiser vorace, pénétra lentement en elle jusqu'à la remplir tout entière, puis resta là sans bouger, lui donnant le temps de se détendre. Le visage enfoui dans ses cheveux, il avait le souffle court, les mâchoires contractées, et ses muscles étaient tendus sous l'effort.

— Ça va ? demanda-t-il entre ses dents serrées.

Incapable d'articuler un mot, elle heurta son épaule du menton en hochant la tête.

— Tu es sûre ? Je ne te fais pas mal ?

— Non, souffla-t-elle.

Timidement, elle caressa son dos, en explora les creux et les bosses. Avec un frisson, Joe commença son va-et-vient et elle se sentit fondre, ivre de désir. Depuis des années, elle rêvait de ce moment — Joe lui faisant l'amour. L'aspect physique de la chose lui était familier puisqu'elle vivait dans un élevage de pur-sang, mais elle ne s'attendait pas à ce déluge de sensations et d'émotions. C'était le bonheur absolu, la plénitude atteinte, la fusion de deux âmes. C'était bon, et elle s'abandonna entièrement aux délices de l'instant présent. Le reste n'existait plus. Rien n'importait en dehors de leur union. Renonçant à tout contrôle, à toute pensée, elle réagissait spontanément à ses caresses, ses coups de boutoir, ses râles et ses plaintes ; elle se délectait de cette intimité, de la chaleur et du poids de son corps contre le sien, de son odeur virile ; elle s'enivrait de la merveilleuse tension qui montait en elle, se faisait insoutenable, presque douloureuse.

— Oh, Joe... Joe..., gémit-elle en l'agrippant.

— Laisse-toi aller, petit bout, haleta-t-il contre son oreille. Ne te retiens pas, lâche tout.

Ces paroles la firent basculer dans un abîme de délices. Le monde explosa dans un éclair lumineux. Elle frémit de plaisir, les jambes tremblantes, tout en criant sa jouissance, alors que Joe s'enfonçait en elle une dernière fois et étouffait son propre râle dans ses cheveux.

Envahie par une foule d'émotions, Olivia écrasa une larme furtive et but une gorgée de thé. Toutes les femmes gardaient-elles un souvenir aussi frais de leur premier amour ? Même après quatorze ans ?

Elle sourit tristement à Mary Beth.

— Ça peut paraître minable à certains — le truc classique des premiers ébats maladroits sur une banquette de voiture. Mais pour moi, à l'époque, c'était l'accomplissement de tous mes rêves.

Et, aujourd'hui encore, malgré ce qui s'était passé ensuite, malgré les années de souffrance, le souvenir de cette nuit-là conservait toute sa magie. Preuve qu'elle était bien bête...

— Tu es en train de me dire que Joe t'a épousée par culpabilité, parce qu'il t'avait déflorée ?

— Non. Pas exactement.

— C'est bien ce que je pensais. De nos jours, personne n'est assez gentleman pour faire ça. Pas même un jeune sudiste élevé à l'ancienne. Pas même il y a quatorze ans.

Mary Beth remplit leurs chopes et ajouta du lait dans la sienne.

— Alors ? Comment avez-vous fini mariés, tous les deux ? Joe s'est enfin aperçu qu'il était amoureux de toi depuis toujours, c'est ça ?

Olivia eut un petit rire empreint de dérision.

— Tu plaisantes ! Je dois cependant reconnaître qu'il s'est montré très attentionné après que nous avons fait l'amour. Comme tu l'imagines, nous étions affreusement mal à l'aise, mais il s'est conduit avec beaucoup de tendresse...

— Tu es sûre que ça va ? s'enquit-il pour la vingtième fois pendant qu'ils se rhabillaient.

— Ça ira, ne t'inquiète pas, répondit-elle d'une toute petite voix.

Elle se sentit rougir et espéra que, dans la pénombre, il ne remarquerait rien. Seigneur, que devait-il penser d'elle ?

— Tourne-toi une petite seconde, que je rattache ta robe.

Le feu de ses joues s'étendit à son cou et à ses épaules tandis que les doigts de Joe remontaient prestement la fermeture Eclair et accrochaient l'agrafe. La prenant ensuite par les épaules, il la retourna face à lui. Les yeux baissés, elle sentit ses mains lui lisser les cheveux, mais elle n'eut pas le courage de le regarder.

— Là. C'est mieux comme ça.

Il lui releva le menton, en vain. Elle garda les paupières baissées.

— Regarde-moi, Livvie. S'il te plaît.

Docile, elle obéit.

— Je ne m'attendais pas à ça, ce soir, commença-t-il avec douceur. Je n'étais pas préparé. Remarque, même si je l'avais prévu, je me suis si bien laissé emporter que je ne me serais sans doute pas arrêté pour prendre les précautions d'usage.

Ses mains remontèrent le long de ses épaules, de son cou, et il lui encadra le visage de ses paumes. Livvie l'observait, confiante, alors qu'il la scrutait.

— Je dois repartir demain à l'université, mais je veux que tu me promettes une chose, Livvie. Si, dans les semaines qui viennent, tu découvres que tu… qu'il y a des conséquences à notre aventure de ce soir, je veux que tu m'appelles immédiatement, d'accord ?

— Des conséquences ? Quel genre de consé… Oh.

Elle baissa la tête et s'empourpra de nouveau. Enceinte. Seigneur Dieu, elle pouvait être enceinte ! Porter l'enfant de Joe.

— Je… je vois.

Une fois encore, il lui releva la tête.

— Tu *m'appelles* s'il y a le moindre problème, petit bout. Je veux que tu me le promettes.

— Je ne peux pas. Je n'ai pas ton numéro de téléphone à Princeton.

— Attends, je vais te le donner.

Il fouilla ses poches et dénicha un ticket de caisse en guise de papier.

— Tu as un stylo ?

Elle en sortit un de son sac et le lui tendit. Il griffonna quelques chiffres au dos du ticket.

— Tiens. Si tu es en difficulté, tu m'appelles illico. Et surtout, n'en parle à personne. Promets-le-moi, Livvie.

— Je… je te le promets.

— Bon, fit-il avec un sourire rassurant.

Sortant de voiture, il alla lui ouvrir la portière et l'escorta jusqu'à sa porte. Là, il la reprit par les épaules et se pencha pour effleurer ses lèvres d'un baiser.

— Bonne nuit, petit bout. Et ne t'inquiète pas, tout se passera bien, tu verras.

Olivia essuya de nouvelles larmes et poursuivit pour Mary Beth :

— Facile à dire, « Ne t'inquiète pas ». J'ai été morte de frousse pendant un mois, incapable de penser à autre chose. Je n'ai rien dit à Blair. C'était la première fois. Et pourtant, j'avais bien besoin de me confier à quelqu'un, mais je n'y arrivais pas, c'était plus fort que moi. Mon aventure était trop intime. Ça ne regardait personne en dehors de Joe et moi.

Elle laissa échapper un petit rire.

— Non que Blair ne se soit pas employée à m'arracher un compte rendu détaillé de ma soirée ! Après une nuit d'insomnie, j'ai fini par m'endormir à l'aube pour être réveillée deux heures plus tard par Blair qui faisait irruption dans ma chambre.

— Debout, debout ! s'exclama Blair en sautant sur son lit. Il est temps d'ouvrir les yeux, grosse paresseuse !

— Blair, non… Tu me réveilles, gémit Livvie.

— Ce n'est pas le moment de dormir. Je veux que tu me racontes ta soirée avec Joe.

Lui agrippant les mains, Blair la tira en position assise et s'agenouilla devant elle, l'œil brillant de curiosité.

— Alors ? Vite. Qu'est-ce qui s'est passé ?

Avec un soupir, Livvie écarta sa lourde chevelure de son visage et posa sur elle un regard humide et accablé.

— Rien.

— Comment ça, rien ? Ce n'est pas possible. Raconte.

— J'étais tellement tendue que je suis restée là comme une statue sans desserrer les dents. Au bout d'un moment,

Joe a renoncé à tenter de me dérider pour se murer dans le silence. Après le dîner, il m'a reconduite ici. C'est tout.

Mensonge par omission...

— Ce n'est pas vrai ! s'exclama Blair avec une moue de dégoût. Tu es vraiment un cas désespéré.

— Merci, je suis au courant.

Blair sauta du lit et se campa devant elle, poings sur les hanches.

— Eh bien, ne compte pas sur moi pour t'arranger le coup. Tu as eu ta chance, tu l'as gâchée. Maintenant, c'est terminé. Si tu veux mon avis, tu ne méritais pas Joe.

Et elle quitta la pièce en claquant la porte.

Olivia releva les yeux vers Mary Beth.

— Sa dernière remarque m'a porté un coup. J'en ai souffert d'autant plus que je le pensais aussi.

5.

— Quoi ? Mais c'est débile ! s'indigna Mary Beth. Tu es la fille la plus délicieuse, la plus gentille, la plus intelligente que je connaisse. Joe Connally ne pouvait qu'être fier de t'avoir pour épouse !

— Je te remercie, Mary Beth, ta loyauté me touche. Mais l'Olivia que tu connais ne ressemble en rien à la jeune fille complexée que j'étais alors. Et puis, tu ignores tout des règles qui régissent la petite société de Savannah. Un fils de bonne famille n'épouse pas la fille d'une domestique. Toute gamine que j'étais, je le savais. J'adorais Joe, j'étais béate d'admiration devant lui, mais je ne me faisais pas d'illusions, et l'idée qu'il puisse m'épouser ne m'a pas même traversé l'esprit.

— C'est d'un archaïsme médiéval ! Enfin, bref... Il est retourné à Princeton, et après ?

Olivia agita tristement la tête.

— Tenir la promesse que j'avais faite à Joe a été l'acte le plus difficile de ma jeune vie. Va comprendre pourquoi, j'ai tout de suite su que j'étais enceinte.

Mary Beth lui prit affectueusement la main.

— Ma pauvre petite, murmura-t-elle avec une extrême gentillesse. Alors, tu as eu un enfant. Je sentais une

90

souffrance, un lourd secret en toi, mais un enfant... Je n'imaginais pas ça.

— Tu ne pouvais pas deviner. Quoi qu'il en soit, pendant plusieurs semaines après le départ de Joe, j'ai refusé d'accepter ce que me disait mon corps. Quand je me sentais patraque, j'attribuais mes symptômes à un virus quelconque. Et mes seins douloureux à quelque bizarrerie liée au cycle hormonal. Mais il a bien fallu que je me rende à l'évidence. Un test de grossesse a confirmé mes soupçons. Je n'avais plus le choix. Avant d'appeler Joe, j'ai soigneusement préparé mes mots et répété mon petit discours une bonne centaine de fois. J'étais tellement tendue et à bout de nerfs que j'ai fondu en larmes en entendant sa voix au bout du fil... Et je suis restée muette comme une carpe.

— Allô ! Allô ! Qui est à l'appareil ?

Elle répondit par des sanglots si douloureux qu'ils lui arrachaient la gorge.

Silence au bout de la ligne. Quand Joe reprit, sa voix était plus douce.

— Livvie ? Livvie, c'est toi ?

— Oui...

Nouveau sanglot.

— Livvie, ma petite chérie, calme-toi, tout va s'arranger.

— Mais... mais... Oh, Joe...

— Calme-toi, petit bout. Tu n'es pas seule. Tu n'as rien dit à personne ?

— N-non.

— Parfait. Ecoute-moi. Je vais rentrer par le prochain vol. Surtout, pas un mot de ce qui t'arrive à qui que ce

soit, d'accord ? Si besoin est, fais semblant d'être souffrante, enferme-toi dans ta chambre, et n'en bouge plus
jusqu'à mon arrivée.

— Je... Bon... D'accord.

— Je te retrouve d'ici à quelques heures.

Il tint parole. Plutôt que d'alerter sa famille, il loua une
voiture à l'aéroport de Savannah et se rendit directement
chez elle. Par chance, elle était seule, sa mère étant au
travail. Si celle-ci avait vu Joe la prendre dans ses bras
sitôt entré, elle se serait évanouie sur-le-champ.

Avec un soupir soulagé, Livvie s'abandonna contre sa
poitrine. Un poids tombait de ses épaules.

— Comment te sens-tu, petit bout ? Tu tiens le coup ?
murmura-t-il en frottant sa joue contre le sienne.

— Je... je... Ça va.

Tant de tendresse, mon Dieu ! De nouvelles larmes lui
montèrent aux yeux.

— Fais-moi confiance, Livvie. Et va vite préparer ta
valise.

— Ma valise ? Mais... pourquoi ?

— Nous allons prendre l'avion pour Las Vegas et
nous marier.

Elle sentit son cœur bondir dans sa poitrine.

— Nous marier ?

Jamais elle n'aurait imaginé cela ! Son vœu le plus
cher se réalisait ! Depuis l'âge de neuf ans, elle rêvait
de devenir Mme Joseph Connally, elle avait écrit ce
nom des centaines de fois dans son journal intime. Et
pourtant, sa conscience ne lui permettait pas d'accepter
un tel sacrifice de sa part. Pas sans avoir au moins tenté
de l'en dissuader.

— C'est gentil de ta part. Je... je suis très touchée, mais tu sais... de nos jours... la plupart des gens ne se sentent pas obligés de se marier sous prétexte...

— Je ne suis pas la plupart des gens, et toi non plus. Ensemble, nous avons créé une vie nouvelle, et nous ferons les choses correctement.

Il s'interrompit, le front plissé.

— A moins que tu ne veuilles pas de moi.

— Si, bien sûr que si. Mais je ne voudrais pas que tu te sentes obligé...

— J'ai des obligations. Un homme d'honneur est responsable de ses actes et en assume les conséquences.

Reculant d'un pas, elle baissa les yeux sur ses tennis et traça de la pointe du pied un motif invisible sur le tapis élimé.

— Les temps ont changé, Joe, murmura-t-elle, la mort dans l'âme. A l'heure actuelle, un homme peut assumer ce genre de conséquences sans enchaîner sa vie à celle de la mère et de l'enfant. Des enfants naissent tous les jours hors des liens du mariage.

Histoire d'alléger l'atmosphère, elle releva les yeux vers lui et lui adressa une pauvre ébauche de sourire.

— Personne ne se marie plus à la sauvette pour cette raison. Pas même dans le Sud profond. Je parie qu'il n'y a pas eu un seul mariage forcé en Géorgie depuis au moins vingt ans.

Mais Joe ne l'entendait pas de cette oreille.

— Il ne s'agit pas d'un mariage forcé, Livvie. Personne ne m'oblige à rien. Et maintenant, file préparer ta valise, qu'on s'en aille.

*
**

— Je t'avoue que plus j'en apprends à son sujet, plus ce type me plaît, remarqua Mary Beth.

— Ouais. J'aurais dû protester davantage. Je ne savais pas me défendre. Peut-être que j'aurais été plus convaincante si j'avais été plus âgée et plus sage. Si j'avais su comment ça se terminerait…, commença Olivia avant de grimacer. Encore que. J'étais tellement amoureuse, tellement excitée à l'idée de devenir Mme Joseph Connally que je me serais trouvé des prétextes pour évacuer tous les obstacles.

— Y compris sa mère ?

— Y compris sa mère, oui. Elle était folle de rage quand elle a découvert le pot aux roses. Elle a exigé que nous annulions le mariage avant que d'autres soient au courant, mais Joe a refusé. Alors, elle a sorti sa dernière carte. Elle croyait le réduire à sa merci en lui coupant les vivres. Seulement, Joe a tenu bon.

— Comment vous en êtes-vous tirés ?

— Sa tante Tilly nous a laissés emménager dans un minuscule studio à l'arrière de sa maison, et Joe a pris un emploi à la scierie. Il avait tenté de trouver mieux auprès des amis de la famille, mais sa mère avait déjà donné des consignes pour qu'aucun d'eux ne l'emploie. Personne n'a osé s'opposer à elle.

— Je présume que le mariage a été un désastre puisque ça n'a pas tenu. Vous ne vous entendiez pas ?

— Si. Pendant presque cinq mois, malgré la gêne qu'il y avait entre nous, j'ai vécu heureuse avec lui comme jamais je ne l'avais été. Nous ne nous disputions pas. J'étais aux anges de l'avoir pour moi toute seule jour après jour.

— Et sur le plan sexuel ?

— Mary Beth, franchement ! s'exclama Olivia, choquée.

94

— Quoi ? Tu sais ce qu'on dit à ce propos : si ça fonctionne au lit, ce n'est qu'un détail dans une vie de couple ; mais si ça ne fonctionne pas, c'est un inconvénient majeur.

— Il se trouve que, sexuellement, c'était magique, avoua-t-elle en s'empourprant. Le problème, c'est que le reste du temps, nous étions comme deux étrangers. Nous nous connaissions depuis des années, mais pas très bien. Nous étions mal à l'aise, empêtrés, d'une politesse excessive, toujours à prendre mille précautions pour ne pas déranger l'autre.

— Hmm. Ce n'est pas le meilleur moyen de construire une relation de couple.

— Je sais. Mais j'étais folle de lui. Entre mes raisonnements tordus et l'optimisme aveugle de la jeunesse, je pensais qu'avec le temps, après la naissance du bébé, la gêne se dissiperait et que nous pourrions alors établir des liens durables.

Elle se tut, songeuse.

— Mais les choses ne se sont pas passées comme ça, la relança prudemment Mary Beth.

— Non. Au sixième mois de grossesse, une fausse couche a mis fin à cette comédie.

— Oh, non ! C'est affreux ! J'imaginais autre chose — un divorce, Joe usant de l'influence de sa famille pour t'enlever l'enfant et obtenir la garde... Ma pauvre chérie, je suis vraiment désolée.

— J'ai accouché avant terme, reprit Olivia, poussée par un besoin soudain de se confier. Dès les premières douleurs, Joe m'a emmenée à l'hôpital. Il est resté près de moi durant toute cette épreuve. Il me tenait la main, m'essuyait le front, me murmurait des encouragements à l'oreille... Les médecins ont tout fait pour sauver notre enfant. En fin de compte, tous ces efforts n'ont servi à rien. Notre fils est venu au monde après douze heures de travail, mais il n'a pas vécu.

— Je suis désolée, Olivia. Quelle tragédie…

Olivia regardait distraitement par la fenêtre, serrant sa chope de thé froid entre ses mains.

— Joe me tenait dans ses bras pendant que je pleurais, poursuivit-elle d'un ton monocorde. J'ai pleuré si longtemps que le médecin a ordonné qu'on me mette sous sédatif. Joe est resté à mon chevet toute la nuit. Dès que j'ouvrais les yeux, je le voyais près de moi. Il avait l'air si jeune, si accablé, si las… Je n'ai repris pleinement conscience qu'en milieu de matinée le lendemain. Joe était toujours là, sombre, silencieux. Nous ne trouvions rien à dire de façon à alléger l'atmosphère, et la question muette que nous ne voulions poser ni l'un ni l'autre restait suspendue entre nous : que faire à présent ? Joe semblait épuisé. Je lui ai conseillé de rentrer dormir un peu. Il s'y est d'abord opposé, mais j'ai insisté…

Il posa un baiser sur son front et déclara :

— Le temps de me reposer un peu et de manger un morceau, je serai de retour vers 17 heures.

Encore sous l'effet des tranquillisants, elle passa le reste de la journée à somnoler et à pleurer. Ne voyant pas Joe venir à l'heure convenue, elle ne s'en inquiéta pas outre mesure. Il était tellement fatigué qu'il avait dû dormir plus longtemps que prévu.

A 17 h 15, un aide-soignant lui apporta son repas. Elle chipotait encore devant son assiette quand le téléphone sonna sur sa table de chevet.

— Salut, petit bout. Comment te sens-tu ?

La tendresse de sa voix lui noua la gorge. Les larmes aux yeux, elle parvint à bredouiller :

— Je tiens le coup.

— Ça n'a pas l'air. Tu es sûre ?

Elle fixa le plafond en clignant des paupières.

— Si, si, ça va.

— Bon.

Bref silence, puis :

— Euh… ma mère vient d'appeler. Elle veut que je dîne avec eux ce soir.

Livvie sentit son cœur s'arrêter, et toutes les alarmes se mirent au rouge dans sa tête. Le matin même, Joe avait téléphoné à leurs deux mères afin de les mettre au courant de la mort du bébé. Si, depuis leur mariage, Livvie n'avait presque pas vu Flora, au moins cette dernière prenait-elle de ses nouvelles chaque semaine. En revanche, Eleanore n'avait pas donné le moindre signe de vie. Que cachait cette soudaine invitation ?

— Vraiment ?

— Oui. Ecoute, petit bout, je sais qu'elle se montre très dure avec toi, mais je crois qu'elle est sincèrement désolée pour le bébé et qu'elle veut faire la paix. Si ça ne t'ennuie pas trop, j'irai, histoire de savoir ce qu'elle a à dire. Sauf si tu y vois une objection. Ou si tu as besoin de moi.

— Je vois.

Elle avait besoin de lui. Désespérément besoin de lui. Besoin de l'étreinte de ses bras, de ses douces paroles de consolation. Besoin de l'entendre murmurer qu'il était désolé, qu'ils auraient d'autres enfants. Cependant, elle se révéla incapable de le lui avouer. Ne pouvait-il le sentir de lui-même ?

— Alors ? Qu'est-ce que tu en penses ? Tu serais fâchée si j'y allais ?

— Non. Vas-y. Je... je pense qu'il faut que tu y ailles.

— Moi aussi. Ma mère a son caractère, mais elle n'est pas foncièrement méchante.

Comme elle se taisait toujours, il ajouta :

— Je ne m'attarderai pas et je reviendrai te voir. Elle est prévenue. Flora servira le dîner plus tôt pour que je puisse être à l'hôpital vers 20 heures. 20 h 15 au plus tard.

Livvie aurait de beaucoup préféré qu'il s'abstienne. Elle n'avait aucune confiance en Eleanore, lui devinant des intentions cachées. Cette femme ne disait ni ne faisait jamais rien sans raison. Mais c'était la mère de Joe. Il l'aimait, et elle lui manquait.

— Bon. A ce soir, alors.

A partir de ce moment, le temps s'étira en longueur. Toutes les cinq minutes, Livvie regardait la pendule et regrettait de ne pouvoir presser le mouvement des aiguilles. Que se passait-il à Winterhaven ? Qu'est-ce qu'on y racontait ? A quel jeu jouait Eleanore ?

Histoire de tromper son attente, elle prit la télécommande de la télévision et zappa de chaîne en chaîne en quête d'un programme intéressant. Comme rien ne retenait son attention, elle finit par couper le poste et s'étendit sur le côté pour regarder les lumières de Savannah par la fenêtre, le corps moulu, le poing pressé contre son plexus noué.

Quelques minutes avant 20 heures, la porte s'ouvrit. Le visage de Livvie s'éclaira. Elle jeta un coup d'œil par-dessus son épaule, et son sourire de bienvenue s'effaça aussitôt.

— Madame Connally.

— Bonsoir, Livvie. Comment te sens-tu ?

Eleanore n'était pas seule. Derrière elle apparurent Blair et Flora.

— Oh, ma pauvre chérie ! s'exclama cette dernière.

Elle se précipita pour embrasser sa fille et lui murmurer ses condoléances. Blair fit de même, puis toutes les deux s'écartèrent en regardant Eleanore.

Livvie sentit un bizarre picotement se répandre sur tout son crâne. Le duvet de sa nuque se hérissa ; son cœur s'accéléra. A l'évidence, il y avait anguille sous roche. Blair et sa mère semblaient inquiètes, vaguement coupables. Quant à Eleanore, elle arborait un sourire aimable et décidé que Livvie connaissait bien. Un sourire qui n'augurait rien de bon.

Redressant la tête, elle tenta de voir derrière les trois femmes.

— Joe n'est pas avec vous ?

— Non. Joseph est occupé. Il passera peut-être plus tard. Mais avant cela, il faut que nous parlions

Livvie en eut des sueurs froides. Joe, occupé ? A quoi ? Il lui avait promis de venir. Aurait déjà dû être là. Cela ne lui ressemblait guère de ne pas tenir ses promesses.

— Que nous parlions ? De quoi ?

— Pour commencer, je tiens à t'exprimer mes condoléances pour le deuil que tu as subi. Si j'en crois ta mère, tu tenais beaucoup à garder ce bébé et, malgré les circonstances discutables dans lesquelles il a été conçu, je sais que perdre un enfant est toujours douloureux.

— Merci, murmura Livvie, méfiante.

— Oui, bon. C'est fait, c'est fait. Et tu dois bien te rendre compte que cela vaut mieux ainsi.

Ces paroles cruelles lui firent venir des larmes aux yeux. Elle dut pincer les lèvres afin de les empêcher de trembler, mais Eleanore parut ne rien remarquer. Son regard bleu qui avait perdu toute douceur la fixait tandis qu'elle poursuivait :

— Je suis au regret de te demander de rendre sa liberté à mon fils. Il a fait amende honorable en t'épousant, et rien ne vous oblige plus à rester ensemble.

— Mais… le mariage est sacré ! balbutia Livvie. Nous avons prêté serment devant Dieu.

Eleanore évacua la remarque d'un geste accompagné d'un petit rire.

— Balivernes ! Un mariage civil expédié en deux temps trois mouvements à Las Vegas n'a rien d'un sacrement.

Puis elle sourit avec tendresse, et sa voix se fit mielleuse.

— Livvie, mon petit, je te connais depuis l'enfance, je sais que tu n'es pas égoïste. Tu dois bien te rendre compte que tu seras toujours un boulet pour Joseph. Je t'aime beaucoup, Livvie. Je ne veux pas te peiner, loin de là, mais tu es d'un autre milieu, tu ne t'intégreras jamais dans notre cercle social. Tu en es consciente, non ? Vous ne pouvez pas rester mariés. Tu ne voudrais pas lui faire honte, n'est-ce pas ?

— Non, bien sûr, mais…

Livvie baissa les yeux sur le drap de coton blanc qu'elle triturait nerveusement.

— Joe n'a pas l'air malheureux. Il ne m'a jamais donné l'impression qu'il avait honte de moi.

— Ce serait un comble ! s'exclama Eleanore, indignée. Joe est un jeune homme bien élevé, un Connally jusqu'au bout des ongles !

Que répondre à cela ? Même si Joe était malheureux comme les pierres, par respect à son égard et par éducation, il serrerait les dents et ferait contre mauvaise fortune bon cœur.

— Venons-en au but : mon fils doit terminer ses études, obtenir son diplôme, mener la vie à laquelle il était destiné parmi des gens de son rang, et non pas s'épuiser à gagner une misère comme ouvrier non qualifié. Il n'est pas fait pour vivre dans un trou à rats. Franchement, je me demande où tante Tilly avait la tête quand elle vous a loué ce minable studio.

Livvie plissa le front. Un trou à rats minable, leur studio ? Non, il n'avait rien de sordide. Oh, certes, il n'était pas bien grand, pas luxueux non plus, mais elle l'avait joliment arrangé. Elle l'avait repeint, avait cousu des rideaux dans des tissus achetés en solde, déniché des meubles dans des brocantes et les avait retapés. Ce modeste foyer lui paraissait charmant à elle.

— Tante Tilly a été très bonne envers nous, protesta-t-elle faiblement.

— Hmm. C'est une vieille intrigante qui ferait mieux de se mêler de ses affaires.

Eleanore marqua une pause puis, voyant que sa bru n'avait pas l'air de céder, elle repartit à la charge :

— Pour ne rien te cacher, si tu ne lui avais pas forcé la main, il serait en passe de terminer ses études, et il épouserait Selina cet été.

Livvie releva brusquement la tête.

— Joe avait déjà rompu avec elle quand nous nous sommes mariés.

— Allons, allons. Ce n'était qu'une fâcherie passagère, comme toutes les autres. Une simple querelle d'amoureux. Rien de plus naturel chez deux êtres épris l'un de l'autre. Regarde la vérité en face, Livvie. Joe ne t'aime pas. Il a toujours été amoureux de Selina.

De nouveau, elle baissa les yeux sur ses mains qui torturaient le drap. Si elle se refusait à croire Eleanore, elle n'était pas assez sûre d'elle, des sentiments de Joe ou de leur fragile mariage pour affirmer le contraire. Quoi qu'il en soit, en dépit de ses doutes, elle se refusait aussi à plier sans avoir tenté le tout pour le tout.

— Peut-être. Mais je n'en croirai pas un mot tant que Joe ne me l'aura pas dit lui-même et ne m'aura pas demandé en personne de lui rendre sa liberté.

— Pour l'amour du ciel, Livvie ! Tu sais bien qu'il ne le fera pas. Tu connais Joe et ses principes. D'ailleurs, s'il savait que je suis venue t'ouvrir les yeux sur la vérité, il me le reprocherait. Et si tu lui rapportes mes propos, il les niera. Il s'est engagé envers toi, et il persistera dans ce mariage, quel qu'en soit le prix en terme de bonheur personnel.

Eleanore avait probablement raison. L'honneur passait avant toute chose aux yeux de Joe, de sorte que jamais elle n'aurait le fin mot de l'histoire. Comment prendre une saine décision dans ces conditions ?

— Alors ? Tu vas lui rendre sa liberté ?

— Je... je ne sais pas...

Eleanore soupira avec irritation.

— Je ne voulais pas te le dire pour ne pas te blesser, mais puisque tu m'y obliges, tant pis pour toi. Tu veux connaître les sentiments de Joe à ton égard ? Eh bien, sache qu'en ce moment même, il est avec Selina.

Livvie se laissa choir contre les oreillers en secouant frénétiquement la tête.

— Non ! Non, il ne ferait pas ça !

— Justement si. Demande à ta mère si tu ne me crois pas. Ou même à Blair.

Livvie leva les yeux sur Flora qui la regardait tristement en se tordant les mains.

— Ma pauvre petite chérie, Joe est effectivement avec Selina. Ils sont partis ensemble il y a plus d'une heure. Ils ont quitté Winterhaven immédiatement après dîner.

Lorsqu'elle se tourna vers Blair, son amie murmura, penaude :

— Je suis désolée, Livvie. C'est vrai.

Eperdue de douleur, elle eut la sensation qu'on lui arrachait le cœur. Une larme roula sur sa joue, puis une autre, puis une autre encore. Bientôt, elle répandit des torrents de larmes en silence. Tout à son chagrin, elle pleurait, immobile, les yeux fixés droit devant elle, indifférente à ce qui l'environnait. Elle n'était plus que souffrance.

Compatissante, Flora se rendit à son chevet et lui prit tendrement les mains.

— Ma chérie, ne pleure pas comme ça. Je sais que tu as mal, je sais. Mais ça devait arriver. Si seulement tu m'avais écoutée ! Je t'ai assez répété qu'on est ce qu'on est, qu'on ne peut pas changer de vie. Seulement, tu es comme ton père. Cela ne te suffisait pas. Il fallait que tu vises trop haut, que tu décroches la lune, que tu aies des ambitions au-dessus de ta condition…

— Non, maman, je t'en prie, non…

Livvie se prit la tête dans les mains et sanglota de plus belle.

— Il faut que tu rendes sa liberté à ce garçon, ma chérie. Il le faut, pour ton bien. Si tu ne le fais pas, tu ne seras jamais heureuse. Et lui non plus.

— Ta mère a raison, murmura Blair en lui effleurant l'épaule. Tu as essayé, mais vous n'étiez pas faits pour vivre ensemble, Joe et toi. Accepte l'évidence, renonce à lui, tu t'épargneras des souffrances.

— Je-je vous en prie, hoqueta Livvie en se bouchant les oreilles. Laissez-moi tranquille… Allez-vous-en.

— Très bien, décréta Eleanore. Mais avant de partir, je voudrais te dire deux mots en privé. Blair, s'il te plaît, sors m'attendre dans le couloir avec Flora.

Les intéressées marmonnèrent des paroles que Livvie entendit à peine. Quelques secondes plus tard, la porte se refermait doucement derrière elles.

— Mon petit, il faut te calmer. Tu vas te rendre malade à te mettre dans des états pareils, reprit Eleanore d'une voix douce et compatissante.

— Je vous en supplie… Allez-vous-en…

— Pas encore. Regarde-moi, mon enfant.

Sous son masque d'aristocrate coquette, elle cachait une volonté de fer et, lorsqu'elle parlait sur ce ton, on lui obéissait sans discuter. Livvie releva immédiatement la tête, laissant ses mains retomber à ses côtés.

— Là, c'est beaucoup mieux.

Eleanore s'approcha d'elle et lui tapota le bras.

— Je sais que tu souffres et, que tu le croies ou non, mon intention n'était pas de te faire du mal. Je ne voudrais pas non plus que tu partes les mains vides.

Elle fouilla dans son sac et en sortit un chèque.

— Tiens, c'est pour toi.

— Vous me payez pour que je rende sa liberté à Joe ? s'exclama Livvie, outrée.

— Considère que c'est l'argent du divorce. Tu es mariée à mon fils depuis presque cinq mois, tu mérites quelque chose. Je sais que tu rêves de faire des études. Avec cette somme, tu pourras te les offrir et obtenir un diplôme dans une bonne université. Il y a cependant une condition. Je pense qu'il serait préférable pour nous tous que tu quittes Savannah et que tu restes à l'écart.

Eleanore posa le chèque sur la table de chevet, puis elle gagna la porte, l'ouvrit et se retourna vers elle.

— Si tu aimes vraiment Joe et que tu tiens à son bonheur, tu lui rendras sa liberté.

Après son départ, Livvie demeura immobile, comme pétrifiée. Enfin, lentement, elle tendit la main vers le chèque. A la vue de la somme, ses yeux s'arrondirent de surprise. Cinquante mille dollars. Ha ! Il fallait que sa belle-mère ait une sérieuse envie de se débarrasser d'elle !

— Tu sais, intervint Mary Beth en posant sa chope, je ne suis pas d'accord sur le principe, mais je comprends les motivations de Mme Connally. Ce qui me sidère, c'est l'attitude de ta mère. Elle aurait dû se réjouir de ce mariage et te soutenir. Là, franchement, je ne saisis pas.

Olivia sourit de la voir s'indigner de la sorte.

— Tu connais l'expression « ne pas péter plus haut que son cul » ? Eh bien, ma mère en a fait son mantra. Dans le Sud profond, les notions de hiérarchie sociale sont encore bien enracinées, et elle croit dur comme fer que chacun doit rester à sa place, dans la classe qui l'a vu naître. Pour elle, c'est une sorte de fatalité qu'il faut accepter sans se rebeller ni chercher à améliorer sa condition. Dès le départ, elle a vu mon mariage d'un mauvais œil. Elle avait honte de moi et trouvait mon audace inconvenante.

Mary Beth inclina la tête sur le côté.

— C'est pour ça que tu ne vas pas la voir ? Par crainte de l'embarrasser ?

— De *les* embarrasser, elle et ma sœur. Et aussi parce que Eleanore m'a formellement interdit de revenir au pays. Ma mère et ma sœur se jetteraient d'une falaise si la maîtresse des lieux le leur demandait. Remarque, en un sens, je comprends leur soumission. Ce sont les Connally qui les emploient.

— Je m'explique mieux que tu gardes tes distances. Mais ce système médiéval me choque toujours autant.

— Autres lieux, autres mœurs, commenta Olivia en haussant les épaules. C'est aussi simple que ça.

— Hmm. Revenons à ton histoire. Tu as revu Joe ? Tu as fini par savoir s'il était vraiment avec Selina ?

Elle inspira profondément, puis libéra lentement son souffle.

— Oui, je l'ai revu le soir même. Il était près de 22 heures quand il est arrivé à l'hôpital…

Passant la tête dans l'entrebâillement de la porte, il lança avec un sourire penaud :

— C'est moi. Désolé de venir si tard. J'espère que tu n'es pas fâchée, j'ai eu des petits problèmes.

Elle se contenta de le considérer en silence. Tandis qu'il approchait du lit, elle remarqua des traces de rouge à lèvres rose nacré sur son cou et près de sa bouche. La marque de Selina.

Quand il se pencha pour l'embrasser, elle se détourna au dernier moment, et le baiser atterrit sur sa joue. Serrant les dents, elle s'essuya d'un geste rageur, dégoûtée à l'idée de l'infâme substance rose sur sa peau.

— Hum… Tu *es* fâchée. Pardonne-moi, je vais tout t'expliquer si tu veux.

— Très bien, je t'écoute.

Elle croisa les mains devant elle et attendit qu'il se décide en priant de tout son cœur qu'il dissiperait ses

106

doutes malgré les traces de rouge à lèvres et qu'il aurait une raison valable pour être parti avec Selina.

— Je… euh… Eh bien, voilà, j'ai eu un pépin avec ma voiture, et je suis resté planté tout ce temps, le nez dans le moteur, sur le bord de la route. Personne ne s'est arrêté pour m'aider. Heureusement, j'ai fini par la remettre en marche. Mais j'ai bien cru que je n'y arriverais jamais.

Ses fragiles espoirs s'effondraient. Elle baissa les yeux sur ses mains, incapable de supporter plus longtemps la vue de son visage maculé de rouge à lèvres. Le regard de Joe pesait lourdement sur elle, mais elle se refusa à relever la tête.

— Tu es souffrante ? Tu as besoin de quelque chose ? Tu veux que je te masse le dos ?

— Non, merci. Je n'ai besoin de rien.

Elle lui désigna une chaise.

— Assieds-toi, s'il te plaît. Il faut que je te parle.

— D'accord. Il y a un problème ?

— Non, il n'y a pas de problème, répondit-elle d'une voix sans timbre. Seulement, je pense que nous devrions nous séparer.

— Pardon ?

— Je veux divorcer.

— Divorcer ? répéta-t-il, incrédule.

Sous le choc, il resta un moment à la dévisager, puis agita la tête comme pour s'éclaircir les idées.

— Divorcer, hein ? Je ne m'attendais pas à ça.

— Tu m'as dit toi-même que tu m'avais épousée par devoir…

— Livvie, je t'en prie, tu t'es méprise sur le sens de mes paroles. Je n'avais pas…

— Peu importe. A présent qu'il n'y a plus d'enfant à élever, ce mariage n'a plus de raison d'être.

Il chercha ses yeux et la sonda longuement.

— Tu le souhaites vraiment ? Tu en es sûre ?

Elle serra les poings si fort que ses ongles s'enfoncèrent dans ses paumes, et la douleur lui fit venir les larmes aux yeux.

— Oui.

— Je vois.

Bien qu'apparemment surpris et attristé, il ne parut pas vouloir argumenter.

— Pour les détails, je m'en remets entièrement à votre avocat, poursuivit-elle. Si tu déménages tes affaires avant que je quitte l'hôpital, nous n'aurons plus à nous revoir jusqu'à l'audience.

— Mais… tu ne veux pas prendre un avocat afin de défendre tes intérêts ?

— Mes moyens ne me le permettent pas. De toute façon, ce n'est pas nécessaire puisque je ne demande pas de compensations.

Il plissa le front et l'examina avec curiosité.

— Mince. Tu es vraiment sérieuse, hein ?

Elle détourna la tête en murmurant :

— Je veux juste en finir.

Du moins était-ce la vérité. Si elle devait le perdre, elle préférait que la cassure soit nette, sans bavure.

Il demeura un long moment silencieux, puis sa chaise grinça. Il se leva.

— Bon. Puisque tu y tiens.

Du coin de l'œil, elle le vit gagner la porte. Avant de l'ouvrir, il s'arrêta et lâcha sans se retourner :

— Adieu, petit bout.

Elle releva la tête juste à temps pour le voir disparaître derrière le battant et chuchota dans un souffle :

— Adieu, mon amour.

Puis elle s'affaissa contre les oreillers et laissa libre cours à son chagrin.

Mary Beth lui pressa affectueusement le bras.

— Ma pauvre Olivia, comme tu as dû souffrir !

Une pause, et elle reprit :

— Et tu ne l'as plus revu jusqu'à ce qu'il te tombe dessus à Mallen Island ?

— Si, je l'ai revu au tribunal lors de l'audience, et le jour même, j'ai quitté Savannah définitivement. Il était avec Eleanore, Blair et l'avocat de la famille…

Ce détail l'avait frappée d'autant plus qu'elle était seule face à eux. Prétextant qu'elles ne voulaient pas prendre parti, sa mère et sa sœur avaient refusé de l'accompagner.

— … Quand tout a été terminé, Joe est venu me serrer la main et m'a dit : « Bonne chance, Livvie. Je te souhaite de vivre heureuse. »

— Magnanime en diable ! commenta Mary Beth, compatissante. A présent, je sais ce que tu éprouvais alors, mais aujourd'hui, quels sont tes sentiments à son égard ? Qu'est-ce que tu as ressenti en le revoyant ?

Olivia ne put s'empêcher de rire.

— Inutile de t'inquiéter, je ne suis plus amoureuse de lui et, tout bien réfléchi, je ne regrette pas de l'avoir revu. Cette rencontre était salutaire. Parce que j'avais beau me raconter que j'étais guérie, inconsciemment, j'avais peur de le croiser par hasard et de voir remonter toutes ces émotions enfouies. Eh bien, il ne s'est rien passé de tel. Naturellement, j'étais un peu tendue sur le moment — normal, non ? Et je dois avouer qu'il reste l'homme le plus séduisant que j'aie jamais vu. Mais en dehors de cette attirance purement physique, je n'ai rien ressenti de particulier. L'univers n'a pas basculé sur ses bases, mon cœur ne s'est pas emballé, et je n'étais pas béate d'admiration devant lui. Bref, je suis soulagée de savoir que c'est bien fini. Je ne suis plus amoureuse de lui.

6.

Calé contre le mur partiellement vitré du bureau de Reese, les jambes négligemment étendues devant lui, Joe observait son associé qui allait et venait devant les trois chevalets. Mais sous ce masque de nonchalance blasée, il était tendu comme un arc.

Chaque chevalet regroupait les planches illustrant les projets présentés par les trois décorateurs en concurrence. Ou, plus exactement, deux de ces décorateurs. Car Livvie n'était pas venue. Elle avait envoyé une collaboratrice, Mary Beth Mason, une femme très compétente qui, après avoir certifié que propositions et dessins étaient bien l'œuvre d'Olivia, avait exposé ses idées dans le détail.

Joe en avait été doublement déçu. Depuis qu'il l'avait laissée seule à Mallen Island un mois plus tôt, il vivait dans l'attente de la revoir, et son absence le chagrinait. Pourquoi au juste ? Mystère. D'autant que lors de leurs retrouvailles, elle ne s'était pas montrée très chaleureuse. Cependant, outre cette déception toute personnelle, il lui reprochait aussi de n'avoir pas assumé sa tâche jusqu'au bout.

Quand il en avait fait la remarque à Mary Beth Mason, cette dernière l'avait informé qu'Olivia doutait fort de décrocher ce contrat et préférait en conséquence consacrer son temps à des projets moins incertains. Elle n'en avait rien dit, bien sûr, mais au ton de sa voix ainsi qu'à son expression, Joe avait compris qu'elle était au courant de leurs relations d'autrefois et de leur rupture — dont, à l'évidence, elle l'estimait responsable.

Il lui faudrait avoir une franche explication avec Livvie afin de dissiper tout malentendu. Non seulement elle le battait froid, mais elle n'avait plus confiance en sa parole. Elle voyait un handicap dans leur passé commun alors qu'il s'était engagé à juger ses travaux d'un œil impartial. C'était vexant.

Quoi qu'il en soit, il avait tenu sa promesse, fait son choix et retenu le projet qui lui semblait le mieux adapté sans se laisser influencer par ses sentiments personnels. Du moins, pas consciemment.

Et, à présent, il souhaitait vivement que Reese prenne la même décision que lui. Dans le cas contraire, ce serait Caroline qui les départagerait. Sans être leur associée, elle travaillait en étroite collaboration avec eux, était parfaitement au courant de leurs ambitions concernant Mallenegua, et, ce qui ne gâtait rien, possédait un goût très sûr.

Examinant les éléments présentés par chaque décorateur, Reese passait d'un chevalet à l'autre, revenait sur ses pas, recommençait. Il y avait là des aquarelles représentant les pièces terminées, des plans à l'échelle proposant des dispositions de mobilier ainsi que des transformations architecturales, des échantillons de tissus d'ameublement, de tapis, de papiers peints, ou encore des photos d'accessoires — lampes victoriennes à franges, porte-parapluies, dames-jeannes en porcelaine...

Enfin, Reese prit du recul. Jambes légèrement écartées, mains sur les hanches, il resta un moment campé là en silence, son regard allant toujours d'un chevalet à l'autre. Enfin, il s'arrêta sur celui de droite.

— Hmm...

Allez, vieux, décide-toi ! songea Joe, à court de patience.

Il était sur le point de craquer quand Reese se retourna lentement vers lui avec un sourire satisfait.

— Je ne me souviens plus qui est derrière quel projet, mais pour moi, il n'y a pas de doute possible. Le meilleur, c'est celui-ci.

Du doigt, il désignait le troisième chevalet, celui de droite. Soulagé, Joe cessa de retenir son souffle.

— Je suis aussi de cet avis. Pour moi, le premier est trop chichi, victorien à l'excès, à la limite du kitch, et le deuxième trop moderne pour ce que nous visons. Mais celui-ci est juste sur toute la ligne — concept, style, couleurs, tout. Il propose même quelques modifications structurelles très judicieuses.

— Eh bien, puisque nous sommes d'accord, il semblerait que nous tenions notre décorateur. Au fait, lequel est-ce ?

Joe considéra le chevalet avec gravité.

— Olivia.

Son projet était retenu ! Olivia en avait des papillons dans l'estomac. Il y avait maintenant quinze jours que Mlle Keeton l'avait appelée pour lui apprendre la nouvelle, et elle n'y croyait toujours pas.

Depuis, elle débordait d'activité, bouclait les projets en cours, négociait avec des clients qui attendaient qu'elle soit disponible, préparait son personnel à prendre la relève — tout en s'attendant chaque jour à ce que

Mlle Keeton rappelle afin de s'excuser et dire qu'ils avaient changé d'avis.

Cet appel n'avait pas eu lieu et, en ce moment même, elle se trouvait au troisième étage du siège social d'AdCo Enterprise, dans l'élégante antichambre de la direction.

Extrêmement tendue, elle ne cessait de changer de position sur le canapé recouvert de soie à rayures vertes et crème tout en examinant la superbe pendule à balancier du XVIIIe siècle qui lui faisait face. Elle en avait vainement cherché une du même style pour le projet Clairmont. Il lui faudrait se renseigner pour savoir où le décorateur d'AdCo avait déniché celle-ci...

Depuis son bureau d'acajou, la plus jeune des deux secrétaires — Joyce Benson, d'après la plaque posée sur son bureau — lui sourit aimablement.

— Ce ne devrait plus être très long. M. Addison est en consultation et il vous recevra immédiatement après.

Olivia remercia la jeune femme qui reporta son attention sur son écran et se remit à taper. Derrière son bureau, une lourde porte en acajou massif s'ornait d'une plaque de cuivre sur laquelle on lisait : « Reese Addison, Président ». Un peu plus loin, une porte identique ouvrait sur le bureau de « Joseph Connally, Vice-président », gardée par Martha Lumis, une femme dans la cinquantaine.

Pour tromper son attente et dominer sa nervosité, Olivia regardait autour d'elle. Les locaux avaient été transformés avec goût, et l'ensemble offrait un bel exemple de restauration. Comme en témoignait l'inscription gravée dans la pierre au-dessus de l'entrée, le bâtiment datait de 1761 — époque coloniale dominée par l'architecture géorgienne. A l'époque, l'élégance s'étendait même aux entrepôts tels que celui-ci. L'architecte et le décorateur n'avaient pas ménagé leur peine afin de convertir les lieux en immeuble de bureaux, intégrant les dernières technologies du monde moderne à cette savante restauration respectueuse des détails historiques.

Les planchers de chêne, poncés et encaustiqués, luisaient du doux lustre de l'âge et gardaient quelques cicatrices du passé. De beaux tapis d'Orient dans les tons crème, vert amande et vieux rose délimitaient les espaces de passage, de travail ou d'attente ; quant au mobilier d'époque, chippendale ou Queen Anne, il était rehaussé de quelques chinoiseries. Contrairement aux grosses poutres apparentes, le plâtre bâtard des murs n'était pas d'origine, mais il ne choquait pas, loin de là, se fondant dans le décor.

— M. Addison est prêt à vous recevoir, annonça enfin Mlle Benson.

Interrompue dans ses pensées, Olivia sursauta. Elle prit son sac et son attaché-case, et se dirigea vers la porte.

Dans le bureau, l'homme se leva et, contournant sa table de travail, s'avança vers elle, la main tendue.

— Ah, vous devez être Olivia. Enfin, nous allons faire connaissance. Je me présente : Reese Addison.

— Enchantée, répondit-elle en serrant la main offerte.

Avec ses traits réguliers et ses épais cheveux blonds impeccablement coiffés, Reese Addison était d'une beauté virile hollywoodienne. Ses yeux gris clair brillaient d'intérêt non feint tandis qu'il l'examinait. Si Joe avait le charme et les manières élégantes d'un aristocrate du Sud, cet homme-là était un séducteur-né. Il y avait chez lui un je-ne-sais-quoi de fascinant et d'irrésistible, un magnétisme naturel capable d'envoûter les hommes comme les femmes. Au cours de leurs échanges téléphoniques, Olivia avait perçu quelque chose de ce charisme, flagrant une fois qu'on se trouvait face à lui. Pas étonnant qu'il fût la figure de proue de l'entreprise, le négociateur qui trouvait des financements, traitait avec les clients et les investisseurs potentiels, pendant que Joe travaillait en coulisse à consolider les acquis. Reese Addison était de ces magiciens capables de vous vendre le diable en bouteille.

A peu près de la même taille que Joe, il la dominait d'une tête. Et, tout en l'observant, gardait sa main prisonnière sans nécessité. Olivia lui adressa un sourire poli et se demanda combien de femmes avaient succombé à celui de Reese.

— Je suis vraiment confus de vous avoir fait faux bond en janvier, déclara-t-il d'une voix de baryton onctueuse. Je me le suis beaucoup reproché et, maintenant que je vous vois, je le regrette encore plus. Si j'avais su que vous étiez aussi ravissante, j'aurais planté là ces banquiers en un clin d'œil.

— Vous êtes pardonné. Je connais le monde des affaires et ses pressions, répliqua-t-elle posément, ignorant sciemment le compliment. Ce n'est pas bien grave, puisque votre associé s'est chargé de me montrer les lieux.

— Oui, il m'en a parlé. Il a toujours eu une chance folle.

Reese regardait maintenant derrière elle. D'instinct, elle jeta un coup d'œil par-dessus son épaule pour voir ce qui retenait son attention. Son cœur manqua de s'arrêter lorsqu'elle aperçut Joe.

— Oh, excuse-moi, je ne t'avais pas vu.

Elle ne s'attendait d'ailleurs pas à le voir. Au cours de leurs conversations, Mlle Keeton n'avait pas mentionné la présence de Joe à cet entretien.

— Bonjour, Olivia, la salua-t-il avec un regard appuyé. Je suis heureux de te revoir.

Il était assis face au bureau de Reese dans un fauteuil Queen Anne de cuir grenat. Placé de biais et en contre-jour, le siège à oreillettes le mettait presque entièrement dans l'ombre, ce qui expliquait sans doute qu'elle ne l'ait pas remarqué en entrant. Peut-être même l'avait-il voulu ainsi.

— C'est très gentil. J'en suis heureuse aussi.

Le fait de prononcer ces deux phrases sans avoir l'impression de mentir l'emplit d'un sentiment de paix. Et si « heureuse » n'était pas le terme qui convenait, du moins n'était-elle pas déstabilisée par sa présence. Quel soulagement de constater que l'amour dévorant qu'elle avait si longtemps éprouvé à son égard était bien mort !

A présent, elle pouvait le regarder en face, avec une légère nostalgie, certes, mais sans que son cœur s'emballe, sans étouffer sous l'effet d'émotions trop intenses qui lui nouaient la gorge et la laissaient sans voix. Dire que, pendant quatorze ans, la seule idée de le revoir l'avait plongée dans des abîmes de panique ! Si elle avait eu deux sous de bon sens, elle serait revenue plus tôt à Savannah enterrer son passé et mettre un terme à ses incertitudes. Mouais, songea-t-elle en souriant intérieurement, avec des « si », on peut déplacer les montagnes… Peu importait maintenant, puisqu'elle était libre, sûre de sa capacité à assumer ce travail et des contacts réguliers avec Joe, devenu un client comme les autres.

— Félicitations. Tu disais être la meilleure et tu l'as prouvé. Tes idées nous ont beaucoup impressionnés, Reese et moi. Dommage que tu ne sois pas venue les présenter toi-même.

D'abord les éloges, ensuite les critiques. Le ton amical ne parvenait pas à déguiser cette pique d'ordre personnel. Elle qui n'avait jamais encouru ses reproches ne se laissa pas démonter pour autant. Professionnelle avant tout, elle redressa le menton et déclara, affrontant son regard sombre :

— Malheureusement, j'ai eu un empêchement de dernière minute, un problème à régler chez un autre client. En tant qu'entrepreneurs, j'ai pensé que vous le comprendriez sans peine.

— Mais bien sûr, il n'y a pas de mal, intervint Reese. Les impondérables sont la loi de nos professions, et votre Mme Mason a fait une excellente présentation. Asseyez-vous, je vous prie.

Il lui désigna un fauteuil identique à celui de Joe, les deux étant séparés par une petite table ronde. Quand elle se fut installée, il reprit place derrière son bureau et s'enquit avec sollicitude :

— Vous désirez peut-être un café avant que nous commencions ? Ou du thé ? Peut-être même avez-vous faim ? Je peux commander un en-cas si vous le souhaitez.

— Non, je vous remercie. J'ai déjeuné avant de venir.

— Très bien. Alors, au travail. Comme vous le savez, Olivia, ce projet nous occupera pendant deux ans, à quelques mois près. En acceptant ce contrat, vous vous engagez envers nous pour toute la durée des travaux. J'espère que vous n'y voyez pas d'objection.

— Aucune, tant que je peux rentrer ponctuellement à Atlanta afin de veiller à la bonne marche de mon entreprise et prendre de petits projets pour quelques bons clients quand mon emploi du temps le permet.

— Tu es sûre que ce ne sera pas trop lourd ?

— Certaine. J'emploierai mes soirées à ces travaux annexes et, puisqu'il me faudra chiner pour remplacer les objets que Mlle Prudence a vendus, je ferai d'une pierre deux coups.

— Parfait, nous acceptons vos conditions. Autre chose ?

Elle secoua la tête. Reese lui adressa son sourire le plus irrésistible.

— Maintenant, si vous voulez bien lire ce contrat et le signer, l'affaire est conclue.

— Désolée, mais j'aimerais que cette clause figure par écrit sur le contrat avant de m'engager.

Joe toussota tandis que Reese fronçait légèrement les sourcils.

— Hmm. Je me doutais que vous n'étiez pas seulement jolie.

Elle haussa les épaules.

— J'ai appris qu'en affaires, tout devait être écrit noir sur blanc afin d'éviter les déboires.

Reese se tourna vers Joe qui hocha la tête en signe d'assentiment.

— Très bien. Je vais demander à notre avocat de revoir le contrat en ce sens. Il sera prêt d'ici à une heure. Entre-temps, je propose que nous poursuivions. AdCo vous fournira un espace de travail ici même, sachant que vous opérerez principalement sur le site. Les plans d'architecte pour les transformations sont établis, mais rien n'est encore définitif. Nous nous attendons bien sûr à des surprises et des changements en cours de route. Joe et moi aimerions avoir votre avis sur les plans tels qu'ils existent, et sur toute modification ultérieure. Dans cette perspective, il serait souhaitable que vous restiez sur place le plus possible en semaine.

— A moins que tu ne préfères revenir à terre tous les soirs et prendre le bateau avec les hommes. Mais c'est du temps perdu, et je doute que ça te convienne.

Etant donné sa propension au mal des transports, elle en doutait aussi. Reese voyait juste. Mieux valait qu'elle reste sur l'île à disposition. D'autant qu'il lui fallait bien loger quelque part. Elle comptait rentrer fréquemment le week-end à Atlanta et, pour ses brefs séjours à Savannah, elle avait repéré un hôtel à quelques pas du siège d'AdCo.

— Tout ça me paraît raisonnable. Une question : il y aura d'autres résidents à Mallenegua ?

Joe ne put s'empêcher de rire.

— Ne t'inquiète pas. Tu ne seras pas seule avec Mme Jaffe. Je serai là aussi une bonne partie du temps.

— Toi ? s'étonna-t-elle.

Reese coula un regard à son associé avant de préciser :

— C'est Joe l'architecte. Il aime être à pied d'œuvre, et je dois avouer que, sur des projets de cette envergure, il n'y a pas mieux que lui pour assurer le suivi. Il a l'œil concernant les détails et s'entend bien avec les hommes.

Elle réagit une seconde plus tard, brièvement paralysée par le choc de cette nouvelle.

— Je vois.

Elle n'avait pas prévu de passer ses journées et ses nuits sous le même toit que Joe. Certes, elle pensait venir à AdCo faire son rapport régulièrement, peut-être tous les quinze jours, et se doutait que les deux associés se rendraient de temps en temps sur l'île. Cependant, elle n'avait pas imaginé que Joe s'impliquerait au quotidien dans les travaux de réfection.

Voilà qui était plutôt inattendu, mais il faudrait bien qu'elle s'en accommode. Maintenant, elle était prévenue. Une fois le choc passé, elle se ferait à l'idée. Elle n'avait pas le choix.

— Pour commencer, je propose que nous examinions les plans avec vous. Voyons voir… Où sont mes copies ?

Reese remua les papiers sur son bureau et fouilla dans l'armoire située derrière lui.

— J'ai les originaux dans mon atelier, intervint Joe.

— Bon. Allons-y. Nous en profiterons pour montrer son nouvel espace à Olivia.

Reese se leva, aussitôt imité par Joe et Olivia. Ils se dirigeaient vers la porte quand le battant s'ouvrit sur Mlle Benson.

— Monsieur Addison, désolée de vous interrompre, mais si vous ne partez pas dans les dix minutes, vous allez rater votre avion.

Remontant sa manche, il consulta sa montre en or et grimaça.

— Exact. Je vous remercie.

Tandis que la secrétaire se retirait, il posa sur Olivia un œil lourd de regret.

— Pardonnez-moi, il faut vraiment que j'y aille. Cette fichue réunion a traîné en longueur et m'a mis en retard. J'ai un rendez-vous à Alexandria demain matin à la première heure. Je ne peux pas me permettre de rater ce vol.

— Je comprends. Les affaires n'attendent pas.

— Olivia est en bonnes mains avec moi, assura Joe. Je me charge de la présenter à tout le monde et de lui faire visiter les locaux, ainsi que son atelier. Nous regarderons les plans ensemble. Et quand le contrat sera revu et signé, nous embarquerons pour Mallen Island sur mon bateau.

— Parfait.

Reese attrapa la main d'Olivia et la gratifia de son infernal sourire de tombeur.

— Je regrette que nous n'ayons pas le temps de faire mieux connaissance. A mon retour, il faudra que nous dînions ensemble.

Olivia ne sut que répondre. L'invitation n'avait en soi rien de surprenant. Dans ce milieu, on discutait souvent affaires au restaurant, mais le ton de Reese, son sourire et la lueur qui brillait dans ses yeux n'avaient rien de professionnel. Il jouait de son charme...

Joe la tira de son embarras.

— Euh, Olivia ? Ça ne t'ennuie pas de m'attendre dans l'antichambre ? Avant que Reese disparaisse, j'aimerais lui dire deux mots.

— Mais pas du tout, murmura-t-elle, trop heureuse de s'esquiver.

Revenant à son bureau, Reese ouvrit sa mallette et entreprit de trier les dossiers qu'elle contenait.

— De quoi s'agit-il ? s'enquit-il distraitement lorsque la porte se fut refermée derrière Olivia.

— Je pense que tu ne devrais pas sortir avec elle.

Interloqué, Reese releva brusquement la tête.

— Ah bon ? Et pourquoi pas ?

— Flirter avec quelqu'un qui travaille pour nous n'est pas une bonne idée.

— Je ne vois pas où est le problème. Tu es bien sorti avec cette avocate qui traitait le dossier de Baton Rouge.

— J'ai dîné deux ou trois fois avec elle quand j'étais là-bas, c'est tout. Et nous ne l'avons jamais employée sur le long terme. Elle a travaillé en free lance sur cette seule affaire qu'elle nous a réglée en trois semaines. De plus, nous savions tous les deux que les relations à

122

distance sont d'avance condamnées, et nous n'attendions rien l'un de l'autre.

Reese eut un sourire de requin.

— Et alors ? Je ne vise pas des relations durables.

— Justement. Tes liaisons ne durent jamais plus de quelques mois. Et Olivia doit travailler pour nous pendant deux ans. Si tu te lasses d'elle, ça risque de perturber le projet.

— Olivia… Olivia… Au fait, c'est quoi, son nom de famille ?

— Con… euh, Jones.

— Vraiment ? Je ne l'aurais pas deviné. Avec l'allure qu'elle a, j'imaginais quelque chose d'un peu plus classe, comme St. Clair ou Raveneux.

Reese prit une liasse de documents sur sa table, la feuilleta et fourra l'ensemble dans sa mallette.

— Quoi qu'il en soit, nous sommes adultes tous les deux, et elle me donne l'impression d'avoir les pieds sur terre. Tu t'inquiètes pour rien.

Joe serra les dents. Il s'inquiétait, tout court. Reese était le meilleur des négociateurs ; son physique de star et son charme lui ouvraient toutes les portes — sans compter le fait d'appartenir à une vieille famille du Sud aussi fortunée qu'influente. Seulement, il avait une vue d'ensemble trop générale, négligeait les détails et ne se souciait pas des problèmes qui pouvaient advenir. S'il était un chic type et un ami en or, il avait une fâcheuse tendance à croire que tout lui réussirait toujours, en affaires comme en amour.

Il avait certes un talent unique pour rester en bons termes avec ses ex-maîtresses, mais là, il s'agissait de Livvie, et Joe ne voulait pas qu'elle souffre. Et puis il se sentirait tout drôle de voir Reese sortir avec son ex-femme.

Autant le reconnaître, cette idée le rendait fou. Pourquoi ? Aucune idée. Il préférait ne pas y réfléchir. D'ailleurs, c'était complètement ridicule. Olivia ne lui appartenait plus depuis quatorze ans, il n'avait aucun droit sur elle. Ce qui ne changeait rien à sa réaction viscérale…

— Alors, tu comptes sortir avec elle, que ça me plaise ou non ?

— Exactement. Au cas où tu ne l'aurais pas remarqué, c'est une très jolie femme. Je serais le roi des imbéciles de ne pas tenter ma chance.

— Je ne plaisante pas, vieux. J'aimerais que tu laisses Livvie tranquille.

Reese haussa un sourcil curieux.

— Livvie, hein ?

Il cessa de remplir sa mallette et examina Joe plus attentivement.

— Eh bien, eh bien… Tu ne serais pas intéressé par la demoiselle, par hasard ? C'est vrai que tu la tutoies. Tu as peut-être déjà placé tes cartes et la concurrence te défrise, c'est ça ?

— Certainement pas.

— Moi, je crois que si, insista Reese, moqueur. En tout cas, tu as des vues sur elle.

— Je l'ai rencontrée avant toi, protesta Joe. Ça doit bien compter pour quelque chose, non ?

— Admettons. Je te propose un marché. Pendant les deux mois qui viennent, je vais beaucoup m'absenter. Je te laisse le champ libre jusque-là. Mais je te préviens : à mon retour, si vous n'êtes pas en couple, c'est chacun pour soi.

— Merde, Reese, ce n'est pas un jeu !

— Si, justement. Le jeu de l'amour et du hasard. Ou bien tu joues, ou bien tu restes assis sur la touche à regarder et tu t'abstiens d'intervenir.

Il ferma sa mallette d'un geste sec et, l'empoignant, se dirigea vers la porte.

— Allez, vieux, remets-toi. Nous ne nous sommes pas disputé une fille depuis la fac, tous les deux. C'est plutôt drôle, non ?

7.

L'espace de travail alloué à Olivia jouxtait le bureau
de Joe avec lequel il communiquait par une porte. Il y
avait là une table en noyer avec un confortable fauteuil
pivotant, un meuble de rangement assorti, ainsi que deux
tables à dessin dernier cri. Sur l'une d'entre elles étaient
étalés les plans concernant le projet de transformation
de Mallenegua.

— Très agréable.

— Je suis ravi que ça te plaise.

Elle lui lança un coup d'œil curieux. Depuis le départ
de son associé, il était devenu étrangement silencieux.

Dans l'antichambre, il n'était resté que le temps de la
présenter officiellement aux deux secrétaires, puis l'avait
emmenée visiter les locaux et faire la connaissance du
personnel. Certains étant absents de leurs bureaux, elle
n'avait pas pu voir Blair Desmond, secrétaire générale.
S'agissait-il de son amie d'enfance ? Non. L'idée était par
trop absurde. Blair, avec un emploi fixe ? Impossible. Pas
même dans l'entreprise de son frère.

Au terme de la visite, Joe l'avait reconduite à l'étage
de la direction afin de lui montrer son propre bureau,
puis avait ouvert la porte de communication.

— C'est ici que tu travailleras quand tu seras à Savannah.

— J'avoue que je m'attendais plutôt à une sorte de placard à balais, avait-elle expliqué avec un sourire.

— Tu es un maillon important de l'équipe et nous tenons à ton confort.

— Je vois.

Troublée par ses silences, elle jouait nerveusement avec le fermoir de son sac.

Sur l'un des murs, une rangée de fenêtres éclairaient la pièce. Mal à l'aise, Olivia s'avança pour contempler la vue qui donnait sur River Street et la rivière Savannah.

— J'ai toujours aimé les anciens entrepôts convertis en bureaux. L'avantage, c'est qu'ils offrent beaucoup de lumière, commenta-t-elle, histoire d'alléger l'atmosphère.

Joe se taisait toujours. Comme elle se retournait vers lui, elle s'aperçut qu'il l'examinait, l'air pensif, ce qui ne fit qu'accroître son malaise.

— Entre nous, je m'étonne que cet espace de choix soit resté libre.

— En temps normal, il ne l'est pas. C'est mon atelier de dessin. Mais puisque le projet exige une collaboration étroite entre nous, j'ai jugé que cette solution serait de loin la plus pratique. Nous avons fait livrer le bureau et l'armoire pour ton usage personnel. N'hésite pas à y entreposer tes affaires.

— Bon. Mais… tu n'as pas peur que ma présence te dérange ?

Il la considéra longuement, puis déclara calmement :

— Petit bout, depuis que je te connais, ta présence ne m'a jamais dérangé en quoi que ce soit.

D'apparence anodine, cette remarque sema le trouble dans l'esprit d'Olivia. Sa gorge se noua, son cœur s'accéléra. Pas question de se laisser démonter par la lueur qui brillait dans ses yeux sombres…

— Très bien, répliqua-t-elle sèchement. Je m'efforcerai pour qu'il en soit de même à l'avenir.

Le malaise ne passait pas. Joe la dévisageait toujours avec cette même intensité, apparemment déçu par sa réaction. Enfin, il fit un signe de tête en direction d'une porte à l'autre bout de la pièce.

— C'est une entrée privée qui donne sur le couloir. Elle me sert fréquemment quand je cherche à éviter quelqu'un dans l'antichambre. Ne t'inquiète pas si tu me vois traverser de temps en temps dans un sens ou dans l'autre. Et puis, il m'arrivera aussi de travailler sur les plans à ma table à dessin. En dehors de ces incursions, l'espace t'appartient et tu y seras tranquille.

— Ça ne devrait pas me poser de problème majeur.

S'asseyant dans le fauteuil, elle posa son attaché-case sur le bureau, rangea son sac à main dans le tiroir du bas et reporta son attention sur Joe.

— Maintenant, au travail, décréta-t-elle, ignorant la tension qui lui nouait le ventre.

Ils passèrent le plus clair de l'après-midi à examiner les plans, côte à côte devant la planche à dessin. Joe lui montra les changements structurels qu'il envisageait, tout en lui expliquant pourquoi. Il lui exposa également les problèmes qui restaient à résoudre.

Pour avoir déjà travaillé avec des architectes, Olivia s'aperçut rapidement qu'il avait du talent. Beaucoup de talent, même. Et de l'inspiration, des idées novatrices, un sens pratique à toute épreuve, le tout allié au plus grand respect du caractère historique du lieu.

D'abord trop consciente de la proximité de Joe, de son odeur, du moindre contact accidentel, elle fut bientôt si absorbée par le projet qu'elle en oublia tout le reste. Concentrés sur leur tâche, ils ne reprirent conscience de l'heure que lorsque Mlle Lumis passa la tête par l'entrebâillement de la porte.

— Désolée de vous interrompre. Je voulais seulement savoir si vous auriez encore besoin de moi.

Joe releva sa manche et consulta sa montre.

— Zut, il est plus tard que je ne le croyais. Vous devriez être partie depuis une demi-heure, Martha.

— Ça ne me gêne pas de rester s'il y a du travail.

— Je sais. Mais ce soir, ce ne sera pas nécessaire. Olivia et moi allons en terminer avec l'examen des plans, puis nous mettrons le cap sur Mallen Island où je compte passer le reste de la semaine.

— Dans ce cas, je vous souhaite une bonne traversée, déclara-t-elle avant de saluer Olivia de la tête. A bientôt, mademoiselle.

Quand elle se fut retirée, Joe rassembla les plans, les roula et les rangea dans un cylindre en carton.

— Avant de prendre la mer, je te propose de dîner en ville. Ça nous permettra de discuter plus en détail des transformations à apporter aux quartiers du personnel.

Olivia aurait préféré limiter les séances de travail avec lui aux heures de bureau, mais elle savait d'expérience que, dans ce métier, on échangeait des vues à table, voire lors des cocktails.

— Comme tu voudras.

Il balaya la pièce du regard.

— Tu as des bagages, je présume ? Où les as-tu laissés ?

— En bas, à la réception.

— Bien. Je pensais t'emmener dîner au Cotton Exchange. C'est à deux pas d'ici, dans River Street. Ça te convient ?

— Parfait.

— Il faut d'abord que je passe à mon appartement, et ensuite, on y va.

— Ton appartement ?

— Inutile de t'inquiéter, ce n'est pas un traquenard pour te séduire.

— Je ne m'inquiétais pas de ça, répliqua-t-elle sèchement en jetant un coup d'œil par la fenêtre.

Déjà, les rayons du soleil couchant donnaient à la rivière des reflets d'incendie et nimbaient de rose les bâtiments de l'autre rive.

— Il fera bientôt nuit. Je pensais que tu voulais lever l'ancre avant qu'il soit trop tard.

— On navigue très bien de nuit, ce n'est pas un problème. Et mon appartement occupe le dernier étage de cet immeuble. Il faut juste que je prenne quelques vêtements, ce ne sera pas long.

— Ah…

Joe lui ouvrit la porte côté couloir. Une fois au bout, il poussa une grille métallique, et ils prirent le vieil ascenseur à marchandises. A la grande surprise d'Olivia, ils débouchèrent dans l'appartement même.

— Je t'aurais bien fait visiter, mais comme nous sommes un peu pressés, ce sera pour une autre fois.

— Hmm, marmonna-t-elle en le suivant à l'intérieur.

Le loft était gigantesque, avec un plafond incroyablement haut — sans doute plus de six mètres. Une rangée de fenêtres courait sur trois des murs, inondant la pièce d'une lumière rougeoyante qui se reflétait sur le plancher poli et les poutres massives de bois sombre. La cuisine était installée derrière la cage de l'ascenseur et délimitée par un bar en arc de cercle. Il n'y avait pas de séparation entre la salle à manger et le salon, défini uniquement par la disposition des meubles et des tapis. Sur l'unique cloison en brique rouge, une porte centrale donnait sur ce qu'elle supposa être la chambre. C'est d'ailleurs dans cette direction que Joe partit.

— Fais comme chez toi, lui lança-t-il. Il y a du thé glacé au réfrigérateur, ou de la bière si tu préfères. J'en ai pour cinq minutes.

Elle resta près de l'ascenseur, trop gênée pour s'aventurer plus loin, craignant de voir brusquement apparaître Selina — laquelle n'apprécierait sans doute pas de trouver chez elle l'ex-femme de son mari. Restait à espérer qu'elle avait mûri et se dispenserait d'une de ses crises de nerfs d'enfant gâtée...

En tout cas, ce loft ne ressemblait en rien au minuscule studio qu'elle louait avec Joe du temps de leur mariage. Studio qu'elle avait meublé en chinant dans les brocantes et les kermesses, qu'elle avait transformé à peu de frais avec quelques pots de peinture, de l'imagination et une bonne dose d'huile de coude afin d'en faire un lieu accueillant malgré sa petitesse. Du moins aimait-elle à le croire.

Plus elle regardait autour d'elle, moins elle imaginait Selina vivant dans ce loft spacieux arrangé avec goût. Malgré le mobilier coûteux, l'ensemble n'était pas assez ostentatoire, pas assez luxueux ou bourgeois pour satisfaire la gosse de riches capricieuse qu'elle avait connue autrefois. Mais peut-être était-elle injuste. En quatorze ans, Selina avait dû changer...

Quoi qu'il en soit, l'épouse de Joe ne venait guère ici. Un examen des lieux plus attentif révélait l'absence flagrante d'une femme. Le couple avait sans doute sa résidence principale ailleurs, et Joe gardait cette garçonnière sur son lieu de travail par commodité.

Soulagée, Olivia laissa son manteau, son attaché-case et son sac près de l'ascenseur et, poussée par la curiosité, s'avança dans le salon afin de glaner des détails sur le mode de vie de Joe.

Les fenêtres étaient nues, sans tentures ni rideaux. Les sièges aux lignes très masculines donnaient une impression de confort et de solidité. Cette partie du loft favorisait les teintes neutres — des beiges et des bruns rehaussés çà et là d'une touche cuivre ou marine. L'ensemble, certes harmonieux, portait la marque d'un décorateur professionnel, mais était si parfait qu'il demeurait impersonnel et froid. Même les plantes en pot, fort bien imitées, étaient artificielles.

Ce lieu ne ressemblait pas à Joe. En tout cas, pas à celui qu'elle avait épousé, qui aimait les couleurs chaudes dont elle avait repeint leur modeste studio, ôtait ses chaussures près du canapé pour croiser les pieds sur la table basse et laissait traîner des journaux par terre.

Imprégné de tradition, le Joe de sa jeunesse valorisait le passé pour l'élégante beauté de ce qu'il avait produit. Qu'il réside aujourd'hui dans un bâtiment historique n'avait rien de surprenant. Mais qu'il vive au quotidien dans ce décor sans chaleur… Non, décidément, l'espace semblait conçu pour un homme fréquemment absent — un lieu de passage, un endroit où dormir, changer de vêtements, prendre un repas rapide entre deux voyages.

Pauvre Joe, songea-t-elle. Il menait une vie si frénétique que son appartement n'était guère plus pour lui qu'une chambre d'hôtel améliorée…

Se ressaisissant, elle haussa mentalement les épaules. Inutile de retomber dans ses travers d'autrefois ! Elle était ridicule de s'inquiéter de Joe et de son bonheur. N'avait-elle pas perdu assez de temps à cela ? Le propriétaire de ce loft stérile où tout respirait l'argent et le succès ne méritait pas qu'on le plaigne. D'autant qu'il avait une superbe vue sur la rivière.

Rejoignant la fenêtre, elle suivit des yeux un bateau qui remontait le cours de la Savannah. Fascinée par le trafic fluvial abondant, elle s'abandonna à la contemplation du spectacle qui s'offrait à elle et laissa ses pensées dériver.

Au fond, Eleanore avait peut-être vu juste. Elle n'était pas l'épouse qu'il fallait à Joe. Là, il était chez lui, à sa place dans ce monde de pouvoir et d'argent, avec ses réceptions et ses demeures somptueuses. Il n'était pas fait pour gagner un salaire de misère dans une scierie et habiter un studio minuscule meublé de bric-à-brac.

Aurait-il aussi bien réussi s'ils étaient restés ensemble ? Peut-être. La crème remonte toujours, c'est dans sa nature. Issu d'une famille aisée, Joe était intelligent et travailleur, axé sur la réussite. Mais sans l'intervention d'Eleanore, sans leur divorce, son cheminement vers le succès aurait été plus long, plus pénible...

Olivia frissonna au souvenir de la scène qu'avait faite la mère de Joe en apprenant leur mariage. Une véritable crise de nerfs. Elle s'était mise à pleurer et gémir tout en agitant les bras. Une vraie héroïne de mélodrame prise de vapeurs...

*
* *

133

Voyant que son fils ne revenait pas sur sa décision, Eleanore se laissa choir sur le sofa et sanglota, la tête dans les mains.

— Comment oses-tu me faire une chose pareille ? Comment oses-tu ?

— Je ne t'ai rien fait, maman. Il ne s'agit pas de toi, mais de Livvie et de moi.

Relevant vivement la tête, elle le foudroya du regard. Ses lèvres tremblaient pitoyablement, et ses yeux bleus débordaient de larmes.

— Il ne s'agit pas de moi ? Comment ça, il ne s'agit pas de moi ? Tu te rends compte de ce que tu dis ? Si mes amies apprenaient cela, je perdrais définitivement la face. Je n'oserais plus me montrer en public. Et puis... Et puis... je serais radiée de mon club de bridge ! Un Connally, mon propre fils, marié à la fille d'une domestique ! Franchement, qui aurait pu l'imaginer ?

Elle geignait et vitupérait devant sa belle-fille et Flora, sans se soucier de leur présence. Chacune de ses paroles cinglantes tombaient sur Livvie comme autant de gifles. La voyant au bord des larmes, Joe lui prit la main et la pressa doucement. Malheureusement, ce geste de tendresse n'atténua en rien son humiliation. Elle coula un regard discret vers sa mère, se demandant ce que celle-ci ressentait à se voir traitée de la sorte. Mais Flora ne semblait pas blessée. Debout près de la porte, elle se contentait de se tordre les mains en silence, décomposée, anxieuse de son sort.

— Je ne vois qu'une seule solution, Joseph, décréta Eleanore en agitant son mouchoir bordé de dentelle. Tu vas retourner immédiatement dans cet endroit affreux et faire annuler le mariage. Immédiatement, tu m'entends ? Avant que cela se sache.

— Non, maman, il n'en est pas question. Je t'ai déjà dit que Livvie attend un enfant de moi.

— Et alors ? Cela ne t'obligeait pas à l'épouser. Tu serais venu m'en parler, je lui aurais donné de l'argent pour qu'elle avorte.

Sous le choc, Livvie recula d'un pas. Joe la retint près de lui, le bras autour de sa taille.

— Je... Je... Jamais je ne ferai ça, bredouilla-t-elle, livide.

— Très bien. Dans ce cas, je suis prête à payer les frais médicaux, pourvu que tu renonces à ce mariage et que l'enfant soit pris en charge par un organisme d'adoption.

Livvie posa d'instinct une main protectrice sur son ventre.

— Je ne donnerai pas mon enfant. C'est... c'est au-dessus de mes forces.

Joe l'attira plus près de lui.

— Calme-toi, ma chérie, personne ne t'y obligera.

Ignorant la remarque de son fils, Eleanore reprit :

— Tu dois bien te rendre compte que ce mariage ne tiendra jamais.

— Je suis désolée, madame Connally, je sais que vous m'en voulez, que vous me jugez coupable, mais...

— Certainement pas. C'est moi qui suis coupable dans cette affaire, Olivia. Je ne t'en veux pas personnellement. D'ailleurs, j'ai de l'affection pour toi. Mais je m'aperçois maintenant que j'ai eu tort de laisser l'amitié se développer entre ma fille et toi. Depuis des années que tu fréquentes Blair, que tu es libre d'aller et venir à ta guise dans la maison, tu t'es apparemment fait des idées au-dessus de ta condition. Seulement, tu n'es pas et ne seras jamais une épouse digne de mon fils.

— Maman !

— C'est la pure vérité. Pour l'amour du ciel, Joseph, tu as grandi à Winterhaven. Tu connais l'importance du lignage.

— Maman, je t'en prie ! Nous ne sommes pas des chevaux !

Elle releva le menton.

— Peu importe. C'est exactement la même chose. Une question d'origine. De lignée.

L'insulte blessa Livvie d'autant plus que sa mère partageait cette opinion et ne s'en cachait pas. Flora était une simple paysanne, fermement convaincue que chacun devait se satisfaire de son sort. A ses yeux, l'ambition et le désir de s'améliorer chez une personne de milieu modeste était un affront envers Dieu, un péché qui revenait à critiquer l'œuvre du Créateur et ne pouvait entraîner que des malheurs.

Cette attitude lui venait en partie de son mariage avec Sean Jones. Optimiste de nature, ce dernier estimait que tous étaient égaux et ne doutait pas de lui. Désireux d'échapper à la vie de misère qu'avaient menée ses parents et ses grands-parents, il croyait dur comme fer qu'en fournissant l'effort nécessaire, on finissait toujours par obtenir ce qu'on voulait. Livvie se souvenait des nombreuses disputes entre ses parents à ce sujet. Employé comme contremaître aux docks, son père gagnait correctement sa vie, mais il rêvait de mieux, prenait des cours du soir, engrangeait des savoirs dans l'espoir qu'un jour, il se pourrait se mettre à son compte et faire fortune. Flora ne cessait de se plaindre qu'il gaspillait l'argent de la famille en livres et frais d'inscription, et passait des heures à prier pour que son mari guérisse de sa sotte ambition. Quand Sean était mort, foudroyé à quarante-six ans par une crise cardiaque, elle y avait vu la manifestation de la colère divine.

Indulgente, Livvie comprenait l'attitude de sa mère mais n'en souffrait pas moins de sa réprobation.

— Je regrette que tu le prennes ainsi, maman, répondit Joe. Livvie est ma femme, et tu n'y changeras rien.

Oubliant son statut de grande dame du vieux Sud, Eleanore devint rouge de colère et se mua aussitôt en mégère courroucée.

— Je te préviens, mon garçon, tu ne vivras pas ici avec cette fille !

— Je n'y comptais pas. Livvie rentre à Princeton avec moi et nous nous installerons dans mon appartement.

— Il n'en est pas question. Tu ferais bien de te rappeler que c'est moi qui tiens les cordons de la bourse. Moi qui gère l'argent de l'héritage qui ne t'appartiendra en propre qu'à tes vingt-cinq ans ! Persiste dans cette folie, et je te coupe les vivres. Finis les chèques mensuels. Et je ne paierai pas ton inscription à la rentrée !

Livvie sentit Joe se raidir à son côté.

— Tu ferais ça ? Sachant combien papa tenait à nos études ? A un an de mon diplôme ?

Eleanore haussa les épaules.

— Si tu veux ton diplôme, mon garçon, tu sais ce qu'il te reste à faire.

— C'est du chantage !

— Peut-être, mais une mère se doit d'employer toutes les armes dont elle dispose pour ramener un fils dévoyé à la raison.

Joe la fixait, les dents serrées, les traits comme taillés dans le granit ; sa mère le toisait en retour, sûre d'elle et de ses atouts. Duel entre deux êtres têtus et tenaces qui, Livvie le savait, ne céderaient pas un pouce de terrain.

Cet affrontement silencieux semblait ne pas devoir finir. Mal à l'aise, accablée de remords, elle n'en pouvait plus. Par sens de l'honneur et pour la protéger, Joe était sur le point d'abandonner ses études et de compromettre son avenir. Il lui fallait intervenir.

Elle posa la main sur son bras aux muscles contractés.

— Joe, nous devrions en reparler. Je ne supporte pas l'idée que tu…

— Il n'y a rien à dire. Elle a pris sa décision, et nous la nôtre. Viens. Allons-nous-en.

Il lui saisit le poignet et l'entraîna vers la porte. Il marchait si vite qu'elle avait peine à le suivre. Au moment de sortir, elle jeta un coup d'œil par-dessus son épaule, juste à temps pour voir s'effondrer la belle assurance et la morgue d'Eleanore.

— Où t'en vas-tu, Joseph ? Reviens ici tout de suite !

Il ne s'arrêta pas. Sa mère se précipita derrière eux en criant :

— Ne fais donc pas l'imbécile ! Comment comptes-tu vivre ? Tu n'auras pas un sou avant quatre ans. Tu n'as pas d'endroit où loger, pas de travail, et tu n'en trouveras pas qui pourra vous nourrir. Pas sans un diplôme. Réfléchis, pour l'amour du ciel ! Tu gâcheras ta vie si tu restes avec elle !

En guise de réponse, il attira Livvie dans le couloir et claqua la porte derrière eux.

Quelques secondes plus tard, le battant se rouvrait.

— Tu reviendras ! hurla Eleanore. Souviens-toi de ce que je te dis, tu reviendras ! Quand tu sauras ce que c'est que d'être pauvre, tu abandonneras cette fille, et tu reviendras parmi les tiens !

Ces paroles l'avaient hantée le soir où Joe et elle avaient quitté Winterhaven. Tout en regardant distraitement une vedette filer sur la rivière et doubler une péniche, Olivia revécut la panique qu'elle avait éprouvée alors.

Que serait-elle devenue si Joe l'avait quittée ? Où serait-elle allée ? Ni sa mère ni sa sœur ne l'auraient prise chez elles, puisqu'elles habitaient sur les terres d'Eleanore. Elle se serait retrouvée à la rue. Seule au monde. Et enceinte.

Elle s'inquiétait à tort, bien sûr. Joe ne l'avait pas quittée et ne semblait pas regretter leur mariage. Le soir de leur départ précipité, il s'était rendu directement chez sa tante Tilly afin de lui demander son aide, et cette brave femme les avait accueillis à bras ouverts. Elle leur aurait même laissé son petit studio gratuitement si Joe n'avait pas insisté pour payer le loyer qu'elle demandait à d'autres.

Le lendemain, il s'était mis en quête d'un emploi et avait proposé ses services dans diverses entreprises dirigées par des connaissances ou des amis de sa famille. Mais toutes les portes s'étaient fermées devant lui. Eleanore avait fait passer le mot et personne ne voulait l'embaucher. De guerre lasse, il s'était rabattu sur la scierie.

Olivia se souvenait encore de ses remords cuisants quand elle le voyait rentrer chaque soir dans leur étroit logement, sale, couvert de sueur et épuisé. Aux petits soins pour lui, elle s'efforçait de lui rendre la vie agréable tout en craignant qu'il n'apprécie pas les plats économiques qu'elle lui préparait avec leur maigre budget.

Curieusement, Joe ne se plaignait de rien. Il prétendait même aimer l'effort physique. Ce dont elle ne croyait pas un mot. Dans sa tête résonnait encore l'écho des cris furieux d'Eleanore : « Tu gâcheras ta vie si tu restes elle ! »

Tout à ses pensées, Olivia regardait toujours les bateaux quand le bruit de l'ascenseur la tira de sa rêverie. Elle l'entendit descendre, puis remonter.

Lorsque la grille s'ouvrit, elle jeta un coup d'œil par-dessus son épaule et faillit s'étrangler à la vue de la femme qui sortait de la cabine.

8.

— Hou-hou, Joe, c'est moi ! Je sais que tu es là, j'ai entendu l'ascenseur monter tout à...

En apercevant Olivia, elle s'interrompit net.

— Oups ! Désolée. J'ignorais que tu avais de la compagnie.

Olivia se retourna lentement tandis que la nouvelle venue s'avançait vers elle, souriante, la main tendue. Elle était mince comme une liane. D'une élégance raffinée, elle portait un tailleur framboise très couture qui mettait son teint en valeur. Olivia reconnut la parure de perles qui ornait son cou et ses oreilles — des bijoux anciens appartenant aux Connally. Son épaisse chevelure brune tirée en arrière était relevée en un chignon haut. Une coiffure sévère qui soulignait la perfection de ses traits réguliers et lui conférait un supplément de classe.

— Bonjour. Je suis Blair Desmond, la sœur de... de Joe.

De manière presque comique, son sourire s'effaça brusquement et son pas ralentit pendant qu'elle se mettait à bredouiller. Elle marqua une pause, les yeux écarquillés sous l'effet de la surprise.

— Livvie ?

— Bonsoir, Blair. Il y a bien longtemps que nous ne nous sommes pas vues.

— Oh, mon Dieu… C'est bien toi !

— J'en ai peur.

Blair jeta nerveusement un coup d'œil alentour.

— Mais… mais enfin… qu'est-ce que tu fais ici ?

— J'attends Joe. Nous partons pour Mallen Island et il avait besoin de prendre quelques vêtements.

Bien que consciente de prolonger le malentendu, Olivia ne pouvait s'empêcher de jouer les idiotes. Chacun se venge comme il peut. Blessée par la réaction de Blair, à l'évidence moins que ravie de la retrouver sur son chemin, elle prenait un malin plaisir à la mettre dans l'embarras.

Cette fois, la jeune femme regarda la porte par laquelle Joe avait disparu, avant de reporter son attention sur elle.

— Joe t'emmène à Mallenegua ? Je ne comprends pas. Pourquoi ? En quel honneur ? Je veux dire… qu'est-ce qui te ramène à Savannah ? Par quel hasard as-tu rencontré Joe ?

Olivia réprima un sourire amusé.

— Oh, le hasard n'y est pour rien. Je suis ici sur l'invitation d'AdCo en tant que décoratrice. J'ai été retenue pour le projet de Mallenegua.

— Pardon ? Tu… tu es…

Blair ferma les yeux, prit une grande inspiration et libéra lentement son souffle avant de relever les paupières.

— Tu plaisantes, j'espère.

— Pas le moins du monde.

Stupéfiée, elle resta sans voix. Ses traits se crispèrent, et elle pivota brusquement sur ses talons.

— Excuse-moi. Il faut que je dise deux mots à mon frère.

— Tu es devenu complètement fou, ou quoi ? lâcha Blair en débarquant dans la chambre.

Elle claqua la porte derrière elle. Joe leva les yeux.

— On ne t'a pas appris à frapper ? Et qu'est-ce que tu fabriques ici, d'abord ? Les bureaux sont fermés depuis plus d'une heure.

Il mit deux paires de chaussettes dans son sac de voyage et se dirigea vers la salle de bains.

— Je t'attendais, répliqua-t-elle en lui emboîtant le pas. Au cas où tu l'aurais oublié, maman compte sur toi pour le dîner de ce soir à Winterhaven. Je pensais profiter de ta voiture.

— Je ne peux pas y aller. Maman est au courant, je l'ai prévenue, lui apprit-il avant d'ajouter, soupçonneux : Profiter de ma voiture, hein ? Qu'est-ce qui arrive à la tienne ? Elle est encore en panne ?

Quand il avait offert un emploi à sa sœur au sein de l'entreprise, c'était à condition qu'elle vive de son salaire. Mais Blair était incapable de tenir sa comptabilité, de mettre de l'argent de côté pour les urgences, les frais de garage et autres. Que sa situation financière l'oblige à vivre chez sa mère et à conduire une voiture vieille de cinq ans constituait déjà à ses yeux un sacrifice énorme.

Elle n'avait pas atteint la salle de bains que Joe en ressortait déjà, muni de sa trousse de toilette.

— La question n'est pas là ! lança-t-elle à son dos. Et ne change pas de sujet, s'il te plaît ! Je veux savoir ce qui se passe.

— Je prépare mes bagages en vue de mon séjour à Mallenegua.

— Ne fais pas le malin. Tu sais parfaitement de quoi je parle.

Du pouce, elle désigna la porte de la chambre.

— Livvie est de l'autre côté. Livvie, franchement !

— Je sais, et alors ?

— Elle prétend avoir décroché le contrat de Mallenegua. C'est vrai ?

— Bien sûr que c'est vrai. Tu as déjà vu Livvie mentir ?

— Mais enfin, pourquoi ? Ça ne tient pas debout ! gémit Blair.

Joe sortit deux chemises de la commode, les déposa soigneusement dans son sac, puis considéra sa sœur avec curiosité.

— Ce qui m'étonne, c'est que vous étiez inséparables autrefois. J'aurais pensé que ça te ferait plaisir de la revoir.

Blair se détourna, l'air vaguement coupable. Comme elle se taisait, il plissa les yeux et insista :

— Tu veux bien m'expliquer quel est le problème ?

Elle haussa les épaules.

— Tu es mon frère. Je ne peux pas être l'amie de ton ex-femme.

— Pourquoi pas ? Moi, je peux. C'est la même Livvie que nous connaissons depuis l'enfance. Le divorce nous est tombé dessus comme un accident, Blair. Ce n'était pas sa faute.

— Peut-être, mais le mariage, si. Elle t'a embobiné pour te forcer la main.

144

— Tu exagères. Tu sais aussi bien que moi que Livvie est franche comme l'or et pas manipulatrice pour deux sous. Le mariage, c'était mon idée.

— Elle aurait pu refuser. Elle aurait *dû*.

— Pourquoi ça ?

Blair se détourna de nouveau et haussa les épaules.

— Parce que.

— C'est un peu court. Parce que quoi ?

— Parce que ce n'est pas une femme pour toi, voilà, rétorqua-t-elle, cassante.

Joe ne put s'empêcher de rire.

— Pas une femme pour moi ? Qu'est-ce que c'est censé vouloir dire ?

Mal à l'aise, elle évitait son regard et jouait distraitement avec un bouton de manchette qu'elle avait pris sur la commode.

— Tu sais bien…

— Non, je ne sais pas. Explique-moi.

Une cravate de soie à la main, il la fixait toujours, attendant une réponse.

— Elle est… euh… d'un autre milieu.

— Elle n'a pas d'argent, c'est ça ?

— Ni de famille.

— Tout le monde a une famille, Blair. Et je ne connais pas de meilleure femme que Flora Jones. C'est le sel de la terre.

— Ne fais pas l'imbécile, tu me comprends parfaitement. Pour l'amour du ciel, Joe, Livvie n'est pas des nôtres !

Les sourcils imperceptiblement froncés, il la dévisagea si longuement qu'elle perdit toute contenance et commença à s'agiter.

— Merde ! lâcha-t-il enfin en jetant sa cravate dans son sac avec humeur. J'ai l'impression d'entendre maman. Elle déteint sur toi de jour en jour.

— Charmant ! Ce n'est pas gentil.

— Peut-être, mais c'est la vérité.

Elle releva le menton d'un air de défi.

— Maman n'est pas toujours facile, je suis bien placée pour le savoir, mais il se trouve qu'elle a parfois raison.

— Pas sur ce sujet-là. Blair, qu'est-ce qui te prend ? Vous étiez comme deux sœurs, Livvie et toi. Vous partagiez tout, depuis les vêtements jusqu'à vos secrets les plus intimes. Comment peux-tu croire une seconde qu'elle t'est inférieure ?

— Je ne crois pas ça, tu te trompes. Oh, et puis, laisse tomber, tu ne comprendrais pas.

Une fois de plus, elle se détourna, les traits figés en une expression butée.

— Ce qui me démonte dans cette histoire, c'est que c'est toi qui m'as poussé à sortir avec elle.

— A l'inviter pour dîner. Je ne m'attendais pas à ce que tu l'épouses.

— Je me demande bien pourquoi tu as pris cette peine si le résultat te défrise autant.

Elle lui coula un regard de biais.

— Puisque tu tiens à le savoir, je venais d'avoir un accrochage terrible avec maman. Naturellement, elle a eu le dessus et j'avais envie de me venger. Rien de plus facile que de la mettre dans une rage noire : il suffisait que tu sortes avec la fille de la domestique.

Joe en resta sonné, comme s'il avait reçu un coup de poing dans le ventre. Sa vie, celle de Livvie avaient été bouleversées à cause de *ça* ? Incroyable ! A la réflexion, il n'aurait pas dû s'étonner. Sa sœur avait toujours été aussi égoïste qu'impulsive, et elle se disputait avec leur mère depuis qu'elle avait appris à parler. Mais pourquoi cette révélation éveillait-elle en lui un tel sentiment de culpabilité ?

— Je vois. Donc, par dépit, tu t'es servi de moi et de ta meilleure amie pour te venger de maman sans te poser de questions sur les conséquences possibles.

— Doucement ! Comme tu y vas ! Je ne suis pas responsable de la suite. Je ne pouvais pas deviner que...

Joe leva la main afin de la faire taire.

— Laisse tomber, O.K. ? Ça ne m'intéresse pas.

— Très bien. Et retour à ma question : pourquoi diable as-tu proposé à Livvie de se mettre sur les rangs pour Mallenegua ?

— C'est une décoratrice très recherchée. On nous l'avait chaleureusement recommandée.

— On ? Qui ça, on ?

Joe tira la fermeture Eclair de son sac et se redressa avec un sourire amusé — le premier depuis que sa sœur avait surgi dans sa chambre.

— Maman.

— Quoi ? Tu te fiches de moi ! Jamais elle n'au...

Blair s'interrompit, une main sur la bouche, et ouvrit des yeux comme des soucoupes.

— Oh, mon Dieu... Livvie, c'est Olivia ?

— Aussi drôle que cela paraisse, tu réagis exactement comme moi.

— Tu veux dire que tu ne le savais pas quand tu lui as demandé de proposer un projet ?

— Non. Je n'avais pas fait le rapprochement. Et je t'avoue que j'ai toujours du mal à réaliser que la gentille petite Livvie d'autrefois et l'élégante femme d'affaires

147

qui se trouve dans mon salon ne sont qu'une seule et même personne.

— Tu aurais pu commencer par là au lieu de me faire subir un interrogatoire !

Grignotant le bout d'un ongle couleur framboise, Blair se mit à arpenter la pièce.

— Bon… eh bien… il va falloir que tu lui dises que Reese et toi avez changé d'avis et que vous engagez un autre décorateur.

— Impossible.

— Pourquoi ?

— D'abord, parce que le projet de Livvie était de très loin le meilleur.

— Et alors ? Vous vous contenterez du second choix. Tu ne peux pas l'engager. Maman ne le permettra jamais.

— Maman ne fait pas partie de la direction d'AdCo, que je sache. Elle n'est pas associée, ni même actionnaire, et elle n'a pas voix au chapitre.

— Mais enfin… Rien ne t'empêche de revenir sur ta décision. Tu ne vas tout de même pas employer Livvie !

— C'est déjà fait. Nous avons signé le contrat il y a une heure. Et, pour ta gouverne, je précise que j'engagerais Lucifer en personne s'il avait le genre d'idées que nous recherchons. Reese et moi avons trop investi dans Mallenegua pour nous satisfaire d'un second choix.

— Mais, Joe…

— Il n'y a pas de « mais, Joe » qui tienne. Laisse tomber, Blair. Mêle-toi de ce qui te regarde.

Il y eut un silence. Puis :

— Maman va piquer une crise de tous les diables quand tu vas lui annoncer ça.

— Merci, je suis au courant.

148

Il pointa l'index sur elle et enchaîna :

— Quant à toi, tu tiendras ta langue. Je lui en parlerai quand je le jugerai bon.

— Mais...

— Que ce soit parfaitement clair. Pas un mot de tout ça, ou tu peux te mettre en quête d'un autre emploi.

— Parce que tu me flanquerais à la porte ? Moi, ta propre sœur ?

— Sans hésiter. Pas question que tu mouchardes, que tu lui parles de ça, de mes affaires ou de ma vie privée. Au premier soupçon, tu es virée. Quand j'étais marié à Livvie, j'ai refusé que maman se mêle de nos affaires, et je ne tolérerai pas qu'elle le fasse maintenant.

— Mais, Joe...

— Blair, je ne plaisante pas.

Elle lui jeta un regard noir de colère et de frustration.

— Très bien, je n'insiste pas.

Pivotant sur ses talons, elle quitta la chambre au pas de charge. Il l'entendit marmonner quelques mots à Olivia, puis la grille de l'ascenseur grinça, et la cabine se mit en marche.

Laissant ses bagages en plan, Joe s'en fut rejoindre Olivia. Elle leva les yeux vers lui en l'entendant revenir, et il lut sur ses traits ce qu'il redoutait.

— Tu as entendu ?

— Pas tout, mais assez pour savoir que Blair ne veut pas de moi ici.

Joe grimaça douloureusement tandis qu'elle poursuivait :

— Je suis désolée. Ecouter aux portes n'est pas dans ma nature, mais dès qu'elle élevait le ton, je ne pouvais pas m'empêcher d'entendre.

— Ne t'inquiète pas, ce n'est pas grave. Je regrette seulement de t'avoir infligé ça.

— Joe, si ma présence doit causer des dissensions familiales, je suis prête à me retirer.

— Il n'en est pas question.

Il se massa la nuque, pensif.

— Ça t'ennuierait que je ne dîne pas avec toi et que nous remettions notre départ à demain ? Il vaudrait mieux que je règle ce problème ce soir même.

— Bien sûr que non. Je vais prendre une chambre au Hyatt, et je te retrouverai à ton bureau demain matin.

— Merci de ta compréhension, déclara-t-il avant de la prendre par le bras. Viens, je vais t'accompagner à l'hôtel.

— Ne te dérange pas pour moi, c'est à deux pas d'ici.

— Je sais bien que tu es une grande fille indépendante, mais je ne te laisserai pas descendre River Street dans le noir avec trois valises.

Il ponctua sa phrase d'un sourire et ajouta :

— Tu n'as pas assez de mains. Inutile de discuter.

Une heure plus tard, Joe pénétrait nonchalamment dans le salon de Winterhaven Farm.

— Bonsoir, tout le monde ! lança-t-il à la cantonade.

— Joseph, mon chéri !

Ravie, sa mère s'avança vers lui les bras tendus.

— Quelle agréable surprise ! Tu as finalement changé d'avis pour venir te joindre à nous. Pourquoi ne m'en as-tu rien dit, Blair ? ajouta-t-elle avec une expression peinée à l'intention de sa fille.

— Parce qu'elle n'en savait rien. Je me suis décidé à la dernière minute.

Blair leva les yeux au ciel, articula un discret « merci » silencieux à son frère, mais s'abstint fort judicieusement de tout commentaire. Signe qu'elle mûrissait, songea-t-il. Quelques années plus tôt, elle se serait emportée contre Eleanore et ses accusations voilées, déclenchant une querelle aux proportions épiques.

Après avoir effleuré d'un baiser la joue que lui tendait sa mère, il se rendit au bar et se versa deux doigts de bourbon — un remontant dont il aurait certainement besoin avant la fin de la soirée —, puis, levant son verre, il se tourna vers son frère qui souriait, amusé.

— A la tienne, Luke, ça me fait plaisir de te voir.

— Moi de même, frangin.

Confortablement installé dans un fauteuil au coin du feu, ses longues jambes étendues devant lui, son verre en équilibre sur son ventre plat, il observait les échanges familiaux avec son détachement habituel.

— Peu importe la raison, je suis ravie que tu aies changé d'avis, reprit Eleanore, royale. Blair, sois gentille, va prévenir Mme Bonner que Joseph se joint à nous pour le repas. Et remets-la à sa place si elle te manque de respect, c'est compris ?

— Oui, maman, marmonna Blair en levant de nouveau les yeux au ciel.

— Cette femme est impossible, et d'une impertinence ! Elle n'arrive pas à la cheville de Flora, mais il faut toujours qu'elle se plaigne ou qu'elle fasse des réflexions. A croire qu'elle se prend pour la maîtresse des lieux. Puisque tu es là ce week-end, Joseph, j'aimerais que tu lui dises deux mots. Qu'ai-je fait au bon Dieu pour que Flora me quitte ainsi ? Jamais je ne trouverai meilleure domestique !

— Elle ne t'a pas quittée, maman, elle est à la retraite, remarqua-t-il. A son âge, elle mérite de se reposer un peu.

— Balivernes ! Flora est à peine plus âgée que moi, et je n'ai en rien ralenti mes activités.

Malgré son envie, il se retint de lui expliquer que présider deux ou trois galas de charité par an et jouer au bridge trois fois par mois n'était pas aussi pénible que de faire la cuisine et le ménage tous les jours. Chaque chose en son temps.

Appartenant à l'élite de Bella Vista, Eleanore Connally était membre de tous les clubs et organismes caritatifs en vue. Deux fois par semaine, après un parcours de golf au country-club, elle déjeunait avec ses amies. Elle appartenait au club de bridge des femmes mariées, petite société fermée créée en 1893 qui regroupait seize personnes du sexe féminin triées sur le volet, et elle était très fière que son défunt mari ait fait partie du Madeira Club et de l'Ogglethorpe Club, deux cercles exclusivement masculins et tout aussi fermés.

Quelques instants plus tard, Blair reparut et annonça depuis la porte :

— Mme Bonner fait dire que le dîner est prêt.

Tandis que Luke dépliait sa grande carcasse, Joe vida ce qui lui restait de bourbon et posa son verre sur une desserte, puis il offrit le bras à sa mère.

— Merci, très cher, murmura Eleanore avec un sourire de jeune fille.

Ensemble, ils menèrent la marche d'un pas protocolaire jusqu'à la salle à manger située de l'autre côté du vaste hall. Eleanore était très à cheval sur les principes. A Winterhaven, on s'habillait pour le dîner familial : les hommes étaient en costume et cravate, en smoking s'il y avait des invités, et les femmes portaient la robe longue. A 19 heures, on se rassemblait autour d'un cocktail dans le salon et, à 20 heures précises, on se mettait à table.

Le regretté Brian Connally s'amusait de cet attachement excessif aux convenances et au paraître qu'il trouvait charmant, comme tout ce qui touchait à Eleanore dont il passait les moindres caprices. Joe, son frère et sa sœur jugeaient ces rituels prétentieux et pesants, mais ils s'y pliaient par respect envers leur mère. Et pour éviter les jérémiades et crises de nerfs que suscitait toute rébellion.

Après avoir accompagné sa mère en bout de table et tiré sa chaise, Joe alla s'installer devant elle, à la place qu'occupait Luke en son absence, mais qu'elle souhaitait lui voir prendre en tant qu'aîné lorsqu'il était présent. Une injustice flagrante, puisque c'était Luke qui dirigeait maintenant l'élevage familial et que Joe s'était mis à son compte en franc-tireur. Cependant, les deux frères avaient depuis longtemps renoncé à contrarier leur mère sur ce point.

— Alors, le projet de Mallenegua avance ? s'enquit Luke quand Mme Bonner eut apporté la soupe.

— Jusqu'ici, tout se passe plutôt bien. La marina est presque terminée et, la semaine prochaine, nous attaquons le chantier de restauration.

— Dois-je comprendre que vous avez choisi un décorateur ? demanda Eleanore.

Blair avala de travers et se couvrit la bouche de sa serviette pour tousser tout en observant Joe.

— Oui. Reese et moi avons retenu le projet d'Olivia.

— J'en étais sûre, j'en étais sûre ! s'exclama Eleanore en frappant des mains comme une fillette. Je t'avais bien dit qu'elle était merveilleuse. J'ai hâte de la rencontrer, et mes amies aussi. Nous avons toutes des projets pour elle, mais je présume que cela devra attendre puisqu'elle travaille avec toi, maintenant. Oh, il me vient une idée. Une idée brillante. Je pourrais donner une réception en son honneur !

Blair s'étouffa de nouveau. Sa mère lui jeta un regard réprobateur.

— Franchement, Blair, à ton âge ! Si tu te tenais correctement à table et que tu mangeais moins vite, tu ne te ridiculiserais pas.

Joe avala une cuillerée de soupe, s'essuya délicatement les lèvres, puis se cala contre le dossier de sa chaise.

— De fait, maman, tu la connais déjà.

— Olivia ? Vraiment ?

Elle réfléchit quelques instants, puis secoua lentement la tête.

— Non, je ne crois pas. Quand je suis allée voir Dorothea l'été dernier, elle avait déjà terminé la maison et regagné Atlanta. Je n'ai pas eu l'occasion de la rencontrer, malheureusement.

— Maman, Olivia, c'est Livvie.

— Livvie ? Livvie com...

Elle s'interrompit brusquement. Le souffle coupé, elle laissa tomber sa cuillère qui tinta contre son assiette et porta une main à son cœur, comme si elle allait s'évanouir.

— Tu... tu veux dire qu'Olivia, la décoratrice de renom dont tout le monde chante les louanges, n'est autre que... que...

— Parfaitement. C'est notre petite Livvie Jones, mon ex-épouse.

Luke éclata de rire.

— Ça alors ! C'est la meilleure !

154

Blair se prit la tête dans les mains en gémissant tandis qu'Eleanore geignait :

— Oh, mon Dieu… Ce n'est pas possible, je n'y crois pas… C'est affreux. Affreux… Un vrai cauchemar. Je t'en prie, dis-moi que je rêve, que je vais me réveiller !

— Non, maman, tu ne rêves pas, c'est la réalité. Livvie a pris ses fonctions aujourd'hui même.

Eleanore le foudroya du regard.

— Pourquoi diable l'as-tu engagée ? Tu as perdu l'esprit, ma parole ! Je présume que tu connaissais son identité avant qu'elle signe le contrat, tout de même.

— Certes, mais ses propositions étaient de très loin les meilleures.

— Pour l'amour du ciel, je ne vois pas ce que cela change ! Il s'agit de ton ex-femme. Tu ne *peux* pas employer ton ex-femme ! Pense aux bruits qui vont circuler. Il n'en est pas question, il faut qu'elle s'en aille, un point, c'est tout ! Tu devras sans doute la dédommager, mais ça en vaut bien le prix. Il faut qu'elle s'en aille !

— Livvie ne s'en ira pas plus loin que Mallen Island, répondit Joe avec calme. Elle partagera son temps entre l'île et Savannah.

Sa mère semblait au bord de l'apoplexie. Le visage cramoisi, la nuque raide et les veines saillantes, elle tremblait de colère.

— Joseph, tu n'y penses pas ! J'espère que tu plaisantes.

— Pas le moins du monde. Et j'avoue ne pas comprendre ce qui te met dans cet état. Livvie a toujours été une personne charmante. De plus, c'est AdCo qui l'emploie. Reese et moi sommes seuls juges en la matière. Travailler en collaboration avec Olivia ne me pose aucun problème, c'est tout ce qui compte.

— Oh, que non, ce n'est pas tout ! Les gens vont jaser. Des rumeurs vont se répandre. Les can…

— Je me fiche des mauvaises langues comme de l'an mille. Je veux ce qu'il y a de mieux pour ce projet, et Livvie est exactement la décoratrice que je cherchais.

— Mais enfin…

— Il n'y a pas de « mais », maman, c'est acquis. L'incident est clos, qu'on n'en parle plus.

Haletant de frustration, Eleanore fixait sur lui un regard noir de rage. Après un long silence, elle jeta sa serviette sur la table et se leva.

— Puisqu'il en est ainsi, je vous demanderai de m'excuser, j'ai perdu l'appétit.

Et elle gagna la porte avec la dignité d'une duchesse outragée, le dos droit, le menton pointé en avant. Toujours assis à table, ses enfants gardèrent le silence alors qu'elle quittait la pièce et gravissait lentement l'escalier. Ce n'est que lorsque la porte de sa chambre claqua à l'étage, que Luke brisa le silence.

— Sacrée surprise, frangin. Livvie, hein ? Tu ne pouvais pas trouver une autre décoratrice qui fasse l'affaire ?

— En cherchant longtemps, peut-être que si, admit Joe. Mais Livvie est celle que nous avons retenue. Si ça te gêne, c'est le moment de le dire.

Luke leva les deux mains en signe d'apaisement.

— Moi, ça ne me gêne pas du tout. Simple remarque en passant, se défendit-il, avant d'ajouter avec un sourire : Mais je dois t'avouer que, pour un garçon posé, quand tu te décides à ruer dans les brancards, tu ne fais pas semblant !

Il éclata de rire.

— Livvie, ça alors ! Les prochains mois risquent d'être intéressants.

9.

Le Cotton Exchange, le plus vieux restaurant de River Street, occupait un ancien entrepôt de coton construit en 1799. Olivia n'y était allée qu'en de rares occasions pour déjeuner avec Blair, mais elle l'aimait beaucoup et se réjouissait de constater qu'il n'avait guère changé au fil des ans.

C'était Joe qui, après s'être décommandé la veille, avait insisté pour l'y inviter à dîner avant de se rendre sur l'île.

Le personnel l'accueillit avec chaleur, preuve qu'il était un habitué apprécié. Le service tournait encore au ralenti ; la foule arriverait plus tard, mais les quelques clients présents saluèrent Joe au passage tandis que la serveuse les conduisait à leur table. Leurs regards curieux se portèrent ensuite sur Olivia, comme s'ils cherchaient à la situer.

L'élite de Savannah vivait en vase clos, dans un petit monde de « gens bien » constitué par les descendants des vieilles familles du Sud, aristocrates fortunés ou ruinés mais conscients de leur rang, auxquels s'ajoutaient quelques nouveaux riches, tolérés s'ils ne détonnaient pas. « Un peu de sang neuf ne fait pas de mal », se plaisait à dire Madeline Owens, amie d'Eleanore et membre de son club de bridge.

Tous se connaissaient, savaient qui voyait qui. Dans ce cercle privilégié dont Joe était issu, on sortait et on se mariait au sein du clan — à la rigueur, avec des personnes de même milieu, originaires d'autres villes du Sud. Cependant, mieux valait rester entre natifs de Savannah.

Devant l'attention qu'on lui portait, Olivia dut retenir un sourire amusé. Les langues iraient bon train à propos de la mystérieuse compagne de Joe Connally. Inévitablement, le bruit se répandrait bientôt que son ex-épouse travaillait pour lui et, une fois la rumeur lâchée, le moulin à ragots ne tarderait pas à s'emballer. Tempête dans un verre d'eau. A elle de ne pas se laisser atteindre.

Après avoir pris leur commande, la serveuse revint bientôt avec le vin et remplit cérémonieusement leurs verres. Lorsqu'elle se fut retirée, Joe leva le sien et porta un toast :

— Je suis heureux de t'avoir avec nous sur ce projet. Bienvenue à bord, Olivia. A notre collaboration que je souhaite longue, agréable et fructueuse.

Elle trinqua avec lui et but une gorgée de vin. Puis elle posa son verre, pensive.

— Je doute que tout le monde partage ce sentiment. A commencer par Blair. Et je présume que ta mère n'est pas ravie non plus de me savoir ici. Comment a-t-elle pris la nouvelle ?

Joe haussa les épaules.

— Mal. Mais elle n'y changera rien. Quant à Blair, je regrette sincèrement qu'elle se soit si mal conduite. Je t'avoue ne pas comprendre quelle mouche l'a piquée et j'espère que son attitude ne te pèsera pas trop.

— Ne t'inquiète pas. Comme elle n'a jamais répondu à mes lettres, il y a un bail que j'ai fait le deuil de notre amitié.

— Tu lui as écrit ? Je l'ignorais, remarqua-t-il, le front plissé. Franchement, ça me dépasse. Je sais que Blair est capricieuse, qu'elle a son caractère, mais elle est bien élevée. Ni grossière, ni méchante. Il faudra que je lui demande des explications.

— Non, non, ne lui dis rien.

Sans réfléchir, elle posa une main sur son bras et leva vers lui un regard suppliant.

— Je ne veux pas être la cause de nouvelles querelles. C'est de l'histoire ancienne, Joe. Ça n'a plus d'importance.

Il se détendit et recouvrit sa main de la sienne avec un sourire.

— Pour moi, c'est important, mais rassure-toi, il n'y aura pas de querelles.

Troublée par la chaleur de sa paume, Olivia dégagea sa main prisonnière et se cala contre le dossier de sa chaise.

— Je me trompe peut-être, mais il m'a semblé qu'elle travaillait pour toi, non ?

— Effectivement.

Olivia agita la tête en riant.

— Eh bien, eh bien ! Blair Connally avec un emploi stable ! Je n'aurais jamais imaginé ça. On peut savoir comment s'est produit le miracle ?

— Elle s'appelle Desmond, aujourd'hui. En sortant de fac, elle a fini par se plier et épouser un homme que maman jugeait « convenable ».

— Un garçon de bonne famille. Riche, je suppose, ou tout au moins avec des perspectives d'avenir.

— Exactement. Maman n'a pas changé.

Et ne changerait jamais, elle en aurait mis sa tête à couper.

— En un sens, ça m'étonne de Blair, commenta-t-elle avant de boire une gorgée de vin. Je ne pensais pas qu'elle céderait un jour aux pressions d'Eleanore. Quand nous étions gamines, elle passait son temps à la défier, à croire que c'était son sport préféré.

— Oui, mais après ton départ, il lui est arrivé quelque chose. Elle a perdu son feu et son entrain. Et son mariage avec Colin ne l'a pas arrangée. Ce qui lui restait de personnalité s'est dissous. Elle est devenue effacée, docile et timorée. Avec lui, elle était presque servile.

— Blair, servile ? Ça ne lui ressemble pas. Nous n'avons pas discuté longtemps hier soir, mais elle m'a paru égale à elle-même.

— Elle a repris du poil de la bête ces derniers temps. Nous avons fini par apprendre que son mariage était un désastre. Blair a tenu bon pendant près de dix ans et puis, il y a huit mois, elle a trouvé le courage d'affronter Colin et maman et de demander le divorce. Naturellement, maman était outrée. Peu lui importait que Colin soit un snob imbuvable, alcoolique et violent de surcroît.

— Tu veux dire qu'il la battait ?

— Il y a de grandes chances, mais je ne peux rien affirmer. Dès que j'aborde le sujet, Blair se ferme comme une huître. Impossible de lui tirer le moindre aveu. En tout cas, elle était très malheureuse et, malgré ça, maman a tout mis en œuvre pour qu'elle se réconcilie avec son mari. Comme Blair ne cédait pas, elle lui a coupé les vivres. Jusqu'ici, et pour la première fois depuis longtemps, Blair refuse toujours de plier.

160

— Je ne comprends pas… Elle ne dépend pas financièrement de votre mère. Et sa part d'héritage ?

— Contrairement à Luke et moi, elle n'y aura accès qu'à trente-cinq ans. Jusque-là, c'est maman qui tient les cordons de la bourse.

— C'est injuste !

— D'accord avec toi. Seulement, papa craignait qu'à vingt-cinq ans, elle ne soit pas assez mûre pour gérer son argent. Il craignait aussi qu'elle se laisse séduire par les belles paroles du premier chasseur de dot venu.

— Ça reste injuste. Votre père la sous-estimait.

— Je ne dis pas le contraire. Et elle avait peu de chances de trouver pire que Colin Desmond. Quoi qu'il en soit, une fois le divorce prononcé, je lui ai proposé un emploi à AdCo, à condition qu'elle travaille sérieusement, qu'elle se montre responsable et qu'elle vive de son salaire. Elle habite à Winterhaven avec maman, ce qui ne les amuse ni l'une ni l'autre, mais Blair est habituée à un certain train de vie auquel il lui faudrait renoncer si elle devait payer un loyer. Quant à maman, elle ne peut pas la mettre à la porte. A l'heure actuelle, Luke et moi possédons chacun un tiers de la propriété. Le dernier tiers est celui de Blair, mais, comme je te l'ai dit, c'est maman qui gère son héritage.

— Je vois.

Olivia réfléchissait à ce qu'elle venait d'apprendre. Elle avait peine à imaginer son amie d'autrefois, si vive et audacieuse, transformée en paillasson par un homme. Lorsqu'elles étaient enfants, c'était toujours Blair qui prenait l'initiative, Blair qui faisait des bêtises puis affrontait bravement le courroux d'Eleanore.

Calé contre le dossier de sa chaise, Joe l'observait en silence.

— Alors, et toi ? demanda-t-il enfin. Qu'est-ce que tu as fait depuis ton départ de Savannah ?

Elle haussa les épaules.

— Rien de bien particulier. Des études pour avoir un diplôme. Après quoi, je suis entrée dans une entreprise de décoration de Dallas où je suis restée deux ans. Ensuite, j'ai eu la chance de décrocher un emploi chez un spécialiste en restauration historique à Boston. Là aussi, je suis restée deux ans, et puis, j'ai décidé que le moment était venu de me mettre à mon compte. Je me suis établie à Atlanta où j'ai monté ma propre affaire.

Joe lui sourit.

— J'aurais dû me douter que tu choisirais la décoration. Tu avais un véritable don. Je me souviens de notre petit studio que tu avais si joliment arrangé malgré notre budget de misère. J'étais fier de toi, Olivia.

Cette remarque la surprit. A l'époque, il ne s'était jamais enthousiasmé, au point qu'elle s'était demandé s'il se souciait de ses efforts. Lorsqu'il rentrait du travail et qu'elle avait décapé et ciré un vieux meuble, repeint une pièce ou posé de nouveaux rideaux, il se contentait de murmurer d'une voix lasse : « Tiens, ce n'est pas mal. »

Légèrement déstabilisée par ce compliment à retardement, elle jugea plus prudent de changer de sujet.

— Et toi ? Comment as-tu fini dans la construction ? Je te croyais à la tête de l'élevage.

— Eh bien, non. Luke était plus motivé que moi pour les travaux de la ferme, il ne rêvait que de ça. Mon histoire ressemble un peu à la tienne. Après notre rupture, je suis retourné à Princeton terminer mes études et j'y ai retrouvé Reese. Nos deux mères s'étaient rencontrées à la fac et, malgré la distance — les Addison habitent

Charleston —, elles sont restées amies. C'est elles qui ont tenu à ce que Reese et moi logions ensemble pendant nos études. On s'était croisé à diverses reprises, mais on ne se connaissait pas vraiment en arrivant à Princeton. Par chance, on s'entendait bien, et voilà… Peu après la fin de ses études, Reese a perdu son père et hérité, entre autres, d'une petite entreprise de construction. Comme moi, il s'intéressait à la préservation du patrimoine historique ; il s'est donc orienté vers la restauration des bâtiments anciens et, quand il m'a proposé de me joindre à lui, j'ai accepté. Ce que je ne regrette pas. Depuis, nous avons restauré de tout — des demeures coloniales, des entrepôts et des quartiers entiers. Le travail est passionnant, satisfaisant, et, pour ne rien te cacher, lucratif.

Olivia but une gorgée de vin tout en réfléchissant à la formulation de sa question suivante.

— Si ce n'est pas indiscret, comment ta famille a-t-elle réagi quand tu as décidé de te mettre à ton compte ?

Il eut une grimace douloureuse.

— Comme tu l'imagines, maman l'a très mal pris. En revanche, Luke était ravi que je lui laisse la ferme. Blair s'en fichait, pourvu que nous ne vendions pas son cheval. Je n'ai d'ailleurs jamais compris pourquoi elle s'est imaginé que nous vendrions Prince Rupert que papa lui a offert quand elle était toute gosse.

— Oui, je me souviens. C'était pour ses dix ans. S'il est toujours en vie, il doit être très vieux. Ça lui ferait… vingt-trois ans ?

— Effectivement, mais nous l'avons perdu il y a trois ans. Le choc a été rude pour Blair, elle aimait ce cheval par-dessus tout.

Olivia resta un moment silencieuse. Pensive, elle jouait distraitement avec le pied de son verre, en proie à des émotions contradictoires. Finalement, la curiosité l'emporta sur ses craintes. S'efforçant d'adopter un ton aussi naturel que détaché, elle demanda :

— Et Selina ? Qu'a-t-elle pensé de ton choix de carrière ? Au fait, comment va-t-elle ?

— Selina ? Tu veux parler de Selina St Clair ? Je n'en ai aucune idée, je ne l'ai pas revue depuis des lustres. Aux dernières nouvelles, elle en était à son quatrième mari — un comte italien, je crois. Ils habiteraient sur la Riviera.

— Désolée. J'ignorais que vous aviez divorcé.

— Mais… nous n'avons jamais été mariés ! s'exclamat-il, manifestement surpris. D'où tiens-tu cette idée ?

— Je… euh… On m'a… Enfin, j'ai cru… Je…

Incapable d'aligner trois mots cohérents, elle ferma les yeux le temps de se ressaisir, puis évacua le sujet d'un geste de la main.

— Peu importe. J'ai sans doute mal interprété ce qu'on m'a appris à l'époque.

— Mais encore ? insista-t-il en haussant un sourcil interrogateur.

Malgré la douceur de sa voix, elle comprit qu'il ne lui ferait pas grâce de la réponse.

— On m'a dit que ta mère était très occupée par les préparatifs de votre mariage.

— Si ce n'est que ça ! Il y a plus de quinze ans que ma mère cherche à me marier. Moi, Luke, et Blair aussi. Elle veut voir naître la prochaine génération de Connally avant de rejoindre papa au cimetière de Bonaventure.

Il se radoucit, et sa voix se fit plus grave, plus veloutée.

— Tu es la seule femme que j'aie jamais eue, Livvie.

— Ça alors ! Tu ne t'es pas remarié ?

— Non, et toi ?

— Non plus. J'étais trop prise par mon travail, le lancement de mon entreprise et le reste.

Elle s'abîma dans la contemplation de son verre, en s'interrogeant sur cette nouvelle révélation. Pourquoi diable sa mère lui avait-elle laissé croire que Joe était marié ?

— Tu as eu d'autres hommes dans ta vie, depuis ?

— Et toi ? Tu as eu des femmes ? répliqua-t-elle du tac au tac, les yeux dans les siens.

Il sourit.

— O.K. Ça ne me regarde pas. Excuse-moi.

Il l'observa un long moment, puis ajouta :

— Là. Tu vois bien que ce n'est pas si terrible.

— Pardon ?

— Nous avons réussi à bavarder agréablement pendant quelques minutes sans que tu te mures dans une attitude glaciale.

Elle baissa les paupières et fixa ses mains qui continuaient de triturer le pied de son verre.

— Je ne vois pas de quoi tu parles.

— Allons, Olivia, ne joue pas l'innocente. Depuis que nous nous sommes retrouvés, tu es distante avec moi. Comme si tu m'en voulais. Qu'est-ce qui te ronge ?

— Rien. Tu te fais des idées.

— Ça m'étonnerait.

Sans la quitter des yeux, il but une gorgée de vin et laissa le silence s'étirer entre eux.

— Qu'est-ce qui nous est arrivé, Livvie ? lâcha-t-il enfin. Où avons-nous fait fausse route ?

Elle ne put retenir un petit rire sans joie. Joe n'était pas le genre d'homme à tourner autour du pot. Quand il voulait savoir quelque chose, il allait droit au but.

— Nous ? Tu ne comprends donc pas ? Tout le problème était là, il n'y a jamais eu de « nous ».

— Tu es dure. Nous avons tout de même été mari et femme pendant près de cinq mois.

— Pas pour les bonnes raisons.

Il fronça les sourcils.

— Je n'irais pas jusque-là.

— Je t'en prie. Tu sais parfaitement que si je n'étais pas tombée enceinte, tu ne m'aurais jamais épousée.

Il marqua une pause, visiblement intrigué.

— Justement, je me suis toujours interrogé sur cette nuit-là. Pourquoi tu m'avais...

— Laissé me faire l'amour ?

Elle se sentit rougir tout en le regardant par-dessus la flamme de la chandelle qui dansait entre eux. Elle avait espéré éviter cette discussion, mais puisqu'il tenait à avoir des explications... D'ailleurs, ce n'était peut-être pas plus mal. Pendant les quelques mois qu'avait duré leur mariage, ils étaient tous deux trop jeunes, trop peu sûrs de leur couple pour analyser clairement leurs sentiments. Le temps était venu de mettre tout à plat et d'enterrer le passé de façon à repartir sur des bases saines.

— Tu avais dix-huit ans, poursuivit-il. Tu n'étais jamais sortie avec personne. Alors, pourquoi m'avoir choisi, moi ?

Elle soupira. Dieu, que c'était gênant ! Autant cracher le morceau et en finir.

— Je m'étonne que tu ne le saches pas tant cela sautait aux yeux. J'étais folle amoureuse de toi. Depuis mes neuf ans.

Il en resta sans voix. Et, soudain, son visage s'éclaira d'un sourire.

— Vraiment ?

La serveuse leur apporta leurs salades. Ils la remercièrent, puis attendirent en silence qu'elle se retire.

Olivia planta sa fourchette dans un quartier de tomate en lâchant avec agacement :

— Inutile de fantasmer. Ça m'a passé depuis un bout de temps.

— Et zut. Dommage pour moi.

— Tu n'es pas drôle, grommela-t-elle.

Ils mangèrent sans mot dire pendant quelques minutes. Enfin, Joe releva la tête.

— Tu ne t'es jamais demandé ce qui serait advenu si nous étions restés ensemble ?

— Non, répondit-elle sèchement, ébranlée par cette question inattendue.

Du moins ne s'était-elle pas autorisé ce genre de pensées depuis des lustres.

— Moi, si. J'y ai beaucoup réfléchi. Je crois qu'en un sens, ça m'a toujours gêné que nous ayons jeté l'éponge si rapidement. Je tenais vraiment à toi, Livvie.

— C'est ça, oui. Et tu vas me dire aussi que tu étais amoureux de moi ?

— Non. Enfin… peut-être. Oh, et puis je n'en sais rien. A l'époque, mes sentiments étaient un peu confus. Mais ce qu'il y a de sûr, c'est que j'étais heureux avec toi et que je n'étais pas prêt à renoncer à ce mariage.

Piquée au vif, elle posa sa fourchette et rétorqua avec humeur :

— Ah, oui ? Si je comprends bien, tu voulais le beurre et l'argent du beurre. Selina et moi.

— Selina ? répéta-t-il, sincèrement étonné. C'est la deuxième fois que tu m'en parles. Je ne vois pas le rapport avec nous.

— Joe, je t'en prie, ne me prends pas pour une imbécile. Tu as retrouvé Selina pendant que j'étais à l'hôpital, moins de vingt-quatre heures après la mort du bébé.

— Quoi ? Mais ce n'est pas vrai, tu dé...

Il s'interrompit brusquement et grimaça.

— Aïe. Je me souviens, maintenant. Tu as raison, j'ai vu Selina ce soir-là, mais je ne suis pas sorti avec elle, ni rien de ce que tu sembles imaginer. Je l'ai simplement raccompagnée chez elle après...

Il se figea.

— Au fait, comment sais-tu que j'étais en compagnie de Selina ?

— Ta mère m'a rendu une petite visite à l'hôpital avant que tu ne reviennes.

— Ma mère ?

Elle hocha la tête.

— Parfaitement, ta mère, avec la mienne et ta sœur. Puisqu'il n'y avait plus de bébé, Eleanore jugeait que nous n'avions plus de raison de rester ensemble ; elle a donc insisté pour que je te rende ta liberté comme il se devait. Et elle mourait d'envie de me dire que tu étais avec Selina. D'ailleurs, elle n'a pas pu s'en empêcher.

— Ça alors ! Comment a-t-elle pu te manipuler ainsi ? Quelle...

Il se détourna, les mâchoires contractées. Une fois qu'il se fut soulagé en grommelant une suite de jurons entre ses dents, il reporta son attention sur elle.

— Je suis désolé qu'elle t'ait fait de la peine, mais tu aurais pu m'en parler, non ? Et puis, tu la connais. Pourquoi diable l'as-tu crue ?

— Ne rejette pas la faute sur moi, je t'en prie. Je n'ai pas souvenir que tu aies beaucoup protesté ni cherché à me dissuader quand j'ai demandé le divorce.

— De quel droit l'aurais-je fait ? Je t'avais mise enceinte et obligée à m'épouser. Pour rien au monde je ne t'aurais forcée à rester si tu souhaitais partir, se défendit-il.

— J'étais jeune, je manquais d'assurance, et j'avais peur. Je savais que sans ce bébé, jamais tu ne m'aurais proposé le mariage. Bien sûr, j'aurais préféré ne pas croire Eleanore, mais que pouvais-je penser ? Tu aurais dû être là depuis des heures. Et Eleanore me jurait que tu étais avec Selina, ce que maman et Blair ont confirmé.

Joe accusa le coup.

— Elles t'ont affirmé que je m'étais réconcilié avec Selina ? Alors que toi, ma femme, tu étais hospitalisée après avoir perdu notre enfant ?

Elle hocha la tête.

— Mais enfin, pourquoi ? Je ne comprends pas. Surtout de la part de Blair. Elle était présente au dîner ce soir-là. Elle savait que ce n'était pas vrai.

Olivia se radoucit un peu, mais elle demeurait dubitative. Se penchant en avant, Joe poursuivit un ton plus bas, une nuance d'urgence dans la voix :

— Ecoute-moi, Olivia. Après t'avoir quittée, je suis rentré chez nous pour dormir quelques heures. Maman m'a appelé. Elle semblait vouloir faire la paix avec nous, et je te promets que sans ça, jamais je n'aurais accepté son invitation. Naturellement, quand je suis arrivé à Winterhaven, Selina était là — à l'évidence, une idée de ma mère qui reprenait son petit jeu favori. J'aurais mieux fait de les envoyer promener toutes les deux, mais je ne pensais pas droit à ce moment-là. J'étais trop inquiet à ton sujet. Sitôt le dîner terminé, je me suis excusé afin d'aller te rejoindre à l'hôpital, et là, maman a insisté pour que je reconduise Selina chez elle. Comme c'était sur le trajet, je ne pouvais décemment pas refuser. Mais il ne s'est rien passé entre nous.

— Tu me prends vraiment pour une imbécile, Joe. Ta mère est venue me voir vers 20 h 30. Tu n'es arrivé qu'après 22 heures, avec des traces de rouge à lèvres plein la figure et sur ton col de chemise !

Il ferma les yeux et soupira.

— Bon, d'accord. Je reconnais que, sitôt en voiture, Selina a été on ne peut plus claire sur ses intentions, mais j'ai refusé de renouer avec elle. Ce qui ne l'a pas empêchée de se jeter sur moi dès que je me suis garé devant sa porte. Seulement, le numéro de séduction n'a pas marché et, tu la connais, elle a piqué une de ses célèbres crises de nerfs. Il m'a fallu plus d'une heure pour réussir à la calmer et me débarrasser d'elle.

Il prit sa main entre les siennes. Comme elle baissait les yeux vers son assiette de salade à peine entamée, il enchaîna :

— Regarde-moi, Olivia. S'il te plaît.

La tendresse de sa voix grave réveilla en elle l'écho d'émotions qu'elle croyait mortes. Elle obéit à regret.

— Je te jure que c'est la vérité. Je t'ai menti cette nuit-là quand je t'ai raconté que j'étais tombé en panne, et je n'aurais pas dû. Il aurait mieux valu que je te dise franchement ce qui s'était passé. Si je l'avais fait, qui sait… peut-être serions-nous toujours ensemble.

Embarrassée, elle tenta de dégager sa main captive.

— Joe, je t'en prie, ne…

— Et je te promets de ne plus jamais te mentir. Je t'en donne ma parole.

Bien qu'il semblât sincère, elle hésitait à le croire. Elle avait trop souffert à l'époque et, depuis, avait accepté le passé de façon à pouvoir aller de l'avant et recommencer sa vie. L'idée, somme toute improbable, qu'ils auraient pu rester ensemble était trop douloureuse pour qu'elle s'y attarde. Pourtant, elle lui savait gré d'avoir poursuivi cette pénible conversation. A présent que tout était dit ou presque, elle se sentait soulagée d'un grand poids, et l'affreuse tension qu'elle éprouvait en sa présence s'était dissipée.

Sauf lorsqu'il la touchait, comme en ce moment.

Fort heureusement, la serveuse arrivait avec leurs plats, et Joe libéra sa main.

— Il y a encore une chose qu'il faut que tu saches, reprit Olivia quand ils furent de nouveau seuls. Ta mère m'a donné un chèque de cinquante mille dollars.

Sortant son portefeuille de son sac, elle en tira le chèque plié en deux et le lui tendit.

— Tiens. Depuis quatorze ans, je le garde sur moi en souvenir de l'expérience la plus douloureuse et la plus humiliante de toute ma vie. Ça peut te paraître absurde, mais dans les moments de découragement, un seul coup d'œil à ce chèque suffit à me dynamiser.

— Attends que je voie ma mère, gronda-t-il, le visage rouge de colère. Il va falloir qu'elle s'explique sérieusement. Et quand j'en aurai terminé avec elle, j'irai trouver Blair pour avoir le fin mot de l'histoire. Il est grand temps de remettre les pendules à l'heure !

Olivia sentit la panique l'envahir. Pas question de relancer Eleanore sur le sentier de la guerre !

— Non, Joe. Je t'en prie, laisse tomber. Ça ne sert à rien et c'est sans importance.

— Sans importance ? Tu plaisantes. Ma mère s'est ingérée dans notre vie sans se soucier du mal qu'elle nous faisait à tous les deux ! Elle doit arrêter de jouer à Dieu, comprendre que les gens ne sont pas de simples pions qu'elle peut déplacer à sa guise sur son échiquier personnel !

— Joe, je t'en supplie, ne fais pas ça. Ne serait-ce que pour moi. Je ne veux pas encourir la colère d'Eleanore. Tu n'y as peut-être pas réfléchi, mais mon travail passe par les relations, le bouche à oreille. En tant que notable de Savannah et avec ses contacts haut placés à travers tout le Sud, elle est en mesure de me causer des torts irréparables.

— Ne t'inquiète pas. Je sais comment la tenir. Je veillerai à ce qu'elle ne cherche plus à te nuire. Je l'aime bien, mais j'en ai par-dessus la tête qu'elle veuille régir ma vie.

Se détournant, il se tut un instant.

— C'est à cause de ma mère et de ses mensonges que tu as demandé le divorce, n'est-ce pas ? demanda-t-il enfin.

— Eh bien… oui. Mais, ironiquement, elle n'avait pas entièrement tort.

— Comment diable peux-tu dire une chose pareille ?

— Je t'avoue que ça m'a brisé le cœur, admit-elle. Les premiers temps, j'étais malheureuse comme les pierres. Mais avec les années, j'ai mûri et compris qu'on ne bâtit pas un couple sur une passion d'adolescente. Regarde les choses en face, Joe. Ce mariage était condamné d'avance. Un jour ou l'autre, nous aurions fini par divorcer.

10.

Percevant un mouvement au sommet de la falaise, Olivia crut d'abord à un effet d'optique dû au brouillard. Une grosse lune presque pleine flottait au-dessus de Mallen Island, nimbée d'un halo de brume. Le bateau avait beau tanguer sur les vagues, elle n'y prêtait pas attention. Ses valises à la main, frissonnante, elle fixait le disque lumineux tout en se remémorant les paroles de la vieille Minerva. « Méfie-toi de la lune pâle sur Mallen Island, mon enfant, disait la prêtresse vaudoue de sa voix rauque teintée d'accent antillais. Car alors, l'esprit de brume enveloppe le lieu de sa magie noire, et le mal rôde, guettant d'innocentes victimes. »

Du temps de leur jeunesse, Olivia et Blair avaient une peur bleue de Minerva, une maigre femme noire d'âge indéterminé, épouse d'un palefrenier de Winterhaven Farm. Prêtresse autoproclamée, elle pratiquait le vaudou de sa terre natale. Eleanore avait interdit à sa fille de l'approcher, ce qui n'empêchait pas Blair de consulter la vieille dame pour ses affaires de cœur — et, naturellement, Olivia suivait.

Terrifiant personnage, Minerva portait de longs caftans drapés, des turbans de couleurs vives, ainsi que des lunettes bleues réfléchissantes qui cachaient ses yeux.

Elle concoctait des philtres et des potions, fabriquait des poupées vaudoues, jetait des sorts, désenvoûtait, prédisait l'avenir et, plus généralement, terrorisait son monde. Même les non-croyants redoutaient sa « magie ».

Alors que le bateau accostait le long de la jetée, Joe coupa le moteur. Sortant de sa rêverie, Olivia leva les yeux vers la falaise. Au même moment, la brume mouvante prit la forme d'un homme. Sous le choc, elle laissa tomber ses valises et, clouée sur place, fixa la silhouette en s'accrochant d'instinct au bastingage.

En habit et haut de forme, comme lorsqu'elle l'avait vu à sa première visite, le fantôme marchait au bord de la falaise.

— Nous voilà arrivé, déclara Joe, la faisant sursauter. Le temps de sortir la passerelle, et je te débarrasse de tes bagages.

Il la rejoignit quelques instants plus tard et l'examina, l'air soucieux.

— Qu'est-ce qui t'arrive ? Tu te sens mal ? Tu ne vas pas t'évanouir, au moins ?

— Non… ça va. C'est juste que… J'ai cru apercevoir un homme sur la falaise.

— Un homme ? Ça m'étonnerait. En dehors de nous deux, il n'y a que Mme Jaffe sur l'île.

Il scruta le haut des falaises.

— D'ailleurs, je ne vois personne.

— Tu as raison. C'était sans doute une illusion due à la brume.

Elle s'efforça de sourire, mais le cœur n'y était pas. Elle n'avait pas rêvé. Quelques instants plus tôt, il y avait bien quelqu'un là-haut, un homme en habit qui regardait le bateau…

Joe drapa un bras rassurant autour de ses épaules.

— Ne te laisse pas impressionner par toutes ces vieilles légendes. Mallen Island n'est qu'une île comme les autres, et Mallenegua, qu'une vieille maison.

— Je sais. De toute façon, je ne crois pas aux revenants.

Il lui pressa affectueusement l'épaule. Puis, attrapant les valises, il les porta à terre et lui tendit la main pour l'aider à descendre.

Au pied de la falaise, il appuya sur un commutateur. Aussitôt une file de lampes s'alluma jusqu'en haut de l'escalier, et ils commencèrent leur ascension côte à côte. Aux deux tiers de l'escalier, Joe la mit en garde :

— Sois prudente. Ça va devenir sportif.

Trois marches plus haut, ils s'enfonçaient dans une brume à couper au couteau. Les lampes, devenues inefficaces, n'étaient plus que de vagues halos lumineux, créant une atmosphère fantastique et vaguement oppressante. Apparemment indifférent, Joe guida Olivia d'une main sûre jusqu'au sommet de l'escalier de pierre rendu glissant par l'humidité, puis le long du sentier à peine visible qui conduisait à la maison.

Une fois dans le hall, ils trouvèrent Mike Garvey en train d'arpenter le carrelage comme un lion en cage.

— Ah, vous voilà enfin ! s'exclama-t-il en venant à leur rencontre.

— Mike ? Qu'est-ce que tu fabriques ici si tard ?

— Je t'attendais, pardi ! On a de sérieux ennuis.

— Pendant que tu me guettais, tu ne serais pas sorti, par hasard ?

— Si, mais pas bien longtemps.

Joe se tourna vers Olivia avec un sourire.

— Là, tu vois ? C'est probablement Mike que tu as aperçu en arrivant.

En habit et haut de forme ? Peu probable.

— Tu as certainement raison, répondit-elle cependant, se gardant bien d'insister.

Joe reporta son attention sur Mike.

— Alors, que se passe-t-il ?

— Comme je disais, on a des ennuis. Les ouvriers nous ont lâchés.

— Tous ?

— Sauf ceux qui étaient dans la cale quand le fantôme est apparu.

— Et merde ! Ça recommence !

— Mouais. C'était en fin de journée, au crépuscule. Une grosse lune brouillée, la brume qui montait — des conditions parfaites pour une apparition. Les hommes étaient en train d'embarquer sur le *Lady Bea* afin de rentrer chez eux quand quelqu'un a crié : « Regardez là-haut ! C'est le vieux Theobald ! »

— Theobald ? Vous voulez parler de... Theobald Mallen ? s'enquit Olivia, troublée.

— Oui. C'est la seconde fois que ça se produit, répondit Joe. Au tout début des travaux sur la marina, quand je suis venu ici avec une équipe minimale, l'un des gars a prétendu avoir vu le fantôme de Theobald Mallen. Avec ses histoires à dormir debout, il a semé la panique parmi les autres, et ils se sont enfuis de l'île comme s'ils avaient eu le diable à leurs trousses.

— Et cette équipe-ci ne vaut pas mieux que la précédente, grommela Mike. Il va falloir engager de nouveaux hommes.

— Au diable ces fichues légendes ! Qu'est-ce qui leur fait si peur, à tous ces abrutis ? Nous sommes à Savannah, que je sache. A Savannah où toutes les vieilles maisons sont hantées et où les habitants sont fiers de leurs fantômes !

— La réputation du vieux Theobald et les rumeurs qui circulent sur cette île depuis cent ans doivent leur flanquer la frousse, avança Mike.

Joe se passa la main dans les cheveux.

— En tout cas, nous n'avons pas le choix. On rentrera en ville tous les deux dès demain afin de ramener ces ânes à la raison — ou de leur trouver des remplaçants. On ne peut pas prendre de retard sur ce chantier.

Se tournant vers Olivia, il ajouta en guise d'excuse :

— Je regrette de t'abandonner de nouveau, mais il faut impérativement que je règle ce problème.

— Je comprends.

— On était censés examiner ensemble les modifications structurelles, mais ça attendra mon retour. D'ici là, tu pourras en profiter pour travailler sur tes dessins.

— Je crois que je vais commencer par inventorier le mobilier et les objets d'époque, y compris dans les greniers. Ainsi, je saurai de quoi nous disposons et ce qu'il nous faudra acheter.

— Bonne idée.

— Maintenant, je vais vous laisser. J'imagine que vous avez à discuter.

Elle se dirigeait déjà vers l'escalier quand Mike la rappela.

— Olivia ? Avant que vous ne disparaissiez, Joe m'a demandé de vous trouver de l'aide. J'ai engagé un jeune colosse du nom de L.J. Nye, une sorte d'homme à tout faire qui vous donnera un coup de main pour déplacer des meubles, décrocher ou accrocher des tentures — ce genre de chose. C'est votre M. Muscle personnel. Il viendra dès demain matin.

— Je vous remercie, Mike. Et toi aussi, Joe. Il me sera utile pour l'inventaire.

— Excellent. Et quand tu n'auras pas de travail à lui donner, je l'intégrerai dans une équipe en fonction des besoins du moment.

— Voilà qui arrangera tout le monde. Et maintenant, si vous voulez bien m'excuser...

— Rien ne t'oblige à te retirer si vite, remarqua Joe, l'arrêtant de nouveau sur sa lancée. Pourquoi ne pas prendre un verre avec nous ?

— C'est gentil, mais la journée a été longue. J'aimerais autant me coucher de bonne heure. Je présume que je loge dans la même suite que précédemment ?

— Oui. J'ai dit à Mme Jaffe de te la préparer.

— Alors, je vous souhaite bonne nuit à tous les deux.

— Une petite seconde. Mike, ça ne t'ennuie pas de m'attendre dans le grand salon, le temps que j'escorte Olivia jusqu'à sa chambre ? Ce ne sera pas long.

Cette déclaration la fit bondir. Jusque-là, tout se passait bien entre Joe et elle, ils se côtoyaient et travaillaient ensemble en toute cordialité, mais elle jugeait imprudent de se rapprocher de lui sur le plan personnel. Joe était séduisant, intelligent, et si elle n'était plus amoureuse de lui, force lui était de reconnaître que son charme ne la laissait pas indifférente. Simple attirance physique, mais d'autant plus dangereuse qu'elle appréciait toujours autant sa galanterie de gentleman du Sud. Inutile de prendre des risques inconsidérés...

— Non, je t'en prie. Ne te dérange pas pour moi, je retrouverai bien le chemin de ma chambre.

Avant qu'il puisse protester, elle leur souhaita de nouveau bonne nuit et s'éloigna. Tout en gravissant les marches, elle devina le regard de Joe rivé sur elle, mais elle continua de monter sans se retourner.

Une fois sur le palier, elle songea qu'elle avait peut-être eu tort de refuser son offre. De nuit, la grande demeure lui donnait froid dans le dos. Inquiétudes bien ridicules… Il n'y avait rien à craindre, ici. Ce n'était qu'une vieille maison comme les autres.

Le long couloir était sombre, à peine éclairé par les appliques encadrant chaque porte et dont une sur quatre seulement était allumée. Sans doute une mesure d'économie de Mlle Prudence, songea Olivia en rentrant dans un obstacle.

— Aïe !

Par réflexe, elle agrippa le vase qui menaçait de tomber, parvint à stabiliser la colonne qui lui servait de socle et porta une main à son cœur avec un soupir soulagé.

Lorsqu'elle eut retrouvé son calme, elle s'écarta du mur et reprit son chemin sur la partie centrale du couloir, recouverte d'un tapis. Il y faisait plus sombre, mais mieux valait éviter les accidents. De nombreux objets d'époque en porcelaine étaient exposés à intervalles réguliers devant des niches drapées par des tentures. Si elle ne les avait pas examinés de près, elle se doutait qu'il s'agissait de pièces de valeur. Elle aurait l'air maligne en les cassant ! Au retour de Joe, il faudrait qu'elle lui parle de l'éclairage.

Plus elle avançait et plus il lui semblait que la lumière diminuait, lui donnant la chair de poule. Son angoisse monta d'un cran quand un craquement se fit entendre derrière elle. Tremblante, elle pivota sur elle-même.

— Il y a quelqu'un ?

Pas de réponse.

— Madame Jaffe ? C'est vous ?

179

Silence. Elle avait beau scruter le couloir obscur, elle ne détectait pas le moindre mouvement. Le cœur battant à se rompre, elle se retourna et reprit le chemin de sa chambre presque en courant.

Elle allait atteindre la porte lorsqu'elle sentit comme une caresse sur ses cheveux. Un contact léger, à peine perceptible. Elle se couvrit la tête en étouffant un cri.

— Arrêtez ! Arrêtez ça tout de suite !

Un rire sinistre se fit entendre, si bas qu'il était presque inaudible. Prise de panique, elle se retourna de nouveau. Rien. Personne.

— Qui êtes-vous ? Où vous cachez-vous ? Pourquoi jouez-vous à me faire peur ?

Silence.

Elle resta immobile, une main sur le cœur, l'autre contre sa gorge. Les yeux écarquillés, elle jeta un regard terrorisé autour d'elle. Pas de mouvement. Pas de bruit en dehors de sa respiration haletante et du bourdonnement frénétique de son sang dans ses veines.

— Si c'est une plaisanterie, je ne la trouve pas drôle !

Toujours pas de réponse.

Alors, prudemment, elle partit à reculons, scrutant les ombres. Quand enfin elle arriva devant sa porte, elle tremblait si fort qu'il lui fallut s'y reprendre à deux fois pour l'ouvrir. Sitôt à l'intérieur, elle claqua le battant derrière elle et tira le verrou.

— Seigneur, gémit-elle en appuyant son front contre le lourd panneau en noyer.

Elle resta ainsi le temps de se remettre de sa frayeur. Puis se retourna brusquement, en proie à un nouvel accès de panique. Etait-elle bien seule ?

Heureusement, Mme Jaffe avait allumé la lampe du bureau ainsi que celle qui se trouvait près du divan. Il y avait assez de lumière pour voir jusque dans les coins. Pas d'intrus dans sa chambre. Méfiante, elle s'avança vers la salle de bains, ouvrit la porte et pressa aussitôt le commutateur électrique. Personne. Ouf !

Epuisée par ces émotions, elle alla s'effondrer sur le divan victorien afin de réfléchir sainement. Son imagination s'était-elle emballée sous l'effet de l'angoisse ?

Toutes les vieilles maisons grinçaient, elle le savait d'expérience. Mais ce contact sur ses cheveux ? Ce rire épouvantable ? Elle ne les avait pas inventés, tout de même ? Bon. Le premier pouvait être dû à un simple courant d'air. Quant au second... Bah, ces vieilles bâtisses produisaient toutes sortes de bruits bizarres. Elle avait pris peur et mal interprété le message de ses sens, voilà tout.

Se sentant ridicule, elle entreprit de défaire ses bottes, puis, se levant, elle ôta son ensemble pantalon et alla le suspendre dans l'armoire, avant de se rendre en sous-vêtements dans la salle de bains. A son âge, se laisser encore impressionner par les histoires de son enfance ! Il n'y avait pas de revenants, ni ici, ni ailleurs. Les fantômes n'existaient pas. Et personne ne la harcelait. Qui lui voudrait du mal ?

Après une bonne douche, elle passa son pyjama en satin et vérifia que porte et fenêtres étaient bien closes. Alors seulement, elle gagna le grand lit à baldaquin et se glissa entre les draps, fermement décidée à bannir Joe de ses pensées et à passer une bonne nuit.

Hélas, le sommeil ne vint pas. Elle se tourna et se retourna, réajusta son oreiller — sans résultat. Longtemps après avoir éteint sa lampe, elle entendit Joe et Mike passer dans le couloir en parlant à voix basse. Une porte claqua, puis une seconde. Et elle recommença à s'agiter. Ce n'est qu'aux petites heures du matin que, accablée de fatigue, elle s'assoupit pour devenir aussitôt la proie d'un rêve étrange.

Un homme en habit s'introduisait dans sa chambre et, sans plus s'encombrer de manières, venait droit à son lit.

Malgré son envie de hurler, aucun son ne sortait de sa gorge. Ses cordes vocales et tout son corps étaient comme paralysés. Incapable de faire un seul geste, elle restait là à regarder entre ses cils l'inconnu qui s'avançait vers elle, tout en écoutant les battements précipités de son cœur. Tapi dans l'ombre, l'homme demeura un long moment près du lit à l'observer. Puis, aussi silencieusement qu'il était apparu, il se fondit dans les ténèbres.

Olivia s'éveilla en sursaut. Se redressant, elle agrippa les couvertures et les tira sur sa poitrine, tremblant des pieds à la tête. Il faisait un noir d'encre dans la pièce. Pas un bruit, pas un mouvement.

Avec un long soupir, elle se laissa tomber contre les oreillers. Ce n'était qu'un rêve. Un cauchemar, rien de plus. Roulant sur le côté, elle remonta ses couvertures jusqu'au menton et s'efforça de retrouver son calme.

Dieu, que ce rêve semblait réel ! Elle n'avait pas pu distinguer les traits de l'inconnu, mais sa silhouette n'était pas sans rappeler Joe...

— Ces hommes te conviennent ? s'enquit Joe en parcourant du regard les deux douzaines d'ouvriers qui se pressaient sur le quai.

Le groupe comprenait sept membres de l'ancienne équipe qu'il avait convaincus de reprendre leur emploi en leur faisant honte. Les autres étaient nouveaux, probablement inquiets à l'idée de travailler à Mallen Island, mais la prime qu'il offrait à tous ceux qui s'engageaient pour six mois au moins avait eu raison de leurs craintes.

— Ouais, fit Mike en hochant la tête. Ils ont de l'expérience et de bonnes références. Je pense qu'ils feront l'affaire.

— Reste à savoir s'ils ne vont pas nous lâcher à la première alerte.

— Difficile d'en juger, mais je ne pense pas. Je leur ai expliqué que les apparitions étaient probablement le fait d'un mauvais plaisant, et ils se sont tous marrés comme un seul homme. Mais ça ne nous dit pas comment ils réagiront s'ils croient avoir vu un fantôme…

— Plus le choix. Il faut prendre le risque, décréta Joe. Je propose que tu les conduises sur l'île pour les mettre au travail. On a perdu suffisamment de temps avec ces histoires ridicules.

— Et toi ? Tu ne viens pas ?

— Je vous rejoindrai plus tard. J'ai une petite affaire personnelle à régler. Préviens Olivia. Si je ne suis pas là ce soir, je l'appellerai demain matin.

Laissant Mike donner ses consignes à l'équipe, il longea la rivière jusqu'au bâtiment d'AdCo.

— Ah, vous voilà, monsieur Connally ! s'exclama sa secrétaire en le voyant entrer dans l'antichambre. J'ignorais que vous seriez là aujourd'hui. J'ai eu plusieurs coups de fil de…

— Chaque chose en son temps. Appelez-moi Blair et demandez-lui de venir dans mon bureau immédiatement.

A l'évidence, il y avait de l'orage dans l'air. Martha Lumis ouvrit des yeux ronds. Elle qui travaillait pour

Joe depuis des années ne l'avait encore jamais vu en colère.

Quelques minutes plus tard, Blair poussait la porte, très chic dans son tailleur bleu ciel à veste cintrée dont la jupe mi-longue, taillée en biais, dansait autour de ses mollets.

— Il paraît que tu veux me voir ? De quoi s'agit-il ?

Il se cala contre le dossier de son siège et l'examina un instant avant de lui désigner une chaise.

— Assieds-toi.

— Hmm. Ça a l'air sérieux, avança-t-elle avant de lui adresser un petit sourire impertinent : Qu'est-ce que j'ai encore fait ? Je me suis garée à la place de quelqu'un d'autre ?

— Je veux savoir pourquoi tu as trahi Livvie.

— Moi ? J'ai trahi Livvie ? Ne sois pas ridicule ! Je ne l'ai vue qu'une seule fois depuis son arrivée. C'était chez toi. Lundi soir. Et nous avons à peine échangé trois mots. Je ne vois pas comment j'aurais pu la trahir en si peu de temps !

— Je te parle d'il y a quatorze ans. Quand tu es allée à l'hôpital, le lendemain de la mort du bébé. Maman a dit à Livvie que j'étais sorti avec Selina, et vous avez confirmé, Flora et toi.

— Oh, mon Dieu ! Elle t'a raconté ça ? gémit Blair en s'affalant sur sa chaise.

— Il a fallu que je le lui arrache, oui ! Maintenant, tu vas répondre à ma question, s'il te plaît. Et je ne veux pas t'entendre répéter qu'elle n'était pas assez bien pour moi. Si j'imaginais une seconde que tu crois à ces stupidités, je te botterais le derrière dans la minute. Vas-y, crache le morceau. Pourquoi t'es-tu retournée contre ta meilleure amie ?

184

— Joe, je t'en prie ! C'est vraiment nécessaire ?

— Et comment ! Je tiens à savoir. Vas-y, je t'écoute.

Sa sœur grimaça.

— Bon… Puisque tu insistes, capitula-t-elle enfin. C'est vrai, j'ai trahi Livvie. Mais maman ne m'a pas laissé le choix. Elle m'a menacée d'envoyer Prince Rupert à l'abattoir si je la contredisais. Je ne pouvais pas la laisser faire ça.

— Tu as préféré un cheval à ta meilleure amie ?

— Ne me regarde pas comme ça ! C'est papa qui m'avait offert ce cheval et je l'adorais. Je ne pouvais pas la laisser faire !

— Tu aurais pu nous en parler, à Luke ou à moi.

— Qu'est-ce que ça aurait changé ? Maman avait tous les pouvoirs.

— Sur l'argent de notre héritage seulement. Tu oublies qu'à l'époque, j'avais plus de vingt et un ans. J'aurais tenté de la raisonner et, dans le pire des cas, j'aurais porté plainte en ton nom. Tout le monde savait que ce cheval t'appartenait.

— Doux Jésus ! J'imagine la scène que cela aurait engendrée !

— Et alors ? Autant que je me souvienne, ça ne t'a jamais beaucoup impressionnée. De toute façon, avec maman, tout est toujours prétexte au drame. Même papa en était conscient. Tu sais ce qu'il m'a dit sur son lit de mort ? Qu'elle n'était pas facile et qu'il comptait sur Luke et sur moi pour la protéger d'elle-même.

Blair haussa les épaules.

— Comme si c'était possible ! Maintenant, je ne dis pas, mais à l'époque, nous n'étions guère que des mômes.

— Luke et moi l'aurions empêchée de faire abattre ton cheval, je te le garantis. Cela dit, je ne crois pas un seul instant qu'elle aurait mis ses menaces à exécution. Tout autoritaire et manipulatrice qu'elle soit, c'est d'abord une cavalière. Jamais elle n'aurait expédié un cheval de concours à la boucherie. Même par dépit.

— Peut-être, mais j'ai préféré ne pas prendre le risque.

Joe ne répondit pas. Le regard posé sur elle, il demeura si longtemps silencieux qu'elle se mit à s'agiter nerveusement sur son siège.

— Tu ressembles à maman plus que tu ne l'imagines, lâcha-t-il finalement.

— Ça n'a rien à voir...

— C'est vrai, ne le nie pas. Tu ne penses qu'à toi, il faut que tout et tout le monde se plie à tes désirs, et tu agis sans réfléchir aux conséquences. Par égoïsme, tu as trahi Livvie, tu l'as profondément blessée, et tu m'as fait souffrir aussi.

— *Toi ?* Au contraire, je t'ai rendu service. Je t'ai aidé à sortir d'un mariage malvenu avec une fille que tu n'aimais pas.

— C'est ce que t'a raconté maman ?

Elle parut surprise.

— Oui, pourquoi ? Tu ne vas tout de même pas me dire que tu aimais Livvie !

— Va savoir. Comme tu l'as souligné, nous n'étions guère que des mômes à l'époque. Avec le temps, nous aurions peut-être formé un couple uni et durable ; seulement, le temps, nous ne l'avons pas eu... Je ne vous remercie pas, Flora, maman et toi.

— Mince alors... Je ne pensais pas... Enfin... euh... Si j'avais... Oh, Joe, je suis désolée ! Je...

— Garde tes excuses pour Livvie. C'est à elle que tu dois demander pardon.

186

— Parce que tu voudrais que je lui demande pardon ?
Mais je ne peux pas, Joe ! s'exclama-t-elle, consternée.
Pas après ce que je lui ai fait. C'est trop horrible.

— Justement. Si tu ne lui avais pas fait de mal, tu n'aurais
pas à t'excuser. Et puis ça soulagerait ta conscience de
lui parler. Sans compter que tu aurais une petite chance
de retrouver son amitié. Je me trompe peut-être, mais il
me semble que ces dernières années, tu aurais bien eu
besoin d'une personne comme Livvie pour te soutenir.
Tu n'as pas envie de renouer avec elle ?

— Bien sûr que si, j'en ai envie. Mais après ce que je
lui ai fait, elle ne me pardonnera jamais

— Ne juge pas avant de savoir. Je ne dis pas que tu
regagneras sa confiance facilement, mais avec un peu
de bonne volonté, tout finira par s'arranger. Livvie n'a
jamais été rancunière.

Blair secoua la tête, l'air piteux.

— Tu ne te rends pas compte de ce que tu me demandes,
Joe. Tout ça remonte à si loin… Ce serait trop humiliant…
Je me sens tellement… tellement…

— Coupable.

Elle lui lança un regard agacé.

— O.K., coupable, si tu veux. Je me suis très mal
conduite, et j'ai des remords. Je regrette le rôle que j'ai
joué dans cette histoire il y a quatorze ans. Mais tu ne
peux pas comprendre. Jamais je n'aurai le courage d'affronter Livvie.

Il la fixait avec tant d'insistance qu'elle resta muette et
comme clouée sur place. Enfin, il déclara gravement :

— Je pourrais te traîner à Mallen Island par la peau
du cou, mais ce n'est pas mon genre. Toutefois, s'il te
reste une conscience, si tu n'as pas perdu ton cran et

ton sens de l'honneur, tu lui présenteras des excuses en bonne et due forme.

Il se leva, signalant ainsi la fin de l'entretien, et ajouta :

— Quand tu auras rassemblé ton courage, tu sais où trouver Livvie.

Blair se leva à son tour. Tête basse, elle gagna la porte en silence, s'arrêta le temps de regarder son frère d'un air penaud, puis s'éclipsa sans demander son reste.

— Excusez-moi de vous déranger, je m'appelle L.J. Nye. Je dois travailler pour vous. La dame qui m'a ouvert m'a envoyé ici.

— Vous ne me dérangez pas.

Quittant sa table à dessin, Olivia s'avança vers lui la main tendue.

— Je suis Olivia, la décoratrice. Enchantée de vous connaître, L.J. Mike m'avait prévenue que vous viendriez ce matin. J'espère que vous êtes prêt à plonger dans le grand bain.

— Oui, madame, je suis prêt.

Un sourire timide sur les lèvres, il passa d'un pied sur l'autre tout en triturant nerveusement la casquette de base-ball qu'il tenait à la main.

— Vous avez besoin de quelque chose, vous me demandez. Le travail ne me fait pas peur. J'ai des muscles, et le dos solide.

De cela, elle ne doutait pas une seconde. Mike n'avait pas menti en le décrivant comme un jeune colosse. Haut de près d'un mètre quatre-vingt-dix, L.J. avait un physique de culturiste et le teint bronzé de ceux qui vivent au grand air. Son âge ? Vingt-cinq ou vingt-six

188

ans. Avec son accent légèrement traînant des natifs de Savannah, il semblait bien élevé, terriblement gauche et timide au point d'en être attendrissant. Il rougissait dès qu'il croisait son regard.

— Eh bien, je suis ravie de l'apprendre parce que, aujourd'hui, nous attaquons l'inventaire de tout ce qui est entreposé dans les greniers. J'ai jeté un petit coup d'œil là-haut, et il va vous falloir déplacer une foule de choses pour que j'examine meubles et objets de plus près. L'opération nous occupera sans doute pendant plusieurs jours. Quand nous en aurons terminé au grenier et que je saurai de quoi je dispose, nous procéderons de même dans chaque pièce.

— Bien, madame. Je suis à votre disposition.

11.

Au terme de sa première journée de travail avec L.J., Olivia ne se tenait plus de joie. Si Mike avait été là, elle l'aurait volontiers embrassé pour le remercier de son choix. L.J. était un compagnon agréable et courtois, débordant d'énergie, infatigable. Pas une fois il ne s'était plaint malgré le froid et l'humidité qui régnaient au grenier, malgré la poussière accumulée pendant plus d'un siècle. Il montrait tant de bonne volonté qu'elle avait presque l'impression de lui rendre service en l'employant.

Le lendemain, elle s'éveilla à l'aube après une nuit agitée et un sommeil troublé par des bruits étranges qu'elle ne parvint pas à identifier. Incapable de se rendormir, elle se leva, se doucha, puis descendit dans la cuisine où Mme Jaffe s'affairait autour de la cafetière. Olivia se versa un verre de jus d'orange et prit une viennoiserie dans une corbeille.

— Que faites-vous dans ma cuisine ? protesta la gouvernante. Le petit déjeuner sera prêt dans une demi-heure et pas avant !

— Ne vous souciez pas de moi, madame Jaffe, je ne veux rien de plus. Si quelqu'un me cherche, je serai avec L.J. dans le grenier principal pour continuer l'inventaire.

— Ah, cette jeunesse ! Pas un gramme de bon sens ! Ça ne mange rien et ça compte travailler toute la journée l'estomac vide. Si vous tournez de l'œil, ne venez pas vous plaindre !

Plantant là la vieille harpie qui grommelait toujours, Olivia se rendit dans la bibliothèque. Où, à sa grande surprise, elle retrouva L.J.

— Vous êtes bien matinal. Comment êtes-vous venu ? Cappy n'arrive jamais avant 7 ou 8 heures.

— J'ai mon propre bateau. Une petite embarcation pour la pêche, rien de bien gros, expliqua-t-il en haussant légèrement les épaules. Je n'aime pas dépendre des autres pour le transport. Et puis, comme ça, en rentrant, je peux m'arrêter et taquiner le poisson si j'en ai envie. Euh... j'espère que ça ne vous ennuie pas... enfin... que ça ne gêne personne que je ne prenne pas le remorqueur avec les autres. Je ne voudrais pas enfreindre les règles.

— Je ne pense pas qu'il y en ait. Tant que vous êtes là à l'heure, M. Connally ne devrait pas y voir d'objection.

Elle finit son croissant, avala le reste de son jus d'orange et s'arma de son bloc.

— Eh bien, L.J., puisque nous sommes à pied d'œuvre, autant ne pas perdre de temps. Allons-y.

Durant plusieurs heures, L.J. déplaça des malles, des cartons et des caisses remplis de bric-à-brac de façon qu'Olivia puisse tout examiner. Une fois les meubles et objets répertoriés, elle les marquait d'un autocollant de couleur — rouge pour ceux qui iraient chez l'ébéniste, bleu pour les tapisseries à restaurer, violet pour les pièces à recouvrir, vert pour tout ce qui était utilisable en l'état, orange pour les objets destinés à la vente, et jaune pour la décharge.

En milieu de matinée, Joe l'appela depuis Nashville où il réglait une urgence.

— Reese a insisté pour que je prenne le premier avion, mais finalement, ce n'était pas si grave. Le contremaître aurait pu s'en charger sans moi. Je devrais être de retour dans la soirée. Demain au plus tard.

— C'était le patron ? s'enquit L.J. quand Olivia eut rangé son portable.

— Oui, pourquoi ? Il vous intimide ?

— Eh bien… les hommes importants me font un peu peur. En leur présence, je deviens maladroit. Et je ne voudrais pas faire une bêtise. Je tiens à garder cet emploi et puis… (Il s'empourpra violemment.)… j'aime bien travailler pour vous.

— Vous êtes gentil, L.J. Je vous apprécie beaucoup, mais en réalité, vous n'êtes pas à mon service. C'est pour AdCo que vous travaillez.

— Bien, madame.

Gêné, il baissa la tête et se remit aussitôt à la tâche.

Plus tard dans l'après-midi, Olivia était en train d'examiner une tête de lit sculptée quand un pas lourd résonna dans l'escalier qui menait au grenier.

— Tiens ? fit-elle en se tournant vers son compagnon. Je me demande qui ça peut être.

— Sans doute la gouvernante. Elle me donne la chair de poule.

Effectivement, Mme Jaffe apparut bientôt. Haletante, une main sur le cœur, elle s'affaissa contre le chambranle de la porte.

— Seigneur, vous ne vous sentez pas bien ? s'enquit Olivia en se précipitant vers elle.

— Si... Ça ir... ira mieux... quand j'aurai... repris mon... souffle. Vous ne pouviez pas... travailler en bas ? Quelle idée de faire grimper... une vieille femme... sous les toits !

— J'ignore ce qui vous amène, madame Jaffe, mais je suis sûre que ça pouvait attendre l'heure du dîner.

— Parce que vous croyez que je serais montée jusqu'ici s'il n'y avait pas une urgence ? M. Addison est dans la bibliothèque. Il demande à vous voir.

— Reese ? Ici ? s'étonna-t-elle en grimaçant à la vue de sa tenue poussiéreuse. Zut. Il faut que j'aille me nettoyer un peu et me changer.

— Non. Il veut vous voir immédiatement. Il dit que c'est important.

— Dans ce cas...

Elle épousseta au mieux sa chemise et son jean. Tant pis pour ses mains sales et les traces de poussière qu'elle devait avoir sur les joues et le front. Ôtant le bandana sur sa tête, elle secoua ses cheveux, puis elle se dirigea vivement vers l'escalier et le dévala. Il fallait que ce soit sérieux pour que Reese se soit déplacé. D'après Joe, d'autres engagements devaient le retenir loin de Savannah pendant plusieurs semaines.

Quand elle poussa la porte, Reese se tenait devant une baie vitrée, lui tournant le dos, et contemplait la terrasse.

— Vous vouliez me voir ?

Dès qu'il se retourna, elle comprit à son expression qu'il y avait un problème majeur. Cette fois, il ne jouait pas de son sourire de star ni de son charme. Il avait le visage fermé, les traits butés, et ses yeux gris étaient froids comme l'hiver.

— Oui. Asseyez-vous, je vous prie, déclara-t-il en lui désignant une chaise.

Elle obéit sans protester, le ventre noué par l'appréhension. Il prit place derrière le bureau, et croisa les mains.

— Olivia, je n'irai pas par quatre chemins. A partir d'aujourd'hui, considérez que vous ne travaillez plus pour nous. Votre contrat est cassé.

— Quoi ? s'exclama-t-elle, sous le choc.

Elle s'attendait à tout sauf à cela. Elle avait même craint un moment que Joe ait eu un accident...

— Vous... vous me renvoyez ? Mais pourquoi ? J'imagine que c'est sans rapport avec mon travail, je viens tout juste de commencer.

— J'ai eu la visite d'Eleanore Connally.

Olivia s'affaissa sur son siège. Fermant les yeux, elle laissa échapper un soupir résigné.

— Je vois.

— J'ignorais que vous étiez l'ex-femme de Joe — et même qu'il avait été marié, c'est dire. Si je l'avais su, je ne vous aurais pas engagée. Eleanore m'a raconté toute l'histoire, y compris la façon dont vous aviez piégé Joe dans le but de l'obliger au mariage.

— C'est faux !

Il lui imposa le silence d'un geste.

— Je vous en prie. Je n'ai pas envie de rentrer une seconde fois dans les détails de cette aventure sordide. En bref, c'est votre parole contre la sienne, et je connais Eleanore depuis toujours.

— Joe est-il au courant de votre décision ?

— Non, mais je ne doute pas une seconde qu'il sera soulagé d'être débarrassé de vous. Il a confié à sa mère que votre présence le gênait et que cette situation lui pesait terriblement.

— Vraiment ? Si tel est le cas, pourquoi a-t-il retenu ma candidature ?

— Parce que j'ai choisi votre projet. Joe est l'homme le plus loyal et le plus droit que je connaisse. Quand nous avons lancé cet appel d'offres et que nous vous avons invitée avec les autres décorateurs à visiter les lieux, il était résolu à faire abstraction du passé, mais apparemment, il souffre de devoir vous côtoyer de nouveau.

— Ce n'est pas l'impression qu'il me donne.

— Naturellement. Il s'efforce de ne rien montrer devant vous. A en croire Eleanore, vous vous connaissez depuis l'enfance, vous devez donc savoir qu'il est un parfait gentleman. Lorsqu'il prend un engagement, il s'y tient. Et il se couperait la langue plutôt que d'avouer à une femme qu'il ne supporte pas sa présence — fût-elle son ex-épouse.

Que répondre à cela puisqu'il avait raison ?

Elle serrait les poings si fort que ses ongles s'enfoncèrent dans ses paumes sans qu'elle s'en rende compte. Quelle imbécile ! Il fallait qu'elle soit bien naïve pour avoir imaginé un seul instant qu'Eleanore la laisserait tranquille.

— Mon bateau, le *Footloose*, est amarré le long de la jetée. Je regagne Savannah dans deux heures, le temps de parler à Mike et de jeter un coup d'œil sur le travail accompli. Pouvez-vous être prête à partir d'ici là ?

Avait-elle le choix ?

— Certainement. Je monte préparer mes bagages.

— Parfait. Oh, une dernière chose, Olivia. Nous vous paierons, bien entendu, pour le temps que vous avez consacré au projet, et vous recevrez un dédommagement.

— Mais j'y compte bien, répliqua-t-elle avec hauteur.

Surpris, il haussa les sourcils tandis qu'elle poursuivait sur le même ton :

— Vous aurez bientôt des nouvelles de mon avocat.

Quand Joe accosta à Mallen Island, le soleil disparaissait sous l'horizon, teintant l'eau de reflets pourpre et or. D'un bond, il sauta sur les planches neuves de la jetée, attacha les amarres du *Fleeting Dreams*, puis, relevant la tête, remarqua le bateau de Reese rangé le long d'un autre ponton. Que venait-il fabriquer sur l'île alors qu'il devait être à Alexandria ? se demanda-t-il, intrigué. Bah, quelle que fût la raison de sa présence ici, ce n'était sûrement pas grave. En cas de gros pépin, Reese l'aurait appelé sur son portable.

D'un pas alerte mais sans hâte, Joe gravit la volée de marches taillées dans la falaise et prit le chemin de la maison. Ne voyant personne dans le hall ni dans la bibliothèque, il mit le cap sur la cuisine et passa la tête par la porte.

— Vous n'auriez pas vu Reese ? lança-t-il à la gouvernante.

Elle sursauta et porta une main à son cœur en poussant un cri.

— Seigneur Dieu ! A-t-on idée d'effrayer les gens de la sorte ? Vous allez finir par me tuer. C'est que je ne vous attendais pas. Vous êtes déjà rentré ?

— J'arrive tout juste. Et je suis à la recherche de Reese.

Inévitablement, la vieille chouette saurait où le trouver puisqu'elle tenait à l'œil quiconque mettait un pied dans la maison. Comme si cela ne suffisait pas, Joe la soupçonnait également d'écouter aux portes.

— Il examine les futurs quartiers du personnel au grenier.

— Et Olivia ? Elle est avec lui ?

Elle lui jeta un regard fourbe.

— Ça m'étonnerait. Je pense qu'elle est dans sa chambre.

— Merci.

Il se dirigea vers l'escalier tout en consultant sa montre. Les ouvriers ne tarderaient pas à quitter le travail. Montant les marches deux à deux, il parvint rapidement au premier étage et, plutôt que de continuer jusqu'au grenier, longea le couloir qui menait à la suite d'Olivia. Non par hâte de la revoir, se raisonna-t-il. Juste pour s'assurer qu'elle n'était pas souffrante.

Il frappa au battant et s'annonça :

— Olivia ? C'est moi, Joe.

Ouvrant la porte, elle l'accueillit plutôt fraîchement.

— Te voilà déjà ? Je croyais que tu rentrais dans la nuit ou demain matin.

— J'ai eu de la chance. Je me suis libéré plus tôt que prévu, expliqua-t-il avant d'aviser la valise ouverte sur le lit. Tu pars en voyage ?

Lui tournant le dos, elle alla décrocher ses vêtements dans l'armoire. Joe pénétra dans la pièce et, mains dans les poches, se mit à examiner ses affaires avec curiosité — notamment les mystérieux petits pots alignés sur la coiffeuse.

— Oui, je rentre à Atlanta, déclara-t-elle après une longue pause. Reese m'a mise à la porte.

Il était tellement absorbé dans sa contemplation qu'il réagit avec un temps de retard.

— Pardon ? Tu disais ?

Sans même lever les yeux, elle répéta d'une voix blanche :

— Reese m'a mise à la porte. Dès que mes bagages seront prêts, il me ramène à Savannah.

— Quoi ? explosa-t-il, furieux. Mais qu'est-ce qui... Attends, je vais lui dire deux mots, tu vas voir !

Il gagna la porte au pas de charge. Là, il marqua une pause et, se retournant, pointa un index autoritaire sur elle.

— Toi, tu ne bouges pas d'ici, c'est compris ? Tu restes dans ta chambre, et tu vas me défaire cette valise immédiatement. Je reviens dans deux minutes.

— Joe, qu'est-ce que tu... Joe, attends !

Peine perdue. Il avait déjà disparu dans le couloir et gravissait les marches quatre à quatre. Au pied de l'étroit escalier qui menait au grenier, il hurla à pleine voix :

— Reese ! Bordel de merde, Reese ! Descends ici tout de suite !

Il s'apprêtait à monter quand son associé apparut sur le palier.

— Tu m'appelais ?

— Oui, il faut que je te parle.

Mike Garvey apparut à son tour, flanqué de trois ouvriers apparemment inquiets.

— Il y a un problème, patron ?

— Ah, ça, oui ! Mais c'est entre Reese et moi.

— Bon... eh bien, dans ce cas... euh... les hommes et moi... on se remet au boulot, bredouilla-t-il avant de se retirer dans le grenier.

Reese eut un petit sourire sarcastique.

— Alors, vieux, on se bat dans l'escalier, ou on va discuter dans la bibliothèque ?

Une plaisanterie qui ne fit qu'accroître la fureur de Joe. Cependant, il conservait encore assez de sang-froid pour ne pas vider son sac à la portée d'oreilles indiscrètes.

— Ni l'un ni l'autre, répondit-il sèchement. Viens.

Une fois au deuxième étage, il entraîna son associé dans la première pièce venue. Encombrée de meubles drapés, elle sentait la poussière et le renfermé, et était envahie de toiles d'araignées.

— Charmant, lâcha Reese.

Contournant précautionneusement le mobilier, il se fraya un chemin jusqu'au seul endroit dégagé où il ne risquait pas de se salir.

— Alors, qu'est-ce qui t'embête ?

— Je veux savoir pourquoi tu as viré Olivia pendant que j'avais le dos tourné, gronda Joe, menaçant, en le rejoignant au milieu de la pièce.

— Et moi, je veux savoir pourquoi tu m'as menti. Pourquoi tu ne m'as pas dit que si tu avais laissé tomber la fac cette année-là, c'est parce que tu t'étais marié. Merde, tu aurais pu me prévenir qu'Olivia était ton ex-femme ! Si je l'avais su, je ne l'aurais pas engagée — ce qui nous aurait épargné cette engueulade.

— Eh bien moi, si, je l'aurais engagée. Parce que son projet était le meilleur, et de très loin. Nous avons fait le bon choix, le seul possible. Ça ne se discute même pas.

— Pour l'entreprise, sans doute. Mais pas si sa présence est une torture pour toi. Je connais ta galanterie et tes réflexes chevaleresques, mais d'après ta mère, tu n'attends qu'une chose : qu'Olivia sorte de ta vie.

Joe le considéra avec stupéfaction.

— Ma mère ?

— Parfaitement, ta mère. Nous avons déjeuné ensemble hier, et elle m'a raconté toute l'histoire : comment Olivia t'avait embobiné, forcé à l'épouser, puis perdu le bébé. Elle m'a confié que tu ne supportais pas de travailler avec elle mais que, naturellement, tu souffrais en silence pour ne blesser personne.

— Et tu l'as crue ?

— Pourquoi pas ? Ça te ressemble tellement. D'autant que tu te conduis bizarrement depuis… environ deux mois. Comme si quelque chose t'inquiétait.

— Une petite mise au point s'impose, vieux. D'abord, Olivia ne m'a pas embobiné. C'est moi qui ai insisté pour qu'elle m'épouse et non l'inverse. Ensuite, sa présence ne me rend pas malheureux, bien au contraire. Non seulement elle est bourrée de talent, mais c'est la femme la plus honnête et la plus gentille que je connaisse. Je suis très content de travailler avec elle. Et elle reste, tu m'entends ? Pas question de la virer !

Reese parut surpris.

— Merde alors ! Après ce déjeuner avec Eleanore, j'ai cru que tu t'opposais à ce que je drague Olivia par peur qu'elle m'embobine à mon tour… En fait, je me trompais complètement : tu comptes la garder pour toi. Parce que tu es amoureux d'elle !

— Qu'est-ce que tu racontes ? Tu dérailles.

— Pas du tout. Tu es amoureux de ton ex-femme.

Pris au dépourvu, Joe le considéra en silence. Enfin, il soupira et se passa la main dans les cheveux.

— Tu as raison, je l'aime. Et je me sens complètement stupide de l'avoir laissée filer sans tenter de la retenir. Tout ça parce que je manquais de maturité et de bon sens.

— Il ne te reste plus qu'à la reconquérir pour l'épouser de nouveau, répliqua Reese, une lueur amusée dans le regard.

— J'y compte bien. En attendant, tu vas descendre lui présenter des excuses.

— Pas de problème.

— Et ensuite, tu lui fiches la paix. Tu ne lui tournes pas autour, c'est compris ?

Sur ces mots, Joe se dirigea à grands pas vers la porte.

— Où vas-tu ? lui lança Reese.

— Parler à Olivia.

Joe redescendit moins vite qu'il n'était monté, une foule de pensées et d'incertitudes s'agitant dans son esprit. Reconquérir Olivia ne serait pas une tâche facile ; elle avait trop souffert à cause de lui et de sa famille. Il lui faudrait de la patience et des trésors de diplomatie pour franchir la barrière protectrice dont elle s'entourait.

Pourtant, l'idée de devoir avancer lentement, avec mille précautions, ne le décourageait pas, au contraire. Il avait honte lorsqu'il repensait à la petite cérémonie expéditive qui les avait unis quatorze ans plus tôt. Olivia méritait mieux que cela. Une femme aussi sensible, aussi désirable et séduisante, méritait d'être courtisée et épousée pour elle-même. Cette fois, il agirait correctement ; il y mettrait les formes ainsi qu'il aurait dû le faire à l'époque, et ne renoncerait pas avant qu'elle soit de nouveau sienne.

Lorsqu'il poussa la porte de sa chambre, elle arpentait le parquet d'un pas inquiet.

— Joe ! s'écria-t-elle en se précipitant vers lui. Que s'est-il passé avec Reese ? Vous vous êtes disputés ? Je vous entendais d'ici !

— Disons que nous avons eu un échange animé. Mais l'affaire est réglée, tu restes. Apparemment, tout est venu de ma mère. Elle lui a raconté sa version du passé — un tissu de mensonges comme tu l'imagines. Reese n'avait aucune raison de mettre sa parole en doute. Mais maintenant que je l'ai éclairé, il sait que je t'apprécie et que j'ai de l'affection à ton égard, contrairement à ce qu'a pu dire ma mère.

— Tu es sûr de vouloir que je reste ? insista-t-elle, dubitative. Eleanore ne l'acceptera jamais.

— Il faudra bien qu'elle s'y fasse. C'est moi qui décide et pas elle. D'ailleurs, je vais la remettre à sa place une fois pour toutes.

Olivia n'eut pas le temps de protester. Il lui posa un doigt sur la bouche et ajouta :

— Chut, Livvie. Ne discute pas. J'y tiens, et il le faut.

Joe passa tout le trajet jusqu'à Winterhaven Farm à réfléchir à l'attitude de sa mère, ses manigances, ses manipulations, et à chaque kilomètre, sa colère augmentait. En arrivant, il n'était vraiment pas d'humeur à l'épargner.

— Maman, j'ai à te parler.

— Joseph, mon chéri, quelle agréable surprise !

Avec un sourire attendri, Eleanore lui offrit sa joue, mais il l'ignora. Le sourire disparut, laissant place à la méfiance. Elle lui désigna le fauteuil en face du sien.

— Assieds-toi, mon chéri. J'allais prendre mon thé. Je vais sonner Mme Bonner pour qu'elle prépare deux tasses.

— Ce ne sera pas nécessaire, je ne reste pas.

— Voyons, tu ne devrais pas courir autant. Le stress est mauvais pour la santé, tu sais.

— Je ne suis pas venu ici discuter de ma santé, mais des ficelles que tu tires derrière mon dos, répliqua-t-il sèchement. Pourquoi as-tu demandé à Reese de licen-

202

cier Olivia à mon insu ? Tu pensais peut-être que je ne m'apercevrais de rien ?

— Je t'en prie, Joseph, ne sois pas désagréable.

— Réponds-moi, maman. Je t'avais dit de laisser Olivia tranquille et de ne pas fourrer ton nez dans mes affaires. Pourquoi te mêles-tu toujours de ce qui ne te regarde pas ?

Elle leva les mains dans un geste de défense.

— Tu es mon fils et je tiens à ton bonheur. J'ai pensé que quand cette fille serait partie, tu comprendrais que cela valait mieux ainsi ; j'ai cru que tu serais soulagé et même reconnaissant. Je ne m'attendais certainement pas à une scène de ce genre.

— Eh bien, tu t'es trompée. Tout comme tu t'es trompée il y a quatorze ans.

— Qu'est-ce que tu entends par là ?

— Maman, je sais la façon dont tu as agi après qu'Olivia a perdu notre enfant. Tu m'as tendu un piège dans lequel je suis tombé. Tu as menti à Olivia, et tu as obligé sa mère et Blair à faire de même. C'est à cause de toi que nous avons divorcé, Livvie et moi.

Eleanore prit une pose d'héroïne tragique.

— Elle... elle t'a parlé de ma visite ? Quelle fille détestable ! Elle n'aurait jamais...

— Elle n'en aurait rien dit si je ne lui avais pas arraché des aveux ! la coupa-t-il. Et je ne regrette pas de l'avoir fait. Rien ne t'obligeait à agir de la sorte, maman. Tu as outrepassé tes droits.

— Une mère a le devoir d'aider ses enfants par tous les moyens dont elle dispose. Je ne cherchais qu'à te protéger.

— Des conneries, oui ! Tu cherchais avant tout à obtenir ce que tu voulais sans te soucier des autres !

— Avant que tu ne t'emportes et que tu dises des choses que tu pourrais regretter, il faut que tu saches que ta précieuse Livvie a réclamé cinquante mille dollars pour te rendre ta liberté. Je lui ai remis un chèque le soir même.

— Vraiment ? Alors, montre-moi la preuve qu'elle l'a encaissé.

— Pardon ? Je... euh... Il faudrait que je retrouve le relevé de banque, bredouilla-t-elle, prise de court. Je ne vais tout de même pas le chercher maintenant, je ne sais plus...

— Ne me raconte pas d'histoires ! Tous les papiers administratifs sont archivés à la cave dans des classeurs, y compris les chéquiers et les relevés bancaires. Je vais te le retrouver en moins de cinq minutes, moi.

Il se dirigea vers la porte tout en calculant :

— C'était il y a quatorze ans, donc en 19...

— Joe, attends. Tu ne le trouveras pas, je... J'ai tout détruit. L'avis d'encaissement, le relevé, tout... Depuis des lustres. Je ne supportais pas de garder un souvenir de cette fille qui a failli briser ta vie.

Il revint vers elle sans se presser, en faisant tinter la monnaie dans ses poches. Puis il lui adressa un sourire sardonique.

— Dommage, maman, ça ne prend pas. D'ailleurs, si Olivia avait encaissé ce chèque, je ne lui en voudrais pas une seconde. Elle le méritait. Seulement, il se trouve qu'elle ne l'a pas fait. Pas la peine de me mentir, elle me l'a montré. Elle le porte toujours sur elle.

— Non ! Ce n'est pas possible. Elle t'a montré un faux !

— N'insiste pas, maman.

Elle pinça les lèvres, furieuse.

204

— Bon, admettons. Elle ne l'a pas encaissé, et alors ?
Elle l'a pris, non ?

— Ça suffit, je ne veux plus t'entendre, l'interrompit-il
avant de se pencher vers elle, menaçant. Maintenant, tu
vas m'écouter attentivement. Si tu essaies encore de nuire
à Livvie en quoi que ce soit, de fourrer ton nez dans ses
affaires, de chercher à la chasser, de la dénigrer, elle ou
son entreprise, ou de lui rendre la vie impossible, tu peux
préparer ta valise et t'installer en ville. Un mot de travers,
et tu quittes Winterhaven, c'est compris ?

Le visage livide, elle le considéra, une main posée
sur son cœur.

— Mais enfin… Tu ne peux pas me mettre à la porte.
Je suis ici chez moi !

— Non, maman, tu es chez *moi*. La maison m'appartient, je l'ai héritée de papa.

— Tu ne jetterais pas ta mère dehors, tout de
même ?

— Si tu causais le moindre tort à Livvie, je le ferais
sans hésitation. Et épargne-moi tes lamentations, s'il te
plaît. Tu n'es pas sans ressources. Tu as plus d'argent que
tu n'en dépenseras jamais, même en t'achetant un logement
en ville. Inutile de nous jouer *Les Misérables*.

— Comment oses-tu prendre le parti de cette fille
contre ta propre mère ? C'est… incroyable !

— Eh bien, tâche d'y croire, parce que je ne plaisante
pas, décréta-t-il d'un ton sans réplique. Fiche la paix à
Livvie et ne médis pas d'elle. A la première alerte, tu
es dehors.

12.

Après avoir passé des heures à fixer le plafond dans
l'obscurité de sa chambre, Olivia entendit Joe rentrer
vers 1 heure du matin. Que s'était-il passé entre lui et
sa mère ? se demanda-t-elle pour la millième fois de la
soirée. Bah, elle le saurait plus tard — peut-être. En tout
cas, Eleanore devait être folle de rage.

Elle finit par s'endormir et eut de nouveau le sommeil
troublé par des cauchemars. Au matin, elle s'éveilla plus
tard que d'ordinaire. Lorsqu'elle arriva dans la salle à
manger, Joe avait déjà déjeuné et quitté la maison.

— Il y a bientôt deux heures qu'il est sur la jetée avec
Mike, l'informa Mme Jaffe, revêche.

Un reproche à peine voilé, doublé d'un regard appuyé
sur la pendule. Olivia aurait pu lui répondre qu'elle n'était
pas tenue à des horaires précis et n'avait pas de comptes à
lui rendre. Mais, tout en songeant que jamais sa mère ne
se serait permis de réprimander les invités de ses maîtres,
elle ignora la remarque, alla prendre un toast et une tasse
de café, puis s'installa, seule à la longue table.

— Vous ne mangez que ça ? s'enquit encore la vieille
sorcière.

— Oui.

— Dieu, que les filles sont sottes de nos jours ! Toujours à surveiller leur ligne dans l'espoir de piéger un homme.

Olivia manqua d'éclater de rire. Piéger un homme ne figurait pas à son programme. Et il y avait bien dix ans qu'on ne l'avait pas qualifiée de « fille » !

— Oh, on ne me trompe pas, moi ! J'ai l'œil, et je vois bien que vous lorgnez vers M. Connally quand il ne se doute de rien.

La gouvernante marqua une pause. Comme Olivia ne réagissait pas, elle ajouta :

— Ma petite fille, si vous pensez mettre le grappin sur cet homme-là, j'aime autant vous prévenir que vous perdez votre temps.

Olivia s'étrangla avec son café tandis que l'autre poursuivait, intarissable :

— A en croire la rubrique mondaine du journal, des femmes mieux que vous ont essayé et se sont cassé les dents. Des femmes riches, de bonne famille.

Quand Olivia eut cessé de tousser, elle se tamponna les lèvres avec sa serviette et leva les yeux vers la domestique.

— Madame Jaffe, je vous rassure tout de suite. Pour reprendre votre expression, je n'ai pas l'intention de « mettre le grappin » sur M. Connally ou sur un autre, et je n'ai pas non plus l'intention de me marier. Ni dans l'immédiat, ni plus tard, ni jamais.

La gouvernante haussa les sourcils avant de plisser les yeux d'un air réprobateur.

— Alors, vous en faites partie ? Jolie et féminine comme vous l'êtes, je ne l'aurais pas deviné. J'ai toujours cru que les femmes de votre genre étaient masculines et vulgaires.

Sur ces mots, elle prit son plateau chargé de vaisselle et disparut dans la réserve.

— Mais enfin… Non, vous vous méprenez. Je ne suis pas…

Interdite, Olivia fixait les doubles portes battantes. Elle se leva, prête à suivre Mme Jaffe pour la détromper, puis se ravisa. Au fond, quelle importance ? La vieille chouette pouvait croire ce qu'elle voulait, ses préjugés ne portaient pas à conséquence.

Après avoir fini son petit déjeuner, Olivia se rendit dans la bibliothèque. Mike lui avait laissé un mot indiquant qu'il avait besoin de L.J. et l'avait mis pour la journée au service de l'électricien. Elle s'installa donc devant ses dessins concernant les logements des employés. De temps à autre, levant les yeux vers la fenêtre, elle apercevait Joe en train de s'affairer au bout d'un des nouveaux pontons. A deux ou trois reprises, il passa en coup de vent dans la bibliothèque afin de consulter des documents ou d'envoyer un fax, mais, pris par leurs occupations, ils n'échangèrent guère plus de quelques mots.

Au cours d'un de ses passages, toutefois, il prit le temps de venir se pencher par-dessus son épaule pour regarder le croquis qu'elle finissait. Un bras calé sur le dossier de sa chaise et l'autre sur la table, il était si proche que son souffle lui chatouillait la nuque.

— Hmm, murmura-t-il. Un enchantement.

— Ravie que ça te plaise. J'ai prévu quatre aménagements de même style, mais avec des harmonies de couleurs et des matières différentes, de sorte que chaque logement aura son propre caractère.

Tandis qu'elle se retournait vers lui, il sourit.

— Parfait. Mais je parlais de tes cheveux et de leur parfum. Jamais je ne l'oublierai.

208

— C'est... euh... sans doute mon shampooing, bredouilla-t-elle, troublée.

— Peut-être, mais sur toi, il est divin.

Il plongea le nez dans sa chevelure, au-dessus de son oreille gauche, et répéta :

— Un enchantement.

— Joe...

Il se redressa vivement.

— Je dois filer. A tout à l'heure !

Et il se retira, la laissant seule et abasourdie. Tout s'était passé si vite que l'incident avait quelque chose d'irréel.

Joe vint à table pour le déjeuner, mais il était pressé et expédia son repas à toute allure, sans se soucier de mener la conversation. Après quoi, il s'excusa :

— Désolé, Olivia, mais je dois partir immédiatement. J'ai rendez-vous en ville dans un peu plus d'une heure. Je te retrouve plus tard.

Elle le regarda sortir au pas de charge en songeant qu'ils ne se reverraient pas avant lundi. On était vendredi, et elle ne comptait pas passer le week-end seule sur l'île avec la sinistre Mme Jaffe. Un moment, elle avait pensé prendre l'avion pour Atlanta, mais quand elle avait appelé son bureau, ses collaboratrices lui avaient affirmé que tout allait très bien et qu'aucune urgence ne réclamait sa présence.

Elle lâcha un long soupir.

Le temps était venu de rendre à sa mère la visite qu'elle ne cessait de repousser. Ainsi que l'avait remarqué Mary Beth fort justement, elle n'avait plus d'excuses.

Son repas terminé, elle se rendit sur la jetée et prévint Cappy qu'elle embarquerait en fin de journée avec les hommes. Puis, de retour à sa table, elle travailla encore quelques heures sur ses dessins avant de monter dans sa chambre. Elle avala ses cachets contre le mal des transports et entreprit de rassembler ses affaires pour le week-end.

Elle tirait la fermeture Eclair de son sac quand la sirène du remorqueur retentit.

— Zut ! Le bateau !

Se précipitant à la fenêtre, elle l'ouvrit en grand et hurla à pleine voix :

— Ohé ! Attendez ! Ne partez pas sans moi !

Mais elle était trop loin pour qu'on l'entende. Entre le bruit du moteur, le vent et le fracas des vagues, elle n'avait aucune chance d'attirer l'attention. Une fumée noirâtre montait au-dessus de l'eau brassée par l'hélice. Les ouvriers étaient à bord, et la silhouette de Cappy, reconnaissable entre toutes, même à cette distance, demeurait invisible, signe qu'il était déjà à son poste de pilotage. Sur la jetée, deux des matelots étaient en train de larguer les amarres.

Olivia referma précipitamment la fenêtre. En un clin d'œil, elle avait attrapé ses affaires et sortait de sa chambre à toutes jambes.

A mi-chemin de l'escalier, elle croisa Mme Jaffe, une pile de draps dans les bras. La gouvernante la vit passer comme une fusée, traînant derrière elle son sac qui rebondissait sur les marches. Olivia crut l'entendre marmonner « Bon débarras », mais s'en moquait complètement.

La vieille resta plantée comme une statue à la regarder traverser le hall à la vitesse de l'éclair avant de disparaître dehors.

Depuis le pont du *Fleeting Dreams*, Joe vit Olivia dévaler l'escalier de pierre creusé dans la falaise. Un

210

sourire amusé flotta sur ses lèvres tandis qu'il se calait contre la cabine, bras croisés, pour mieux l'observer dans sa course folle.

Le *Lady Bea* était déjà au milieu de la crique quand elle arriva au bout de l'escalier. Elle se mit à courir le long de la jetée en criant et gesticulant.

— Hé, les gars ! hurlait-elle dans le vent. Attendez ! Attendez... Revenez ! Ne me laissez pas là !

Mais le remorqueur poursuivait sa route vers le large, visiblement peu disposé à rebrousser chemin. Toujours au pas de course, Olivia dépassa le bateau de Joe sans même le voir, les yeux fixés vers l'entrée de la crique. Ce n'est qu'en atteignant le bout de la jetée qu'elle s'arrêta enfin et laissa tomber son sac par terre. Pleine d'une rage impuissante, elle se mit à taper du pied.

— Merde ! Merde ! Merde, et re-merde !

— Eh bien, eh bien, Livvie Jones... En voilà un langage ! Ta mère te passerait la bouche au savon noir si elle t'entendait.

Les cheveux ébouriffés par le vent et les vêtements en bataille, elle pivota sur elle-même, furieuse. « Toujours aussi ravissante », songea Joe qui n'avait pas bougé de son bateau.

— Qu'est-ce que tu fais là, toi ? lâcha-t-elle sur un ton qui n'avait rien d'aimable.

Sans attendre sa réponse, elle enchaîna en pointant du doigt le remorqueur :

— Regarde-moi ça ! Ton abruti de capitaine est parti sans moi, c'est malin !

Jamais il ne l'avait vue dans un tel état. Au cours de leurs cinq mois de mariage, et même depuis qu'il la connaissait, jamais la douce petite Livvie ne s'était mise en colère. Jamais. En un sens, il le regrettait presque tant elle était mignonne quand elle s'emportait.

— Je sais.

Il enjamba le bastingage et la rejoignit sur le quai.

— J'ai dit à Cappy qu'il pouvait partir. Je vais te reconduire à Savannah.

— Attends, je ne comprends plus rien. Je croyais que tu étais en ville.

— J'y étais, et je suis revenu te chercher.

— Tu es revenu spécialement pour moi ? Franchement, Joe, tu n'aurais pas dû. Je ne veux pas de traitement de faveur. Mlle Keeton m'a dit que j'étais censée prendre le *Lady Bea* avec les hommes.

Il lui adressa son plus beau sourire.

— Peut-être, mais personnellement, j'estime que tu mérites un traitement de faveur. Je tiens à toi et à ton confort. Tu seras mieux à bord de mon bateau que sur le remorqueur. Sans compter que le *Fleeting Dreams* est beaucoup plus rapide. Tu perdras moins de temps en transport.

Une pause, et il ajouta, facétieux :

— Sauf si tu préfères passer le week-end sur l'île avec Mme Jaffe, bien sûr.

— Certainement pas ! se récria-t-elle, horrifiée.

Le cri du cœur, pensa-t-il en manquant éclater de rire.

— Enfin… je ne peux pas, reprit-elle plus calmement. J'ai prévu de rendre visite à ma mère ce week-end.

A cette nouvelle, il ressentit un petit pincement de déception. Lui qui comptait la convaincre de dîner avec lui pendant la traversée… Il espérait vaguement se concilier ses bonnes grâces et, avec un peu de chance, profiter de sa charmante compagnie jusqu'au lundi.

— En route, alors.

Faisant contre mauvaise fortune bon cœur, il prit son sac de voyage et lui offrit sa main afin de l'aider à embarquer.

Sa paume était tiède dans la sienne, sa peau douce et soyeuse, ses doigts si fins qu'il n'osait les serrer. Il avait oublié à quel point elle était fragile et menue. Quand elle passa devant lui et s'engagea sur l'étroite passerelle, une bouffée de parfum monta à ses narines. Il inspira profondément pour mieux s'en délecter. Sensation de plaisir intense… Cela aussi, il l'avait oublié. Dieu, qu'elle était féminine !

— Attends-moi une seconde, lui lança-t-il. Je vais descendre tes bagages dans la cabine, et je t'emmène avec moi au poste de pilotage.

— Euh… si ça ne t'ennuie pas, j'aimerais m'allonger un peu.

— Qu'est-ce qui t'arrive ? Tu es malade ?

— Rien de grave, juste un début de migraine.

Depuis qu'elle avait résolu de revoir sa mère, la tension s'accumulait dans ses épaules et sa nuque. Ses muscles s'étaient noués et, à présent, une douleur persistante battait à l'arrière de son crâne.

— J'ai pris un cachet, expliqua-t-elle. Mais entre ça et le médicament contre le mal de mer, j'ai affreusement sommeil et je tiens à peine debout.

Il l'examina attentivement. Cette somnolence n'était-elle pas plutôt un prétexte pour s'éloigner de lui et éviter de lui parler ? Difficile à dire. Enfant, elle était déjà sujette au mal des transports.

— Pas de problème. Suis-moi. Je vais te préparer la couchette.

En bas, il lui montra la pièce à vivre et sortit deux couvertures afin qu'elle ait bien chaud.

— Voilà. Ça devrait faire l'affaire. Repose-toi bien. Si tu as besoin de quoi que ce soit ou si tu te sens mal, n'hésite pas à m'appeler par l'Interphone.

— Merci, tu es gentil.

Et voilà ma brillante stratégie à l'eau ! se dit-il en regagnant le pont pour larguer les amarres. Il avait pourtant tout prévu, tout planifié — du moins, à ce qu'il croyait. En revenant à Mallen Island, il avait décidé d'engager la conversation sur d'autres sujets que le travail, d'ouvrir une ou deux brèches dans la muraille protectrice dont elle s'entourait. Raté. Ils n'avaient pas pris la mer qu'elle lui échappait, rompant le contact. L'avait-elle voulu ainsi ? Etait-ce une feinte de sa part ?

Peu importait. Avant qu'ils accostent à Savannah, il aurait trouvé un plan de secours.

Dès que la porte de la cabine se fut refermée, Olivia s'assit sur la couchette et se prit la tête dans les mains. La migraine lui martelait les tempes et ne semblait pas vouloir s'atténuer. Bien au contraire.

Rassemblant ce qui lui restait d'énergie, elle ôta ses bottes. Puis, les gestes lents et mesurés, elle déplia les couvertures et s'étendit dessous. Elle ferma les yeux avec un soupir las. Et les rouvrit presque instantanément en sentant l'odeur familière de Joe. Doux Jésus, son oreiller en était littéralement imprégné !

Elle sursauta quand le moteur se mit en marche en vibrant. Peu après, le bateau s'ébranla et commença à prendre de la vitesse.

Immobile, paupières closes, Olivia écoutait le bourdonnement du moteur et le clapotis des vagues contre la coque. Si elle avait eu deux sous de bon sens, elle aurait retourné l'oreiller ou s'en serait débarrassée… Au lieu de cela, elle y enfouit le nez afin de mieux goûter ce parfum qui évoquait tant de souvenirs.

Une fois le bateau amarré, Joe descendit dans la cabine. Et comprit qu'Olivia n'avait pas cherché de faux prétextes pour se tenir à l'écart.

Lovée sur elle-même, les couvertures remontées jusqu'au menton, le visage enfoui dans l'oreiller, elle dormait à poings fermés. Rien ne l'avait réveillée, ni le ralentissement du bateau en atteignant le port, ni l'arrêt du moteur.

Il resta un moment à la contempler, le cœur empli d'une tendre nostalgie. Livvie était vive, active et débordante d'énergie. Mais quand la fatigue la prenait, elle sombrait sitôt couchée dans un sommeil de plomb et s'y abandonnait tout entière, avec la confiance d'une enfant. Au temps de leur mariage, il lui fallait parfois la tirer par les pieds pour la sortir du lit.

— Olivia ? chuchota-t-il en souriant à ce souvenir. Nous sommes arrivés.

Rien. Pas de réponse.

Il la secoua doucement par l'épaule.

— Hou-hou ! On se réveille !

Ses lèvres se retroussèrent lentement. Laissant échapper un soupir de bonheur, elle s'étira langoureusement, telle une chatte paresseuse, puis soupira de nouveau en enfouissant la tête dans l'oreiller.

Joe sentit aussitôt le désir l'enflammer — brutal, instantané. *Holà, vieux, doucement. Ne t'emballe pas !*

S'éloignant, il gagna le pied de la couchette et souleva les couvertures dans l'intention de la saisir par les chevilles. Il s'arrêta net en apercevant un objet brillant. Elle avait ôté ses bottes à talons hauts mais gardé ses vêtements, et sa longue jupe droite remontait sur ses cuisses. Un spectacle troublant que rendait plus excitant encore la fine chaînette d'or, dotée d'un pendentif en forme de cœur, qui encerclait sa cheville gauche.

Fasciné, Joe resta un moment à contempler le bijou et le cœur qui y était suspendu. Le feu de la passion lui dévorait le ventre. Il brûlait d'envie de la posséder, de se glisser près d'elle sur la couchette, de la dévêtir et de lui faire l'amour à en perdre la raison. Il brûlait de la regarder en bougeant en elle, de voir ses joues se colorer de rose sous l'effet du plaisir et ses yeux verts briller comme deux émeraudes. Il brûlait de l'embrasser, de caresser son corps svelte, de goûter sa peau soyeuse, de prendre l'impertinent petit cœur dans sa bouche, de mordiller la fine attache de sa cheville…

Il agita la tête, chassant ces pensées enfiévrées. Il devait se reprendre. Pendant leur mariage, il la réveillait parfois en lui faisant l'amour, ce qui n'était plus de mise aujourd'hui. Son instinct lui disait que s'il s'y essayait, elle l'assommerait sur-le-champ avec le premier objet qui lui tomberait sous la main.

Sans grande douceur, il saisit sa cheville et lui secoua la jambe. Aucune réaction en dehors d'un léger mouvement réflexe du pied.

— Super ! grommela-t-il entre ses dents.

Contournant le lit, il alla la prendre par les épaules et la secoua sans ménagement.

— Allez, Livvie, debout !

Elle remua doucement, un sourire rêveur sur les lèvres. Puis ses paupières se soulevèrent lentement sur ses yeux encore embrumés de sommeil.

— Mmm... Bonjour, Joe, murmura-t-elle d'une voix enrouée.

Et elle tendit le bras pour effleurer sa joue — un geste de tendresse qui accrut encore sa frustration. Réprimant un gémissement, il serra les dents et lui agrippa la main avant qu'elle ne s'enroule autour de sa nuque. Diable, elle allait le tuer si elle continuait comme ça ! Mais il ne pouvait lui en vouloir. Il savait d'expérience qu'elle n'était pas pleinement consciente. Outre qu'elle se trouvait encore sous l'effet des médicaments, Livvie s'éveillait par étapes. Dans cet état intermédiaire, elle était affectueuse, câline, et faisait ou disait des choses que sa timidité lui interdisait généralement. Des moments on ne peut plus charmants qu'il appréciait beaucoup pendant leur mariage...

Un second bras se tendit vers son cou. Le saisissant également, il déclara avec gentillesse :

— Bon, maintenant, ça suffit. Il faut te lever.

Il lui baissa les bras et les lui plaça le long du corps. Aussitôt, Olivia tenta de les nouer autour de son cou.

— Non, Livvie. Arrête ça.

— Mais enfin, Joe, qu'est-ce qui...

Elle s'interrompit, pétrifiée. Puis se redressa brusquement, les yeux grands ouverts.

— Joe !

Il manqua éclater de rire tant sa surprise était comique.

— Oui, c'est moi. Comment te sens-tu ?

— Je... Ça va.

S'apercevant qu'il lui maintenait fermement les poignets, elle se dégagea d'une secousse et se recula vers la cloison pour s'écarter le plus possible de lui.

— Désolée, je... j'ai dû m'assoupir, bredouilla-t-elle en lissant ses cheveux.

— Le mot est faible. Tu dormais comme une bûche. Tu as toujours eu du mal à te réveiller.

Et comme elle s'éveillait le plus souvent d'humeur amoureuse, ses efforts matinaux destinés à l'arracher au sommeil se terminaient généralement dans une étreinte passionnée, avant qu'il parte à la scierie, tout ému de la laisser rose de plaisir, alanguie et tendre, irrésistible...

A l'évidence, le même souvenir lui revint à la mémoire, car elle s'empourpra violemment.

— Tu voulais quelque chose ? demanda-t-elle avec embarras. Tu ne devrais pas être là-haut, au gouvernail ?

Il ne put s'empêcher de rire.

— Nous sommes arrivés.

— A Savannah ? Déjà ?

Il acquiesça de la tête.

— Zut ! Quelle heure est-il ?

— Presque 18 heures.

— Oh, mon Dieu, quelle horreur !

Se levant d'un bond, elle attrapa ses bottes, en enfila une en sautillant sur un pied et se débattit avec la fermeture Eclair.

— Hé, doucement, rien ne presse ! s'exclama Joe.

— Si, justement. Il faut que je loue une voiture, donc que je passe au Hyatt avant que le service ne ferme pour la journée.

— Si c'est pour ça, inutile de courir. Je te déposerai chez Flora en allant à Winterhaven Farm.

Une idée qui venait à point, songea-t-il. Puisqu'elle avait gâché son plan numéro un, autant qu'il occupe son week-end utilement.

Elle se redressa, son autre botte à la main.

— Je ne t'en demande pas tant. Ne te dérange pas pour moi.

— C'est moi qui te le propose, et ça ne me dérange pas. Je passe pratiquement devant chez ta mère.

— C'est gentil, Joe, mais il me faut quand même une voiture.

— Pour quoi faire ? A Bella Vista, tout le monde se promène à pied. Ce n'est pas si grand.

— Peut-être, mais je dois rejoindre Savannah aux aurores lundi afin de prendre le remorqueur avec les hommes, et je ne veux pas demander à maman de m'y emmener. Elle a horreur de conduire en ville.

— Je ne vois pas où est le problème. Puisque je serai à Winterhaven, je passerai te chercher lundi.

Il décrocha son manteau et le lui tendit.

— Et maintenant, en route.

La nuit était tombée quand ils arrivèrent à Bella Vista. Joe se rendit directement chez Flora, sans demander à Olivia d'indications — tant mieux, car elle n'était encore jamais venue dans la maison que sa mère avait achetée à sa retraite. Cela dit, à moins que la petite communauté ait beaucoup changé, elle l'aurait trouvée sans trop de peine. Bella Vista couvrait à peine plus de deux kilomètres carrés et elle en connaissait toutes les rues, les ruelles et les sentiers.

Tout en se garant devant le 204 Elisabeth Lowe Street, Joe déclara :

— Et voilà.

La petite maison de bois était entourée d'une coquette barrière blanche que la lune teintait de reflets bleutés. Des plates-bandes couraient le long de l'allée et du bâtiment. Si le jardin n'était pas encore en pleine floraison, les branches des camélias croulaient sous les boutons, et l'on distinguait çà et là des touffes de jonquilles et de crocus.

Olivia sourit. Même en plein désert, sa mère s'arrangerait pour avoir un jardin fleuri.

Se tournant vers Joe, elle le remercia de sa gentillesse. Elle comptait récupérer son sac sur le siège arrière et filer, dans l'espoir qu'il serait reparti avant que Flora n'apparaisse à la porte, mais c'était oublier sa galanterie légendaire. La voyant prête à sortir, il bondit de son siège et se précipita afin de lui ouvrir la portière. Puis, sans lui laisser le temps de protester, il se pencha par-dessus le siège.

— Je m'occupe de tes bagages.

— Je t'en prie, Joe... Ils ne sont pas lourds, et je suis sûre que tu es pressé de rentrer chez toi.

— Tu as le trac ? Allez, viens. Il est temps de passer aux choses sérieuses.

Et il se dirigea vers l'allée en l'entraînant par le coude. Avec un soupir, elle se laissa guider. Elle aurait préféré mettre d'abord sa mère au courant de sa relation de travail avec Joe, plutôt que de se présenter avec lui sans prévenir. Malheureusement, il ne lui laissait pas vraiment le choix.

— Quant à rentrer chez moi, poursuivit-il, c'est l'une de mes brèves visites obligatoires à la ferme. Etant donné la petite discussion que nous avons eue hier soir, maman va sans doute me faire la tête, mais si je ne passe pas à intervalles réguliers, elle devient infernale. Elle tient absolument à ce que je vérifie tout, la comptabilité et le reste, alors que Luke est parfaitement capable de diriger l'exploitation tout seul.

— J'imagine que ton frère n'apprécie pas beaucoup.

— Non, et je le comprends. D'ailleurs, ça ne m'amuse pas plus que lui.

Elle sentait sa tension s'accroître à chaque pas. A contretemps, elle songea qu'elle aurait dû appeler sa mère afin de la prévenir de son arrivée. Oh, elle y avait pensé, mais n'avait cessé de remettre le coup de fil à plus tard, sous prétexte que la batterie de son portable était déchargée, qu'elle avait trop de travail, que l'heure était mal choisie, etc. En réalité, elle avait eu peur que sa mère lui dise de ne pas venir.

Son expression lorsque Flora ouvrit la porte lui confirma ses craintes, et elle se tassa sur elle-même.

— Livvie ! Qu'est-ce que tu fais ici ?

— Bonsoir, maman. Je me trouvais dans le coin pour affaires, alors, j'en ai profité...

— Tu aurais pu m'avertir que c'était une surprise, intervint Joe en s'avançant dans la lumière du porche. Je serais resté près de la voiture le temps que tu t'expliques.

Sous le choc, Flora porta machinalement une main à son cœur. Son regard incrédule passait de l'un à l'autre sans se poser.

— Joseph ? Oh, mon Dieu... Qu'est-ce que... Vous deux ensemble... Je ne comprends pas...

— Qui est-ce, maman ? lança Victoria qui apparut derrière sa mère. Livvie ? Ça alors !

Olivia se voûta un peu plus. A l'évidence, sa sœur n'était pas vraiment ravie de la voir.

— Qu'est-ce que tu viens... Oh pardon, je ne t'avais pas vu. Bonsoir, Joe.

Elle jeta à Olivia un coup d'œil lourd de reproche. Puis, se tournant vers Joe, elle s'enquit poliment :

— Qu'est-ce qui t'amène ?

— Rien de particulier. Je viens simplement déposer Olivia chez vous.

— Livvie, à quoi penses-tu ? s'exclama Flora, l'air embarrassé. Si tu avais appelé, nous serions venues te chercher à l'aéroport, Vicky ou moi. Joseph, je suis désolée qu'elle vous ait dérangé.

— Mais ça ne me dérange pas. Je venais pour le week-end de toute façon.

— Oh...

La présence d'un Connally devant sa porte la rendait nerveuse. D'autant plus qu'il s'agissait de Joe. Embarrassée, Flora ne savait que dire ni que faire.

— Euh... si vous voulez bien entrer, proposa-t-elle finalement.

— Il ne reste pas, sa mère l'attend, intervint Olivia avant qu'il ait pu ouvrir la bouche.

Il posa sur elle un regard à la fois interrogateur et amusé, mais heureusement, il semblait avoir compris puisqu'il abonda dans son sens.

— En effet. Je vous remercie, Flora, mais il faut que je file. Vicky, j'ai été heureux de te revoir. Prends soin de toi.

Reportant ensuite son attention sur Olivia, il la gratifia d'un clin d'œil.

— Je te retrouve lundi matin à 6 heures. Et n'oublie pas de mettre ton réveil à sonner, grosse marmotte, sinon je viendrai te tirer par les pieds.

A cette remarque, Flora et Vicky échangèrent des regards horrifiés. Joe aurait mieux fait de tenir sa langue, songea-t-elle en le maudissant intérieurement. Surtout que la blague n'était non seulement pas drôle mais de très mauvais goût.

Elle le suivit des yeux alors qu'il s'éloignait dans l'allée. Curieusement, elle se sentit démunie quand il monta dans sa voiture et démarra. Elle regrettait déjà d'avoir perdu son soutien.

— Pourquoi il te retrouverait lundi matin ? Et qu'est-ce que c'est que cette histoire de te tirer par les pieds ? gronda Victoria. Que se passe-t-il entre vous ?

Surprise par son ton revêche, Olivia inclina la tête sur le côté.

— Ça ne t'ennuie pas que je rentre avant de répondre à ton interrogatoire ?

— Doux Jésus ! s'écria sa mère. Où avais-je la tête ? Mais bien sûr, mon petit, entre donc.

Elle tira la porte et s'effaça de façon à lui céder le passage.

A peine Olivia eut-elle posé le pied à l'intérieur que Vicky repartit à la charge, sans même lui laisser le temps de déposer son sac et son attaché-case.

— Alors ? J'attends.

— Rien de plus simple. Nous devons être de retour à Savannah lundi matin de bonne heure, et Joe m'offre une place dans sa voiture. C'est tout.

— Livvie, ma petite fille, que fais-tu là ?

— Qu'est-ce que tu veux dire, maman ?

— Ha ! Comme si tu ne le savais pas ! rétorqua Vicky. Elle parle de ton retour, de ta présence ici, et avec Joe par-dessus le marché !

— Comme je l'ai dit en arrivant, je suis ici pour affaires. Vous n'êtes peut-être pas au courant, mais Joe et son associé ont acheté la propriété de Mallen Island dans le but de la transformer en hôtel de luxe.

— Oui, un de ces machins branchés destinés à accueillir la jet-set et les rupins qui ont plus d'argent que de bon sens. C'est le grand sujet de conversation en ville.

— Qu'on restaure ce lieu maudit, moi, ça me dépasse, renchérit Flora avec un frisson. Tout le monde sait parfaitement que la maison est hantée.

— Maman, voyons ! Tu ne crois quand même pas à ces bêtises !

— Si, j'y crois. Je connais même des gens qui ont vu Theobald marcher le long des falaises. Et de toute façon, Livvie, il n'y a pas que les fantômes. Cela fait cent trente ans qu'il se passe des horreurs à Mallen Island, et j'ai entendu nombre d'histoires à vous faire dresser les cheveux sur la tête. Meurtre, torture, cannibalisme... On y aura tout vu, décréta-t-elle en se frottant les bras. Je vais te dire, ma petite fille, à aucun prix je ne mettrais le pied sur cette île.

— Aussi étrange que cela paraisse, ce sont justement ces racontars qui attireront les touristes. La réputation de l'île est son premier atout commercial, puisqu'elle propose quelque chose que n'offre pas la concurrence.

— Ce qui n'explique pas que tu sois ici à papillonner autour de Joe, remarqua Vicky.

— Je ne *papillonne* pas autour de Joe, comme tu le dis si élégamment. Je travaille pour lui. J'ai été engagée comme décoratrice sur ce projet.

Au lieu de rassurer sa mère, cette précision parut accroître ses inquiétudes.

— Livvie, tu n'y songes pas ! J'espère que tu ne comptes pas accepter cette offre ?

— C'est déjà fait, les contrats sont signés. Je viens de passer ma première semaine à Mallenegua.

— Doux Jésus !

Portant une main à son cœur, Flora s'effondra sur le canapé comme si ses jambes se dérobaient.

— Tu étais là-bas ? Tu as dormi dans ce lieu maléfique ? Dieu merci, je n'en savais rien. Je serais morte d'angoisse !

— L'expérience ne manquait pas d'intérêt. J'ai même couché dans le lit de feu Theobald Mallen.

— Malheureuse !

— Voyons, maman, calme-toi, la rassura Olivia en riant. Il n'y a aucun risque. Tu vois bien qu'il ne m'est rien arrivé.

Enfin, si l'on exceptait les apparitions. Mais elle n'avait pas l'intention de les mentionner devant sa mère. En parler reviendrait à accréditer ces ridicules histoires de fantômes ; or, après y avoir longuement réfléchi, elle était maintenant persuadée d'avoir été le jouet de son imagination.

— Il faut que tu démissionnes, décréta soudain Vicky. Tu n'aurais jamais dû accepter cet emploi.

— Que je démissionne ? Certainement pas. Ce projet est la chance d'une vie, le rêve de tout décorateur !

— Peut-être, mais ta sœur a raison. Tu ne peux pas travailler avec Joe, c'est impensable.

Olivia réprima un soupir. Elle aurait aimé discuter la question tranquillement, car elle aimait sa mère et ne tenait pas à la froisser. Cependant, elle supportait mal qu'on se mêle de ses affaires. D'autant qu'elle avait largement passé l'âge.

— Et pourquoi pas ? Il n'y voit aucune objection, et moi non plus.

— Eh bien moi, j'en vois plein, riposta Vicky avec agressivité. Pour commencer, Eleanore sera furieuse.

— Elle l'est déjà, mais c'est son problème, pas le mien.

— C'est ça… Tu sais parfaitement qu'elle te cherchera des noises et qu'elle nous le fera payer à tous. Mon mari travaille toujours à Winterhaven, tu te souviens ? Elle est tout à fait capable de licencier Travis et de ne plus payer la retraite de maman.

— Ça ne se produira pas. C'est Joe et Luke qui dirigent l'exploitation à présent. Ils y veilleront.

— Admettons, mais nous vivons ici, maman et moi. Si tu t'entêtes, les gens vont encore jaser et se moquer de nous derrière notre dos. Tu n'imagines pas combien nous en avons souffert la dernière fois. Nous étions mortes de honte ! Tu sais comment on t'appelait en ville ? La « sale petite arriviste ». Sympathique, non ? Et partout on racontait que tu avais embobiné Joe, que tu l'avais attiré dans ton lit et que tu étais tombée enceinte exprès pour mettre la main sur la fortune des Connally.

— C'est ridicule — et complètement faux ! Même pauvre comme Job, je l'aurais épousé ! D'ailleurs, je te rappelle que sa mère lui a coupé les vivres, à l'époque. Nous n'avions pas le sou et je m'en moquais comme d'une guigne. Je l'aimais !

— Ah, l'amour… Les pauvresses qui épousent des princes, c'est bon pour les contes de fées, martela Flora. Tu es comme ton père, Livvie. Tu vis sur un nuage, tu rêves trop. Et ça m'inquiète. J'ai peur qu'à fréquenter Joe de trop près, tu retombes amoureuse de lui. Ma fille, il est grand temps que tu renonces à tes fantasmes de gamine et que tu comprennes une bonne fois que les petites gens comme nous n'épousent pas les Joe Connally. Surtout à Savannah et à Bella Vista. Ici, l'argent épouse l'argent ; les vieilles fortunes s'unissent entre elles, et chacun demeure à sa place. J'en sais quelque chose. Livvie, je voudrais tellement éviter que tu souffres de nouveau...

— Ne t'inquiète pas, maman. Il y a des années que je ne suis plus amoureuse de Joe, et je ne renoncerai pas à la chance qui m'est offerte. Il faut aussi que je pense à mon entreprise.

— Et voilà ! Ta précieuse entreprise ! s'écria Vicky en levant les bras. Je me demandais quand tu la mentionnerais.

— Qu'est-ce que tu entends par là ?

— Vicky, je t'en prie, inutile d'être désagréable.

Ignorant la remarque de sa mère, cette dernière reprit à l'adresse d'Olivia :

— Ça t'amuse de nous la jeter au visage, ton entreprise, hein ? cracha-t-elle, avant de minauder : « Regardez comme j'ai réussi. Moi j'ai fait des études. J'ai mon affaire à moi. Et une voiture de luxe. Et une propriété dans le quartier chic de la ville. Je gagne des tonnes d'argent et je fréquente le beau monde. » Tu te donnes des airs, hein ? Tu te pavanes. Tu t'es toujours crue au-dessus de nous.

— Ce n'est pas vrai !

Vaine protestation, car sa sœur poursuivit sur sa lancée.

— Oh, que si ! Enfant déjà, tu n'étais jamais satisfaite. Tu étais comme papa, toujours à rêver de mieux, à vouloir t'élever au-dessus de ta condition.

— Si tu veux dire par là que je n'avais pas envie de végéter, mais d'étudier et de réussir ma vie, c'est exact.

Seulement, je n'ai jamais prétendu que je valais mieux que vous. J'avais d'autres ambitions, c'est tout.

— D'autres ambitions, tu parles ! On les connaît, tes ambitions. Tu n'aurais jamais épousé un travailleur manuel, un simple dresseur de chevaux comme mon Travis, oh non ! Ce n'était pas assez bien pour la petite princesse à papa. Avoue, dès que nous nous sommes installées à Winterhaven, tu as visé la grande maison. Tu rêvais d'en devenir un jour la maîtresse ! Ce n'est pas vrai ?

— Non, c'est absolument faux ! s'indigna Olivia, blessée.

— C'est ça, oui...

Depuis toujours, l'attitude de Vicky à son égard oscillait entre affection et ressentiment. Pourtant, elle n'avait encore jamais mesuré l'étendue de sa rancœur. Voilà qui était chose faite.

— Je ne savais pas que tu me détestais à ce point, remarqua-t-elle en se redressant. Si j'avais su, je ne serais pas venue.

Elle s'assit dans un fauteuil et décrocha le téléphone posé sur la desserte.

— Truman Perkins fait toujours le taxi entre Bella Vista et Savannah ?

— Oui, pourquoi ?

— Etant donné la haine que tu me portes, il vaut mieux que je m'en aille. Je prendrai une chambre d'hôtel à Savannah.

— Ne t'en va pas, je t'en prie, gémit Flora en se tordant les mains. Ta sœur ne te hait pas. Dis-le-lui, Victoria !

L'air buté, la jeune femme resta un moment silencieuse, puis elle soupira et, se penchant vers Livvie, la prit par les épaules.

228

— Mais non, je ne te hais pas, voyons. Tu es ma petite sœur chérie. Allez, reste avec maman et profitez de votre week-end. Je repasserai dimanche après la messe avec les enfants. Tu n'imagines pas comme ils ont grandi.

Elle se redressa et consulta sa montre.

— Mais là, ajouta-t-elle, il faut que je file ou je serai en retard pour les récupérer à la sortie du cinéma.

Elle serra de nouveau sa sœur contre elle, déposa un rapide baiser sur le front de sa mère et s'éclipsa. Quelques secondes plus tard, le grondement du moteur de son vieux pick-up retentit, avant de s'estomper dans la nuit.

Avec un enthousiasme forcé, Flora se frappa les cuisses de ses mains.

— Là. Tu vois bien que tout s'arrange !

— Alors, cette visite ? s'enquit Joe quand Olivia prit place dans sa voiture.

Elle se laissa aller contre le dossier et ferma les yeux en soupirant.

— Rude week-end ?

Elle souleva les paupières afin de lui couler un regard lourd de sens.

— Si dur que ça, hein ?

— Pire encore.

— Hmm. J'imagine que ta mère réprouve notre arrangement autant que la mienne.

— Apparemment. Vicky et elle sont convaincues que je vais encore me ridiculiser avec toi et les couvrir de honte.

— Tu ne t'es jamais ridiculisée, petit bout. Tu as trop de classe et de dignité pour ça.

— Essaie de le leur faire comprendre ! Je leur ai pourtant bien expliqué qu'il n'y avait aucune chance qu'on se remette ensemble, que j'étais guérie et plus du tout amoureuse de toi. Seulement, elles ne m'ont pas crue.

— Aucune chance ? Mince, comme tu y vas ! Et moi qui espérais en avoir une petite...

— Connally, je t'en prie, ce n'est pas drôle, le coupat-elle avec irritation.

Il sourit, mais une lueur de détermination familière brillait dans son regard.

— Normal que ce ne soit pas drôle, je ne plaisantais pas.

— Qu'est-ce que tu veux dire ?

— Que tu m'attires. Très fort. Plus qu'aucune autre femme, lâcha-t-il sans plus de détours.

Au cours du week-end, il avait résolu de renoncer aux méthodes de séduction subtiles qui n'étaient pas son genre et qui, à l'évidence, ne lui valaient rien.

Elle leva les yeux au ciel en s'esclaffant.

— Tu te paies ma tête !

— Pas du tout. Je suis tout ce qu'il y a de plus sérieux.

— Arrête ! Et même si je t'attirais tant que ça — ce que je ne crois pas une seconde —, ce serait seulement dû à la proximité.

— A la proximité ?

— Oui. Parce que je suis là. Tu sais, comme dans la chanson : « Quand je suis loin de celle que j'aime, j'aime la fille qui est près de moi. »

— Merci, j'avais compris. Ce qui me surprend, c'est ta manière d'interpréter les choses.

— Pourtant, ça tombe sous le sens. Tu travailles du matin au soir et presque sept jours sur sept sur une île où il n'y a que deux femmes — moi, et une vieille gouvernante acariâtre. Et comme tu es un homme normalement constitué, doté de pulsions…

Il renversa la tête en arrière en riant.

— Livvie, tu es incroyable ! Mais je dois reconnaître que tu as de bonnes raisons de le savoir.

Elle s'empourpra, et il rit de plus belle.

— Sauf que tu te trompes. Si j'avais envie d'une femme, n'importe laquelle, il me suffirait de faire un saut à Savannah, répliqua-t-il avant de la gratifier d'un regard appuyé qui la liquéfia. C'est toi que je veux. Et pas seulement pour assouvir mes pulsions sexuelles.

Abasourdie par sa déclaration, elle le dévisagea comme s'il tombait de Mars. Derrière les vitres de la voiture défilait le paysage, humide de rosée matinale. Le soleil levant faisait briller les gouttelettes comme autant de diamants, mais elle n'en voyait rien.

— C'est… c'est complètement dingue !

— Pourquoi ?

— Parce que…

— Parce que quoi ?

— Parce que… euh… nous avons un passé commun. Un passé désastreux. Nous sommes divorcés… Tu ne penses quand même pas qu'on pourrait ressortir ensemble ?

— Pourquoi pas ? Je suis célibataire. Toi aussi. Et nous ne sommes plus les mêmes qu'autrefois. Nous avons grandi, mûri. Nous savons ce que nous voulons.

Et il ajouta avec un clin d'œil :

— Moi, en tout cas. Une attirance pareille, c'est plutôt rare, et nous serions idiots de ne pas suivre notre instinct, histoire de voir où ça nous conduit. D'autant qu'elle est mutuelle, si je ne m'abuse. Sur le plan physique, notre mariage était spectaculaire, et le courant passe toujours.

L'air vibre d'électricité dès que nous sommes dans la même pièce, tu le sais aussi bien que moi.

— Joe...

— Ma chérie, je ne suis pas aveugle. Inutile de le nier.

Elle se redressa sur son siège et croisa les bras, les yeux rivés droit devant elle.

— Je n'ai jamais dit que je ne te trouvais pas attirant, déclara-t-elle avec hauteur. Seulement que je ne t'aimais plus.

Son cœur lui martelait les côtes, comme si elle avait couru un marathon. En proie à la plus vive confusion, elle s'efforçait de maîtriser ses émotions pour n'en rien laisser paraître.

— Dans ce cas, je vais tâcher de changer ça, conclut-il gaiement.

— Tu t'exposerais à un échec. Crois-moi, quand les sentiments sont morts, on ne peut pas revenir en arrière.

— Peut-être. Mais je suis du genre tenace. Ça t'ennuie si j'essaie ?

Elle se tourna vers lui, tentant de rester indifférente à son regard ardent.

— Et si je te disais que oui ?

— Je te demanderais pourquoi. Si tu es si sûre que tes sentiments sont morts, qu'est-ce que tu risques ? De quoi as-tu si peur ?

Il était futé, le bougre, diablement futé, songea-t-elle en plissant le front.

— Je n'ai peur de rien. Et surtout pas de toi.

— Excellent. Alors, sortons ensemble le week-end prochain.

— Je ne peux pas. Je dois chercher un appartement.

— Eh bien, je t'accompagnerai. Je t'aiderai à choisir, et, ensuite, nous irons au cinéma. Ou alors danser. Tiens, je connais un endroit sympa avec un piano-bar.

232

— Arrête, Joe… Ce ne serait pas raisonnable de repartir sur ce terrain. Même s'il s'agissait d'une liaison sans lendemain.

— Une liaison ? Hmm, c'est une idée. Mais je préfère commencer par un brin de cour, pas toi ? Bon, parlons plutôt du week-end prochain. Puisque tu ne veux pas danser, aller au cinéma, ni écouter de la musique, que dirais-tu d'une balade en rollers ?

— En rollers ?

— Pourquoi pas ? Je n'en ai jamais fait, mais ça a l'air marrant. Et il paraît qu'on n'a pas vécu tant qu'on n'a pas fait le tour des places de Bull Street en rollers à minuit. Qu'est-ce que tu en dis ? Chiche ?

Olivia sentait ses lèvres trembler malgré elle, tellement l'idée du très convenable Joseph Connally filant sur des rollers le long des élégantes demeures de Montgomery Square en pleine nuit était incongrue.

Finalement, elle éclata de rire.

— C'est un peu speed pour moi. Le ciné me conviendrait mieux.

— Super. On va au ciné, alors.

13.

La semaine suivante, Olivia n'eut pas le temps de penser à Joe ni à ses intentions. Sur le trajet, il avait obtenu qu'elle sorte avec lui, bien qu'elle ait tenté de son mieux de le dissuader ; il avait rusé et joué d'habileté pour, finalement, avoir raison de ses arguments. De guerre lasse, elle avait fermé les yeux et feint de l'ignorer jusqu'à ce qu'ils montent sur le *Fleeting Dreams*. Là, elle avait de nouveau invoqué la somnolence due au médicament contre le mal de mer et s'était retirée dans la cabine.

A leur arrivée sur l'île, Mallenegua bourdonnait comme une ruche tant l'activité y était intense. La jetée et les nouveaux pontons étaient presque terminés. Ne restait plus qu'à poser une dernière touche de peinture à la boutique d'articles de pêche ainsi qu'au magasin général de la marina.

Les ouvriers s'affairaient maintenant sur la maison elle-même. Une entreprise de jardinage nettoyait l'extérieur, débroussaillant, élaguant, étiquetant les arbres et les buissons à enlever ou à déplacer. A l'intérieur, on s'attaquait au gros œuvre. Des cloisons étaient démolies et les planchers des soupentes, futur quartier du personnel, renforcés.

Pendant trois jours, Olivia poursuivit l'inventaire des objets entassés dans les greniers avec L.J. A cause de la poussière et de la saleté, elle portait un jean, un sweat-shirt et des tennis, et nouait un bandana sur ses cheveux relevés en queue-de-cheval.

Un après-midi, alors qu'elle examinait la corniche sculptée d'une armoire, perchée sur un escabeau, une voix grave à l'accent traînant s'éleva derrière elle.

— Ah, je retrouve la Livvie de mes souvenirs.

Elle se retourna. Joe souriait, les bras croisés sur la poitrine.

— Joe ? Que viens-tu faire ici ?

— Voir où tu en es et te dire qu'il est l'heure de déjeuner.

— Oh, mon Dieu ! Je suis tellement concentrée que je perds toute notion du temps.

Comme elle entreprenait de descendre de son perchoir, il la prit par la taille, la souleva et la déposa à terre sans la relâcher.

— Ne bouge pas, ordonna-t-il. Tu as une tache sur le nez. Je trouve ça plutôt mignon, mais Mme Jaffe risque de ne pas apprécier.

Fouillant dans sa poche, il en sortit un mouchoir et essuya les traces de poussière sur son visage. Puis il s'écarta un peu afin d'inspecter son œuvre.

— Là. Te voilà présentable.

Il effleura ses lèvres d'un bref baiser et se dirigea vers la porte en l'enlaçant adroitement.

— On y va ?

— Je… euh… Oui.

Elle fit deux pas avec lui avant de s'arrêter brusquement.

— Attends. Juste une seconde.

Reportant son attention sur L.J., elle nota qu'il fixait Joe d'un œil mauvais. Si le regard pouvait tuer, Joe serait mort sur-le-champ. Pris sur le fait, le jeune homme se détourna prestement et fit mine de s'affairer sur une malle.

— Je descends déjeuner, L.J. Je vous rejoins ici dans une heure.

— Pas de problème, marmonna-t-il sans relever les yeux.

— Eh bien, eh bien, murmura Joe à l'oreille d'Olivia lorsqu'ils furent dans l'escalier. On dirait que j'ai de la concurrence.

— Ne dis pas de bêtises, il est timide, c'est tout.

Du moins l'espérait-elle. Il ne manquerait plus que son assistant, qui ne la quittait pas d'une semelle, se soit amouraché d'elle !

En milieu de semaine, après le petit déjeuner, Olivia resta dans la bibliothèque pour appeler quelques fournisseurs et antiquaires, tandis que Joe allait inspecter le chantier à l'étage avec Mike. Elle venait de raccrocher quand on frappa à la porte. Le battant s'entrouvrit, et une voix féminine demanda :

— Je peux entrer ?

— Blair ! Comment es-tu venue jusqu'ici ?

— Par le remorqueur.

Bizarre, songea-t-elle, intriguée. Cappy et les hommes étaient arrivés sur l'île depuis près de trois heures. Qu'avait fait la jeune femme dans l'intervalle ? Où était-elle allée ?

Histoire de se donner une contenance, elle entreprit d'empiler les documents étalés sur le bureau.

— Tu trouveras Joe dans les soupentes de l'aile sud-ouest.

— En fait, ce n'est pas Joe que je venais voir, mais toi.

— Moi ? Mais nous n'avons rien à nous dire, Blair. Tu as été très claire à ce sujet quand nous nous sommes croisées chez Joe. Si tu espères me convaincre de démissionner, tu perds ton temps. Il n'en est pas question.

— Ce n'est pas le but de ma visite.

— Ah, non ?

— Non. Et je suis bien contente que tu restes.

— Qu'est-ce qui t'amène, alors ? demanda-t-elle sans cacher son scepticisme.

— Je suis venue te présenter mes excuses pour ce que je t'ai fait il y a quatorze ans, lâcha Blair, toujours sur le pas de la porte. Pour n'avoir pas répondu à tes lettres. Pour ma conduite depuis ton retour.

Elle leva un regard anxieux vers elle tout en triturant nerveusement la poignée de son sac. Le visage fermé, Olivia n'avait pas bougé.

— Ça te dérange si je rentre ?

Oui, ça la dérangeait. Elle ne voulait pas remuer le passé, ni se rappeler son chagrin devant la trahison de sa meilleure amie. Cependant, Blair semblait si pitoyable qu'elle n'eut pas le cœur à la mettre à la porte.

— Non, bien sûr. Entre donc.

Blair s'assit sur l'un des deux canapés placés face à face près de la cheminée, et déposa son sac ainsi qu'un dossier à côté d'elle. Les yeux baissés sur le tissu de soie damassée du coussin, elle se mit à dessiner distraitement un motif de son ongle rouge écarlate.

— Je me suis très mal conduite, commença-t-elle en évitant le regard d'Olivia installée en face d'elle. Nous étions très proches, toi et moi. J'aurais dû m'opposer à ma mère et te dire la vérité.

— Pourquoi ne l'as-tu pas fait ?

Blair eut un petit rire sans joie.

— Curieusement, j'avais une raison, mais avec le recul, elle me paraît bien futile. Ma mère menaçait d'abattre Prince Rupert si je ne confirmais pas ses propos.

— Je sais que tu adorais ce cheval, mais j'aurais pensé que je comptais plus que lui à tes yeux.

— Bien sûr que tu comptais davantage ! Seulement, j'ai paniqué. Et puis…

— Oui ?

— Eh bien, à l'époque, je t'en voulais de ne pas t'être confiée à moi, de ne pas m'avoir raconté ton histoire avec Joe. D'avoir filé en douce te marier sans même me prévenir. Tu étais ma meilleure amie et, jusque-là, nous partagions tous nos secrets.

Elle haussa les épaules.

— Je sais que ça te touchait de trop près, que j'étais bête de croire que tu me parlerais d'une expérience aussi intime. Mais, sur le moment, ça m'a vexée.

— Alors, tu t'es vengée.

— Et maman m'a fourni l'occasion.

Olivia ne s'attendait pas à un tel miracle. Blair qui, après toutes ces années, prenait enfin le temps d'analyser ses actes et ses motivations ! Méfiante, elle resta toutefois sur ses gardes.

— J'ai regretté mes paroles presque aussitôt après les avoir prononcées. Je me sentais terriblement coupable. C'est pour ça que je ne t'ai pas écrit. Et c'est aussi pour ça que je me suis montrée désagréable quand je t'ai croisée chez Joe. Je n'ai pas supporté de devoir te faire face.

238

— Ça s'est passé il y a une semaine. Qu'est-ce qui a changé ? Pourquoi cette confession et ces excuses ?

Blair lui adressa un sourire chagrin.

— Tu me connais trop bien. Et tu as raison. J'espère quelque chose en retour. J'aimerais que nous redevenions amies.

— Blair, je ne pense pas que…

— Attends. Sois gentille et écoute-moi jusqu'au bout avant de refuser.

Olivia hésita, mais le regard suppliant de Blair eut raison de ses réticences.

— D'accord. Continue.

Mal à l'aise, Blair changea de position et se mit à tirer sur un fil qui dépassait de sa doublure.

— Eh bien, vois-tu… euh… la semaine dernière, Joe m'a convoquée dans son bureau. Il m'a reproché ma conduite envers toi et passé le savon du siècle.

— Quoi ? Je lui avais justement demandé de ne pas s'en mêler ! s'insurgea Olivia. Je suis désolée, Blair. Il n'aurait pas dû.

— Au contraire, je suis heureuse qu'il l'ait fait. Il m'a dit une chose qui m'a fait prendre conscience qu'il fallait que je te demande pardon.

— Ah, oui ? Quoi donc ?

— Il m'a rappelé que, ces dix dernières années, j'aurais eu bien besoin d'une amie comme toi.

— Tu veux dire, pendant ton mariage ?

— Oui. Je sais que tout était ma faute. C'est moi qui ai gâché notre amitié. Mais si je t'avais eue près de moi pour te raconter mes malheurs et pleurer sur ton épaule, je n'aurais pas perdu dix ans de ma vie avec un homme qui me prenait pour un punching-ball. Je ne l'aurais peut-être même pas épousé.

— C'est terrible… Personne ne mérite d'être traité de la sorte. Mais tu aurais pu en parler à Joe et à Luke, non ? Ils t'auraient tirée de ce mauvais pas et lui auraient donné une bonne leçon.

Blair agita la tête.

— C'est une longue histoire. En résumé, disons qu'un mari violent sait comment soumettre son épouse au point qu'elle se sente seule, totalement démunie et terrorisée. En plus, j'avais peur que mes frères finissent en prison pour coups et blessures si je leur demandais leur aide.

Se penchant en avant, elle leva les yeux vers Olivia en une supplique silencieuse. Son regard, l'expression de son visage, son attitude, tout en elle disait sa contrition.

— Je sais que je me suis très mal conduite, que j'ai brisé le lien de confiance qui nous unissait, que c'est impardonnable, mais tu as toujours eu bon cœur, Livvie, et j'espère que tu seras assez généreuse pour me donner une chance de me racheter.

— On ne peut pas revenir en arrière, Blair. On n'efface pas le passé. Et sincèrement, je ne suis pas sûre de pouvoir un jour t'accorder de nouveau ma confiance.

— Je comprends, et je ne t'en veux pas. Ta méfiance est légitime, convint Blair, l'air désolé. Mais je te promets sur la tombe de mon père que je ne te trahirai plus jamais, quoi qu'il arrive ! Je t'en prie, Livvie, donne-moi une chance. J'aimerais tant retrouver ton amitié !

Indécise, Olivia se tourna vers la baie vitrée et contempla le jardin où deux ouvriers taillaient les buissons tout en entassant les branches dans une brouette. Si Blair paraissait sincère, elle restait sur ses gardes. Sans doute n'était-ce pas très charitable, mais elle ne pouvait s'empêcher de se demander si cette tentative de réconciliation n'était pas un piège destiné à servir quelque nouvelle manigance d'Eleanore.

D'un côté, elle était tentée de lui dire qu'elle ne voulait pas renouer avec un passé révolu et des relations dont elle avait fait son deuil depuis des années. Et, de l'autre, force lui était de reconnaître qu'une part d'elle-même regrettait l'amitié qui les unissait dans leur jeunesse.

C'est en considérant le visage suppliant de Blair qu'elle prit conscience qu'elle ne pouvait pas refuser.

— Bon, je veux bien essayer. Mais n'exige pas trop de moi dans l'immédiat, d'accord ?

— Je serai patiente, je te le jure. Oh, c'est génial !

Bondissant de son siège, elle se précipita vers Olivia et la serra dans ses bras.

— Merci, Livvie ! Merci de tout mon cœur. Je te promets que tu ne le regretteras pas.

Je l'espère bien, songea Olivia en lui rendant prudemment son étreinte.

— Hé, qu'est-ce qui se passe ici ? Je ne m'attendais pas à vous trouver ensemble !

En entendant la voix de Joe, elle se dégagea des bras de Blair qui bondit de nouveau pour rejoindre son frère.

— Joe, j'ai une grande nouvelle ! Je viens de parler à Livvie. Elle accepte mes excuses et me donne une chance de me racheter.

Elle sauta au cou de Joe, puis se tourna vers son amie avec un sourire chaleureux.

— Tu avais raison, tu sais. Livvie est adorable.

— Bien. Je suis content que vous vous soyez raccommodées. Une amitié comme la vôtre est trop précieuse pour être gâchée.

Sur ces mots, il reporta son attention sur sa sœur.

— Et maintenant, ajouta-t-il, inquisiteur, dis-moi un peu ce que tu fabriques ici en pleine journée. Tu ne devrais pas être au bureau ?

Blair leva les yeux au ciel en prenant Olivia à partie.

— Tu nous crois tes esclaves ou quoi ? Il se trouve que je suis ici en service commandé. Caroline m'a envoyée te faire signer ces contrats.

Elle alla chercher son dossier sur le canapé et le lui tendit.

— Ah, je vois. Tu l'as soudoyée pour avoir une raison de venir ici.

— Tu m'en crois vraiment capable ?

— Oh, inutile de jouer l'innocente avec moi, répliqua-t-il, faussement sévère.

Cependant, il semblait ravi que sa sœur se soit excusée auprès d'elle, remarqua Olivia.

Blair resta déjeuner avec eux et insista auprès de son frère jusqu'à ce qu'il promette de lui faire visiter la propriété. Pendant tout le repas, Olivia demeura discrète, mais elle ne put s'empêcher de sourire devant tant de vivacité. Comme toujours, Blair dominait la conversation. C'était une Scarlett O'Hara des temps modernes, une beauté brune, coquette, pleine d'allant et d'esprit, impertinente et séductrice.

Après le déjeuner, Olivia s'excusa sous prétexte de monter se rafraîchir et appeler son bureau. Parvenue dans sa chambre, elle aperçut une enveloppe posée sur l'un de ses oreillers et s'approcha, intriguée. L'enveloppe blanche, très ordinaire, portait son nom. Apparemment, on avait utilisé des lettres découpées dans un magazine — une idée digne des romans policiers.

Sa curiosité initiale laissa place à l'inquiétude. Elle souleva le rabat, sortit un feuillet et le déplia. Le message, composé de la même façon que l'en-tête, était bref et direct :

« ON NE VEUT PAS DE VOUS ICI. ALLEZ-VOUS-EN IMMEDIATEMENT. »

Le cœur battant, Olivia fixait les deux lignes sans bouger. Qui pouvait en être à l'origine ? La réponse ne se fit pas attendre. A sa connaissance, une seule personne voulait la voir plier bagages : Eleanore. Deux peut-être, en comptant Blair. Blair qui était sur l'île depuis plusieurs heures avant d'apparaître dans la bibliothèque...

Olivia froissa le message et allait le jeter à la corbeille quand elle se ravisa. Jugeant plus prudent de le garder, elle le rangea dans un tiroir de la commode. Autant pour les protestations d'amitié et leur soi-disant réconciliation !

Le reste de la journée, Olivia demeura à l'écart, hésitant à descendre tant qu'elle n'était pas sûre que Blair avait repris le bateau. Elle songea un moment à montrer le message à Joe, mais quelque chose la retint. Il prétendait qu'elle l'attirait — une ruse pour qu'elle cesse de se méfier ? Non, cela ne tenait pas debout. Joe n'avait aucune part dans cette lettre anonyme. Pourquoi l'aurait-il engagée s'il ne voulait pas d'elle à Mallenegua ? D'autant que, s'il avait changé d'avis, il n'aurait pas protesté quand Reese avait essayé de la licencier...

Ses pensées tournaient en boucle dans sa tête. Agacée, elle finit par décider que le mieux était encore d'ignorer l'incident et de se tenir sur ses gardes en présence de Blair.

Après le dîner, Joe lui proposa une partie d'échecs. S'il jouait bien — ce qui n'avait rien d'étonnant —, en revanche, il ne s'attendait pas à trouver en elle une adversaire aussi redoutable. Il gagna la première manche de justesse.

— Qui t'a appris toutes ces subtilités ? s'enquit-il au milieu de la revanche.

— Un de mes professeurs à l'université. C'était un ancien champion national, un passionné d'échecs depuis toujours.

— Vraiment ? C'est plutôt rare qu'un prof s'intéresse à ce point à une étudiante, non ? Il avait quel âge, ce type ?

La question était moins innocente que le ton ne le laissait entendre. Elle releva les yeux.

— Il m'employait comme assistante. Et il avait plus de soixante ans, des cheveux blancs, une canne et la même femme depuis quarante ans — l'amour de sa vie, disait-il.

Reportant son attention sur le jeu, elle déplaça son fou et annonça :

— Echec et mat.

Joe examina l'échiquier, les sourcils froncés.

— Merde, tu te défends drôlement bien.

— Merci. Et maintenant, si tu veux bien m'excuser, je vais me coucher.

— Si tôt ? Sans même la belle pour nous départager ?

— Une autre fois. J'ai mal à la tête. Il vaudrait mieux que je prenne quelque chose avant que ça se transforme en migraine.

Elle ne mentait pas. Les tensions de la journée l'avaient épuisée nerveusement. Vidée de toute énergie, elle tenait à peine debout. Les muscles de ses épaules étaient noués, sa nuque raide, et une douleur sourde pulsait à la base de son crâne.

Joe se leva aussitôt.

— Tu aurais dû le dire plus tôt. Viens, je vais t'accompagner.

— Non, ce n'est pas nécess...

— Chut. Pas de discussion.

Il l'enlaça par la taille et, l'attirant contre lui, l'entraîna hors de la pièce. Ce corps musclé, solide et rassurant, cette douce chaleur... Dieu, que c'était tentant ! Quand sa main libre se posa sur sa joue, quand il lui appuya la tête contre son épaule, elle ne résista pas et s'autorisa le luxe d'en profiter un moment. Il y avait bien longtemps que personne ne lui avait offert le soutien d'une épaule amie — depuis la mort de son père, exactement. Bref bonheur de se sentir protégée.

Une fois devant sa porte, il la maintint fermement devant lui et plongea ses yeux dans les siens.

— Tu es sûre que ça ira ?

— Oui, ce n'est qu'un petit mal de tête dû à la tension. Ça m'arrive de temps en temps. Mon médecin m'a prescrit un médicament et, après une nuit de sommeil, il n'y paraîtra plus.

— Bon. Si tu as besoin de quoi que ce soit, tu m'appelles. J'occupe la dernière chambre au bout du couloir, du même côté que la tienne. Surtout, n'hésite pas.

— Je t'assure que ça va, Joe.

Il la scrutait toujours, le front barré par l'inquiétude. Agacée par son insistance, elle capitula avec un soupir.

— O.K., O.K... Puisque tu y tiens, je te promets de venir frapper à ta porte si j'ai besoin de quelque chose. Là, tu es content maintenant ?

Aussitôt, son air sévère céda la place à un sourire malicieux.

— Pas encore, mais je m'y emploie, chuchota-t-il en se penchant vers elle.

Il posa sa bouche sur la sienne — contact doux, tiède, sensuel. Puis il l'enveloppa tendrement de ses bras et la serra contre lui, jusqu'à ce que leurs deux corps semblent ne faire plus qu'un.

Elle se figea, trop surprise pour le repousser. Comme il accentuait la pression de ses lèvres sur les siennes, elle eut un frisson involontaire et répondit timidement à son baiser. Incapable de se contenir davantage, il glissa une main au creux de ses reins avant de l'attirer contre la manifestation flagrante de son désir. Elle laissa échapper un gémissement, puis, comme si ses bras étaient possédés d'une volonté propre, elle se pendit à son cou et s'abandonna contre lui. Etreinte voluptueuse. Baiser ardent, passionné... Le désir depuis longtemps oublié remontait à la surface et la submergeait tout entière.

Noyée dans le tumulte des sensations, la petite voix de la raison tentait de se faire entendre. *Tu es folle. Tu cours à ta perte*... En vain. Le plaisir était trop grand. Et puis, il y avait si longtemps que personne ne l'avait embrassée ou serrée dans ses bras, si longtemps qu'elle ne s'était pas sentie désirée à ce point, qu'elle n'avait pas senti le corps de Joe pressé contre le sien...

Soudain, il interrompit leur baiser et s'écarta d'un pas. Ce fut si brutal qu'elle ressentit une sorte de coup au cœur. Les jambes mal assurées, elle s'appuya contre le chambranle afin de tenir debout. Devant elle, Joe reprenait son souffle, la fièvre du désir brûlant dans ses yeux.

— Je suis désolé, ma chérie, murmura-t-il, encore haletant. Si je ne m'arrête pas maintenant, dans trente secondes, nous nous retrouverons tous les deux nus dans ton lit. Pour être honnête, je ne demande pas mieux, mais je serais un mufle si je te faisais l'amour alors que tu es souffrante.

Il effleura ses lèvres d'un bref et chaste baiser.

— Bonne nuit, petit bout.

Avant qu'elle ait eu le temps de se reprendre, il la fit pivoter sur elle-même, ouvrit la porte de sa chambre et la poussa doucement mais fermement à l'intérieur.

— Voilà. Prends tes médicaments et mets-toi au lit. Si ta migraine ne passe pas, viens me chercher.

Après avoir entendu ses pas décroître dans le couloir, elle cligna des paupières, étourdie. Migraine ? De quelle migraine parlait-il ? Elle avait complètement oublié ses maux de tête. D'ailleurs, la douleur s'était estompée au point de n'être presque plus perceptible.

Elle referma les yeux avec un soupir. Seigneur ! Si, à vingt et un ans, Joe était un amant extraordinaire, à trente-cinq ans, il était carrément renversant.

Olivia crut d'abord qu'elle rêvait, mais le bruit persistait — des pas furtifs qui traversaient la pièce. Puis une latte de parquet grinça et les pas s'arrêtèrent. Tournant le dos à son mystérieux visiteur, Olivia feignait de dormir, complètement immobile, malgré la sueur froide sur son front et son dos.

Après ce qui lui sembla une éternité, les pas reprirent, plus lents, précautionneux. L'intrus s'éloignait d'elle. Laissant délibérément échapper un soupir endormi, elle se retourna dans son lit. De nouveau, les pas s'interrompirent. Le visage enfoui dans l'oreiller, elle ne bougea pas jusqu'à ce qu'ils reprennent. Alors seulement, elle entrouvrit les yeux. En vain. Il faisait bien trop sombre pour distinguer quoi que ce soit.

Le temps s'étirait, interminable. Les bruits de pas s'étaient tus. Olivia n'entendait plus que son souffle et la pulsation de son sang dans ses oreilles. Un regard à l'écran lumineux de son réveil lui apprit qu'il était 3 h 48. L'homme marchait-il sur les tapis ? Etait-il sorti sans qu'elle s'en aperçoive ?

Elle attendit, paniquée, tout en jetant régulièrement un coup d'œil au réveil. Au bout de vingt minutes de silence total, elle rassembla son courage, rejeta les couvertures et, s'asseyant au bord du lit, alluma sa lampe de chevet.

Il n'y avait personne dans la pièce.

Le lendemain matin, Joe reçut un coup de fil de Reese qui avait besoin de lui d'urgence à Alexandria. Il s'excusa auprès d'Olivia de devoir la laisser seule.

— Je suis vraiment désolé pour notre sortie au cinéma. Je te revaudrai ça la semaine prochaine, promis.

— Pas de problème. De toute façon, il faut que je rentre chez moi. L'une de mes meilleures clientes veut me voir afin de discuter le projet de rénovation de son auberge. Elle refuse de traiter avec mes assistantes.

En réalité, la cliente n'était pas pressée, mais cela lui fournissait un bon prétexte pour regagner Atlanta.

— C'est peut-être un peu lourd, non ? Tu es sûre que ça ne te donnera pas trop de travail ?

— Mais non ! Je vais faire le point avec elle, préparer des esquisses, et quand elle les aura approuvées, Mary Beth se chargera de l'exécution.

— Très bien, concéda-t-il en consultant sa montre. Bon sang, je dois filer. L'avion ne m'attendra pas.

Posant sur elle un regard brûlant de désir, il lui encadra le visage de ses mains.

— Je préférerais largement rester avec toi, mais le devoir m'appelle. J'ignore quand je rentrerai, mais réserve-moi le week-end prochain, O.K. ?

Sans lui laisser le temps de répondre, il l'embrassa avec tant d'ardeur qu'elle se sentit flageoler sur ses jambes.

— Je te revois dans quelques jours. Prends soin de toi.

Et il effleura de nouveau ses lèvres d'un baiser avant de s'éloigner. Olivia le regarda disparaître par la porte, chancelante.

Le lendemain, elle s'envolait en direction d'Atlanta. Il lui fallait prendre ses distances avec Mallenegua — et Joe —, retrouver le monde solide et familier dans lequel elle se sentait en sécurité, renouer avec la vie qu'elle s'était construite.

Elle passa une partie de la soirée du vendredi avec sa cliente afin de se mettre d'accord sur ses souhaits. Et le samedi soir, elle dîna en ville avec des amis, après une journée devant sa planche à dessin entrecoupée de coups de fil à d'autres clients. Au terme du week-end, elle avait terminé les esquisses pour l'auberge.

Malheureusement, cette brève coupure n'eut pas les bienfaits escomptés. Chaque nuit, elle rêva d'une ombre mystérieuse penchée au-dessus de son lit, et, à chaque réveil, Joe revint immanquablement hanter ses pensées.

Le lundi, en rentrant à Mallen Island, Mike lui apprit que Joe était toujours à Alexandria et ignorait encore la date de son retour.

Comme il avait prévu de commencer les travaux par l'étage consacré au personnel, elle profita de son absence pour mesurer toutes les soupentes de l'aile ouest avec l'aide de L.J. et dessiner les anciens quartiers afin de les retravailler plus tard sur sa table à dessin.

Elle étudia les plans d'architecte dans le détail. La conversion des soupentes en logements exigeait que des cloisons soient abattues et des salles de bains ajoutées à intervalles réguliers. L'isolation thermique, le chauffage central et l'air conditionné devaient également y être installés.

Cependant, cette modernisation était loin de la satisfaire.

Sans se soucier des réactions de Joe, elle prépara des plans à son idée. Ne lui avait-il pas dit qu'il attendait son avis et ses remarques ? Eh bien, il les aurait.

Pendant trois jours, elle travailla donc sans relâche et trouva des solutions afin de réaménager les soupentes en petits appartements individuels tout confort. Son projet comportait même une salle du personnel et un espace de loisir.

Au matin du quatrième jour, Olivia venait tout juste d'arriver dans la salle à manger et de s'asseoir quand Mme Jaffe entra avec un plateau.

— Je sais que vous avez un appétit d'oiseau, mais aujourd'hui, vous mangerez des œufs et des saucisses, que ça vous plaise ou non, grogna la gouvernante en déposant devant elle une assiette débordant de nourriture. Cappy apporte le ravitaillement ce matin. Il fallait finir les restes.

— Des œufs et des saucisses, parfait.

— J'espère bien. Maigre comme vous êtes, ça ne vous fera pas de mal de vous remplumer un peu.

Olivia but une gorgée de café et soupira de contentement. Les repas à Mallenegua n'étaient pourtant pas ses moments préférés. Non que la nourriture y soit mauvaise, au contraire. Mme Jaffe cuisinait bien, son café était excellent, mais l'atmosphère était pesante. Depuis son arrivée, la gouvernante s'était mis en tête qu'elle était une invitée et devait être traitée comme telle. Elle lui servait donc ses repas dans la « salle à manger familiale », ainsi baptisée parce qu'elle ne faisait *que* six mètres sur huit.

N'étant pas autorisée à prendre ses repas dans la cuisine, Olivia était condamnée à la solitude des seigneurs dans l'immense salle où elle se sentait perdue et mal à l'aise — ce qui était probablement le but de la manœuvre. Le premier jour, l'idée de déjeuner seule à une table pour douze personnes l'avait tellement déprimée qu'elle avait commis l'erreur de proposer à Mme Jaffe de venir prendre le café avec elle afin d'avoir de la compagnie. La vieille chouette avait été scandalisée, comme s'il s'agissait d'une hérésie.

Olivia mangea ce qu'elle put de son plat copieux et finissait de boire son café quand Mme Jaffe revint débarrasser.

— Vous n'avez pas mis le nez dehors de la semaine, grommela cette dernière, ronchonne. Voilà trois jours qu'il fait un temps radieux, et vous restez là, enfermée entre quatre murs avec vos papiers. Aujourd'hui, le vent s'est levé, et il y a de gros nuages noirs à l'horizon. Vous devriez en profiter et prendre un peu l'air avant que le temps vire à la tempête.

Sans doute voulait-elle se débarrasser d'elle pendant quelques heures, songea Olivia tout en trouvant l'idée de la promenade séduisante. D'autant qu'elle avait quasiment terminé son projet pour les soupentes. Le vent marin lui éclaircirait l'esprit. Et puis, quel soulagement de ne plus subir le regard réprobateur de Mme Jaffe, ni la voir sans cesse apparaître au détour des couloirs !

Elle se mit en quête de L.J. de façon à l'avertir qu'elle comptait sortir un moment avant d'attaquer la journée.

— Excellente initiative ! s'exclama-t-il. Ce n'est pas bon de rester constamment enfermé. Ne vous inquiétez pas pour moi. Je peux continuer à prendre les mesures tout seul.

— Merci. Je serai de retour d'ici une petite heure.

A peine eut-elle mis le pied dehors que le vent plaqua son manteau contre elle. Les cheveux volant dans tous les sens, elle contempla le ciel couvert. La gouvernante avait raison. La pluie ne tarderait pas, et les bourrasques qui soufflaient de l'Atlantique n'étaient pas bien chaudes. Toutefois, il était bon de respirer l'air du large après ces longues journées de travail acharné.

Resserrant la ceinture de son manteau, Olivia s'enveloppa la tête et le cou dans une longue écharpe en laine verte, et se mit en marche. Elle erra d'abord au hasard, puis, sur une impulsion, décida de partir à l'aventure. Traversant le jardin de derrière, elle se dirigea vers la partie sud de l'île, recouverte de forêt. Le bois descendait en pente douce jusqu'à la pointe en forme de fer à cheval, bordée par une longue plage de sable fin. A chaque extrémité de la plage, la falaise se dressait, abrupte et menaçante, telle une muraille surgie des eaux tourmentées.

Dans l'espoir de trouver un sentier qui la conduirait jusque-là, Olivia explora les abords de la forêt, sans succès. La végétation avait recouvert toute trace de chemin — s'il y en avait eu un jour.

Elle avait gagné les bords de la falaise assaillis par le vent. Prudemment, elle s'approcha du vide pour regarder en bas. A la vue du précipice, elle frémit et recula de trois pas, le cœur battant. Elle regrettait presque de s'être aventurée si loin.

Ramenant une mèche folle sous son écharpe, elle jeta un coup d'œil autour d'elle. Brrr… Le lieu était sinistre, d'une violence terrible. Le danger semblait rôder tout autour d'elle.

A quoi tenait cette atmosphère malveillante ? Au grondement constant de l'océan qui s'écrasait sur les rochers ? Au hurlement furieux du vent ? Au paysage désolé et d'une violence impitoyable ? Quoi qu'il en soit, elle en avait la chair de poule.

Une bourrasque glaciale s'engouffra sous son écharpe. Elle la resserra, remonta son col et croisa les bras sur sa poitrine en frissonnant.

Deux pas en avant, et elle jeta un nouveau coup d'œil au pied de la falaise. Soixante mètres plus bas, les vagues s'écrasaient contre les roches déchiquetées, projetant des gerbes d'écume dans un bruit de tonnerre. Sans doute était-ce là que Theobald Mallen avait fait une chute mortelle un siècle auparavant.

Tremblant de froid, Olivia resserra un peu plus ses bras autour d'elle. Le vent soufflait du nord-ouest, déchaîné. Elle fit le gros dos et recula d'un pas.

Aussitôt, une puissante bourrasque la poussa dans le dos, telle une main géante. Projetée en avant, elle perdit l'équilibre en poussant un cri de panique.

Des pierres roulèrent en cascade sur les rochers et tombèrent dans l'abîme au ralenti avant d'être englouties par les eaux démontées. Olivia oscillait au bord du gouffre. Terrorisée, elle agitait les bras dans tous les sens pour retrouver l'équilibre, le regard rivé sur les roches déchiquetées qui semblaient l'appeler.

Brusquement, une bourrasque plus violente que les autres s'engouffra dans son écharpe et la déroula comme une banderole. Avec un hurlement de terreur, Olivia redoubla d'efforts pour lutter contre la force qui l'entraînait inexorablement vers le vide. En vain.

Elle se sentit tomber et, dans sa chute, sa main rencontra quelque chose de solide. Elle s'y accrocha avec désespoir. Par chance, elle avait réussi à saisir la branche d'un jeune sapin. Un arbre pas bien gros et qui ployait sous son poids.

Suspendue par une main, elle cala ses pieds contre la paroi rocheuse et se mit en position de rappel au-dessus des vagues bouillonnantes. Son cœur battait à tout rompre dans sa poitrine.

Aucune chance d'en réchapper si elle tombait. Elle avait conscience que le frêle sapin ne la soutiendrait pas éternellement. Or ses tentatives pour se rétablir se révélaient vaines. Elle n'était pas de taille à lutter contre la bourrasque. D'autant que ses mains commençaient à glisser...

Bientôt, elle perdrait toute prise.

14.

Où diable avait-elle disparu ?

De plus en plus inquiet, Joe marchait à grands pas le long du bois tout en scrutant les fourrés dans l'espoir de trouver une trace de son passage. Olivia n'était sans doute pas assez bête pour tenter de gagner la plage à travers la forêt, mais alors, où était-elle ? Pas dans les jardins, en tout cas. Mme Jaffe l'ayant informé qu'Olivia était partie se promener, il en avait déjà fait le tour, sans résultat.

Il mit ses mains en porte-voix pour l'appeler.

— Olivia ! Olivia, où es-tu ?

Rien. Pas de réponse. Ce qui n'avait rien de surprenant avec ce vent furieux qui emportait ses cris.

— Merde, Livvie ! Où te caches-tu ?

Toujours en appelant, il gravit la colline en direction de la crête.

— Réponds-moi, bordel ! Tu es où ?

Là, quelque chose attira son regard. Une sorte de bannière verte qui s'agitait et claquait dans la bourrasque. Non, ce n'était pas une bannière, mais une écharpe de femme ! comprit-il soudain, horrifié.

— Nom de…

Son cœur marqua un temps d'arrêt avant de s'accélérer violemment. Joe se mit à courir et, à quelques mètres de la crête, aperçut enfin Olivia, suspendue dans le vide. Ses cheveux flamboyants et sa longue écharpe verte claquaient dans le vent. Les mains crispées sur une branche de sapin, les pieds calés contre la roche, elle semblait vouloir escalader la paroi. Il ne l'avait pas rejointe que son soutien précaire céda encore de vingt centimètres. Son cri déchirant lui glaça le sang. Voyant que le sapin commençait à se déraciner, il parcourut les derniers mètres en un temps record.

Dans un même mouvement, il pila au bord de la falaise et se pencha dans le vide. Il agrippa le frêle tronc d'une main et le poignet d'Olivia de l'autre. En se sentant secourue, elle cessa brusquement de crier. Et une lueur d'espoir traversa ses prunelles.

— Joe ? Oh... Joe !

— Pas de panique, je te tiens. Ne bouge pas tes pieds. Là, c'est bien. Accroche-toi à la branche, ne lâche pas. Bravo. Continue.

Ecartant les jambes pour avoir un meilleur appui, il s'arc-bouta et lui saisit le bras à deux mains sans cesser de l'encourager.

— Je vais t'aider à remonter, O.K. ? Je compte jusqu'à trois, et à trois, quand je tire, tu mets tout ton poids sur ton pied gauche, et tu avances le droit le plus loin possible. Tu as compris ?

Olivia déglutit avec peine et répondit d'un hochement de tête.

— Alors, on y va. Un... Deux... Trois !

Ses muscles se tendirent et il tira de toutes ses forces. Aussitôt, Olivia parut s'envoler pour atterrir contre lui. Il l'enveloppa dans une étreinte protectrice tandis que, emportés par leur élan, ils partaient en arrière. Quand ils se furent relevés, Joe l'éloigna encore du précipice et la maintint contre lui.

— Oh, Joe... Joe... Dieu merci, tu es là !

Elle s'accrocha à ses vêtements, puis à son dos, enfonçant les ongles dans sa veste de laine. Puis elle se blottit tout contre sa poitrine, comme si elle cherchait à se cacher en lui, comme s'il était le seul refuge en ce lieu de désolation.

Resserrant son étreinte, il la rassura.

— Tout va bien à présent, je te tiens. Tu n'as plus rien à craindre.

Glissant une main dans ses cheveux, il lui prit doucement la tête et la maintint sur son torse. Les cheveux soyeux d'Olivia s'accrochaient dans sa barbe naissante alors qu'il frottait son menton contre son crâne en un geste réconfortant.

— C'est fini, ma chérie. Je te tiens, murmurait-il tendrement. Pleure, ça te soulagera. Tu es en sécurité.

Il sentait les battements précipités de son cœur contre le sien, aussi affolé.

Ils restèrent longtemps enlacés, reprenant des forces au contact de l'autre. Jamais Joe n'avait eu aussi peur de sa vie. Jamais il ne s'était senti aussi faible, vidé de toute énergie, qu'en l'accueillant enfin entre ses bras. Nul doute que l'image d'Olivia suspendue dans le vide le hanterait jusqu'à la fin de ses jours.

Blottie dans ses bras, elle finit par s'apaiser, et ses sanglots se muèrent en hoquets étouffés puis en reniflements. Et elle se mit à trembler de tous ses membres.

Le choc, songea Joe. Il lui fallait la ramener au plus vite à la maison pour éviter l'hypothermie. A regret, il relâcha son étreinte et la prit par les épaules.

— Viens. On rentre. Tu vas te mettre au lit et boire un bon café chaud. Quant à moi, je t'avoue qu'un petit remontant ne me ferait pas de mal.

Comme il se penchait pour la porter, elle protesta.

— Non, non. J'ai les jambes en coton, mais je suis encore capable de marcher.

— Tu es sûre ?

— Absolument. Avec ton aide, j'y arriverai.

Etroitement enlacée par Joe, elle s'appuya sur lui de tout son poids, et ils quittèrent les abords de la falaise de façon à rejoindre la prairie. Autour d'eux, l'herbe haute ondoyait, imitant le mouvement des vagues. Olivia frissonna de plus belle et enfouit son visage dans la veste de Joe. Ses jambes flageolantes la soutenaient à peine.

— Joe ? demanda-t-elle enfin, rompant le silence. Comment… Comment se fait-il que tu te sois trouvé là ?

— Au bord de la falaise ?

— Oui.

— Simple coup de chance. A mon retour, Mme Jaffe m'a dit que tu étais allée te promener et je suis parti à ta recherche. Arrivé en haut de la colline, j'ai vu ton écharpe qui volait dans le vent.

— Il y avait… enfin… Tu… tu n'as vu personne à proximité ?

— Non, pourquoi ?

— Je… euh… Comme ça, pour savoir. Ça n'a pas d'importance.

A ceci près qu'elle avait senti une main dans son dos avant de tomber. Quelqu'un l'avait poussée, elle l'aurait juré.

*
**

Après avoir rangé ses vêtements, Olivia traversa la pièce sur ses jambes flageolantes, ôta le peignoir en satin et dentelle assorti à sa chemise de nuit bleu sombre, le déposa au pied du lit et se glissa sous les couvertures.

Sitôt de retour à la maison, Joe l'avait dirigée *manu militari* vers la cuisine sous l'œil éberlué de Mme Jaffe, et avait insisté pour qu'elle avale un grand bol de café chaud horriblement sucré. Puis, avant qu'elle ait le temps de réagir, il l'avait soulevée de terre et portée jusqu'à sa chambre. Il l'aurait dévêtue et mise au lit lui-même si elle n'avait pas protesté.

— Pourquoi tant de manières ? répliqua-t-il, étonné. Je t'ai déjà vue toute nue.

— Pas depuis un bail.

— Et alors ?

— Alors, nous ne sommes plus mariés.

D'une pichenette, elle écarta sa main de façon à l'empêcher de défaire les boutons de sa chemise de nuit.

— Joe, je t'en prie ! Sors d'ici et laisse-moi. Je suis parfaitement capable de me débrouiller toute seule.

— Mais enfin, Livvie, je peux quand même…

— Dehors ! coupa-t-elle en pointant le doigt vers la porte.

Contraint et forcé, il finit par se retirer de mauvaise grâce après avoir exigé qu'elle se mette au lit et n'en bouge plus de toute la journée. En sortant de la pièce, il promit de demander à Mme Jaffe de lui monter un verre de cognac. Elle faillit rétorquer qu'il se faisait une montagne d'une taupinière, qu'elle était remise de ses frayeurs et parfaitement capable de travailler, mais elle se retint. En réalité, elle se sentait affreusement mal. Fatiguée, bien sûr, suite à toutes ces émotions, mais aussi assaillie par les doutes. Elle ne pouvait s'empêcher de ressasser dans son esprit l'incident qui avait failli lui coûter la vie.

Après avoir entassé les oreillers contre l'imposante tête de lit, elle se cala confortablement, remonta les couvertures qu'elle lissa sur ses hanches et se mit à triturer nerveusement le bord du drap tout en réfléchissant.

Il était possible qu'elle ait été déséquilibrée par une bourrasque particulièrement puissante. Le vent soufflait, et elle rêvassait au bord du précipice sans faire très attention.

Et pourtant...

Ce qu'elle avait ressenti dans son dos n'avait rien de comparable avec l'impact du vent. Il lui avait semblé qu'une main la poussait, mais comment l'affirmer ? Elle portait un épais manteau ainsi qu'un gros pull en laine. Des épaisseurs qui pouvaient avoir troublé sa perception...

Cela dit, si ses soupçons étaient fondés, si quelqu'un l'avait réellement poussée dans le vide, il fallait tenir compte de la présence de Joe sur la falaise...

Non. Cela ne tenait pas debout. Pourquoi Joe tenterait-il de la tuer ? Sa mère à la rigueur, mais pas lui. Il n'avait rien d'un criminel. Et puis s'il n'avait pas voulu d'elle sur l'île, il ne l'aurait tout simplement pas engagée — ou aurait laissé Reese casser son contrat. Sans compter qu'il avait volé à son secours. S'il l'avait vraiment poussée, pourquoi serait-il revenu la sauver ?

Non, non, non. Dans l'hypothèse où l'on chercherait à la tuer, il devait y avoir quelqu'un d'autre sur la falaise. Mais qui ? Pourquoi ? Et où le mystérieux personnage avait-il ensuite disparu ?

Un léger coup frappé à sa porte l'arracha à ses pensées.

— Entrez, madame Jaffe.

— Ce n'est pas Mme Jaffe, mais j'entre quand même, déclara Joe en poussant le battant.

Olivia fut tentée de remonter les couvertures sous son menton avant de se raviser. Pudeur idiote ; sa chemise de nuit était tout à fait décente. D'accord, les deux minces bretelles découvraient ses épaules nues mais étaient bien moins osées que la plupart des robes du soir. Et puis, elle n'était plus une vierge rougissante, que diable !

— Mme Jaffe est à ses fourneaux, expliqua-t-il en s'approchant. J'ai préféré monter moi-même pour ne pas la déranger.

Il portait deux verres de cognac sur un plateau.

— Tu n'aurais pas dû. Je n'ai besoin de rien.

— Si, tu as besoin d'un remontant. Et je n'ai rien de mieux à faire, alors arrête de protester.

Il déposa le plateau sur la table de chevet et lui tendit un verre.

— Comme il serait grossier de te laisser boire seule, je vais te tenir compagnie. Pour ne rien te cacher, un peu d'alcool me fera du bien après l'incident de tout à l'heure.

Comme si cela était parfaitement naturel, il s'assit sur le bord du lit tout en poursuivant :

— J'ai eu la frousse de ma vie quand je t'ai vue accrochée à ce misérable sapin au-dessus du précipice. Doux Jésus, Livvie ! Tu as failli me flanquer une crise cardiaque !

Troublée par sa proximité, elle l'écoutait d'une oreille distraite. Elle remarqua vaguement qu'une fois de plus, il l'appelait Livvie, et songea qu'elle devrait le reprendre, mais les mots ne lui vinrent pas. Le contact de sa hanche contre sa cuisse parasitait ses pensées. Malgré la couverture, elle percevait la chaleur de son corps — une chaleur qui la gagnait à son tour, montait le long de sa gorge, de son cou, jusqu'à son visage.

A la hâte, elle but une gorgée de cognac en espérant qu'il attribuerait sa rougeur à l'alcool, mais, dans sa précipitation, avala de travers.

— Hé, doucement ! s'exclama-t-il en lui prenant son verre lorsqu'elle se mit à tousser.

L'agrippant par les épaules, il l'attira à lui et commença à lui taper dans le dos. Quand, enfin, elle reprit son souffle, il la caressa lentement, d'une main rassurante, presque paternelle.

— Tu ne sais donc pas que le cognac se déguste ? lança-t-il en riant.

Elle se souciait comme d'une guigne de la façon de boire le cognac. La paume de Joe sur son dos presque nu brûlait sa peau au point qu'elle en oublia la brûlure douloureuse de l'alcool dans sa gorge, et elle frissonna, émue par son haleine tiède juste au-dessus de son oreille, par son odeur familière et virile, par le contact de ses muscles fermes sous sa joue.

Rassemblant ses esprits, elle se raidit et s'écarta.

— Figure-toi que je sais boire le cognac, répliqua-t-elle avec humeur pour masquer sa gêne. Seulement, j'ai avalé de travers. Ça peut arriver à tout le monde, non ?

Sur ce, elle lui tourna le dos et redressa consciencieusement ses oreillers avant de s'étendre de nouveau.

Lorsqu'elle fut installée, Joe lui tendit son verre avec un sourire amusé. D'où elle déduisit qu'il n'était pas dupe.

Il releva une mèche folle derrière son oreille et laissa ses doigts courir le long de son cou puis de son épaule. Elle sentit un nouveau frisson la parcourir.

Tout en s'efforçant de garder un visage impassible, elle le maudit en silence. A quoi jouait-il, bon sang ? Ce n'était pas drôle !

— Pourquoi es-tu allée sur la falaise ? s'enquit-il d'une voix douce. L'endroit est dangereux. D'ailleurs, Reese et moi comptions y installer un parapet, et je peux t'assurer qu'après ta mésaventure, je vais mettre une équipe sur ce chantier dès demain.

Elle baissa les yeux vers ses mains qui lissaient machinalement le drap.

— Je suis arrivée devant le précipice par accident, mais ce n'était pas le but de ma promenade. Je longeais le bois à la recherche d'un sentier pour me rendre à la plage, et je me suis retrouvée là-haut.

— Comment es-tu tombée ? Tu t'es trop approchée du bord ? Une pierre a cédé ? Tu as glissé ?

Sur le point de répondre : « On m'a poussée dans le dos », elle se mordit la lèvre et releva les yeux vers lui. Elle ne se sentait pas prête à lui avouer ses doutes. D'autant qu'elle ne savait pas s'il la croirait.

Elle haussa les épaules.

— Le vent m'a déséquilibrée. Je suppose que j'avais la tête ailleurs.

— N'y retourne plus. Du moins, pas tant que le garde-fou ne sera pas en place.

— Ne t'inquiète pas, je n'en ai pas l'intention.

— Tu me rassures.

Il vida son verre et le déposa sur le plateau.

— Tu as fini ton cognac ?

Comme elle hochait la tête, il la débarrassa.

— Maintenant, il faut que tu te reposes, décréta-t-il d'un ton sans réplique.

Il scruta longuement son visage, puis étudia ses épaules laiteuses, sa gorge, la rondeur généreuse de ses seins sous la mince étoffe.

— Tu es toute pâle. Belle, sexy à se damner, mais toute pâle.

L'expression de ses yeux, le ton de sa voix la troublèrent. Elle sentit les battements de son cœur s'accélérer

— Tu profites de ma faiblesse pour flirter ?

— Parfaitement.

— Eh bien, arrête ça tout de suite. Tu me rends nerveuse.

— Tant mieux. C'est un progrès.

— Joe...

En riant, il se leva et souleva les couvertures.

— Allez, au fond du lit ! Je vais te border.

— Pour l'amour du ciel, je ne suis plus une gamine !

— Je suis bien placé pour le savoir, petit bout, et, crois-moi, ce n'est pas le moment de me le rappeler.

Ces mots prononcés d'une voix chaude et caressante la laissèrent muette de stupeur. Sans protester, elle s'allongea et suivit Joe des yeux tandis qu'il la couvrait soigneusement.

Lorsqu'il eut terminé, il resta penché au-dessus d'elle, les mains posées de chaque côté de sa tête, et la contempla longuement. Fascinée, elle riva son regard sur le sien.

— Fais de beaux rêves, ma chérie, murmura-t-il.

Se penchant encore, il déposa sur ses lèvres un baiser léger. A peine un effleurement. L'échange de deux souffles. L'esquisse d'une caresse de la pointe de la langue. Mais ce contact sensuel et chargé de promesses ébranla Olivia jusqu'au plus profond de son être, la laissant toute tremblante.

Il releva la tête.

— Dors, maintenant. Je te reverrai plus tard.

— Oh, avant que j'oublie… J'ai laissé L.J. prendre des mesures dans les soupentes. Il doit avoir fini à l'heure qu'il est. Envoie quelqu'un lui dire que je n'aurai plus besoin de lui aujourd'hui et qu'il peut aller trouver Mike.

— Je m'en occupe, ma douce. Ne t'inquiète de rien et dors.

Il déposa un dernier baiser sur le bout de son nez, puis se redressa et gagna la porte.

Troublée, elle le regarda sortir sans rien dire. Une fois que le battant se fut refermé sur lui, elle porta ses doigts à ses lèvres encore électrisées et ferma les paupières.

— Doux Jésus ! murmura-t-elle dans un souffle.

Après ce baiser renversant, elle doutait fort de parvenir à se détendre. Roulant sur le côté, elle se lova sur elle-même et chercha une position confortable. Bientôt alanguie par la chaleur du lit, elle songea que, si Joe éprouvait réellement à son égard autant d'attirance, ce serait bien ironique.

Elle devait admettre que son baiser ne l'avait pas non plus laissée insensible, loin de là. Il l'avait même émue jusqu'au bout des orteils, réveillant ses hormones — une réaction bien naturelle. Il faudrait être morte pour rester insensible à un homme tel que Joe. Cependant, l'amour passionné qu'elle lui avait porté dans sa jeunesse s'était éteint.

Peu après 17 heures, Olivia s'éveilla d'un profond sommeil réparateur. Se sentant de nouveau elle-même, elle alla se rafraîchir, passa un pantalon couleur tabac et un pull à col roulé noir, se maquilla légèrement et quitta sa chambre. Elle arrivait au milieu de l'escalier quand Joe pénétra dans le hall suivi de Cappy Baines, très remonté, qui ronchonnait en gesticulant.

— Je te dis que tu fais une grosse erreur.

— Certainement pas, répondit Joe avec un coup d'œil distrait par-dessus son épaule.

Pensant qu'ils poursuivraient leur conversation dans la bibliothèque ou dans l'un des salons, Olivia se figea sur une marche de façon à ne pas les interrompre.

— Tu cherches les ennuis, insista Cappy. Cet endroit est maudit. Diabolique. Dangereux.

Se dirigeant vers la table disposée près de l'escalier, Joe y déposa une pile de courrier et se retourna pour faire face au vieux loup de mer.

— Et sur quoi te fondes-tu ? Sur des racontars, des histoires à dormir debout, de soi-disant apparitions fantomatiques. Allons, Cappy, tu sais comme moi que les revenants n'existent pas. C'est une illusion due au brouillard, voilà tout.

— A ta place, je ne dirais pas ça. Les gens voient Theobald sur ces foutues falaises depuis bientôt cent ans.

— Objection. Les gens voient ce qu'ils *croient* être Theobald parce qu'ils le veulent bien. Parce que ça fait de bonnes histoires pour le folklore local.

Cappy agita la tête comme si Joe n'était qu'un gamin borné.

— Si tu avais deux sous de bon sens, tu ne mettrais pas un centime de plus dans cette putain d'entreprise. Laisse tomber tes projets grandioses, retire tes billes et décampe d'ici avant qu'il arrive un malheur. Tu m'as dit toi-même que la jolie petite décoratrice avait failli être tuée aujourd'hui. Ça ne te suffit pas ?

— Olivia a glissé. C'était un accident.

266

— Un accident, mes fesses ! C'est le vieux Theobald qui l'a poussée. Tu ne comprends rien ! C'est un avertissement pour que vous quittiez l'île.

— Ecoute-moi bien, Cappy, je ne le répéterai pas deux fois, martela Joe, à court de patience. Je ne crois pas aux fantômes. Ni au vaudou. Ni aux mauvais esprits. Ni à toutes ces conneries quel que soit le nom qu'on leur donne. J'ai acheté cette propriété dans l'intention de la transformer en hôtel de première classe. Et c'est exactement ce que je vais faire. Maintenant, si ça ne te plaît pas, si tu as peur de venir ici, je me trouverai un autre remorqueur et un autre capitaine. Tu n'as qu'un mot à dire.

Cappy pinça les lèvres.

— Te tracasse pas pour moi, je ferai mon boulot. Je voulais juste t'épargner des embrouilles.

D'où elle se tenait, Olivia vit les traits de Joe se radoucir. Il donna une bourrade à son compagnon avec un sourire.

— Je sais bien, Cappy. Et je t'en suis reconnaissant. Mais je te promets qu'il n'y aura pas d'ennuis. Tout se passera comme sur des roulettes.

— Hmm. Ne viens pas te plaindre, je t'aurai prévenu, grommela Cappy avant de prendre le chemin de la sortie.

Avec un rire, Joe se dirigea vers la bibliothèque et s'arrêta en apercevant Olivia dans l'escalier.

— Ah, tu es debout. Comment te sens-tu ?

— Comme neuve.

Elle descendit le rejoindre. La main sur la grosse pomme de pin sculptée au bas de la rampe, il l'examina avec une attention toute masculine.

— Ravi de l'entendre. D'ailleurs, tu as repris des couleurs.

— Cappy n'avait pas l'air content. Qu'est-ce qui lui arrive ? s'enquit-elle en s'arrêtant sur l'avant-dernière marche.

— Oh, rien. Il est obnubilé par les histoires de fantômes et les rumeurs qui circulent sur l'île. Il pense que nous courons droit au désastre et que nous serons damnés si nous nous entêtons dans ce projet, expliqua-t-il en haussant les épaules. A ce propos, pendant que tu dormais, j'ai jeté un œil sur tes propositions concernant les quartiers du personnel. Tu te sens d'attaque pour que nous les regardions ensemble ? Il nous reste deux heures avant le dîner.

— Pas de problème.

— Bien. J'ai quelques questions à te poser.

Il s'écarta afin de lui laisser le passage et lui fit signe de l'accompagner.

Olivia restait sur ses gardes, craignant que les récents baisers de Joe — le dernier en particulier — aient changé quelque chose entre eux, mais apparemment pas. Dès l'instant où ils furent installés dans la bibliothèque avec ses croquis et ses notes, Joe redevint professionnel, et elle se détendit, mettant le baiser sur le compte de la peur qu'elle lui avait causée.

Pendant deux heures, ils examinèrent ses propositions en détail. Comme elle s'en doutait, Joe était sceptique quant à son projet de studios individuels pour le personnel.

— Si tu tiens à garder des employés de qualité, surtout dans un lieu isolé comme celui-ci, il faut leur proposer un peu mieux qu'une chambre avec douche à l'étage — au moins l'équivalent d'un logement en ville. Ils doivent se sentir chez eux puisqu'ils vivront ici une bonne partie du temps. J'irais même jusqu'à proposer d'en étendre certains à deux ou trois pièces afin d'accueillir les couples mariés et leur famille. Et d'offrir un service de garderie pour les enfants. L'ancienne crèche des Mallen serait parfaite pour ça.

— Dieu du ciel, Olivia ! C'est une résidence de luxe pour les clients, pas pour le personnel !

La voyant se raidir, il leva la main.

— Une seconde. Avant que tu t'emballes, laisse-moi te dire que, sur le principe, je suis entièrement d'accord avec toi. Seulement, il n'y a pas assez d'espace dans les quartiers du personnel pour y créer le nombre d'appartements nécessaires.

— Dans les anciens quartiers des domestiques, peut-être, mais les autres ailes disposent de greniers qui ne servent à rien. Il suffit de les aménager.

— Tu as une idée de ce que ça coûterait ?

— Pour ne rien te cacher, oui, répondit-elle en tirant un papier de son attaché-case. J'ai fait une estimation des coûts.

Il lui prit la feuille avec un sourire en coin.

— Ça ne m'étonne pas de toi.

Pendant le dîner et le reste de la soirée, ils continuèrent à discuter de l'aménagement des soupentes et à argumenter certains points, en haussant parfois le ton pour se faire entendre. Quelques années plus tôt, elle n'aurait pas osé le contredire ou camper sur ses positions, mais, aujourd'hui, elle se sentait sûre d'elle. De fait, leur échange se révéla positif et stimulant.

Au bout du compte, elle lui arracha des concessions majeures, accepta des compromis sur plusieurs détails et renonça sagement à certaines fioritures qu'elle ne jugeait pas indispensables. Lorsqu'ils se séparèrent pour aller se coucher, elle était très satisfaite du résultat — et d'elle-même.

15.

Le lendemain, c'est à peine si Olivia vit Joe, tellement les travaux battaient leur plein. L'île tout entière bourdonnait comme une ruche.

A l'extérieur, un bulldozer nivelait la partie de la prairie destinée à devenir un golf, tandis qu'une grue géante soulevait des matériaux de construction sur la jetée pour les déposer en haut de la falaise. A l'intérieur, le bruit des scies électriques, des perceuses et des marteaux se répercutait à travers toute la maison. On abattait des cloisons afin d'en construire de nouvelles. Des équipes de plombiers, d'électriciens, de charpentiers, de maçons, de plâtriers et d'ébénistes allaient et venaient dans les couloirs avec des tuyaux, des fils, des planches, des rouleaux de laine de verre, des sacs, des seaux remplis de mortier...

Histoire de ne pas gêner, Olivia s'efforçait de rester à l'écart et travaillait dans les réserves avec L.J. ou dans la bibliothèque à peaufiner ses croquis et à dresser des listes d'objets qu'il lui faudrait chercher chez les antiquaires. De temps en temps, elle voyait Joe traverser le hall avec ses plans roulés sous le bras. Il était si occupé à mener son monde qu'ils ne se retrouvaient qu'aux repas. Et encore.

Le vendredi, elle avait presque terminé de déjeuner quand il surgit dans la salle à manger. Sans même s'asseoir, il se confectionna rapidement un sandwich avec le jambon au miel que Mme Jaffe venait de faire cuire — au grand désespoir de cette dernière, d'ailleurs.

— Désolé, je n'ai pas le temps de me poser, s'excusa-t-il devant les protestations outrées de la gouvernante.

Se tournant vers Olivia, il ajouta :

— La météo annonce l'arrivée d'une tempête dans l'après-midi. Je libère les équipes plus tôt que prévu. Tu travailles avec L.J., non ?

— Oui. Nous poursuivons l'inventaire.

— Sois gentille, préviens-le. Avec sa barque, il vaudrait mieux qu'il parte dès que possible.

— Je m'en occuperai dès que j'aurai fini de déjeuner.

— J'aimerais que nous rentrions à Savannah avant que ça cogne. Tu peux être prête pour 15 h 30 ?

— Sans problème.

— Et vous, madame Jaffe ? Vous préférez passer le week-end ici ou en ville ?

— Qu'est-ce que j'irais faire à Savannah ? Des tempêtes, j'en ai vu d'autres dans cette vieille bâtisse. Alors, une de plus… D'après la météo, ce ne sera jamais qu'un gros coup de vent. Même pas force 10.

— Comme vous voudrez. Mike et une poignée d'hommes resteront sur l'île aussi, de sorte que vous ne serez pas seule.

Tout en parlant, Joe avait terminé son sandwich. Il s'en confectionna un autre et se dirigea vers la porte. Au moment de sortir, il lança par-dessus son épaule :

— 15 h 30 sans faute, Olivia. Et n'oublie pas de prendre tes cachets contre le mal de mer, ça va secouer.

Après le repas, elle alla retrouver L.J. dans la bibliothèque. Lorsqu'elle lui transmit les consignes de Joe, il fronça les sourcils.

— Je n'aime pas beaucoup l'idée de vous laisser seule avec cette tempête.

— Ne vous inquiétez pas pour moi. Joe doit me ramener à Savannah avant qu'elle n'éclate.

— Je vois, fit-il en fixant ses bottes de chantier. Et je suppose que, ce week-end, vous logerez chez le patron.

— C'est hors de question. Je compte réserver une chambre au Hyatt et transformer certains de mes croquis. Je crois que je vais en avoir pour tout le week-end ! Et si le temps se dégage, j'en profiterai pour chercher un appartement.

— Bon, eh bien… Dans ce cas, je vais prendre le chemin du retour avant que la mer soit trop démontée. Vous êtes sûre que vous n'aurez pas besoin de moi ?

— Certaine. Et maintenant, filez.

— Bien, répondit-il avec un sourire timide.

A 15 heures, elle monta dans sa chambre afin de préparer son sac. Sitôt après avoir ouvert la porte, elle aperçut une enveloppe sur son oreiller. Avec une angoisse mêlée de colère, elle s'approcha, prit le pli en tout point identique au premier, et le décacheta.

« DISPARAISSEZ TANT QU'IL EST ENCORE TEMPS. SI VOUS IGNOREZ CET AVERTISSEMENT, VOUS EN PAIEREZ LE PRIX. »

De ses doigts tremblants, elle remit le feuillet dans l'enveloppe. Qui avait bien pu lui écrire un tel message ? Blair n'était pas sur l'île aujourd'hui — du moins ne l'avait-elle pas vue. Mais la mère de Joe avait très bien pu soudoyer quelqu'un d'autre pour faire la sale besogne.

Irritée, Olivia rangea la lettre avec la précédente dans le tiroir de sa commode, puis alla préparer son sac. Si Eleanore et Blair croyaient la chasser de l'île avec leurs menaces ridicules, elles allaient être déçues !

Elle descendait l'escalier taillé dans la falaise quand il se mit à pleuvoir. De grosses gouttes s'écrasèrent sur les pontons tout neufs, laissant sur le bois des taches de la taille de balles de golf. Le temps que le *Fleeting Dreams* s'éloigne de la crique, des rideaux de pluie fouettaient l'eau calme du petit port, dont l'on ne voyait même plus l'accès.

Dans la cabine, Olivia regardait par le hublot en frissonnant. Aucune visibilité ! Elle espérait que Joe avait de bons instruments de navigation et savait s'en servir.

Lorsqu'elle l'avait rejoint à bord, il s'était inquiété de la voir si pâle.

— Qu'est-ce qui t'arrive ? Tu es malade ?

Il était obligé de crier pour couvrir le vacarme croissant de l'averse.

— Non, c'est la fatigue. J'ai passé une mauvaise nuit.

Ce qui était vrai. Après avoir de nouveau entendu des pas dans sa chambre, elle n'avait pas refermé l'œil, et l'insomnie l'avait laissée blafarde, avec de grands cernes bruns sous les yeux.

— Descends et dors pendant la traversée, lui avait-il conseillé.

Elle ôta ses bottes et se glissa sous les couvertures, mais la mer agitée rendait le sommeil impossible. Dès qu'elle parvenait à s'assoupir, le bateau tanguait tant et si bien qu'elle manquait d'être éjectée hors de la couchette.

A mi-parcours, ils doublèrent le coup de vent, qu'ils retrouvèrent en accostant à Savannah. L'air sentait le large et la pluie à venir.

— Dépêchons-nous avant que la tempête se déchaîne, déclara Joe en l'entraînant le long de River Street vers l'hôtel Hyatt.

Quelques minutes plus tard, ils pénétraient dans le hall de réception où se pressait une foule inaccoutumée.

— Je me demande bien ce qui se passe, grommela Joe à mi-voix.

Il leur fraya un chemin jusqu'au guichet.

— Vous auriez une chambre pour madame ? demanda-t-il au réceptionniste.

— Désolé, mais nous sommes « complet. »

— Zut, murmura Olivia. J'aurais dû appeler pour réserver. Vous pourriez voir s'il y a de la place ailleurs ?

— Je viens de me renseigner pour un autre client, et il n'y a plus une chambre vacante en ville ce week-end.

— C'est bien ennuyeux. Je vous remercie.

Ils s'éloignèrent du guichet.

— Qu'est-ce que je vais faire, maintenant ? demanda Olivia, ennuyée. On ne peut plus regagner l'île avec cette tempête.

— Facile. Tu loges chez moi.

— Je ne peux pas, voyons !

— Mais si, tu peux. J'ai une chambre d'amis. Et même deux.

— Joe, pour l'amour du ciel ! Si le bruit se répand que je suis chez toi, les gens vont s'imaginer...

— Que nous avons une liaison ?

— Exactement.

— Je ne voudrais pas te peiner, petit bout, mais la rumeur a déjà fait le tour de la ville. Dès que l'on a su que tu travaillais pour moi, les mauvaises langues se sont mises en action. Tout le monde croit maintenant que nous couchons ensemble.

— Quoi ?

— Ça ne devrait pas te surprendre. Souviens-toi que nous sommes à Savannah.

— Peut-être, mais ce n'est pas une raison pour donner du grain à moudre aux marchands de ragots.

Elle réfléchit un moment.

— Et si je m'installais sur ton bateau ? Si ça ne te dérange pas, bien sûr.

— Même à quai et solidement amarré, il va tellement remuer que tu seras malade, répliqua-t-il en ponctuant sa remarque d'un clin d'œil malicieux. Dommage, hein ? J'ai comme l'impression que tu n'as pas le choix. Tu es coincée avec moi.

La prenant par le bras, il l'entraîna vers l'ascenseur. Le temps qu'elle reprenne ses esprits, ils étaient déjà dans River Street et marchaient d'un bon pas en direction du siège social d'AdCo.

— S'il te plaît, Joe, attends ! protesta-t-elle en ralentissant. Je ne peux pas loger chez toi, c'est impossible !

— Mais si, tu peux. Il y a toute la place qu'on veut.

Comme elle refusait d'avancer davantage, Joe s'arrêta et lui fit face. Le vent avait forci et, autour d'eux, les gens pressaient le pas pour aller se mettre à l'abri.

— Ecoute, je ne vois pas d'autre solution. Sauf si tu préfères que je te conduise chez ta mère.

Elle réprima une grimace. Pas question d'affronter la réprobation de Flora et de Vicky. Hésitante, elle se mordait les lèvres tout en maintenant sa jupe soulevée par le vent. Une goutte de pluie s'écrasa sur sa joue, puis une autre — ce qui précipita sa décision.

— O.K., je te suis... Filons avant d'être douchés.

Il lui saisit la main et l'entraîna si vivement qu'elle dut courir pour rester à sa hauteur. Ils étaient presque arrivés quand une colonne d'eau ondoyante poussée par la bourrasque les atteignit, fouettant les murs, les trottoirs et la chaussée, et rejaillissant en minuscules jets d'eau.

Olivia poussa un cri. La traînant derrière lui, Joe courut à toutes jambes jusqu'à la porte d'AdCo qu'il ouvrit en hâte, et ils s'engouffrèrent à l'intérieur, haletants, pris de fou rire et trempés jusqu'aux os.

— Montons vite nous débarrasser de ces vêtements et nous sécher, proposa Joe lorsqu'ils eurent retrouvé leur souffle.

Dans le salon, il aida Olivia à ôter sa veste dégoulinante et la soutint pendant qu'elle enlevait ses bottes mouillées. L'eau avait collé son chemisier et sa jupe contre sa peau au point que c'en était indécent.

Sans se soucier de son embarras, Joe la conduisit vers la chambre d'amis. Et elle se sentit soudain à l'étroit, malgré l'immensité du loft et la largeur du couloir.

— Là. C'est la plus belle chambre, juste en face de la mienne, au cas où tu aurais besoin de moi. Tu trouveras des serviettes dans la salle de bains attenante.

— Merci.

Elle lui prit son sac des mains et entra dans la pièce. A l'image de l'appartement, la chambre était arrangée avec goût, dans des tons verts rehaussés de touches brique, mais elle manquait d'âme. Olivia ne put s'empêcher de sourire en voyant le lit : comme tous les hommes grands, Joe l'avait choisi à sa taille — gigantesque.

Après une douche chaude, elle découvrit que la pluie s'était infiltrée dans son sac, rendant ses affaires inutilisables. Elle suspendit ses vêtements humides à la tringle de douche afin qu'ils sèchent et enfila le peignoir accroché derrière la porte — gigantesque, lui aussi. Non seulement elle flottait dedans, mais il traînait par terre. Croisant largement les deux pans, elle le serra autour d'elle et noua solidement la ceinture. Puis, tout en roulant les manches beaucoup trop longues, elle se demanda combien d'autres femmes l'avaient porté. Une pensée qu'elle se reprocha aussitôt.

— Aucune importance, Olivia, lança-t-elle à son reflet. La vie amoureuse de Joe ne regarde que lui. Même s'il a un harem, ça ne te concerne pas.

Sur ces mots, elle se tourna le dos et sortit pieds nus de la chambre. Hélas, cette seule pensée lui avait laissé une déplaisante sensation de vide au creux de l'estomac.

Dans le couloir, une odeur délicieuse vint lui chatouiller les narines. Elle alla droit dans la cuisine où Joe faisait griller des steaks — et nota au passage qu'il avait épongé les flaques d'eau sur le sol.

— Miam, ça sent bon ! s'exclama-t-elle en se hissant sur un tabouret devant le comptoir de granit.

Les cheveux ébouriffés, encore humides de la douche, il portait un jean délavé, un vieux sweat-shirt et, comme elle, il était pieds nus.

— Ma femme de ménage nous a laissé des steaks et de la salade, mais j'ai peur de devoir passer les pommes de terre au micro-ondes. J'ai trop faim pour attendre qu'elles cuisent au four.

— Pas de problème... Dis-moi, comment a-t-elle deviné que nous serions deux ?

Il lui sourit, imperturbable.

— Je l'ai appelée un peu plus tôt, au cas où je parviendrais à te convaincre de loger chez moi.

— Tu avais tout prévu, c'est ça ? l'accusa-t-elle en balayant du geste la pièce et les vitres martelées par la pluie.

Au même moment, un éclair déchira le ciel, bientôt suivi d'un grondement de tonnerre. Les murs tremblèrent sous sa violence.

— Oui et non. Je suis flatté que tu me juges aussi puissant, mais personne n'est maître des éléments. Toutefois, j'avoue qu'en voyant la météo, j'ai appelé ma femme de ménage afin de lui demander d'acheter deux steaks, des pommes de terre et ce qu'il fallait pour la salade.

— Et tu as soudoyé aussi le réceptionniste de l'hôtel afin qu'il me dise qu'il n'y avait plus une seule chambre en ville ?

— Non. J'ai appris que le Hyatt était complet en téléphonant pour te réserver une chambre. Comme je savais que tu ne me croirais pas, j'ai fait en sorte que tu l'apprennes par toi-même. C'est le seul crime dont je sois coupable.

— J'espère bien, répliqua-t-elle avec une pointe d'humeur.

Et même pour cela, elle dut se forcer. Elle ne parvenait pas à lui en vouloir malgré son envie.

— Excuse-moi, je ne sais pas comment tu veux ton steak. Cuit, à point, saignant ?

— C'est parce que nous n'en avons jamais mangé ensemble. Nous étions trop fauchés à l'époque. Je l'aime à point.

— Super. Moi aussi. Si on attaquait la salade pendant qu'ils cuisent ?

Il avait déjà préparé leurs assiettes et allumé des chandelles sur une petite table près des fenêtres. La pluie battait

278

contre les carreaux. A travers la vitre, Olivia aperçut les feux brouillés d'un cargo qui remontait la rivière.

C'est en s'asseyant qu'elle prit conscience qu'en dehors de la lampe au-dessus de la cuisinière, Joe avait éteint toutes les lumières. La flamme vacillante des chandelles formait autour d'eux un cercle lumineux dans lequel ils auraient facilement pu se croire seuls au monde, et des hauts parleurs dissimulés aux quatre coins de la pièce diffusaient en sourdine un air de jazz langoureux. Une ambiance très romantique…

Après leur avoir versé du vin, il leva son verre.

— Au bonheur !

Elle trinqua avec lui et but une gorgée. Lorsqu'elle releva les yeux, il avait un sourire jusqu'aux oreilles.

— Qu'est-ce qu'il y a de si drôle ?

— Ce peignoir. Tu nages dedans.

— Apparemment, toutes tes amies sont beaucoup plus grandes que moi.

— Seules deux femmes ont porté ce peignoir, et elles me sont très chères toutes les deux.

— Ah bon.

Si l'imaginer avec une kyrielle de maîtresses l'avait un peu affectée, elle sentit son cœur s'arrêter à l'idée qu'il vouait une affection particulière à deux d'entre elles.

Olivia, tu devrais avoir honte, se réprimanda-t-elle. *Tu réagis comme une imbécile. Tu ne l'aimes pas, mais tu ne veux pas le partager non plus. Ce n'est pas raisonnable.*

Sa déconfiture devait se lire sur son visage, car il lui prit la main.

— Ne fais pas cette tête, petit bout. La seule femme qui ait porté ce peignoir en dehors de toi, c'est Blair.

— Si tu l'as acheté pour elle, je comprends qu'il soit trop long pour moi.

— Elle passe parfois la nuit ici quand elle reste le soir en ville. Et Luke aussi.

— Au fait, que devient-il ?

— Il n'a pas changé. Toujours aussi calme, un brin rebelle, et passionné de chevaux. Quand je lui ai appris que tu possédais une entreprise de décoration, il était très content pour toi. D'ailleurs, il compte bien venir te voir sur l'île dès qu'il en aura le temps. Pour ne rien te cacher, je crois qu'il a toujours eu le béguin à ton égard.

— Luke ? Ne sois pas ridicule. Il n'arrêtait pas de m'empoisonner.

— C'est ce que font tous les petits garçons quand une fille leur plaît, petit bout. Ta maman ne t'a donc rien appris ?

Lui ne la taquinait pas quand ils étaient jeunes, songea-t-elle aussitôt. Cependant, il semblait vouloir rattraper le temps perdu...

Jamais elle n'aurait imaginé que le jeune Luke Connally que toutes les filles s'arrachaient était secrètement amoureux d'elle. Si c'était vrai, il avait passé des années à l'attendre pendant qu'elle se languissait de son frère. Quelle ironie !

— Ne t'en fais pas, va, commenta Joe en riant devant son air songeur. Ça lui a passé depuis belle lurette.

Se levant, il prit leurs assiettes et les emporta dans la cuisine. Quelques minutes plus tard, il revenait avec les steaks, les pommes de terre au four et les condiments.

— Parle-moi un peu de toi, proposa-t-il après s'être rassis.

— Qu'est-ce que tu veux savoir ?

— Où tu habites, pour commencer. C'est une maison ou un appartement ?

— J'ai acheté une petite maison. Comme je suis souvent absente, ça me semblait plus pratique. Quant à mon entreprise, elle siège dans une magnifique demeure victorienne.

Et elle lui raconta comment elle avait acquis la propriété délabrée, ses batailles avec l'administration et les tonnes de paperasse qu'elle avait dû remplir de façon à obtenir des financements. Elle avait fait appel à quasiment toutes les sociétés locales et fédérales concernées par la préservation du patrimoine historique. Sans compter les banquiers qu'elle avait presque dû supplier à genoux afin qu'ils lui prêtent l'argent nécessaire à la finition des travaux.

— Il m'a fallu un an pour tout mener à bien et je n'ai pas chômé, mais je ne le regrette pas, conclut-elle. C'est un vrai petit bijou qui brille comme un diamant au milieu de grands bâtiments de verre et d'acier sans âme. On m'en a déjà proposé des fortunes. Si je vendais, je pourrais prendre ma retraite.

— Mais tu ne le feras pas.

— Oh non ! Je ne supporterais pas que cette maison soit rasée. Ni même de m'établir ailleurs. Ce ne serait plus la même chose. Et puis, j'aime mon travail. Chaque projet est un défi. C'est toujours différent et… passionnant. Sans mon travail, je serais perdue, je m'ennuierais. De plus, j'ai des responsabilités maintenant, du personnel qui compte sur moi pour gagner sa vie.

— Je connais, nota-t-il. Moi aussi.

La conversation coula aisément tout au long du dîner. La vaisselle terminée, Joe remplit leurs verres, et ils allèrent s'asseoir sur le canapé. Il lui parla des projets sur lesquels Reese et lui travaillaient — conversion d'anciens entrepôts, modernisation d'usines, réfection de quartiers entiers délabrés. S'il n'en dit rien, elle devina au ton de sa voix que lui s'intéressait surtout aux projets résidentiels.

A son grand étonnement, ils bavardèrent de tout et de rien jusqu'à près de 1 heure du matin. Aujourd'hui, leurs échanges étaient si spontanés, si agréables... Dommage qu'ils n'aient pas eu cette aisance du temps de leur mariage où la timidité les inhibait.

Lorsqu'il eut terminé de lui raconter son premier chantier, elle remarqua :

— En fin de compte, ça prouve que notre divorce aura été utile. Tu n'en serais pas arrivé là si nous étions restés ensemble. Et moi non plus, c'est évident.

— Je ne sais pas. Ça m'aurait pris plus de temps, bien sûr, mais une fois en possession de mon héritage, j'aurais terminé mes études. Et en ce qui te concerne, j'aime à croire que je t'aurais soutenue dans toutes tes entreprises.

— C'est possible, admit-elle. Cela dit, j'éprouve plus de satisfaction à... comment dire ?

— A avoir réussi par toi-même ?

— Oui. Cela donne plus de valeur à ma réussite. Et si c'est de l'orgueil mal placé, tant pis.

— Tu as toutes les raisons d'être fière de toi — moi aussi, je suis fier de toi. Tu as placé la barre de tes ambitions très haut, tu t'es acharnée à réaliser ton rêve, et tu as réussi par tes propres moyens. C'est admirable.

Tout en l'observant par-dessus son verre, elle sentit une bouffée d'émotion lui réchauffer le cœur. Il n'avait pas idée du plaisir qu'il lui faisait. Il comprenait. Il *la* comprenait, sans juger ses ambitions déplacées, sans lui

282

reprocher de vouloir s'élever au-dessus de sa condition. Au contraire, il louait ses efforts et sa ténacité.

— Merci, murmura-t-elle. Venant de ta part, ça me touche particulièrement.

— Petit bout, j'ai toujours été fier de toi. Même gamine, tu étais exceptionnelle — vive, futée, pleine de talent et mignonne comme un cœur. A douze ans, tu as fait un portrait de moi à cheval sur Thunder, tu te souviens ? Un portrait très réussi. D'ailleurs, je l'ai gardé.

— Vraiment ? J'avais complètement oublié.

— Il est accroché dans ma chambre, tu veux voir ? s'enquit-il avec un sourire malicieux.

Elle ne put s'empêcher de rire.

— Il ne vaut mieux pas.

— Ce sera pour une autre fois. Bon, je pense qu'il est temps que nous nous mettions au lit. Tu tombes de sommeil.

— Hmm… Bonne idée.

Après plusieurs heures de conversation stimulante et trois verres de vin, elle parvenait tout juste à garder les yeux ouverts.

Devant sa porte, il lui encadra le visage de ses mains et murmura :

— Bonne nuit, ma chérie.

Puis il déposa un long baiser sur ses lèvres entrouvertes — baiser qui les laissa tous deux frissonnants. Fermant les yeux, il pressa son front contre le sien.

— Si tu savais comme je te désire…

— Joe…

— Chut. Je sais. Tu penses que ce n'est pas une bonne idée. Mais si tu changes d'avis, n'hésite pas. Je suis à côté.

Un dernier petit baiser sur la joue, et il disparut dans sa chambre, la laissant chancelante de frustration.

Le lendemain matin, la pluie tombait toujours à verse et ne semblait pas vouloir s'arrêter. Olivia prépara des crêpes et des saucisses pour le petit déjeuner et mit la table pour deux. Lorsqu'ils eurent mangé et fait la vaisselle, elle s'installa dans le salon avec Joe afin de lire les journaux en peignoir tout en buvant du café. Comme un vieux couple, songea-t-elle. À ceci près que, quand ils étaient mariés, ils n'étaient pas aussi à l'aise.

Après avoir lu les nouvelles, elle parcourut les annonces immobilières. Joe l'avait presque convaincue que la journée ne se prêtait pas à courir les rues en quête d'un appartement, mais elle tenait à être prête au cas où le temps s'améliorerait.

Ayant trouvé un studio parfait malheureusement situé à l'autre bout de la ville, elle laissa échapper un soupir agacé.

Joe releva les yeux de son journal.

— Ça ne va pas ?

— Il n'y a rien. Comme je n'ai pas les moyens de louer une voiture, il faut que je trouve un studio à proximité des bureaux et du port. De préférence pas trop cher puisque j'y serai rarement.

— Pourquoi te casser la tête ? Tu peux loger ici quand tu viendras en ville.

— Je ne peux pas vivre chez toi !

— Pourquoi pas ? Nous habitons bien sous le même toit à Mallen Island, à quelques mètres l'un de l'autre, dans le même couloir. Ici, tu n'as que l'ascenseur à prendre pour te rendre au bureau. La rivière est en bas et le port à deux minutes. C'est une solution idéale. En plus, l'appartement est grand et ça ne te coûtera pas un sou. Qu'est-ce qu'il te faut de plus ?

— Nos deux mères en auraient une attaque. Sans compter ce que ne manqueront pas de raconter les mauvaises langues.

— Quelle importance ? De toute façon, le mal est fait. Que ça te plaise ou non, nous sommes le premier sujet de conversation dans la bonne société de Savannah, affirma-t-il. Tu es bien ici, non ? Ce n'est pas le bagne et nous nous entendons très bien.

— Oui, mais…

— La nuit dernière n'a pas été si terrible. Je ne t'ai pas mangée toute crue.

— Euh… non, mais les circonstances étaient exceptionnelles.

— Pour ne rien te cacher, je me sens un peu seul, ici. Nous nous tiendrions compagnie. Et puis, quand le projet sera vraiment lancé, je devrai m'absenter assez régulièrement, de sorte que nous nous trouverons rarement ensemble. Pourquoi louer un logement quand celui-ci te tend les bras et qu'il est inoccupé une bonne partie du temps ?

L'idée était tentante. L'appartement spacieux, confortable, agréable. Et commode. Peut-être un peu trop commode.

Elle se demandait s'il était bien prudent de partager cet espace intime avec Joe qu'elle voyait déjà beaucoup. D'autant qu'il la désirait ouvertement. Oh, il n'abuserait pas d'elle ; il était trop sérieux, trop bien élevé pour cela. Mais elle se méfiait de l'attirance physique qu'elle éprouvait en retour, même si elle ne l'aimait plus. La faiblesse de la chair…

— Je ne sais pas. Il faut que j'y réfléchisse.

— Prends ton temps, rien ne presse.

Il se replongea dans la lecture du journal, un sourire satisfait sur les lèvres.

Le week-end s'avéra peu propice à la chasse aux appartements. La pluie battit les côtes de Géorgie sans discontinuer de sorte qu'ils restèrent dans le loft à paresser, bavarder, jouer aux échecs et regarder le match de basket universitaire en différé. En zappant, Olivia découvrit une chaîne qui diffusait des films sentimentaux en continu. Après quelques protestations, Joe accepta d'en regarder un si, en échange, elle acceptait de voir un western ou un film d'action avec lui.

Chacun se moqua sans pitié des goûts de l'autre, de la pauvreté des scénarios, du jeu minable des acteurs, des cascades impossibles, mais à la vérité, ils prirent grand plaisir à ces films et s'amusèrent comme des petits fous.

Au moment de se coucher, Joe lui donna un long baiser torride avant de la quitter sur le pas de sa porte. Elle se sentait merveilleusement bien. Il y avait des lustres qu'elle n'avait pas passé un week-end aussi agréable et reposant. Curieusement, ces deux jours avec Joe l'avaient détendue bien davantage que si elle était rentrée chez elle — une constatation plutôt troublante.

Le lundi matin, Joe vit différents membres de son personnel dans les bureaux d'AdCo, puis Olivia et lui embarquèrent à bord du *Fleeting Dreams* sous un ciel bouché. Le crachin les accompagna jusqu'à l'île où ils découvrirent que les travaux extérieurs s'étaient arrêtés en raison des intempéries. Dans la maison, heureusement, le chantier avançait normalement.

Après avoir monté le sac d'Olivia à l'étage, Joe partit à la recherche de Mike tandis qu'elle traînait son bagage dans sa chambre. Elle comptait ranger ses affaires et se changer tranquillement avant de redescendre quand son regard tomba sur l'enveloppe blanche posée sur l'oreiller.

Pétrifiée, elle fixa le pli comme s'il s'agissait d'un serpent venimeux.

Et zut ! Ça recommence !

Sans enthousiasme, elle se laissa choir sur le bord du lit et décacheta l'enveloppe du bout de l'ongle. Puis, de ses doigts tremblants, elle en tira le feuillet et le déplia.

« ON VOUS AURA PREVENUE ! » disait le message. Bref et menaçant à souhait.

Une fois de plus, elle remisa le message dans le tiroir de la commode tout en se demandant si elle devait ou non en parler à Joe. Il n'était pas à l'origine de ces lettres menaçantes, elle le savait. Cependant, ses soupçons pesaient toujours sur Blair et Eleanore. Et si elles étaient coupables, Joe en souffrirait. Mieux valait donc ignorer ces menaces que, de toute façon, personne ne mettrait à exécution. Eleanore était certes capable des pires chantages, mais pas de meurtre.

Durant la semaine suivante, les travaux progressèrent à vive allure. Construite en pierre, la maison était saine, et le chantier se limitait à une remise aux normes de l'installation électrique et de la plomberie. La seule restructuration d'envergure concernait les quartiers du personnel où il fallait faire sauter des cloisons pour en construire de nouvelles.

En dehors des repas, c'est à peine si Olivia voyait Joe. Courant de droite à gauche, il passait son temps au téléphone ou devant le fax, supervisait les différentes équipes, traitait avec les fournisseurs, les inspecteurs, les compagnies maritimes, les ouvriers ainsi que les artisans et spécialistes mal embouchés, et assurait le suivi sur d'autres projets d'AdCo. A croire qu'il avait dix bras.

Au cours de cette même semaine, Olivia trouva deux autres messages anonymes au texte toujours plus menaçant. Quant aux nuits, elle était souvent réveillée par des bruits de pas ou des grincements. Plus terrifiant encore, elle entendait parfois une respiration haletante à proximité de son lit, ou un rire à vous glacer le sang. Des objets disparaissaient maintenant de sa chambre — une bague qu'elle avait ôtée et posée sur la table de chevet, une barre de chocolat, un rouleau de bonbons à la menthe, une lime à ongles — ; d'autres changeaient de place à son insu. A l'évidence, le coupable la narguait, cherchant à l'effrayer.

De plus en plus tendue, elle redoutait de rentrer dans sa chambre, et le sommeil la fuyait. Elle somnolait vaguement avant de s'éveiller en sursaut au moindre bruit. Pour tenir le coup, elle se dopait au café, mais elle avait le teint blême, les yeux cernés, et se traînait avec l'énergie d'une limace anémique. Le jeudi, elle se mit à rêver du week-end avec un enthousiasme qu'elle n'avait pas connu depuis le lycée. Elle avait l'envie folle de prendre une chambre au Hyatt, d'y poser l'écriteau « Ne pas déranger » et de dormir d'un trait jusqu'au lundi matin.

Naturellement, sa pâleur n'échappa pas à Joe qui s'en inquiéta, ainsi que Mike et L.J. Même Mme Jaffe y alla de son commentaire avec sa brusquerie coutumière. A tous Olivia répondit qu'elle se sentait très bien, merci.

Parmi les nouveaux ouvriers, certains racontèrent avoir vu une silhouette fantomatique en costume du XIXe siècle dans la tour plusieurs soirs de suite, au moment où le *Lady*

Bea quittait le port. Chaque fois, Joe réagit avec irritation à ces histoires auxquelles il ne croyait pas. De fait, Olivia hésitait plus encore à lui faire part des messages de menace, des disparitions mystérieuses et autres incidents bizarres qui avaient lieu dans sa chambre. Elle ne tenait pas à le charger de soucis supplémentaires et encore moins à passer à ses yeux pour une hallucinée.

Il était tellement pris par ses occupations qu'il tomba des nues quand, le jeudi soir au dîner, elle lui annonça qu'elle s'absentait jusqu'au mercredi suivant.

— Tu t'absentes ? Pour aller où ?

— D'abord, je rentre passer le week-end à Atlanta. Ensuite, je vais à des ventes lundi et mardi. J'espère y acheter des pièces de premier choix pour remplacer celles que Mlle Prudence a vendues.

Et puis, une fois encore, il lui fallait prendre ses distances avec l'île, renouer avec le monde réel, loin des revenants, des maisons hantées et des gouvernantes acariâtres. Loin de Joe, également, qui réveillait en elle des souvenirs et des émotions qu'elle préférait oublier.

— Tu ne pourrais pas remettre ton voyage à plus tard ? J'aurais voulu passer le week-end avec toi.

— Désolée, mais les ventes ne m'attendront pas. J'ai repéré des objets intéressants, et je ne veux pas les rater. Et puis, il faut que je suive un peu les affaires de mon entreprise.

— Reviens vite, tu vas me manquer.

Vaguement gênée sans trop savoir pourquoi, elle laissa échapper un petit rire

— C'est ça, oui. Tu étais tellement occupé cette semaine que c'est à peine si tu as remarqué ma présence.

Il posa sa fourchette et lui prit tendrement la main.

— Surtout, ne crois pas ça, déclara-t-il en la caressant du regard. Où que tu te trouves dans cette maison, je suis conscient de ta présence. Le seul fait de savoir que tu es toute proche me rend heureux.

Pendant tout le week-end, Olivia ne put penser à autre chose qu'à ces paroles troublantes. Que faire de Joe et de son impossible attirance envers elle, laquelle semblait grandir de jour en jour ? Elle n'en avait aucune idée.

Bien sûr, elle était flattée qu'il la trouve séduisante. Plus, elle en vibrait de plaisir. Et les regards de prédateur qu'il posait sur elle mettaient un peu de baume sur son cœur meurtri. Force lui était de reconnaître que le moindre contact physique entre eux la mettait elle aussi en émoi.

Mais elle ne l'aimait pas. Ne l'aimerait plus. Jamais.

16.

Olivia trouva des articles superbes aux deux ventes qu'elle avait en vue. A l'une, elle acheta une chambre complète de style Eastlake, deux grands miroirs sur pied en marbre au cadre en noyer sculpté, et à l'autre, un somptueux tapis d'Orient ainsi qu'une méridienne en acajou.

Son week-end chez elle fut moins satisfaisant.

Malgré tous ses efforts, elle ne parvint pas à se détendre. Plus elle réfléchissait aux messages de menace, plus elle se demandait si on ne l'avait pas poussée lors de sa promenade sur la falaise. Autant pour son idée d'ignorer les odieux petits mots et leur mystérieux auteur.

Elle avait espéré qu'il ou elle se lasserait mais, manifestement, ce n'était pas le cas. Elle n'aurait bientôt plus le choix : il lui faudrait s'en ouvrir à Joe et lui confier ses soupçons concernant Eleanore et sa sœur. Une confrontation qu'elle n'envisageait pas de gaieté de cœur.

Après son excursion dans les salles de vente, elle débarqua à l'aéroport de Savannah tard le mercredi. Elle n'avait pas fait trois pas, ses bagages à la main, qu'elle s'arrêta net. A quelques mètres d'elle, Joe était nonchalamment adossé contre un pilier, les mains dans les poches.

— Joe ? Qu'est-ce que tu fabriques ici ?

Il s'écarta du pilier pour venir la rejoindre. Avant qu'elle ait eu le temps de réagir, il la prit dans ses bras et l'embrassa avec fougue — un baiser ardent qui proclamait aux yeux de tous qu'elle lui appartenait. Elle se laissa aller tant était grande sa surprise.

— Tu as perdu la tête ? lâcha-t-elle, haletante, lorsqu'il s'écarta enfin.

Elle jeta un coup d'œil inquiet autour d'elle tout en s'efforçant d'échapper à son étreinte.

— Quelle idée de m'embrasser comme ça en public !

— Parce que, en privé, c'est permis ?

— Ne joue pas avec les mots, tu sais parfaitement ce que je veux dire.

Nouveau coup d'œil anxieux à la salle des arrivées.

— Les commères vont encore jaser.

— Qu'elles jasent.

Lui prenant son sac, il le mit sur son épaule, puis il enlaça Olivia par la taille et l'entraîna vers les parkings.

— Je suis heureux de te retrouver, et je me fiche pas mal que tout le monde le sache.

— Eh bien, moi, je ne m'en fiche pas. Et si ça revenait aux oreilles de ta mère ? Je ne tiens pas à ce qu'elle se fâche, surtout pour rien.

Il la pressa contre lui en s'esclaffant.

— Ne t'inquiète pas, petit bout, ce ne sera pas pour rien.

— Joe, sois sérieux une minute !

— Je le serais volontiers, mais je ne pense pas que tu sois prête. Et maintenant, à la maison. Nous passerons la nuit chez moi, et nous embarquerons demain matin pour Mallenegua.

— Je comptais prendre une chambre au Hyatt, objecta-t-elle sèchement.

Il éclata de rire.

— A présent, ce n'est plus nécessaire. Alors, tu n'es pas contente que je sois venu te chercher ?

Au cours de la semaine suivante, Joe se révéla aussi têtu qu'il affirmait l'être. Il ne lui laissa aucun répit, ne cessant de la taquiner, de plaisanter, de la désarmer par ses sourires malicieux. A la recherche du moindre contact physique, il lui tapotait le bras, remontait une mèche folle derrière son oreille, drapait un bras autour de ses épaules — rien de trop intime ni d'agressif, mais assez pour l'enflammer.

Elle aurait aimé se fâcher réellement et s'y efforçait parfois, mais Joe était beaucoup trop charmant, de sorte qu'elle ne pouvait lui en vouloir. D'ailleurs, retenir l'attention d'un homme tel que lui, être dévorée des yeux comme si vous étiez la créature la plus belle et la plus désirable de la terre aurait tourné la tête à n'importe quelle femme.

Inutile de se leurrer, elle le désirait aussi. Bien qu'elle ne soit plus amoureuse de lui, elle gardait une tendresse particulière à son égard. Elle se souvenait avec précision de leurs étreintes d'autrefois, et son corps réclamait ce plaisir exquis.

Dans des moments de faiblesse, elle songeait à s'abandonner à cette attirance. En dehors de son écart de conduite quatorze ans plus tôt, elle avait toujours mené une vie sage et mesurée. Peut-être, à trente-deux ans, pouvait-elle se permettre le luxe d'une liaison passionnée. Et pouvait-elle rêver mieux pour cela que son ex-mari, le seul homme qu'elle eût jamais aimé ?

En rentrant à Mallenegua après ces quelques jours d'absence, elle s'attendait à trouver un message de menace sur son oreiller. A son grand soulagement, il n'y en avait pas. Et il n'y en eut pas pendant près d'une semaine. Apparemment, leur mystérieux auteur s'était lassé. Rassurée, elle se détendit un peu. Son sommeil redevint normal, réparateur, et elle se sentit en meilleure forme dans la journée.

Quant aux travaux, malgré une série d'accidents, des actes de vandalisme et des retards imprévus, ils avançaient. Et elle aussi. Pleine d'idées, elle projetait une autre expédition chez les antiquaires ainsi que dans les salles de vente de New York et de Nouvelle-Angleterre et, le mois suivant, avait rendez-vous en Californie chez un fabricant de papier peint spécialisé dans les reproductions historiques. A ses côtés, L.J. s'employait à emballer les meubles destinés à être restaurés. En ce qui la concernait, tout se passait sans trop de heurts.

Si bien que, début avril, après des semaines de tranquillité, l'apparition de menaces d'un autre genre la surprit.

Ce soir-là, elle fut réveillée en sursaut vers minuit alors qu'elle dormait d'un profond sommeil. Immobile dans son lit, le cœur battant, elle laissa ses yeux s'habituer à l'obscurité tout en tendant l'oreille. La pièce était silencieuse. Au bout de quelques minutes, elle songea qu'elle avait dû rêver et allait se rendormir quand il lui sembla voir quelque chose bouger.

Ce n'était guère qu'une vague dans les ténèbres, un mouvement léger, comme un rideau qui ondule sous la brise. Plissant les yeux, elle se concentra, et la chose prit forme — l'ombre furtive d'un homme qui glissait à travers sa chambre.

294

Elle n'avait donc pas inventé tous ces bruits de pas. Ce n'étaient pas des cauchemars qui venaient troubler son sommeil !

Et vu que, ce soir, il n'y avait qu'un seul homme dans la maison…

La rage s'empara d'elle, prenant le pas sur sa peur. Cette fois, c'en était trop. Oubliant toute prudence, elle s'assit dans son lit et cria :

— Joe, qu'est-ce que tu fais ici ? Si tu trouves ça drôle, moi pas !

Renonçant à se cacher, le visiteur se précipita vers la porte et l'ouvrit à la volée. Olivia eut juste le temps de l'apercevoir de dos à la faible lueur qui filtrait du couloir. Assez pour se rendre compte que ce n'était pas Joe.

— Hé, vous ! Arrêtez ! Revenez ici tout de suite ! hurla-t-elle tandis qu'il filait au pas de course.

Bondissant de son lit, elle se jeta à sa poursuite. Quand elle atteignit le couloir, l'homme avait disparu. Sûre qu'il avait filé vers la chambre de Joe, elle s'élança dans cette direction. Aussitôt, les lampes du couloir s'éteignirent.

Elle poussa un cri en s'immobilisant. Une sueur froide lui coulait dans le dos, et elle frissonna des pieds à la tête. Alors seulement, elle prit conscience de sa témérité.

— Qui êtes-vous ? Qu'est-ce que vous me voulez ? lança-t-elle aux ténèbres.

Un rire sinistre se fit entendre, quelque part sur sa droite.

— Livvie ! Livvie ! criait la voix de Joe, lointaine.

Des pas précipités résonnèrent dans l'escalier.

— Livvie ? Que se passe-t-il ?

— Joe ! Joe, au secours ! Aide-m-Aaahhhh !

Elle s'écartait d'un pas vers la gauche, cherchant le mur à tâtons, quand un objet lourd s'abattit sur son épaule. Le choc mêlé à une douleur intense lui fit perdre l'équilibre. Elle plongea en avant et tomba à quatre pattes en gémissant. Son bras blessé ne la soutenant pas, elle s'effondra par terre. Lovée sur elle-même, elle se tint l'épaule en sanglotant, prête à prendre d'autres coups d'une seconde à l'autre.

Des sons lui parvenaient — bruits de course étouffés par le tapis du couloir, claquement d'une porte qui se refermait.

— Livvie ? Livvie ? Où es-tu ? cria encore Joe à quelques marches du palier, la voix pleine d'angoisse. Liv... Merde ! Les lumières ! Livvie ?

— Là... Je suis là, bredouilla-t-elle.

— Où ça ? Je ne vois rien. Attends... Il doit y avoir un interrupteur par ici.

Enfin, les veilleuses se rallumèrent. Olivia gisait dans la pénombre, entre deux flaques de lumière.

— Je ne te vois toujours pas.

Elle gémit, et il s'élança en direction de sa voix. Quand il la rejoignit, il lâcha un juron.

— Ma chérie, qu'est-ce qui t'est arrivé ? demanda-t-il en s'agenouillant près d'elle.

— Je... euh... Je me suis réveillée et j'ai vu... un homme dans ma chambre...

— Un homme ? C'est impossible. Je suis le seul sur l'île, et je travaillais en bas dans la bibliothèque.

— Je sais. J'ai... j'ai d'abord cru que... que c'était toi. Alors, j'ai crié. Mais il est... parti en courant et je me suis lancée... à sa poursuite. Les lampes se sont éteintes... Je l'ai entendu rire... et puis il m'a frappée avec un objet lourd.

— Il t'a frappée ? Tu en es sûre ? Tu n'aurais pas plutôt fait un cauchemar, cru que c'était vrai et buté contre quelque chose dans le couloir ?

— Tu ne me crois pas.

— Non, non, ce n'est pas que je ne te croie pas...

— Alors, c'est quoi ?

— Eh bien, nous sommes seuls sur cette île. Toi, moi et Mme Jaffe que j'imagine mal se déguiser en homme pour s'introduire en catimini dans ta chambre au milieu de la nuit.

Vexée par sa réflexion, Olivia se redressa, oubliant même son épaule douloureuse.

— Puisque je te dis qu'il y avait un homme dans ma chambre ! s'emporta-t-elle.

— D'accord. On éclaircira ça plus tard. Pour l'instant, j'aimerais inspecter les dégâts à la lumière. Où as-tu mal ?

— A l'épaule droite, répondit-elle, boudeuse.

Il tenta de la soulever de terre, mais le mouvement réveilla la douleur, et elle poussa un cri perçant.

— Excuse-moi. J'y suis allé un peu fort.

— Pas grave. Je survivrai. Si tu m'aides à me relever, je suis capable de marcher. C'est mon épaule qui a pris.

Après l'avoir aidée à se remettre sur pied, il la guida vers sa propre chambre, laquelle était plus proche. Elle se sentait fragile, vulnérable, et ne protesta pas. De fait, elle ne songeait qu'à quitter ce couloir pour se mettre à l'abri.

Une fois à l'intérieur de la pièce, elle agrippa le bras de Joe et le supplia de verrouiller la porte.

— Voyons, personne ne te fera de mal ! C'est inutile.

— Joe... s'il te plaît !

— Bon, d'accord, calme-toi. Je vais aussi allumer la lumière de façon à pouvoir examiner ta blessure.

Comme elle le faisait chaque soir dans les chambres occupées, Mme Jaffe avait allumé la lampe de chevet. Olivia alla s'asseoir sur le bord du lit tandis que Joe fermait la porte à clé et allumait le lustre.

— Bien, fit-il en la rejoignant. Maintenant que la porte est fermée, voyons ce bras.

Il n'eut pas besoin de s'approcher beaucoup ni de se pencher sur elle. Son épaule nue enflait déjà, marquée d'une vilaine ecchymose.

— Merde, tu avais raison ! Quelqu'un t'a bel et bien frappée. Tu n'as pas pu te faire ça en tombant.

— Ah, tu vois ! Et j'ai eu de la chance. Si je ne m'étais pas écartée, il m'aurait eue à la tête.

— Et probablement tuée. Attends que je mette la main sur ce salopard, gronda-t-il. Il ne perd rien pour attendre.

Il s'assit près d'elle afin de mieux examiner sa blessure.

— Tu n'as rien de cassé ?

— Je ne pense pas.

— Tu peux bouger ton bras ?

— Je crois.

Serrant les dents, elle remua timidement son épaule, puis leva le bras à l'horizontale.

— Alors ?

— Ça fait un mal de chien, mais tout a l'air en place.

— Accroche-toi, je vais voir ça.

Du bout des doigts, il tâta précautionneusement la zone meurtrie. Malgré ce contact léger, Olivia ne put s'empêcher de gémir.

— Excuse-moi, petit bout. C'est bientôt fini.

Elle remarqua qu'il contractait les mâchoires au point que les muscles de son visage en tremblaient. Sa colère bouillait, prête à exploser dans l'une de ces rages que Blair lui avait décrites.

— Bon. Il n'y a effectivement rien de cassé, ce n'est qu'une grosse contusion. Je vais te chercher de la glace dans la cuisine.

Il se levait déjà, mais elle le retint par la manche.

— Non ! Ne me laisse pas toute seule !

— Livvie, sois raisonnable. Il faut que tu mettes une compresse de glace sur ton épaule. Et j'aimerais jeter un coup d'œil à la marina, histoire de vérifier qu'il n'y a aucun bateau intrus à quai.

— Dans ce cas, je t'accompagne.

— Pas question. Tu es en état de choc. Verrouille la porte derrière moi et, si ça te rassure, cale la poignée avec une chaise. Ensuite, mets-toi au lit pour te réchauffer, n'en bouge plus et n'ouvre à personne jusqu'à mon retour, O.K. ?

— O.K., balbutia-t-elle sans enthousiasme.

Elle n'avait aucune envie de rester seule, mais il avait raison. Elle tremblait et claquait des dents.

Fouillant dans le tiroir de la commode, il en sortit des jumelles et une grosse torche électrique qui pourrait servir de matraque, puis se dirigea vers la porte. Olivia le suivit, les bras frileusement resserrés autour d'elle et se mordant les joues pour ne pas le supplier de rester.

Avant de sortir, il effleura son front d'un bref baiser.

— Pas de panique, petit bout. Tu fermes bien, et je reviens aussi vite que possible.

Lorsqu'il eut disparu, elle verrouilla la porte à double tour. Et cala la lourde chaise gothique du bureau sous la poignée — deux précautions valent mieux qu'une, non ?

Trop effrayée pour se rallonger, elle empila les oreillers, s'assit au beau milieu du lit, remonta les couvertures jusqu'à sa taille et drapa l'édredon autour de ses épaules. Puis elle attendit, les yeux rivés sur la porte, tremblant comme une feuille, bondissant au moindre craquement. A un moment, une branche cogna contre la vitre, et elle poussa un cri de terreur en se cachant la tête sous l'édredon.

Au bout de ce qui lui parut une éternité, alors qu'elle commençait à s'inquiéter, Joe frappa doucement à la porte.

— Livvie, c'est moi ! Je peux entrer ?

Soulagée, elle s'extirpa du lit et se précipita vers la porte. Après avoir ôté la chaise de dessous la poignée, elle colla l'oreille contre le battant.

— Joe ?

— Oui, c'est moi, n'aie pas peur.

Elle lui ouvrit en hâte. Les cheveux en désordre, il portait sa lampe d'une main et un sac de congélation rempli de glace de l'autre. Olivia se jeta sur lui et noua les bras autour de sa taille. Sa joue heurta un objet dur, mais peu lui importait. Joe représentait le réconfort et la sécurité dont elle avait besoin.

— Oh, Joe... Dieu merci, tu es revenu !

— Hé, ne dramatise pas ! Je ne suis parti qu'une dizaine de minutes.

Il l'assit sur le lit et lui donna la poche de glace.

— Tiens. Applique ça sur ton épaule.

Ayant ôté les jumelles de son cou, il les posa avec la torche sur la table de chevet et s'installa près d'elle.

— Alors, comment ça va ?

300

— Mieux, maintenant que tu es là.

Il lui effleura la joue en souriant.

— Ça fait plaisir de se savoir désiré, mais je voulais parler de ton épaule.

— La douleur a un peu diminué.

— Tant mieux. La glace va finir d'arranger tout ça et réduire l'enflure.

Portant la main à son col, il défit les premiers boutons de sa veste et en tira une lourde statuette de jade d'une trentaine de centimètres de hauteur.

— Je l'ai trouvée par terre dans le couloir. D'où je déduis que ton agresseur s'en est servi comme matraque.

En proie à un frisson, elle se frotta les bras.

— Je suis également sorti pour jeter un coup d'œil sur la jetée. Pas de bateau inconnu à l'amarre. Ensuite, je suis allé dans la tour et j'ai scruté l'océan avec les jumelles. Là non plus, pas trace d'embarcation suspecte faisant route vers la terre. Je n'ai vu qu'un porte-containers au loin. Ce qui implique que notre agresseur se cache quelque part dans la maison.

Elle frissonna de plus belle et regarda vers la porte d'un air affolé.

— Pas de panique, c'est fermé, la rassura-t-il vivement.

Il marqua une pause, hésita, puis reprit en cherchant ses mots :

— Le type qui était dans ta chambre… Euh… Est-ce qu'il a tenté de… Il t'a touchée ?

— Non. Il allait et venait dans le noir. Je crois qu'il voulait juste m'effrayer.

— T'effrayer ? Mais pourquoi ?

— Pour que je renonce à travailler à Mallenegua.

— Ça ne tient pas debout. Qui voudrait…

Un coup d'œil sur elle lui donna la réponse.

— Je vois. Tu penses que ma mère est dans le coup.

— Elle ou Blair. On ne peut pas exclure cette possibilité.

— Parce que tu soupçonnes Blair aussi ? Elle est pourtant venue te demander pardon, et je suis sûr qu'elle était sincère.

— Joe, le premier message est apparu dans ma chambre le jour où elle est venue s'excuser.

— Parce que tu reçois des messages ? Quel genre de messages ?

Regrettant cet aveu spontané, elle se mordit la lèvre. Elle avait espéré aborder ce sujet calmement, présenter les lettres anonymes comme un canular de mauvais goût qui l'irritait plus qu'autre chose, afin d'éviter que Joe s'emporte contre sa mère et que celle-ci fasse rejaillir sa colère sur elle. Mais, ébranlée par l'agression, elle avait parlé sans réfléchir.

— Alors ? insista-t-il.

Elle grimaça.

— Des messages de menace m'ordonnant de quitter l'île. Disant qu'on ne veut pas de moi ici et que, si je reste, je le paierai.

— Mais enfin, pourquoi ne m'en as-tu rien dit ?

— Désolée, je voulais t'en parler tranquillement demain matin. Au début, j'ai gardé ça pour moi parce que tu étais très occupé. Et puis, je pensais que c'était ta mère, qu'elle se lasserait si sa stratégie n'aboutissait pas, qu'elle trouverait autre chose… Bref, je croyais qu'elle cherchait seulement à m'effrayer.

— Franchement, Livvie, c'est incroyable ! Tu reçois des menaces, et tu ne m'en parles pas ?

Elle sentit les larmes lui monter aux yeux.

— Ne crie pas... Je suis vraiment désolée...

— Excuse-moi. Je ne voulais pas te brusquer. Viens, petit bout.

Veillant à ne pas lui faire mal, il la prit par les épaules et l'attira à lui. Olivia se blottit contre sa poitrine, rassurée.

— Joe ?

— Oui ?

— Il y a autre chose qu'il faut que tu saches.

Elle le sentit se raidir.

— Quoi ?

— L'autre jour, sur la falaise, ce n'est pas le vent qui m'a fait tomber. J'ai eu l'impression que quelqu'un me poussait dans le dos.

— Quoi ?

Il lui releva le menton pour l'obliger à le regarder. Et elle lut la rage dans ses yeux.

— Et tu ne m'en as pas...

Il s'interrompit et agita la tête avec un soupir.

— Aucune importance.

— Remarque, je n'en suis pas sûre, murmura-t-elle, hésitante. Il n'y avait personne là-haut jusqu'à ce que tu arrives. Mais c'est l'impression que j'ai eue.

Un silence, et elle ajouta :

— Je préférais que tu le saches.

— Merci, répondit-il, sarcastique. Autre chose ?

Elle secoua la tête, penaude. Lâchant un autre soupir, il ramena sa tête contre sa poitrine.

— Je peux me tromper, murmura-t-elle encore. Il n'y avait personne sur les falaises quand tu es venu me sauver.

— Il a dû se cacher dans le bois après t'avoir poussée. Peut-être qu'il est resté à nous regarder pendant que je te sortais de là.

Un tremblement la traversa de part en part.

— Arrête, tu me fais peur.

— Allons, va. C'est fini.

Il lui frotta le dos et lui caressa les bras tout en réfléchissant à voix haute :

— Au fond, je me demande si le harcèlement dont tu es victime ne fait pas partie d'une mise en scène pour que nous renoncions à notre projet. Comme les prétendues apparitions, les sabotages et les accidents qui ne cessent de se produire sur le chantier.

Elle sentit son cœur se serrer. Il cherchait désespérément d'autres hypothèses afin d'innocenter sa mère, et elle en souffrait pour lui.

— C'est possible, admit-elle sans trop y croire. Les opposants à ce projet ne manquent pas. Mme Jaffe pour commencer. Et Cappy.

— Mouais… Au moment où nous avons rendu nos intentions publiques, il y a eu un joli tollé à Savannah. L'idée générale étant que nous allions remuer des choses qu'il valait mieux laisser dormir. Sur le moment, je n'y ai pas prêté grande attention ; j'ai pensé que ces objections relevaient de la superstition. Mais quand les gens sont trop remontés, ils deviennent capables de tout.

— Le problème, c'est de découvrir qui est à l'origine de tout ça. Sans preuves tangibles, ce ne sont que des présomptions.

— Tu as gardé les messages ?

— Oui, ils sont dans ma chambre… Tu ne vas pas me quitter pour aller les chercher, j'espère ?

— Non, ne t'inquiète pas. On s'en occupera demain matin.

— Je doute qu'ils puissent nous aider. Leur auteur a utilisé des lettres découpées dans des magazines.

— J'aimerais quand même les voir.

Il demeura un moment silencieux.

— Dis-moi, ces messages, tu en as reçu beaucoup ? A intervalles réguliers ?

— Pas vraiment. Au début, j'en ai eu pas mal, puis ça s'est calmé. Je pensais que leur auteur se lassait.

— Visiblement, ce n'était pas le cas.

Ils se turent de nouveau, chacun réfléchissant. Au bout d'un moment, Joe se passa la main dans les cheveux.

— Merde, c'est vrai que ma mère aimerait bien se débarrasser de toi, et je suppose que Blair pourrait être dans le coup, mais je n'arrive pas à croire qu'elles te veulent du mal au point de mettre ta vie en danger.

Elle le reconnaissait bien là. Bien qu'il ne puisse accepter l'idée que sa mère et sa sœur soient à l'origine des menaces et de l'agression, il était trop droit, trop honnête pour se laisser influencer par l'amour qu'il leur portait.

— Eleanore n'est peut-être pas en cause dans ce qui m'est arrivé ce soir. Peut-être que mon agresseur a paniqué.

— C'est possible. Tu as vu ce type ? Tu as une idée de son identité ?

— Pas vraiment, non. Je ne l'ai aperçu que de dos.

Il posa sur elle un regard grave.

— Que les choses soient parfaitement claires, Olivia : tant que nous n'aurons pas mis la main sur ce salaud, tu dors ici, avec moi, déclara-t-il d'un ton sans réplique. Je ne veux pas que tu restes seule.

Apparemment, il n'admettrait pas qu'elle discute. Ce qu'elle n'avait pas l'intention de faire, d'ailleurs. Elle aurait regagné Savannah à la nage plutôt que de passer la nuit seule dans sa chambre.

— D'accord. Je m'installerai sur le divan.

— Non. Tu prends le lit, je coucherai sur le divan.

— Joe...

— C'est un ordre, Livvie. Et maintenant, dodo.

— Tu es sûr que la porte est bien fermée ?

— Oui. Et je calerai la chaise sous la poignée si ça te rassure.

— Je veux bien. Mme Jaffe a les clés de toutes les pièces.

Pendant qu'il barricadait la porte, elle alla dans la salle de bains se rafraîchir un peu, puis mit au lit. Joe tira un bas de pyjama de la commode avant de disparaître à son tour dans la salle de bains. Lorsqu'il ressortit quelques minutes plus tard, Olivia faisait semblant de dormir, mais elle l'observa discrètement à travers ses cils. Dieu, qu'il était beau ainsi, à moitié dévêtu !...

Avec les années, Joe avait perdu son physique de jeune homme et s'était étoffé — musculature athlétique, épaules larges, ventre plat et hanches étroites. La toison de boucles brunes qui ornait son torse descendait en une mince flèche jusqu'à son nombril, le contournait et descendait encore pour plonger sous son bas de pyjama de soie.

Entre ses yeux mi-clos, elle le regarda chercher une couverture dans l'armoire, prendre le deuxième oreiller sur le lit, puis éteindre successivement le lustre et la lampe de chevet. Après quelques grincements du divan, on n'entendit plus que le vent sous le toit et le doux chuintement de leur souffle.

Le silence ne dura pas. Au bout de quelques minutes, Joe changea de position. Une fois, puis une autre. Il se redressa, tapota son oreiller et se rallongea sur le côté. Puis se mit sur le dos. A la lueur de la lune qui filtrait entre les tentures de velours, Olivia s'aperçut que ses pieds et ses chevilles dépassaient du divan. Avec un soupir frustré, il se retourna encore et se coucha sur le ventre.

Ne supportant plus de l'entendre s'agiter ainsi, elle s'assit dans le lit.

— Joe, ce divan est trop petit pour toi, lança-t-elle, agacée. Si tu refuses de me le laisser, viens dans le lit, il est gigantesque. Il y a largement la place pour qu'on y dorme à deux sans se gêner.

Dans la pénombre, elle le vit s'asseoir à son tour et concentrer son regard sur elle.

— Ma chérie, si je te rejoins dans le lit, nous ne nous contenterons pas de dormir et, en admettant même que tu sois d'accord, avec ton épaule blessée, je ne pense pas que ce soit une bonne idée.

Sa voix chaude et sexy lui fit l'effet d'une caresse, et elle frissonna de la tête aux pieds.

Après une brève hésitation, elle retourna les couvertures de son côté.

— Dans ce cas, il faudra que tu sois très doux et attentionné.

17.

Joe se figea, mais sa respiration s'accéléra brusquement.

— Tu es sûre ?

— Certaine. J'ai besoin de toi, Joe, murmura-t-elle dans un souffle.

Jugeant la confirmation suffisante, il se leva d'un bond.

— Je devenais fou à attendre ce moment...

Il se rendit à la fenêtre et ouvrit les épais doubles rideaux. Aussitôt, le clair de lune inonda la pièce.

— Je veux te voir, Livvie, murmura-t-il en la rejoignant, nu, dans le lit.

Elle se lova contre lui et, tandis qu'il l'embrassait comme s'il voulait la dévorer, elle s'abandonna tout entière entre ses bras. C'était de la folie pure, et elle regretterait sans doute cette décision aussi soudaine qu'irrationnelle, mais peu lui importait. Seul le présent comptait. Suite à l'agression qu'elle avait subie, elle éprouvait un besoin impérieux de tendresse et de chaleur.

Et si, en un sens, elle satisfaisait son amour-propre, tant pis. Après avoir adoré Joe de loin pendant des années, après les cruelles incertitudes d'un mariage auquel il s'était soumis par sens du devoir, être aujourd'hui l'objet de son désir avait quelque chose d'exaltant.

Elle goûtait la joie de le toucher, de le caresser, d'explorer les muscles de son dos, de laisser courir ses doigts le long de sa colonne vertébrale et jusqu'au creux de ses reins. Ivre de liberté, elle empoigna ses deux fesses fermes. Avec un gémissement, Joe se pressa contre elle pour lui faire sentir l'ardeur de son désir.

Interrompant leur baiser, il se cala sur un coude et la contempla, un sourire au coin des lèvres.

— J'ai oublié de te dire une chose, chuchota-t-il en suivant de l'index la ligne de son décolleté. J'aime beaucoup ta chemise de nuit. Et maintenant, enlève-la.

— Fais-le pour moi. J'ai peur d'avoir mal si j'essaie de la passer par-dessus ma tête.

Les yeux brillants, il fit glisser les minces bretelles de ses épaules, les abaissa jusqu'à ses coudes et dégagea précautionneusement ses bras. Puis il descendit son déshabillé jusqu'à ses hanches en prenant le temps d'honorer ses seins. Il lécha lentement ses tendres mamelons et les suça jusqu'à ce que, n'y tenant plus, Olivia cambre les reins.

D'un geste vif, il rejeta les couvertures au pied du lit et attrapa la chemise de nuit.

— Soulève tes hanches, ordonna-t-il d'une voix enrouée.

Elle obéit, et le satin glissa comme une caresse le long de son corps. Quand elle fut nue, Joe resta à la contempler en silence. Immobile, elle le laissa se repaître de ce spectacle, ravie de voir dans ses yeux la flamme du désir.

Sans cesser de la regarder, il jeta le vêtement par-dessus son épaule. Le déshabillé vola dans un bruit de froissement puis retomba, flaque de satin saphir luisant sous la lune.

L'œil attiré par un éclat doré à sa cheville, Joe s'assit sur ses talons devant Olivia et lui souleva la jambe gauche. Il embrassa l'arche de son pied, ses orteils, puis remonta jusqu'à la fine chaînette qui encerclait sa cheville. Il la prit dans sa bouche, joua avec le pendentif en forme de cœur de la pointe de la langue, mordilla la peau tendre. Impatiente, Olivia remua en gémissant.

Alors, il libéra sa cheville captive. Penché au-dessus d'elle, il se mit à couvrir ses jambes de baisers, remonta vers le pli de ses cuisses, s'attarda sur le triangle soyeux de boucles auburn, explora son nombril, le dessous de ses seins, puis s'arrêta longuement sur les tendres boutons roses. Lorsqu'il atteignit le creux de son cou, elle n'en pouvait plus. Tremblante de désir, elle remuait la tête de droite à gauche avec frénésie, les mains agrippées à ses cheveux.

— Oh... je t'en prie... S'il te plaît...

La recouvrant de son corps, il se souleva sur les coudes et lâcha d'une voix rauque d'excitation :

— Regarde-moi, Livvie. Je veux te voir pour te faire l'amour.

Lentement, elle releva ses paupières, aussi lourdes que du plomb. Le ton de sa voix, la flamme qui brûlait dans ses prunelles l'émouvaient au plus profond d'elle-même.

Sans la quitter des yeux, il bascula le bassin, et elle sentit la caresse de son sexe contre le sien. Puis, d'une poussée, il plongea en elle, s'enfouissant dans la chaude caverne humide. Il ferma les yeux avec un soupir, et ses mâchoires se crispèrent. Olivia sentait son cœur tambouriner contre sa poitrine.

— Enfin ! murmura-t-il avec bonheur.

Rouvrant les yeux, il lui sourit et posséda sa bouche avec tant de tendresse qu'elle eut l'impression de se dilater, de s'emplir d'une douceur si exquise que c'en était presque douloureux.

Et il se mit à bouger en elle sur un rythme vieux comme le monde, à la recherche d'un plaisir renouvelé. Il l'aima avec une ferveur presque respectueuse, se délectant de chaque lente plongée, de chaque plainte, de chaque soupir, goûtant le sentiment d'être à sa juste place, de toucher enfin au port après un long périple, de partage et d'échange, d'union de leurs deux âmes.

Pour Olivia, faire l'amour avec Joe avait toujours été une expérience merveilleuse, mais il y avait cette fois dans leur union une dimension spirituelle. Elle ressentait un besoin bouleversant, une profonde émotion, ainsi qu'une parfaite complétude entre leurs deux êtres. C'était le ciel sur la terre, un don que leur faisaient les dieux.

Bientôt, aussi sûrement que le soleil se lève chaque matin à l'horizon, le plaisir s'accrut et leur besoin s'affirma. Finies les lentes délectations. Les battements de leurs cœurs s'accélérèrent, tels des tambours frénétiques ; leur respiration se fit haletante et le désir désespéré. Le va-et-vient s'intensifia, plus rapide, plus exigeant, plus brutal aussi. Leurs longs soupirs se muèrent en gémissements saccadés, et leurs caresses en griffures.

Accrochés l'un à l'autre, tendus dans leur délicieuse ascension vers l'orgasme, ils montaient toujours plus haut, jusqu'à ce qu'enfin, ils basculent ensemble en criant de jouissance.

Plus tard, quand ils eurent retrouvé leur souffle, ils revinrent sur terre, repus et vidés de toute énergie.

Se calant sur un coude, Joe lui sourit tristement.

— Tu me fais perdre la tête, ma douce. Mon cerveau court-circuite et j'oublie tout le reste. Deux fois seulement, je me suis laissé aller à des rapports sexuels sans protection. Et les deux fois, c'était avec toi.

La tristesse s'effaça de ses traits, et son sourire se fit caressant.

— La première fois, tu es tombée enceinte, commenta-t-il avant de l'observer attentivement. Et si l'histoire se répétait ?

A ces mots, Olivia sentit une vague de bonheur la submerger. Cela faisait quatorze ans qu'elle portait le deuil de son enfant, et elle rêvait d'avoir une seconde chance. Un autre bébé de Joe serait une vraie bénédiction. La seule différence, c'est que, cette fois, il ne serait pas obligé de l'épouser. Sur le plan matériel, elle avait les ressources nécessaires pour élever un enfant et, affectivement, elle était prête à devenir mère.

Pendant un instant, elle s'autorisa à savourer ce bonheur, puis un calcul rapide la ramena sur terre.

— Je pense que nous n'avons pas de souci à avoir, déclara-t-elle en s'efforçant de cacher sa déception. Ce n'est pas la bonne période.

— Ah, fit Joe, apparemment déçu lui aussi.

Le lendemain matin, la première chose qu'elle vit en s'éveillant fut le visage de Joe à quelques centimètres du sien. Ses yeux plongèrent dans ses prunelles sombres.

— Bonjour, murmura-t-il.

— Hmm... bonjour. Il y a longtemps que tu me regardes dormir ?

Il effleura sa joue du bout des doigts avec un sourire.

— Pas très longtemps, non, mais assez pour savoir que tu és la plus belle femme que je connaisse.

— Sans maquillage, des plis plein le visage et les cheveux en désordre ? C'est ça, oui...

— Et alors ? Je te trouve belle comme ça.

Pour le prouver, il l'embrassa longuement, puis il s'écarta légèrement en l'observant.

— Tu as des regrets ?

— Non, aucun.

Elle inspira profondément et s'étira en cambrant les reins avec la volupté d'une chatte satisfaite. S'éveiller près de Joe était nouveau, exaltant, et, pourtant, tellement naturel. Elle baignait dans sa chaleur, dans son odeur d'homme sain, dans la merveilleuse sensation de sécurité qu'elle éprouvait toujours avec lui.

Remarquant que le soleil entrait à flots par la fenêtre, elle demanda :

— Tu as une idée de l'heure ?

— Pas tout à fait 9 heures, répondit-il distraitement.

Ses doigts errèrent le long de sa clavicule avant de descendre vers son sein.

— Hmm...

Elle se redressa brusquement.

— Quoi ? 9 heures ? J'ai raté le petit déjeuner ! Mme Jaffe va être folle de rage.

Après les événements de la nuit précédente, elle ne s'attendait pas à dormir comme un loir — preuve que le traitement de Joe avait bien des vertus. Il était grand temps qu'elle se lève et file dans sa chambre. Mais à peine eut-elle esquissé un mouvement que Joe la saisit par la taille et la ramena contre lui.

— Hé, pas si vite ! Où t'en vas-tu ?

— Joe, je t'en prie, laisse-moi me lever. Je suis en retard. L.J. doit déjà m'attendre dans la bibliothèque, et Mme Jaffe va monter faire les chambres d'une minute à l'autre.

— Et alors ? L.J. attendra. Et si Mme Jaffe frappe à la porte, je lui dirai que nous faisons la grasse matinée et qu'elle n'a qu'à revenir plus tard.

— Tu ne ferais pas ça !

— Tu veux parier ? Ce n'est pas Mme Jaffe qui commande ici, petit bout. Le patron, c'est moi. Si je veux rester au lit jusqu'à midi avec ma petite amie et que ça ne lui plaît pas, tant pis pour elle.

Elle le dévisagea, interdite. Puis, soudain, elle éclata de rire.

— Qu'est-ce qu'il y a ?

— J'imagine la tête de Mme Jaffe quand elle nous verra tous les deux ensemble. Elle va avoir un sacré choc ! Elle me croit lesbienne.

— Toi ? Mais où est-elle allée pêcher cette idée ?

— Un jour, elle m'a accusée de vouloir te mettre le grappin dessus. Je lui ai dit que le mariage ne m'intéressait pas et que je ne me marierais jamais. D'où elle a conclu...

— Je vois. Et tu n'as pas cherché à la détromper ?

— Pourquoi l'aurais-je fait ? Elle est libre de penser ce qu'elle veut, ça la regarde.

— Mouais. Et dans ta petite tête, tu t'es dit qu'elle te ficherait la paix si elle te croyait homo. Futé, petit bout.

Ils restèrent étendus face à face, les yeux dans les yeux, à savourer ce moment de tendre intimité. Après un instant de silence, Joe lui caressa le bras en murmurant :

— Jamais, hein ?

— Quoi ?

— Tu ne veux pas te remarier ?

Légèrement embarrassée, elle hésita.

— Pas vraiment, non. Je me suis construit une vie qui me satisfait pleinement. Je suis heureuse comme ça.

— Sans mari et sans enfants ? Ne viens pas me raconter que tu ne veux pas de famille, je ne te croirais pas. Il n'y a pas de femme plus maternelle que toi.

— J'ai trente-deux ans. C'est un peu tard pour songer à fonder une famille.

— Mais pas trop tard. Aujourd'hui, beaucoup de femmes…

— S'il te plaît, parlons d'autre chose.

Il la fixa en silence, puis haussa les épaules.

— Comme tu voudras. Il y a autre chose dont je voudrais te parler. Avant que tu te réveilles, je réfléchissais à ta petite aventure d'hier soir, et je crois que j'ai une idée pour piéger la personne qui te laisse des messages.

— Ah, oui ?

— Je vais faire venir le chef de la sécurité d'AdCo afin qu'il installe une caméra cachée dans ta chambre. En dehors de nous trois, personne n'en saura rien, pas même Mike. Et si nous n'avons pas flanqué une trouille définitive à notre zozo hier soir, la prochaine fois qu'il passera te délivrer un mot doux, on l'aura.

— L'idée est bonne. Sauf que j'ai peur qu'il change de tactique.

— A voir. Quoi qu'il en soit, tu dors avec moi jusqu'à ce qu'on ait mis ce type sous les verrous.

Il y avait une pointe de défi dans sa voix, comme s'il s'attendait à ce qu'elle proteste. Ce qu'elle ne fit pas. Au contraire, sa proposition la soulagea d'un grand poids. Sachant qu'elle n'avait pas rêvé les bruits de pas et les visites nocturnes, elle n'avait aucune envie de retourner dormir seule dans le lit à baldaquin de Theobald Mallen — d'autant que la peur l'empêcherait de fermer l'œil. Et puis, passer ses nuits entre les bras de Joe ne manquait pas d'attrait…

— Tu es sûr d'avoir bien réfléchi ? demanda-t-elle pourtant, le front plissé. Une nuit en passant, c'est une chose, mais si je dors avec toi tous les soirs, ça se saura. La rumeur va se répandre, et pas seulement sur l'île. Bientôt, tout le beau monde de Savannah sera au courant. Tu connais le goût des gens d'ici pour les histoires croustillantes.

— Ma chérie, si les gens veulent jaser, qu'ils jasent, je m'en bats l'œil. Je veux dormir avec toi. Et il n'est pas question que je te laisse seule alors qu'un malade se balade en liberté. J'ai également décidé d'engager un garde du corps pour veiller sur toi pendant la journée.

Elle lui caressa la joue en riant.

— Ton attention me touche, mais je ne pense pas que ce soit nécessaire. Je ne suis pas seule, rappelle-toi ; je travaille avec L.J. Et j'ai encore besoin de lui pendant plusieurs semaines pour empaqueter les meubles destinés à être restaurés.

— Pas la peine de me le rappeler. Ça non plus ne me plaît pas beaucoup. Si tu veux mon avis, ce garçon s'est entiché de toi. Il te regarde avec des yeux de crapaud mort d'amour.

— Ne sois pas ridicule ! D'abord, il n'a que vingt-cinq ou vingt-six ans.

— Et alors ?

— Alors, il ne s'intéresserait pas à une femme de mon âge.

— N'importe quoi, Livvie ! Tu es une décoratrice hors pair, une femme d'affaires brillante, mais en ce qui concerne les hommes, ta naïveté est tout simplement sidérante ! Je suis au regret de t'informer que, quand une femme est aussi séduisante et sexy que toi, l'âge n'entre pas en ligne de compte.

— Peut-être, mais je pense que tu te trompes, assura-t-elle fermement. L.J. est un jeune homme charmant et timide qui ne demande qu'à bien faire. Et comme il a par ailleurs un physique de lutteur, personne n'osera s'en prendre à moi en sa présence. Alors, arrête de t'inquiéter pour rien.

Joe mit son plan à exécution sans perdre une minute. Sous prétexte de discuter des effractions commises sur un autre chantier, il appela le chef de la sécurité d'AdCo et le fit immédiatement venir à Mallenegua. Arthur Wescott arriva sur l'île en milieu de matinée. A midi, la caméra-espion était installée sur la coiffeuse d'Olivia, astucieusement cachée dans ce qui semblait être un coffret à bijoux.

Arthur se joignit à eux pour le déjeuner. Au cours du repas, il leur expliqua le fonctionnement de l'appareil — un modèle dernier cri en matière de surveillance.

— L'enregistrement est déclenché par un détecteur de mouvement. La caméra ne se mettra en marche que si quelqu'un s'approche du lit. Je vous conseille de la vérifier plusieurs fois par jour et de regarder la vidéo immédiatement si le voyant lumineux clignote.

Joe insista pour qu'Olivia lui raconte tous les événements suspects dont elle avait été témoin depuis son arrivée à

Mallen Island. Elle lui obéit à regret, commençant son récit par la première apparition du fantôme.

— Quoi ? l'interrompit-il aussitôt. Pourquoi ne m'as-tu pas dit que tu voyais des revenants ?

Le regard d'Arthur passait de l'un à l'autre. Il paraissait intrigué par le courant qui circulait entre eux deux.

— Je ne t'en ai rien dit parce que tu ne m'aurais pas crue davantage que tes ouvriers.

— Vos ouvriers aussi ont vu des fantômes ? intervint Arthur.

— D'après ce qu'ils prétendent, oui.

— Voilà la preuve que tu ne veux pas le croire. Pourquoi me serais-je ridiculisée avec mes histoires à dormir debout ?

— Toi, je t'aurais crue. J'ai confiance en toi. Je sais que tu n'es pas sujette aux hallucinations. Et puisque nous en sommes aux révélations, y a-t-il autre chose que je devrais savoir, que tu aurais oublié de me dire ?

— Eh bien...

Elle raconta son arrivée sur l'île à bord du *Fleeting Dreams*, l'apparition sur les falaises d'un personnage en costume qui semblait être Theobald Mallen, puis l'incident qui s'était produit ce même soir dans le couloir près de sa chambre. A mesure qu'elle parlait, Joe semblait de plus en plus furieux. Sans la présence du chef de la sécurité, nul doute qu'il aurait laissé éclater sa colère.

— Vous avez conservé les messages de menace déposés dans votre chambre ? s'enquit Arthur.

— Les voilà, répondit Joe en tirant un petit paquet de sa poche intérieure. Je les ai récupérés ce matin dans la chambre d'Olivia.

Il les examina de son œil professionnel.

— Ça vous ennuie que je les garde ? Je doute que nous y trouvions des empreintes, mais j'aimerais quand même les soumettre à quelques tests au cas où. Et puis, nous en aurons besoin comme pièces à conviction.

— Pas de problème.

— Monsieur Connally, je ne crois pas plus que vous aux revenants ni au surnaturel, et j'ai toujours pensé que ces vieilles légendes concernant Theobald Mallen relevaient de la superstition. Toutefois, si plusieurs de vos employés disent l'avoir vu, il n'est pas impossible que ce qu'on raconte en ville depuis des années repose sur des faits réels.

— Allons, Arthur, les revenants n'existent pas, vous le savez comme moi !

— Les revenants, non, mais les hologrammes, oui. Avec votre permission, j'aimerais fouiller l'île à la recherche de projecteurs holographiques.

— Des hologrammes, bien sûr ! s'exclama Joe, l'air soulagé. Pas de problème, vous pouvez lancer vos recherches. Seulement, restez discret. Je ne voudrais pas que notre coco se doute de quelque chose.

— Il va me falloir quelques jours, même avec une bonne équipe. Je vous propose de rentrer à Savannah et de revenir avec deux de mes meilleurs hommes. Pour détourner les soupçons, nous prétendrons que nous venons étudier les lieux dans le but de concevoir un système de sécurité sur mesure. Ça vous va ?

— Parfait. Le plus vite sera le mieux.

— Comptez sur moi.

Arthur vida le reste de son café et s'essuya les lèvres avec sa serviette.

— Avant de partir, j'aimerais vérifier le dispositif vidéo.

Olivia doutait fort que son visiteur nocturne soit revenu dans sa chambre après les événements de la nuit, mais, obsédé par l'idée de piéger le coupable, Joe balaya ses objections. Ils se rendirent donc tous les trois à l'étage.

A peine eut-elle pénétré dans la chambre que son regard tomba sur l'enveloppe posée sur son oreiller. Interdite, elle s'arrêta net.

— Merde ! gronda Joe en se précipitant vers le lit.

Il prit l'enveloppe, la décacheta et en sortit la lettre qu'il parcourut rapidement. Voyant ses mâchoires se crisper, elle demanda d'une voix tremblante :

— Que dit le message, cette fois ?

— Les âneries habituelles, répondit-il en secouant la tête.

— Je t'en prie, Joe, lis-le-moi !

Il soupira avec irritation, mais accéda à sa requête.

— « VOUS AVEZ IGNORE NOS AVERTISSEMENTS. VOUS LE PAIEREZ DE VOTRE VIE. »

Elle s'était crue assez forte pour ne pas se laisser impressionner, mais cette menace directe lui arracha un petit cri.

Jurant entre ses dents, Joe remit le feuillet à Arthur et vint la prendre dans ses bras pour la réconforter.

— Du calme, ma chérie. Ne t'affole pas, je te protégerai. Moi vivant, ce type ne te fera aucun mal.

— Ce message a été déposé pendant le déjeuner, déclara Arthur en le fourrant dans sa poche. Nous devrions avoir un enregistrement vidéo.

Il se dirigea vers le coffret, vérifia le voyant et éjecta la cassette du dispositif.

— Voilà.

— Excellent ! Allons visionner ça.

Ils passèrent dans le salon. Arthur mit la cassette dans le magnétoscope et, après quelques secondes de neige, une image apparut. Les yeux rivés sur l'écran, tous trois regardèrent avec fascination l'ouvrier qui s'approchait du lit.

— Merde, c'est Clyde Shoemaker, un de nos charpentiers ! s'exclama Joe.

L'homme avançait comme un voleur, s'arrêtant tous les trois pas pour jeter un coup d'œil par-dessus son épaule et tendre l'oreille. Parvenu à destination, il s'interrompit de nouveau le temps de s'assurer qu'il était seul, puis, d'un geste hâtif, tira l'enveloppe de sa veste en jean et la déposa sur l'oreiller.

— Cette fois, mon salaud, on te tient ! gronda Joe.

— Je ne comprends pas comment il a obtenu une clé de ma chambre, remarqua Olivia, mystifiée.

— Oh, ce n'est pas bien sorcier. Un passe-partout suffit à ouvrir ces vieilles serrures, expliqua Arthur.

— Olivia, cette fois, c'est décidé, tu dors dans ma chambre pendant toute la durée du chantier. Et pas de discussion.

— Joe...

Alors qu'elle devenait toute rouge, Arthur toussota et, faisant mine de s'intéresser à un abat-jour à franges, s'en approcha pour l'examiner de plus près.

— Je me fiche comme de l'an mille qu'Arthur ou d'autres soient au courant de nos relations. De toute façon, la ville entière le saura et, s'il n'y avait que moi, j'irais le crier sur les toits. Ce qui compte pour le moment, c'est ta sécurité. Et puisque nous connaissons maintenant l'identité de notre coupable, je vais aller prévenir Mike immédiatement. Je vous rejoins dans la bibliothèque dès que je l'aurai trouvé ainsi que Clyde Shoemaker.

Une fois dans la bibliothèque, Olivia et le chef de la sécurité n'attendirent pas longtemps. Moins d'un quart d'heure plus tard, Joe et Mike apparaissaient, traînant derrière eux le charpentier, l'air inquiet.

Joe contenait sa fureur avec peine et serrait les poings pour s'empêcher de cogner sur le coupable.

— Dites, chef, y a quelque chose qui va pas ? souffla Clyde à Mike. Qu'est-ce que je fabrique dans le bureau du patron ?

— La ferme ! aboya Joe. Regarde plutôt ça, tu vas comprendre.

Enfonçant la cassette dans le lecteur, il croisa les bras sur sa poitrine et concentra son attention sur l'ouvrier. Dès que l'image apparut, ce dernier se décomposa.

— Je... je peux tout expliquer, patron, bredouilla-t-il.

— Eh bien vas-y, je t'écoute. Explique-moi donc pourquoi tu entrais dans la chambre d'Olivia, pourquoi tu lui laissais des lettres de menace, pourquoi tu cherchais à l'effrayer par tes visites nocturnes. Tu t'y prenais comment ? Tu t'éclipsais en fin de journée à l'insu des autres, et tu restais en planque dans une pièce vide jusqu'à ce qu'Olivia soit couchée ? Facile, pas vrai ? Un jeu d'enfant. Les cachettes ne manquent pas ici, et vu le nombre d'ouvriers qui rentrent sur le remorqueur, personne n'aurait remarqué ton absence à bord. Dans le pire des cas, tu pouvais raconter que tu étais rentré en barque avec L.J...

— Non, c'est pas vrai ! J'ai jamais...

Emporté par son élan, Joe ignora son interruption.

— Hier soir, quand elle t'a poursuivi dans le couloir, tu as tenté de la tuer avec une statuette en jade. Et c'est toi qui l'as poussée de la falaise !

— Quoi ? Mais non, patron, c'est pas moi ! J'ai rien fait de tout ça, je vous le jure ! J'ai juste déposé les messages pour un ami. Je savais même pas ce que contenaient les enveloppes.

— Et tu t'imagines que je vais te croire ?

— C'est la vérité vraie, patron. Je vous le jure sur la tombe de ma mère.

— Comment s'appelle votre prétendu ami ? intervint Arthur Wescott, parfaitement calme.

— Travis. Travis Dawson. En fait, c'était pour rendre service à sa femme… Euh, elle s'appelle Vicky.

Au nom de Travis, Olivia s'était déjà décomposée. Mais, là, elle devint franchement livide.

— Vicky, répéta-t-elle d'une voix blanche. Doux Jésus ! Les messages venaient de Vicky !

— Vous la connaissez ?

— Je… Je…

Incapable de construire une phrase cohérente, elle se laissa tomber sur le siège le plus proche et se prit la tête dans les mains. L'air sombre, Joe drapa un bras protecteur autour de ses épaules.

— C'est sa sœur, expliqua-t-il à l'intention d'Arthur.

— Ouais, confirma Shoemaker. C'est ce que m'a dit la femme de Travis, qu'elle voulait faire une blague à sa sœur. Si j'avais su qu'elle lui envoyait des menaces, je vous jure je me serais défilé. D'ailleurs, si j'ai accepté, c'est parce que j'avais une dette envers Travis.

— Et le reste ? lança Joe. Les visites nocturnes, les tentatives de meurtre, c'était aussi une idée de Vicky ?

— Non, patron. J'ai rien à voir là-dedans. Je me suis contenté de déposer les messages pour Vicky, et c'est tout. Je vous jure que je ferais de mal à personne, surtout pas à une femme.

— Comment êtes-vous entré dans la chambre d'Olivia ?
s'enquit Arthur.

— Vicky m'a donné un trousseau de clés à l'ancienne
en me disant que l'une d'elles ferait sûrement l'affaire.
Ça a marché du premier coup. Et même sans les clés, je
vais vous dire, ces serrures, c'est de la blague. Un gosse
les ouvrirait avec une lime à ongles

— O.K. Ne bouge pas d'ici.

Joe fit signe à Arthur et Mike de le suivre à l'autre
bout de la bibliothèque. Quand ils furent hors de portée
de voix, il lâcha :

— Je veux ce type en cabane.

— Je vous comprends, répondit prudemment Arthur.
Seulement, vous n'avez rien de sérieux contre lui. Il
travaille sur cette île sous vos ordres, et c'est la propre
sœur d'Olivia qui lui a demandé de déposer des messages
dont il ignorait le contenu. Même si le chef de police
retenait votre plainte, jamais l'affaire ne passerait devant
le juge.

— Il a raison, renchérit Mike. La seule solution, c'est
de le virer.

— C'est tout ? Ce type conspire contre Olivia, il lui
flanque une trouille bleue, il manque de l'assassiner, et
mon seul recours, c'est de le mettre à la porte ?

— Tout ce que vous pouvez prouver, c'est qu'il déposait
les messages. Pour le reste, vous n'avez que des présomptions. Ce n'est pas suffisant aux yeux de la justice.

Joe laissa échapper un chapelet de jurons, puis il
retraversa la pièce au pas de charge et se planta devant
son employé.

— Vous avez de la chance, Shoemaker. S'il n'y avait
que moi, vous seriez déjà en taule. Remerciez Mike et

Arthur pour vous en tirer à si bon compte. Vous êtes viré. Vous allez filer rassembler vos affaires. M. Wescott était sur le point de partir, il vous ramènera à Savannah sur son bateau.

18.

— Je persiste à penser que je ne devrais pas être ici.

Joe gara la voiture devant la demeure des Connally et coupa le contact avant de se tourner vers Olivia.

— Tu es ici à ta place. Où que j'aille, tu m'accompagnes, déclara-t-il gravement. De toute façon, ça ne durera pas longtemps. Je vais aller droit au but, histoire de savoir si c'est ma mère qui tire les ficelles et qui a soufflé l'idée des menaces à Vicky. Cela dit, je comprends que tu ne veuilles pas essuyer ses remarques déplaisantes. Tu peux m'attendre dans la voiture ou aller te promener dans les écuries. Et quand j'en aurai terminé, on ira voir ta mère et ta sœur.

Après l'avoir regardé disparaître par la porte d'entrée, Olivia resta un moment à fixer l'imposante maison de style colonial. Pendant neuf ans, elle y était allée et venue à sa guise et connaissait ses moindres recoins. Mais aujourd'hui, elle se sentait indésirable alors même qu'elle n'avait pas posé le pied dans l'allée.

L'élégante demeure n'avait pas changé depuis son départ de Bella Vista — ce qui n'était pas vraiment surprenant. Les lieux imprégnés de tradition comme Winterhaven Farm demeuraient immuables. Les murs ainsi que les piliers en brique étaient toujours peints d'un blanc immaculé, et les huisseries d'un beau vert émeraude. Sous la véranda, les meubles de jardin en fer forgé supportaient des coussins assortis, verts et blancs. Et, sur la table de verre, trônait un vase rempli de roses rouges.

Un tapis de gazon entourait la maison, délimité par des petites haies de buis impeccablement taillées grâce à Moses Oden, jardinier à Winterhaven depuis plus de trente ans. Les camélias et les azalées en fleurs réjouissaient l'œil de leurs couleurs éclatantes, du rouge le plus profond au rose le plus délicat, du violet au blanc. Des buissons de forsythia plantés aux quatre coins de la maison ajoutaient une note de jaune.

Les nerfs à vif, Olivia baissa les yeux. Sa présence à la ferme la mettait mal à l'aise. Mais le pire était à venir. Car, lorsqu'ils partiraient de là, ce serait pour rendre visite à sa mère et sa sœur.

Après le départ de M. Wescott et de Clyde Shoemaker, elle avait constaté par elle-même que Blair n'avait pas menti sur les colères de Joe. Jamais elle n'avait vu fureur plus meurtrière. Etant donné la rage qui bouillait en lui, elle s'estimait heureuse d'avoir réussi à le convaincre de ne pas aller régler ses comptes avec Vicky le jour même.

— A présent que nous connaissons le responsable, pourquoi attendre ? avait-il demandé d'une voix glaciale.

— Parce que tu dois te calmer et envisager les choses rationnellement. Dans l'état où tu es, Dieu seul sait de quoi tu es capable. Je veux que nous soyons maîtres de nous comme de la situation quand nous affronterons Vicky.

Joe avait insisté, mais elle avait fini par vaincre ses objections en lui faisant remarquer que, s'ils attendaient le dimanche, ils pourraient passer un agréable week-end ensemble avant le moment fatidique.

Que d'ingéniosité et d'astuce féminine il avait fallu déployer pour qu'il capitule !

Pendant trois jours, ils avaient vécu un bonheur sans pareil dans l'appartement de Joe, à faire l'amour, à regarder des films, à se promener le long des places au faîte de leur gloire printanière. Ils avaient joué aux échecs, dansé pieds nus sur de vieux enregistrements de Sinatra. Le samedi soir, ils étaient allés dans un club écouter un pianiste au répertoire illimité et n'étaient rentrés qu'à 1 heure du matin, tendrement enlacés. De retour à l'appartement, ils avaient de nouveau fait l'amour.

Olivia leva les yeux sur la maison et la porte-fenêtre qui ouvrait sur la véranda. Si Eleanore et Joe se trouvaient dans le salon, nul doute qu'ils voyaient la voiture — et elle à l'intérieur. De plus en plus gênée, elle descendit du véhicule et se dirigea vers les écuries.

La mémoire emplie de souvenirs, elle suivit l'allée tout en contemplant les hectares de prés aux pimpantes barrières blanches, les chênes centenaires aux troncs moussus et les élégants pur-sang. Dans le champ jouxtant l'allée, de jeunes poulains gambadaient et lançaient des ruades sous le regard attentionné de leurs mères. Leur exubérante joie de vivre la fit sourire. Le printemps à la ferme, avec ses fleurs et ses naissances, l'avait toujours enthousiasmée.

Apparemment, il n'y avait personne dans les écuries. Elle longea une rangée de box blanchis à la chaux sous l'œil curieux de leurs occupants. Plusieurs magnifiques chevaux passèrent la tête par-dessus la demi-porte dans l'attente d'une caresse ou d'une friandise. Olivia resta en arrêt devant une somptueuse jument à robe d'acajou. Elle s'approcha et lui gratta le front.

— Toi, tu es une vraie beauté. Parfaitement, murmura-t-elle.

La jument hennit doucement et frotta son nez contre son bras.

— Désolée, mignonne, mais je n'ai pas de gâteries pour toi. Pas de pommes, pas de carottes, rien.

Regardant autour d'elle, elle avisa un seau d'avoine près de la porte du box voisin. Elle en prit une poignée et tendit sa main à la jument qui, de ses lèvres de velours, prit l'offrande sur sa paume avec la délicatesse d'une débutante.

— Quel raffinement !

Voyant la bête hocher la tête comme pour l'approuver, Olivia ne put s'empêcher de rire. Elle posa le front contre celui de la jument et lui flatta l'encolure. Si seulement les humains étaient aussi francs et directs que les chevaux !

— Je t'attendais, lança alors une voix rocailleuse à l'accent antillais.

Pivotant sur elle-même, Olivia rencontra son reflet dans une paire de lunettes miroir bleutées. Derrière les lunettes se trouvait un visage fripé aux cheveux grisonnants, couronné par un énorme turban rouge et or.

— Mademoiselle Minerva ! s'exclama-t-elle en portant une main à son cœur. Dieu, que vous m'avez fait peur !

— Je suis venue te prévenir, mon enfant. Maintenant, tu vas écouter cette bonne vieille Minerva de toutes tes oreilles. Le danger n'est pas passé.

— Pardon ? Qu'est-ce que vous voulez dire ?

— L'héritier. Il ne veut pas de toi là-bas, ni des autres. Vous semez la zizanie dans ses plans maléfiques. Il piaffe. Il est à court de temps. Il s'en prendra de nouveau à Joe à travers toi. Ça ne tardera plus.

— A… à travers moi ? Je ne comprends pas.

— Tiens. Prends ce talisman.

Minerva lui tendit un caillou aux arêtes tranchantes qui ressemblait à un silex.

— Il contient un sort bénéfique puissant. Je l'ai sanctifié moi-même pendant la lune noire spécialement pour toi. Il te protégera. Mais tu dois le garder sur toi en permanence.

— Minerva, je… je ne suis pas sûre…

— Tu n'as pas besoin d'être sûre de quoi que ce soit. Minerva est sûre. Fais ce que je te dis.

Olivia examina le caillou, le retourna dans tous les sens, puis releva les yeux vers la vieille prêtresse vaudoue. Elle la gratifia d'un sourire incertain.

— En tout cas, ça ne peut pas faire de mal.

— La lune pâle se lèvera bientôt. Méfie-toi, mon enfant. Méfie-toi. Et garde ce talisman sur toi, ne t'en sépare pas.

Aussi soudainement qu'elle était apparue, Minerva tourna les talons et s'éloigna, son caftan bigarré battant ses maigres jambes.

— Mademoiselle Minerva, attendez !

La vieille poursuivit son chemin en se contentant de lever une main.

— Prends garde à l'héritier, ma fille !

Osant à peine respirer, Olivia la regarda disparaître derrière la rangée de box.

Joe alla retrouver sa mère et son frère dans le bureau à l'arrière de la maison. Il n'avait pas atteint la porte que leurs éclats de voix lui parvinrent.

— Je ne suis pas d'accord, je proteste !

— Tu peux protester autant que tu veux, j'achète ce cheval, et je te dis que c'est un bon investissement.

— Qu'est-ce qui te permet de l'affirmer ? Il n'a pas encore gagné de course.

— Le potentiel est là. Il suffit de l'entraîner.

— C'est une dispute privée, ou on peut participer ? intervint Joe en entrant dans la pièce.

— Salut, frangin. Qu'est-ce qui t'amène ici en plein dimanche ?

— J'espère que tu restes dîner.

— Non, maman. Je ne fais que passer. J'avais une ou deux questions à te poser.

— A moi ? Mais bien sûr, mon chéri. Que veux-tu savoir ?

— Aurais-tu par hasard contraint ou soudoyé quelqu'un pour qu'il ou elle envoie des messages de menace à Olivia ? Réfléchis bien avant de répondre, parce que je peux obtenir la vérité ailleurs.

— Aïe, le temps se gâte, grommela Luke.

— Certainement pas ! répondit Eleanore, outrée. Et je trouve ta question déplacée !

— Tu n'aurais pas non plus engagé quelqu'un pour l'éliminer ?

— L'éliminer ?

— En la poussant d'une falaise, par exemple. Ou en la frappant avec un objet contondant.

Elle écarquilla les yeux de surprise.

— Tu me demandes à *moi,* ta propre mère, si j'ai payé un *tueur* pour *éliminer* Olivia ? C'est une honte ! Comment oses-tu ? Tu devrais savoir que jamais je ne ferais de mal à notre petite Livvie. Je n'ai absolument rien contre elle ; au contraire, je l'aime beaucoup. Presque comme si je l'avais élevée. Je pense seulement qu'elle n'est pas une épouse convenable pour toi.

— Je t'avoue que je suis d'accord avec elle, frangin. Tu y vas un peu fort. M'man est capable de beaucoup de choses pour obtenir ce qu'elle veut, mais pas de meurtre.

— Merci, mon chéri. Je suis heureuse de constater qu'au moins un de mes fils m'aime et me fait confiance. Et je t'ai déjà dit de m'appeler mère ou maman, mais pas m'man, c'est vulgaire.

Imperturbable, Joe reprit :

— Tu me jures sur la Bible que tu n'es pour rien dans les lettres de menace et les agressions contre Livvie ?

— Absolument, répliqua-t-elle sans sourciller.

— Deux secondes, intervint Luke, l'air ébahi. Tu veux dire que ce ne sont pas des soupçons en l'air ? Que quelqu'un a réellement adressé des lettres de menace à Livvie et tenté de l'assassiner ?

— Oui.

— Mais enfin, c'est incroyable ! Qui voudrait du mal à Livvie ? Et pourquoi ?

— Je l'ignore, mais j'ai bien l'intention de connaître le fin mot de l'histoire.

Sur ce, Joe se dirigea vers la porte.

— Joseph ! appela sa mère.

Il s'arrêta et la regarda par-dessus son épaule.

— Oui ?

— J'espère que tu auras compris que je ne suis pas la seule à souhaiter qu'Olivia s'en aille.

Sans même daigner répondre, il quitta la pièce et se dirigea vers la porte d'entrée.

— Holà ! s'écria Luke en s'extirpant de son siège. Attends, je t'accompagne !

Et il courut le rejoindre dans le couloir.

— Qu'est-ce qui se passe ? Raconte.

— Je te l'ai dit, je n'en sais rien. Et je n'ai pas le temps d'en discuter maintenant. Livvie et moi avons encore quelqu'un à voir.

— Parce que Livvie est ici ? Merde, tu aurais pu me prévenir ! Où est-elle ?

Les bras posés sur la barrière, Olivia contemplait distraitement l'étalon noir qui caracolait à l'autre bout du pré et agitait la tête en hennissant. Elle avait l'esprit ailleurs. Le mystérieux avertissement de la vieille Minerva la troublait plus qu'elle ne l'aurait voulu.

Cela ne tenait pas debout, songea-t-elle. Qui était l'héritier ? Et quels étaient ces « plans maléfiques » dont Minerva avait parlé ? Il n'y avait aucune activité clandestine ou illégale sur Mallen Island, seulement des équipes d'ouvriers en train de restaurer une vieille demeure.

— Eh bien, eh bien, si ce n'est pas la petite Livvie Jones ! lança-t-on gaiement derrière elle.

Reconnaissant la voix, elle se retourna. Luke venait à sa rencontre en compagnie de Joe.

Comme son frère, il avait mûri pendant sa longue absence et était devenu un homme. A trente-trois ans, il était grand, très mince, et ressemblait davantage à Joe que dans ses souvenirs. Il avait les mêmes cheveux bruns, les mêmes yeux, le même nez, mais le visage plus anguleux, les traits plus prononcés, et sous son chapeau au large bord, sa peau était brûlée par le soleil.

Les muscles noueux, il possédait l'allure sportive d'un cavalier que l'exercice quotidien maintient en excellente condition physique. A côté de lui, Joe ressemblait à ce qu'il était — un homme d'affaires toujours sur la brèche, gardant la forme grâce à des joggings réguliers et des séances au gymnase.

Lorsqu'ils arrivèrent à la hauteur d'Olivia, Luke lança un grand cri et l'attrapa par la taille pour la soulever de terre et la faire tournoyer. Puis il la reposa en lui plantant un baiser sur les lèvres. Elle n'était pas encore remise de sa surprise qu'il lui prenait les mains et l'examinait de la tête aux pieds.

— Mince alors ! s'exclama-t-il. Si j'avais deviné que tu deviendrais aussi belle, je t'aurais épousée moi-même !

— Sûrement pas, gronda Joe en s'interposant entre eux. Quant à ce baiser, je te le pardonne, mais que ça ne se reproduise pas ou je te fais avaler ton dentier.

Luke adressa un sourire à Olivia.

— Ce n'est pas sa faute, il est né égoïste.

— Egoïste ou pas, je suis désolé d'écourter ces retrouvailles, mais nous devons partir.

— Alors, en route. Je vous accompagne à votre voiture.

Jetant à son frère un regard de défi, Luke passa négligemment son bras autour des épaules d'Olivia et entreprit de la bombarder de questions — où elle était allée en quittant Savannah, où elle avait fait ses études, dans quel quartier d'Atlanta elle habitait, si elle sortait avec quelqu'un... Il avait gardé cette question pour la fin, mais Olivia eut à peine le temps d'ouvrir la bouche que Joe répondait à sa place.

— Oui, elle sort avec moi. Inutile de te faire des idées, petit frère.

Arrivés devant la voiture, Luke ouvrit la portière du passager en riant.

— O.K., vieux. Je tentais ma chance à tout hasard, mais je te la laisse.

*
* *

Comme Olivia le supposait, le pick-up de Vicky était garé le long de l'allée. Depuis son mariage, la jeune femme déjeunait chez Flora chaque dimanche avec sa famille. Une fois le déjeuner terminé, la mère et la fille s'installaient confortablement pour bavarder, laissant les petits jouer dans le jardin et Travis regarder le sport à la télévision.

Sans perdre une minute, Joe cogna à la porte. Flora vint leur ouvrir en s'essuyant les mains sur son tablier.

— Livvie, Joseph, quelle surprise !

— Nous venons voir Vicky, l'informa-t-il.

— Mais bien sûr, entrez donc.

Elle s'effaça de façon à leur laisser le passage, et ils pénétrèrent dans l'étroite entrée. Sur la gauche, dans le salon, Travis Dawson était devant la télévision. Il jeta un coup d'œil aux nouveaux arrivants et se leva d'un bond.

— Monsieur Connally, qu'est-ce que... enfin... Je ne m'attendais pas à vous voir. Il y a un problème avec vos chevaux ?

— Non, je viens rendre visite à votre épouse.

— Vicky ? A quel sujet ?

— Je n'ai pas l'intention de me répéter. Si vous tenez à le savoir, je vous conseille d'aller me la chercher.

— Bien, monsieur, j'y vais.

Travis revint quelques instants plus tard. Derrière lui, Vicky, pâle et défaite, avait l'air affolé d'un animal pris au piège. A l'évidence, elle avait deviné la raison de leur présence.

— Travis m'a dit que tu voulais me parler. Je ne vois vraiment pas pourquoi.

— Inutile de jouer l'innocente, Victoria. Clyde Shoemaker t'a certainement mise au courant. C'est lui qui nous a

335

rapporté qu'il te servait de commissionnaire et déposait tes lettres de menace dans la chambre d'Olivia. Ce que je voudrais savoir, c'est pourquoi ?

— Oh, mon Dieu ! murmura Flora en se tordant les mains. Je t'avais pourtant dit de ne pas le faire...

— Parce que tu le savais, maman ? s'écria Olivia, jusque-là silencieuse. Tu étais dans le coup, toi aussi ?

Elle considéra sa mère et sa sœur, les yeux emplis d'une tristesse infinie.

— Ce n'est pas possible... Ma propre famille ! Me faire ça à moi...

— Oh non, mon enfant, non. C'était une idée de ta sœur. Je te jure que je n'y suis pour rien.

— Mais tu le savais, et tu ne m'as pas avertie.

— Eh bien... euh... Je...

— Attendez ! intervint Travis. J'ignorais que ces enveloppes contenaient des menaces. Tu m'as menti, Vicky, tu m'avais parlé d'une farce.

Pinçant les lèvres, la jeune femme se détourna afin d'éviter son regard et celui de sa sœur. Comme toujours lorsqu'elle était prise en faute, elle se braqua et devint agressive.

Le visage fermé, elle s'adressa à Joe :

— Il fallait bien que quelqu'un réveille Livvie, non ? Je voulais juste l'empêcher de se ridiculiser avec toi une deuxième fois. A l'évidence, elle n'a rien appris de l'histoire puisque, d'après ce que j'ai entendu dire, elle a sauté dans ton lit à la première occasion.

— C'est faux et, de toute façon, ça ne te regarde pas. Maintenant, si tu veux bien, revenons à ma question. Tu prétends avoir envoyé des menaces à ta sœur pour son propre bien. Naturellement, ton geste était purement désintéressé, tu n'y gagnais rien. Je me trompe ?

Elle se rembrunit encore.

— J'espérais nous épargner le scandale et la gêne, à maman et à moi. Ça peut se comprendre, n'est-ce pas ? Livvie ne vit pas ici, ce n'est pas elle qui souffre des ragots, des ricanements et des remarques salaces sur la fille de la bonne qui réchauffe le lit du jeune maître avant de le piéger avec le vieux numéro du polichinelle dans le tiroir. Livvie a toujours eu une haute idée d'elle-même. Elle ne veut pas comprendre que nous sommes des petites gens, que vous êtes le gratin, et qu'on ne mélange pas les torchons et les serviettes. Surtout pas à Bella Vista ou à Savannah.

A ces mots, il haussa les sourcils. Quand il reprit la parole, ce fut d'une voix dangereusement calme.

— Que Flora ait cette conception du monde, à la rigueur, admit-il. Elle est d'une autre génération que la nôtre ; elle a grandi avec d'autres principes. Mais de ta part, c'est tout simplement ridicule ! Si tu veux mon avis, je crois que tu es jalouse de ta sœur — que tu l'as toujours été. Elle est plus jolie que toi et plus intelligente ; c'était la préférée de votre père. Et si tu étais la petite chouchoute de Flora, ça ne t'empêchait pas de l'envier. D'envier son allant, son courage, son besoin de faire carrière. Parce que tu ne supportes pas sa réussite, tu t'es vengée en lui gâchant la vie.

— Ce n'est pas vrai ! J'aime ma sœur !

— Mais tu reconnais toi-même que tu l'aurais fait tuer pour vous éviter la honte d'un nouveau scandale.

Vicky ouvrit des yeux ronds.

— Tuer ? Qu'est-ce que tu racontes ? Je n'ai jamais voulu sa mort !

— Tiens donc. Alors, tu n'as pas demandé à Shoemaker de la supprimer ?

337

— Je ne sais plus exactement ce que je lui ai dit, mais certainement pas de la supprimer. Je voulais qu'elle laisse tomber le projet de Mallenegua et qu'elle rentre à Atlanta. Je n'ai demandé à personne de l'assassiner. C'est ma sœur, je ne lui veux pas de mal !

— Hmm. C'est précisément pour ça que je n'ai pas encore déposé plainte à la police.

— La police ! Doux Jésus, souffla Flora, apparemment effondrée. Tu nous as mis dans de vilains draps avec tes idées !

Sur ce, elle fondit en larmes tandis que Vicky et Travis se mettaient à parler en même temps.

— Silence ! tonna Joe.

Et les voix se turent, comme si on avait coupé le son.

— Maintenant, écoutez-moi bien. S'il arrive quoi que ce soit à Olivia pendant son séjour à Mallenegua, si elle reçoit d'autres menaces ou subit la moindre égratignure, je vous tiendrai collectivement pour responsables. Et, cette fois, je n'hésiterai pas à alerter les autorités. Vous êtes prévenus. J'espère que c'est compris.

Vicky et Flora hochèrent la tête en signe d'assentiment.

— J'aimerais régler un petit problème une fois pour toutes, continua-t-il, sa voix vibrant encore de colère contenue. Sachez que je me fiche complètement de ce que pense ou raconte l'aristocratie de Savannah et que je m'assois sur ses principes stupides et rétrogrades. Je ne veux plus entendre parler de classes sociales, dire qu'Olivia m'a embobiné, que c'est une croqueuse de diamants, une arriviste avec des ambitions au-dessus de sa condition. Est-ce que c'est clair ?

Penaudes, les deux femmes hochèrent de nouveau la tête.

— Bien. Parce que Olivia a plus de classe que toutes les mondaines de ma connaissance. Elle est belle, intelligente, bourrée de talent, et d'une gentillesse sans limites. Au lieu de vous acharner à détruire son bonheur, vous devriez être fières de ce qu'elle a accompli, les tança-t-il, avant d'ajouter d'une voix claire : Et pendant que j'y suis, autant vous avouer que je suis très amoureux d'elle. Si elle veut bien de moi, je la réépouserai dès que possible.

— Quoi ? s'écria Olivia.

— *L'épouser ?* s'exclamèrent en chœur Vicky et Flora.

— Exactement. Et, cette fois, si quelqu'un s'avise de nous séparer, il lui en cuira.

— Mais enfin… Tu ne peux pas épouser Livvie ! Ce n'est pas… pas convenable. Ta mère sera furieuse.

— Elle s'en remettra. De toute façon, elle n'aura pas le choix. Il faudra qu'elle s'y fasse si elle veut revoir son fils et, j'espère, ses petits-enfants.

C'en était trop pour Flora qui se laissa tomber sur le canapé voisin.

— Jésus, Marie, Joseph…

— Joe, il faut qu'on parle, intervint Olivia en tirant sur sa manche.

— Je sais, ma chérie, je sais. Mais ce n'est ni le lieu, ni le moment.

Il lui prit la main et la porta à ses lèvres.

— Nous parlerons tranquillement chez nous.

Puis, reportant son attention sur les autres, il redevint menaçant.

— Que ça vous serve de leçon. Et souvenez-vous bien de ce que j'ai dit, parce que je ne plaisante pas.

*
* *

— Olivia, je sais que tu es en colère contre moi et je le comprends, mais pourquoi ce silence ? s'enquit-il en la suivant dans l'appartement. Tu n'as pas desserré les dents de tout le trajet.

— Peut-être que je suis devenue muette. Que tu m'as rendue muette, répondit-elle avec lassitude.

En proie à une vive sensation de malaise, elle alla jusqu'à la fenêtre et contempla distraitement les bateaux sur la rivière. Comment avait-elle pu se laisser embarquer dans une aventure avec Joe ? Quelle imbécile elle était…

— Je te promets que je n'ai jamais eu l'intention de leur déballer tout ça d'un coup, reprit-il, l'air déconfit. Je comptais te courtiser pendant six mois comme j'aurais dû le faire la première fois, et puis, je t'aurais emmenée à Paris ou à Rome, dans un lieu romantique pour te proposer le mariage selon les règles. Je me serais même mis à genoux… Seulement, ça a été plus fort que moi. J'étais tellement remonté contre ta mère et ta sœur, leurs ridicules préjugés de classe, leurs histoires de torchons et de serviettes, que c'est sorti tout seul. J'ai craqué, je n'y peux rien.

Toujours tournée vers la fenêtre, elle se massait les bras, frissonnante.

— Tu aurais mieux fait de te taire, murmura-t-elle en secouant la tête lentement.

— Je sais, ma chérie. Le moment et le lieu étaient mal choisis, je le reconnais, mais ma déclaration n'en était pas moins sincère, assura-t-il avant de baisser la voix. Je t'aime, Livvie. Je t'aime de tout mon cœur. Et tu ferais de moi l'homme le plus heureux du monde si tu acceptais de m'épouser.

Se rapprochant d'elle, il posa les mains sur ses épaules, glissa le long de ses bras puis remonta. Elle sentait son haleine humide et tiède contre son oreille.

— Veux-tu m'épouser, Livvie ? lui demanda-t-il, la voix enrouée par l'émotion.

— Oh, Joe… Si seulement tu avais pu te taire !

— Pardon ?

— La réponse est non. Je ne peux pas t'épouser.

— Qu'est-ce que tu me racontes ?

Il l'obligea à se tourner face à lui et la dévisagea, médusé.

— Pourquoi ne peux-tu pas m'épouser ?

— Je ne peux pas, c'est tout.

— Désolé, ça ne me suffit pas. J'ai au moins le droit de savoir pourquoi.

— Joe, je t'en prie, n'insiste pas. C'est non parce que c'est non, voilà tout.

— Je veux savoir. Est-ce parce que nous avons déjà été mariés ? Si oui, quelle importance ? Il y a longtemps de ça, et on a mûri depuis. On n'est plus des gamins, on sait ce qu'on veut.

— Il y a un peu de ça, mais ce n'est pas l'essentiel.

— Qu'est-ce que c'est, alors ?

Elle baissa la tête et garda les yeux fixés sur sa chemise.

— Je ne suis pas amoureuse de toi.

Elle le sentit se raidir tandis que son regard pesait lourdement sur elle. Pendant quelques douloureuses secondes, il resta silencieux.

— Je ne te crois pas, lâcha-t-il enfin. Je perçois ton amour dans nos étreintes, dans tes caresses ; je le lis dans tes yeux.

— Je n'ai pas dit que je n'éprouvais rien à ton égard. J'aurai toujours une immense tendresse pour toi, mais je ne t'aime plus. Je t'ai prévenu dès le premier jour, quand j'ai accepté cet emploi.

Frustré, il s'écarta et se passa nerveusement la main dans les cheveux.

— Nos rapports ont évolué depuis. Nous nous sommes rapprochés, non ? Et si tu ne m'aimes pas, pourquoi avoir fait l'amour avec moi ? Tu croyais que ça nous mènerait où ?

— Je n'y ai pas réfléchi. Je… je pensais que… que c'était physique, une simple liaison.

— Une simple liaison ? Et pour combien de temps ? Un mois ? Six mois ? La durée du projet ?

— Mais je n'en sais rien ! s'écria-t-elle en levant les mains. Je me disais que nous prendrions les choses au jour le jour.

— Je vois. Supposons que nous soyons encore ensemble une fois le chantier terminé. Que se passerait-il ensuite, selon toi ? On se dirait « Au revoir, c'était sympa », et on repartirait chacun de son côté ?

— Je n'en sais rien, je n'y ai pas réfléchi. Je pensais que tu viendrais peut-être me voir de temps en temps à Atlanta.

— Une liaison à distance ? Quand nos emplois du temps nous le permettent, on se retrouve, on s'envoie en l'air, puis chacun retourne vaquer à ses occupations jusqu'à la prochaine fois ? C'est ça ?

— En gros, oui.

— Menteuse.

Elle tressaillit.

— Pardon ?

— Je te connais, Livvie. Tu es une fille à l'ancienne mode ; tu ne tiendrais pas dix minutes dans ce genre d'arrangement. Toi, tu recherches le mariage, un engagement sérieux et des enfants avec un partenaire qui t'aimera jusqu'à la fin. Et je crois que ce compagnon auquel tu aspires, c'est moi. Tu m'aimes, Livvie, j'en suis sûr.

— Non, Joe. Tu te trompes. Je ne t'aime pas.

— Si c'est vrai, pourquoi évites-tu mon regard ? demanda-t-il en lui reprenant les bras. Je ne te croirai pas tant que tu ne me l'auras pas dit en me regardant. Et je ne pense pas que tu en sois capable.

Elle releva la tête vers lui.

— Joe, je t'en prie, n'insiste pas. Je ne veux pas te faire de mal.

— Je t'écoute, Livvie. Dis-le. Si tu y arrives.

Elle se mordit la lèvre, hésitante, puis prit une grande inspiration et riva ses yeux sur les siens.

— Je ne t'aime pas, Joe.

Elle vit la flamme de son regard s'éteindre et la douleur passer comme un nuage dans ses prunelles. Ensuite, plus rien. Le rideau était tombé, protecteur. Et il lui relâcha les bras.

Il n'avait pas bougé, mais un abîme les séparait.

— Dans ce cas... il n'y a plus rien à dire.

19.

De bonne heure le lendemain, Olivia embarqua pour Mallen Island à bord du *Fleeting Dreams*. Après une nuit d'insomnie dans la chambre d'amis, elle se sentait bien lasse. Elle tenta de dormir pendant la traversée, sans succès tellement son trouble était grand.

Une heure plus tôt, elle avait quitté sa chambre dévorée d'inquiétude à l'idée d'affronter Joe. Angoisse inutile. Il s'était montré cordial et chaleureux, d'une politesse excessive, et l'avait traitée comme une invitée bienvenue. Pourtant, en dépit de sa courtoisie, il était resté distant, au point qu'elle en aurait pleuré.

Au petit déjeuner, elle voulut revenir sur les événements de la veille, mais il l'interrompit :

— Je préfère ne pas en discuter, Olivia. On s'est dit hier soir tout ce qu'on avait à se dire. Recommencer ne servirait à rien. Oublions ces derniers jours et restons-en là.

Il consulta sa montre, puis ajouta :

— Peux-tu être prête à partir dans vingt minutes ? Je viens d'appeler Mike, qui a besoin de moi pour régler certains détails urgents.

Depuis, ils s'étaient à peine adressé la parole.

Toujours très poli, Joe lui offrit sa main afin de l'aider à descendre du bateau et l'escorta avec son sac. Dans la maison, il leur fallut contourner les équipes d'ouvriers qui décapaient la rampe de l'escalier principal et les plinthes du couloir au premier étage. Une fois devant la chambre d'Olivia, il s'arrêta.

— Je viens de penser que tu ne te sentiras peut-être pas tranquille dans cette chambre, avança-t-il, l'air soucieux. Au cas où tu te poserais la question, la caméra a été enlevée. Maintenant que Clyde Shoemaker est parti, tu n'as plus rien à craindre, mais si tu veux, je demanderai à Mme Jaffe de t'installer ailleurs.

— Merci. Ce ne sera pas nécessaire.

— Dans ce cas, je file retrouver Mike. Je te verrai au déjeuner.

— Joe, attends, s'il te plaît. Etant donné ce qui s'est passé entre nous...

— Non, Olivia...

— Je t'en prie, écoute-moi jusqu'au bout, le coupa-t-elle gentiment. Je veux juste te prévenir que je vais avancer mon expédition chez les antiquaires et dans les salles de vente. Je serai partie trois à quatre semaines. Cette séparation nous facilitera les choses à tous les deux.

— Je vois. Et tu comptes partir quand ?

— Aujourd'hui même, si je trouve une place sur un vol. Et si quelqu'un peut me raccompagner à Savannah.

— Très bien. Je demanderai à Cappy de te ramener à Savannah.

Il la considéra en silence quelques secondes, pendant lesquelles elle lut de la douleur dans ses prunelles. Puis le rideau retomba, et son émotion disparut derrière un masque de politesse.

— La journée promet d'être chargée. Si je ne te revois pas, je te souhaite un bon voyage.

— Merci.

Le cœur serré, elle le suivit des yeux tandis qu'il s'éloignait le long du couloir. Elle ne connaissait que trop bien la souffrance de l'amour déçu et lui aurait volontiers épargné cette torture, mais il lui fallait penser à se protéger. Il suffirait d'un rien pour qu'elle retombe amoureuse de lui — ce qu'elle ne pouvait se permettre. La première fois, elle avait mis dix ans à guérir, et elle ne se sentait pas la force de recommencer. Honnêtement, elle doutait même d'y survivre.

Avec un soupir découragé, elle ouvrit la porte de sa chambre et traîna son sac à l'intérieur. En rangeant ses affaires, elle tomba sur le talisman que lui avait donné Minerva. Elle retourna le silex tranchant dans sa main et l'examina en frissonnant. Si la vieille prêtresse vaudoue prétendait ne pratiquer que la bonne magie, Olivia ne pouvait s'empêcher d'avoir la chair de poule.

Ces dernières heures, leur rencontre lui était complètement sortie de l'esprit. Il faut dire que les explications familiales et sa rupture avec Joe avaient oblitéré tout le reste…

Bah, autant jeter ce caillou ridicule, songea-t-elle, prête à le mettre à la corbeille. Elle suspendit son geste. Magique ou pas, le silex n'était pas bien encombrant, et le garder ne lui ferait pas de mal. De fait, elle l'enveloppa dans du papier de soie et le glissa dans sa poche.

Une heure plus tard, elle avait réservé une place sur un vol pour Boston ainsi qu'une chambre d'hôtel, et avait appelé son bureau afin de tenir ses assistantes au courant de ses déplacements. Elle préparait sa valise quand quelqu'un frappa à la porte. Sans lui laisser le temps de répondre, Blair poussa le battant et pénétra dans la pièce.

Olivia soupira, plus déprimée que jamais. Elle se serait bien passée de cette visite.

— Blair ? Qu'est-ce que tu viens faire ici ? Si tu as des documents à donner à Joe, je crois qu'il est avec Mike.

— Je l'ai déjà vu. Je suis même restée une heure avec lui pour tenter de savoir pourquoi il se conduit comme un ours en proie à une rage de dents. Il m'a dit que vous aviez rompu. Comme j'ignorais que vous étiez de nouveau ensemble, ça m'a un peu surprise, mais pas autant que la cause de votre rupture.

— Notre vie privée ne te concerne pas. C'est entre Joe et moi.

— Pas d'accord. Quand mon frère est au trente-sixième dessous et que mon amie a visiblement perdu la tête, ça devient mon affaire.

— Je t'assure que je suis parfaitement lucide.

— Ah, oui ? Alors, explique-moi quel est le problème. Pendant des années, tu as adoré Joe comme si c'était un dieu, et maintenant qu'il t'aime, tu le rejettes. Sincèrement, Livvie, vu de ma fenêtre, c'est de la folie pure !

— Arrête, Blair ! Ce n'était qu'un amour de jeunesse et ça remonte au déluge. On a tous des béguins de ce genre, et on s'en remet. Ça fait partie de l'apprentissage... J'ai grandi, depuis.

Reportant son attention sur sa valise, Olivia y ajouta un chemisier de soie en continuant :

— Je sais faire la différence entre une amourette et l'amour véritable. Je ne suis pas amoureuse de Joe.

— Je ne te crois pas. Une amourette ne dure pas dix ans et plus.

— Ce que vous êtes têtus, vous autres Connally ! s'écria-t-elle en levant les yeux au ciel. Mais qu'est-ce qu'il faut que je fasse pour...

Elle se retournait vers Blair quand la porte de l'immense penderie s'ouvrit sur une silhouette masculine. Suspendant son mouvement, elle s'exclama :

— L.J. ? Mais qu'est-ce que vous fabriquez dans ce cagibi ? Et surtout, comment êtes-vous arrivé là ? Ça fait une heure que je fouille dans cette penderie pour prendre mes affaires...

— Oups ! Me voilà découvert, commenta-t-il en souriant aimablement.

Puis, son sourire devenant rictus, il fouilla dans son bleu de travail et en sortit un pistolet.

— Désolé, mesdames, mais les circonstances ne me laissent pas le choix.

Blair poussa un cri. Aussitôt, il pointa l'arme sur elle.

— Fermez-la ! gronda-t-il, les traits soudain durcis. Encore un cri de ce genre et je vous tue !

Le L.J. gentil et timide qu'Olivia connaissait avait laissé la place à un inconnu, menaçant et dangereux. Elle se rapprocha imperceptiblement de Blair et lui effleura la main.

— Reste calme, lui souffla-t-elle avant d'ajouter à haute voix : Je ne comprends pas, L.J. A quel jeu jouez-vous ? Qu'avez-vous à gagner dans cette histoire ?

— Vous le saurez bientôt. Mais pour le moment, il faut que je vous sorte d'ici toutes les deux.

De la sacoche en cuir pendue à sa ceinture, il tira un rouleau de chatterton et le jeta à Blair.

— Vous, mademoiselle Sa Grandeur Connally, prenez ça et attachez les poignets d'Olivia derrière son dos. Tâchez de bien serrer, parce que je vérifierai votre travail.

Se retournant, Olivia glissa subrepticement sa main dans sa poche. Elle prit le talisman de Minerva puis, les deux poings fermés, croisa les poignets derrière son dos. Tremblante, Blair les lui attacha en geignant comme une fillette.

— Oh, mon Dieu… Oh, mon Dieu… Il va nous tuer, c'est sûr…

Elle lia les poignets d'Olivia avec trois tours de chatterton qu'elle coupa tant bien que mal.

— Bon. Voyons un peu ça.

L.J. lui fit signe de s'écarter et s'avança afin d'examiner le résultat. Retenant son souffle, Olivia priait en silence pour qu'il croie qu'elle serrerait les poings de terreur.

— Ça fera l'affaire. Et maintenant, fille de chienne, à ton tour. Et arrête de pleurnicher, je n'aime pas les chialeuses.

S'efforçant vaillamment de refouler ses larmes, Blair obéit à ses consignes. Lorsqu'il lui eut lié les poignets, il les poussa toutes les deux dans la penderie.

Le vestiaire de Theobald Mallen était immense — de la taille d'une chambre moderne. Le mur du fond était couvert d'étagères et de niches, lesquelles servaient à ranger des articles tels que chemises, chaussures et chapeaux. Au grand étonnement d'Olivia, L.J. passa la main à l'intérieur d'une de ces niches et fit pivoter le panneau central. Agitant son pistolet vers l'ouverture, il pressa les deux femmes d'avancer.

— Après vous, mesdames.

A peine capable de contenir sa frayeur, Blair étouffa un gémissement tandis qu'il la poussait, ainsi qu'Olivia, dans ce qui ressemblait à un trou noir. Il leur emboîta le pas, puis prit soin de refermer le panneau derrière eux. L'obscurité les enveloppa, noire, totale. Prisonnière des ténèbres, Blair ne put retenir un cri.

— J'ai dit la ferme, connasse ! aboya L.J. en allumant la torche électrique qu'il portait à sa ceinture. Je ne le répéterai pas. Et maintenant, en avant.

Braquant la lampe par-dessus l'épaule d'Olivia, il éclaira un escalier en colimaçon. Tous les trois se mirent à le descendre en file indienne. Lorsque Blair se montrait trop lente, L.J. la poussait du canon de son arme.

— Avance, fille d'abruti, ou je flingue ta copine tout de suite !

La colonne centrale n'était pas bien large. Toutes les sept marches, il y avait une petite plate-forme, et l'escalier tournait pour repartir dans l'autre direction. La descente n'en finissait pas. A l'heure qu'il était, ils devaient avoir atteint le niveau de la cave.

Enfin, l'escalier prit fin, et ils débouchèrent dans une longue galerie en pente creusée à même le granit. A la faible lueur de la lampe, Olivia aperçut sur sa gauche quelque chose qui ressemblait à une porte. Si ses calculs étaient justes, celle-ci devait donner sur la chaufferie

— Par ici, ordonna L.J. en dirigeant sa lampe vers la droite.

Au bout du rayon lumineux, c'était l'obscurité totale. Olivia et Blair trébuchaient fréquemment sur le sol inégal et peinaient à reprendre l'équilibre à cause de leurs mains liées. Quand, par malheur, l'une d'entre elles tombait sur les genoux, L.J. la relevait sans ménagement en la tirant par le bras sous une pluie de jurons.

Après vingt minutes de lents progrès, ils atteignirent une porte digne d'un château fort, construite avec des planches grosses comme des poutres et renforcée par des ferrures. Muni d'une clé, L.J. s'escrima sur la vieille serrure, jurant comme un beau diable, jusqu'à ce qu'enfin, le déclic se produise.

Une fois la porte ouverte, il les poussa dans une grotte faiblement éclairée par une lampe à pétrole.

— Mesdames, c'est la fin du voyage, déclara-t-il alors avec un rire sardonique.

Olivia frissonna, sachant qu'il ne se référait pas seulement au tunnel.

Plutôt que de se battre de nouveau avec la serrure récalcitrante, il barra la porte au moyen d'un madrier qu'il glissa dans des fixations métalliques. Olivia en profita pour examiner rapidement les lieux.

Contrairement au tunnel, la grotte semblait être l'œuvre de la nature, érodée par les vagues depuis des millénaires. Ce vaste espace était prolongé par un étroit goulet dans lequel l'océan s'était taillé un chemin à travers la roche. A l'endroit le plus large, la grotte devait faire une quinzaine de mètres sous une voûte qui culminait à peu près à la même hauteur. On aurait dit qu'un géant avait arraché une poignée de granit afin de créer cette caverne.

L'air y était frais et humide. En se concentrant, Olivia entendait le bruit de l'eau coulant sur les pierres et le grondement plus lointain des vagues qui s'écrasaient contre les falaises. En observant le sol avec plus d'attention, elle nota que la roche s'arrêtait au milieu de la grotte où elle cédait la place à l'eau. Le goulet, long d'une cinquantaine de mètres, n'était guère plus large que le tunnel qui les avait conduits là, et laissait filtrer un peu de la lumière du jour.

Si son sens de l'orientation ne la trahissait pas, le goulet devait déboucher du côté est de l'île. Pourrait-elle s'échapper à la nage avec Blair ? Probablement pas. Non seulement elle n'était pas assez bonne nageuse, mais la mer était dangereuse et la côte inabordable sur plus d'un kilomètre dans chaque direction. Et en admettant qu'elles échappent aux écueils et aux remous, elles ne trouveraient pas de rocher sur lequel grimper.

Conclusion : le bateau était le seul moyen de sortir de la grotte — une petite embarcation étroite et manœuvrable, comme le puissant hors-bord de L.J., amarré à un anneau fixé dans le roc. Sachant, en plus, que la passe n'était sans doute négociable qu'à marée haute, pendant un certain laps de temps…

Olivia se souvint que L.J. préférait avoir son propre moyen de transport pour aller à la pêche après le travail. A y bien réfléchir, il ne devait pas quitter l'île. Sans doute se contentait-il de contourner chaque soir la pointe sud pour remonter du côté est, hors de vue de la maison, et rentrer dans cette grotte.

— Asseyez-vous sur ce lit de camp toutes les deux, et ne bougez plus en attendant mes ordres, gronda-t-il.

— Oh, mon Dieu, nous allons mourir, Livvie, gémit Blair. Il va nous tuer !

— Et pas un mot, c'est compris ?

Il entreprit d'allumer d'autres lampes à pétrole à travers la grotte. Profitant de son inattention, Olivia examina l'endroit plus en détail à mesure que la lumière se répandait. En plus du lit de camp sur lequel Blair et elle étaient assises, il y avait là deux glacières, plusieurs bidons de kérosène, six lampes, une vieille malle cabossée et, entassés tout le long de la paroi incurvée, des centaines — voire des milliers — de blocs sous plastique de la taille d'une brique. Eberluée, elle ne pouvait en détacher ses yeux. L.J., un trafiquant de drogue ?

— Je vois que vous avez remarqué mes marchandises, commenta-t-il en gloussant. Il y a là pour des milliers de dollars d'héroïne de première qualité. Depuis l'âge de seize ans, je fais entrer de l'héroïne et de la cocaïne en fraude dans le pays par le biais de cette île, tout comme mon père et mon grand-père.

Un autre éclat de rire, et il ajouta :

— En somme, c'est une tradition familiale, transmise de père en fils depuis le grand Theobald lui-même. A ceci près qu'au lieu de faire de la contrebande de marchandises et de rhum, ma famille a transformé l'île en une plaque tournante du commerce de la drogue.

— Je croyais que Mlle Prudence était la dernière survivante de la famille Mallen, observa Olivia.

— Si vous voulez entrer dans les détails techniques, ma famille n'est pas liée par le sang aux Mallen. Mon arrière-grand-mère a épousé Randolf, le fils de Theobald et le père de Prudence, alors que son propre fils — à savoir mon grand-père — était encore enfant. Ce qui fait de moi quelque chose comme l'arrière-arrière-beau-petit-fils de Theobald, mais je suis ce que Prudence a de plus proche en matière de famille.

— *Lennard !* Vous êtes Lennard ? Celui que Mlle Prudence hébergeait en échange de menus travaux ?

— Exactement. Et il y a dix ans que j'attends que cette vieille bique passe l'arme à gauche. Comme je suis presque de la famille, je pensais qu'elle me laisserait la propriété en héritage, mais au lieu de ça, elle l'a vendue, commenta-t-il avec une amertume non déguisée. Avec deux vieilles commères dans la maison, je n'ai pas pu développer mon commerce autant que je le voulais, mais quand ma tante a fait sa chute, je me suis dit qu'elle n'en avait plus pour longtemps. A plus de quatre-vingts ans, on peut laisser la place, non ? En prévision de l'événement, j'ai donc conclu un marché avec un fournisseur d'Amérique latine. Et voilà qu'au moment même où je scellais cet accord, la vieille toupie vendait tout ! Et pour une bouchée de pain, en plus, à côté de la fortune qui me tend les bras.

— Mme Jaffe est de mèche avec vous ?

— Cette sorcière ? Certainement pas !

— Alors, pourquoi ne nous a-t-elle pas dit qui vous étiez vraiment ? Elle a bien dû vous reconnaître quand même ?

Il haussa les épaules.

— Je lui ai demandé de se taire. Elle ne m'a jamais eu en odeur de sainteté, mais elle vous aimait encore moins que moi.

— Ecoutez, L.J., ou Lennard, ou je ne sais quoi, l'interrompit Blair. Si vous appelez un de mes frères ou ma mère, je suis sûre qu'ils vous donneront une coquette somme en échange de notre libération.

— Pas question, ma jolie. Enlever des gens contre rançon, c'est de la connerie. Ils se font tous pincer à ce petit jeu-là. Et puis, ce que les chers Connally auraient à m'offrir ne serait que de la gnognotte comparé à ce que va me rapporter ma petite opération.

— Alors, c'est vous qui m'avez poussée de la falaise ? Et qui avez tenté de me fracasser le crâne la semaine dernière ?

— Quoi ? fit Blair, bouche bée.

— Ouais, reconnut-il. Mais ce n'était pas prémédité ; initialement, je n'avais pas l'intention de vous tuer. Je m'efforçais juste de foutre le projet en l'air en jouant au revenant afin de vous effrayer, vous et les ouvriers. J'ajoutais mon grain de sel aux légendes locales.

Il eut un autre rire glaçant.

— En leur temps, mon grand-père et mon père allaient se promener le long des falaises, déguisés en Theobald. Un bon truc pour éloigner les curieux ! J'ai suivi leur exemple, mais au moyen d'un projecteur holographique. Ce que les gens ont pris pour le fantôme du vieux Theobald n'était qu'une image de moi !

Il rit de plus belle.

— Cette petite mise en scène a d'abord flanqué une trouille bleue aux ouvriers, mais en fin de compte, elle n'aura servi qu'à ralentir les travaux. Et puis, quand je vous ai vue là-haut, sur la falaise, une autre idée m'est venue. Je me suis dit que, si la bien-aimée du grand patron mourait à Mallen dans des circonstances tragiques, il renoncerait à son hôtel de luxe. Je savais aussi qu'il vous cherchait en lisière de forêt, qu'il serait là d'une minute à l'autre, et j'ai pensé qu'avec un peu de chance, Connally serait accusé de meurtre. Tout seul sur la falaise avec son ex-femme, hein ?

— Mais… vous saviez que nous avions été mariés ? Comment ?

— J'ai écouté aux portes. En ce qui concerne l'incident de la semaine dernière, quand vous m'avez poursuivi dans le couloir, la statuette de jade était bien commode. J'ai effectivement tenté de vous fracasser le crâne.

— Seigneur Dieu ! souffla Blair.

— Je vois, commenta Olivia avec un calme confondant. Quelle idiote j'étais de croire que vous m'aimiez bien.

— Mais je vous aime bien, répliqua-t-il avec un sourire carnassier.

S'approchant d'elle, il lui effleura la joue, laissa ses doigts glisser le long de son cou, jusque dans son décolleté.

Interdite, Olivia le dévisageait en s'efforçant de rester stoïque, mais elle ne put réprimer un frisson de dégoût.

— Si les choses avaient tourné autrement, nous aurions pris du bon temps tous les deux. Mais, finalement, je ne suis pas fâché de ne pas avoir réussi à faire fermer le chantier. Depuis, j'ai élaboré un nouveau plan bien plus intéressant. J'ai conclu un accord avec mon fournisseur. Il achètera Mallenegua par le biais d'un prête-nom, pour pouvoir ensuite blanchir l'argent de la drogue grâce à la résidence de luxe. Je serai nommé officiellement directeur de l'hôtel et je m'occuperai moi-même de la distribution des marchandises. Puisque j'habiterai sur place, autant que la rénovation soit terminée, hein ? Histoire de parfaire la couverture, j'emploierai un professionnel de l'hôtellerie comme assistant. Les tractations entre l'homme de main de mes fournisseurs et AdCo sont déjà en cours.

Pendant qu'il s'expliquait, Olivia cherchait désespérément un argument afin de le convaincre que son projet était bancal. Si elle y parvenait, peut-être leur laisserait-il la vie sauve ?

— Ça ne marchera jamais, L.J. Vous ne voyez pas que, sitôt l'affaire conclue, vos fournisseurs vous élimineront pour mettre un des leurs à la tête de Mallenegua ?

Il fronça les sourcils.

— Aucune chance, je les tiens. C'est moi qui ai tous les contacts locaux. Carlos a trop besoin de moi pour me liquider.

— Vous ne vous en tirerez jamais en nous gardant prisonnières. Dès que Joe s'apercevra que nous avons disparu, il lancera tous les ouvriers à notre recherche.

Il éclata de rire.

— Aucune chance qu'ils découvrent le passage secret ! Mon grand-père l'a cherché pendant des années quand il était jeune. Finalement, il a dû rouer de coup le vieux Theobald pour qu'il crache le morceau, avant de le précipiter du haut des falaises.

Olivia serra les dents, masquant sa peur coûte que coûte. La nonchalance avec laquelle L.J. évoquait ce crime et la brutalité de son ancêtre lui glaçait le sang.

— Vous vous trompez, répliqua-t-elle avec une assurance qu'elle était loin d'éprouver. Quitte à démanteler Mallenegua pierre après pierre, Joe retrouvera la porte secrète.

— Peut-être, mais il sera trop tard. Une fois que la marée sera haute, je vous emmènerai en mer toutes les deux et vous jetterai par-dessus bord. Quand vos cadavres échoueront sur la grève, les autorités penseront que vous êtes tombées des falaises et que vous vous êtes noyées comme le vieux Theobald.

Blair baissa la tête et se mit à pleurer en silence. La gorge nouée par la peur, Olivia ne put articuler un mot. Tout ce qu'elle parvint à faire, c'est de river ses yeux sur les siens et de le défier du regard.

— Jusqu'ici, nous en avons découvert deux, déclara Arthur Wescott qui examinait un projecteur holographique caché dans le mur de la tour. L'autre est situé dans une niche du couloir au premier étage. Il doit y en avoir d'autres.

Joe se tourna vers Mike.

— Tu crois que Clyde Shoemaker a pu installer ces dispositifs ?

— Non. Clyde est un charpentier sans qualification, et pas bien futé par-dessus le marché. Celui qui a mis les projecteurs en place a fait du bon boulot. Il devait sacrément bien s'y connaître en électronique et en maçonnerie pour raccorder et planquer tout ça.

— J'ai relevé les numéros de série des projecteurs et mené mon enquête, monsieur Connally. Apparemment, ils ont été achetés par un certain Lennard J. Ainsworth.

Joe reporta son attention sur Arthur.

— Ainsworth ? C'est le petit-neveu par alliance que Mlle Prudence employait comme homme à tout faire. Hmm… Lennard J., L.J… Je me demande…

Un sentiment de malaise s'empara de lui. Il n'avait pas cru à l'innocence de Shoemaker malgré ses protestations selon lesquelles il avait simplement déposé les enveloppes dans la chambre d'Olivia, et pensait que, sitôt le charpentier licencié et évacué de l'île, les agressions et autres mystérieux incidents prendraient fin. Or voilà qu'il découvrait un nouveau fauteur de troubles parmi ses employés.

— Excusez-moi de vous interrompre, intervint Cappy depuis la porte de la tour. Patron, si Olivia n'est pas prête à partir dans les dix minutes, je ne pourrai pas ramener les hommes à terre ce soir.

Joe fronça les sourcils en consultant sa montre.

— Elle n'est pas encore partie ?

— Je ne l'ai pas vue, patron. Je suis même allé frapper à la porte de sa chambre, mais ça ne répondait pas.

— Et ma sœur ? Elle est montée voir Olivia il y a une heure.

— Pas vue non plus.

Son malaise se mua en un sombre pressentiment.

— Ça ne me dit rien qui vaille, grommela-t-il avant de s'adresser aux trois hommes autour de lui. Venez avec moi, je sens que je vais avoir besoin de votre aide.

Ensemble, ils gagnèrent la chambre d'Olivia. Joe cogna à coups de poing contre la porte.

— Olivia ? Blair ? Ouvrez si vous êtes là !

Pas de réponse.

A tout hasard, il actionna la poignée, et le battant s'ouvrit sans plus de résistance. Une valise à moitié remplie trônait sur le lit, entourée de piles de vêtements soigneusement pliés et d'objets de toilette.

— Olivia ? Blair ? Il y a quelqu'un ?

Seul le silence lui répondit — un silence inquiétant.

Mike, Arthur, Cappy et lui se déployèrent à l'intérieur, vérifiant la penderie, le petit salon et la salle de bains. Force leur fut de constater que la suite était vide.

Avisant un bloc-notes sur le bureau, Arthur se pencha pour lire.

— D'après ce qu'il y a d'écrit ici, elle a réservé un vol avec une correspondance pour Boston. Le premier avion doit décoller de Savannah dans moins d'une heure. Elle n'y sera jamais.

Joe sortit dans le couloir où les ouvriers s'affairaient sur les boiseries.

— Est-ce que l'un d'entre vous aurait aperçu Olivia ou ma sœur ? s'enquit-il avec inquiétude.

S'interrompant dans leur travail, ils relevèrent la tête.

— Mlle Olivia est rentrée dans sa chambre sitôt que vous l'avez quittée ce matin, et elle n'en est pas ressortie, lui apprit l'un.

— Ouais. Et Mlle Blair est venue lui rendre visite il y a environ une heure. Elle n'est pas ressortie non plus, ajouta un autre.

Comme le reste de l'équipe confirmait d'un hochement de tête, Joe sentit son angoisse croître.

— Alors, il doit y avoir une autre issue à cette suite, parce qu'elles ne sont pas à l'intérieur.

Une porte dérobée. Voilà qui expliquerait beaucoup de choses...

— Bien. Mike, Cappy ? Déployez tous vos hommes et fouillez la maison de la cave au grenier au cas où elles seraient sorties sans qu'on les remarque. Arthur, venez avec moi. S'il y a un passage secret, nous le trouverons, quitte à démolir cette fichue suite !

— Et si elles ne sont pas dans la maison ?

L'image des falaises surgissant dans son esprit, il sentit une sueur froide couler le long de son dos.

— Vous étendrez vos recherches à toute l'île. Et maintenant, au travail !

Avec Arthur, il examina méthodiquement la chambre, frappant contre les cloisons, examinant le plancher en quête d'une trappe, sans résultat. Puis, tandis que le chef de la sécurité concentrait ses efforts sur le salon, Joe s'attaqua au vestiaire. De plus en plus anxieux à mesure que le temps passait, il cognait à coups répétés contre les murs dans l'espoir d'entendre un son creux. Lorsqu'il passa derrière les vêtements d'Olivia suspendus à des rails, leur parfum familier lui serra le cœur.

Lorsqu'il atteignit le mur du fond, la rage commençait à l'envahir. Il rêvait de tout démolir à l'aide d'une barre à mine quand, soudain, l'un de ses coups sonna bizarrement contre la cloison.

— Arthur ? Venez voir ici. Je crois que j'ai trouvé quelque chose.

Le chef de la sécurité le rejoignit aussitôt.

— Ecoutez ça, mon vieux. Il n'y a rien derrière cette cloison. Je vais chercher une scie électrique.

— Attendez. Il doit bien y avoir un mécanisme quelque part.

Alors que Joe piaffait d'impatience, Arthur se mit à explorer chaque niche patiemment.

— On perd notre temps. On ferait mieux de tout démolir.

— Pas de panique, j'y suis presque… Là.

Il y eut un déclic, et la partie centrale de la paroi pivota.

— Merde ! s'exclama le chef de la sécurité. Il fait noir comme dans un tombeau, là-dedans.

Devant l'air décomposé de Joe, il regretta aussitôt ses paroles. Sortant son trousseau de clés, il alluma la petite lampe qui y était attachée. Joe s'engouffra dans l'ouverture.

— Il y a des marches, annonça-t-il. Passez-moi votre lampe, je vais voir où l'escalier conduit. Pendant ce temps, vous irez alerter les autorités — la police, le FBI, les gardes-côtes et tout le tremblement. Il nous faut des renforts. Ensuite, rassemblez quelques hommes avec les armes dont ils disposent, et venez me rejoindre.

— Vous devriez attendre les secours. C'est trop dangereux pour un homme seul. Vous ne savez pas ce qu'il y a en bas.

— Il y a ma sœur et la femme de ma vie, peu importe le reste. Et maintenant, filez !

Sur ces mots, il s'engagea dans l'étroit escalier, le cœur battant.

20.

Le temps passait et la mer montait, inexorablement. La fin était proche. Le hors-bord tanguait de plus en plus sur l'eau agitée de la grotte, tandis que le grondement des vagues augmentait à chaque minute.

Tout en s'escrimant furieusement avec le morceau de silex sur le chatterton qui lui liait les poignets, Olivia surveillait L.J. du coin de l'œil. Il vérifiait l'huile du bateau, faisait le plein de carburant — bref, se préparait au départ.

Refusant de céder à la terreur qui lui nouait le ventre, elle sciait consciencieusement la bande collante. Si elles voulaient s'en tirer, il fallait que quelqu'un garde la tête froide, et ce ne serait sûrement pas Blair.

— On va mourir noyées… ou mangées par les requins, gémissait cette dernière. Oh, mon Dieu, qu'est-ce que j'ai fait pour mériter ça…

— Tais-toi, lui souffla Olivia. Ce n'est pas le moment de le mettre en colère.

— Qu'est-ce que ça change qu'il nous tue maintenant ou plus tard ? De toute façon, on est fichues.

— Tant qu'il y a de la vie, il y a de l'espoir, ma vieille. Moi, je te dis qu'on va s'en sortir.

Blair leva sur elle des yeux mouillés de larmes.

— Tu as un plan ?

— Oui, mais chut. Inutile d'attirer son attention.

Il remit le bouchon du réservoir en place puis se rendit à l'avant du bateau.

— Tout est en ordre, mesdames. Prêtes pour le grand voyage ?

Olivia redoubla d'ardeur avec son morceau de silex. Ce n'est que lorsque L.J. sauta du hors-bord, que le chatterton céda. Enfin.

— Dépêche-toi ! Il arrive, murmura Blair, prise de panique.

— Pas d'affolement, tout se passera bien, assura Olivia sans le quitter des yeux. Tu vas lui obéir, mais sois prête à courir à mon signal. Au moment où nous nous lèverons, tu passeras devant, et tu feras semblant d'avoir besoin d'un coup de main pour monter à bord. Je m'occupe du reste.

— O.K., j'ai compris…

— Debout, mesdames, et que ça saute !

Suivant les consignes d'Olivia, Blair passa devant elle. Gardant les mains derrière le dos comme si elles étaient ligotées, Olivia priait pour que L.J. ne remarque pas le chatterton effiloché.

— Aïe ! Oh ! s'exclama soudain Blair. Aidez-moi, je vais tomber…

— Embarque, espèce de gourde !

— Je n'y arrive pas ! Je perds l'équilibre avec les mains dans le dos…

— Et merde !

Il s'avança vers elle. Quand il parvint au bord de l'eau, Olivia sépara ses poignets d'une secousse, chargea droit sur lui, juste en dessous des épaules, et le poussa de toutes ses forces.

Surpris, L.J. émit une sorte de jappement et bascula. Il fit un plat retentissant dans l'eau glaciale de la grotte.

— Vite, Blair ! On y va ! hurla-t-elle.

Lui empoignant le bras, elle l'entraîna dans sa course.

— Détache-moi ! Je ne peux pas courir comme ça !

— Pas le temps. Débrouille-toi pour courir quand même.

Et, sans la relâcher, elle la tira vers la porte. A mi-chemin, Blair risqua un coup d'œil par-dessus son épaule.

— Il nage vers la rive ! On n'y arrivera jamais…

— Tais-toi et cours !

Lorsqu'elles atteignirent la porte, Olivia ordonna à Blair de l'aider.

— Cale ton épaule là-dessous et soulève. Il faut dégager cette barre pour pouvoir sortir.

La jeune femme obéit. Poussant de son côté, Olivia parvint à libérer la porte, et le battant s'ouvrit. Alors, elle traîna la lourde barre dans le passage.

— Oh, Seigneur ! Il sort de l'eau ! s'écria Blair.

Olivia courut dans la grotte, empoigna la première lampe à pétrole venue et regagna le tunnel.

— Et maintenant, aide-moi à refermer cette porte. Vite !

Elles repoussèrent le battant et le calèrent avec le madrier, pesant dessus de tout leur poids.

— C'est bon. On file. Cours, Blair !

Empoignant la lampe d'une main, le bras de son amie de l'autre, elle s'engouffra dans le tunnel obscur. Elles n'avaient pas fait dix pas que des coups résonnèrent contre la porte. Blair poussa un cri qui se répercuta dans tout le tunnel.

— Plus vite, Blair, plus vite ! l'encourageait Olivia.

Derrière elles, les coups redoublaient. Elle savait que cette brute de L.J. finirait par déloger la cale et s'élancer à leur poursuite. Il n'avait pas le choix. S'il voulait sauver son trafic, le passage devait rester secret.

Elles coururent à toutes jambes pendant ce qui leur parut être une éternité, butant et trébuchant sur les irrégularités du terrain.

— Plus vite, Blair ! Dépêche-toi ! Il faut qu'on atteigne l'autre porte avant qu'il nous rattrape.

Elle jetait des coups d'œil anxieux par-dessus son épaule, guettant l'apparition d'un faisceau lumineux.

— Je... Je n'en peux plus, bafouilla Blair. Je vais m'écrouler... J'ai un point... de côté...

Elle finit par s'arrêter et s'adossa à la roche, à bout de souffle.

— Continue... sans moi... Livvie. Je ne peux plus... plus courir.

— Blair Connally, ça suffit ! Je ne t'abandonnerai pas. Alors, tu prends sur toi, et tu te magnes le train. Ton point de côté, je m'en fous !

— Chut ! Ecoute.

Olivia tendit l'oreille. Des bruits de pas précipités se répercutaient contre la paroi rocheuse. L.J...

— Il arrive, gémit Blair. Nous n'avons aucune chance.

— Peut-être, mais je ne me rendrai pas sans me battre. Allez, viens, on repart !

Et elles reprirent leur course effrénée. Dans sa terreur, Blair en oublia même son point de côté.

Le tunnel s'incurva sur la gauche. Elles avaient à peine franchi le tournant que la flamme de leur lampe vacilla, puis s'éteignit. Cette fois, elles hurlèrent toutes les deux et s'accrochèrent l'une à l'autre, luttant contre la panique.

— Livvie ! Blair !

Leurs noms résonnèrent au loin. La voix venait d'en face.

— Vous êtes là ? Répondez !

— C'est Joe ! s'écria Olivia. Oh, merci, Seigneur !

— On est là, Joe ! Dépêche-toi ! Il est juste derrière nous !

Un mince rai de lumière apparut devant elles, dans l'obscurité. Entendant d'autres bruits de pas, Olivia pressa le bras de Blair. Pas question de s'arrêter tant que L.J. n'était pas hors d'état de nuire.

— Vite, il faut rejoindre Joe.

Et elles s'élancèrent de nouveau, sans plus s'inquiéter de l'obscurité ni des irrégularités du terrain. Quand elles rejoignirent enfin Joe, elles lui tombèrent dans les bras, pleurant et balbutiant tout à la fois.

— Oh, Joe, Dieu merci, tu nous as retrouvées ! s'exclama Olivia contre sa poitrine. Oh, merci… C'était L.J. depuis le début…

— Il voulait nous tuer, renchérit Blair en larmes. Il voulait nous emmener en mer et nous jeter par-dessus bord. C'était horrible… Sans Olivia, on serait mortes.

— Vous n'avez rien de cassé ? Il ne vous a pas fait de mal ?

— J'ai les genoux et les mains en sang à force de tomber, et puis…

— Arrête, Blair, ce n'est pas le moment, la coupa Olivia. Cette brute va débouler d'une seconde à l'autre.

Au même moment, le rayon bondissant d'une torche électrique apparut au détour du tunnel. D'instinct, Joe les poussa derrière lui.

— Filez, vous deux. Tenez, prenez ma lampe.

— Mais enfin... tu ne peux pas rester là, il est armé ! protesta Olivia.

— J'ai dit, filez ! Mes hommes sont en route. Vous les croiserez sûrement avant d'atteindre l'escalier. Allez, ouste ! Et pas de discussion !

Obéissantes, elles repartirent, mais plus lentement. Bientôt, les bruits de pas d'une troupe qui se dirigeait vers elles parvinrent à leurs oreilles.

— Les voilà. On n'a plus rien à craindre, maintenant, déclara Olivia en s'arrêtant. Ne bouge pas d'ici, Blair. Ils couperont tes liens et veilleront sur toi. Je retourne aider Joe.

— Hé ! Tu ne vas quand même pas me laisser là toute seule, ficelée comme une dinde de Noël ? Ma parole, tu es malade ! Ce salaud a un flingue, il est dangereux !

Sans même l'écouter, elle rebroussa chemin au pas de course. Avant même de voir la lumière, elle entendit L.J. et Joe. Elle éteignit sa petite lampe et se rapprocha à tâtons en rasant la paroi rocheuse.

— Tiens, tiens ! Le grand patron en personne. M'est avis qu'au lieu de deux, il va y avoir trois cadavres échoués sur la grève dans quelques jours.

— Jette ton arme, L.J., c'est terminé.

— A d'autres ! Tu ne m'arrêteras pas, Connally. Quand je t'aurai abattu, je rattraperai très vite les demoiselles. Jamais elles n'atteindront l'escalier. Moi, je connais ce tunnel comme ma poche ; je le suivrais en courant les yeux bandés.

— C'est trop tard. Mes hommes sont derrière moi, et la police arrive.

— Epargne ta salive. Ça ne prend pas, répliqua L.J. en levant son pistolet. Désolé de ne pas pouvoir bavarder avec toi, j'ai assez perdu de temps. Adieu, Connally. A la revoyure !

— Nooooon !

Olivia se précipita devant Joe en criant. Au même moment, le coup de feu claqua, amplifié par la résonance du tunnel. Frappée en plein bond, elle s'effondra contre Joe.

— Livvie ! s'écria-t-il en tombant au sol avec elle. Doux Jésus, Livvie ! Parle-moi. Allez, dis-moi que tu n'as rien…

Il était tellement inquiet que c'est à peine s'il vit L.J. appuyer de nouveau sur la détente. Par chance, son pistolet s'était enrayé et ne lâchait rien d'autre qu'une série de clics.

Les bras passés autour d'Olivia, Joe la berçait doucement tout en pressant son mouchoir contre la blessure, mais la tache de sang continuait de s'étendre sur son chemisier de soie crème. Impossible de stopper l'hémorragie.

Derrière lui, il y eut un bruit de course.

— Vite, les gars ! Olivia est blessée !

Mike et Arthur le rejoignirent bientôt, pistolet au poing, suivis d'une vingtaine d'hommes diversement armés.

— Jette-moi ça, et vite ! ordonna le chef de la sécurité en visant L.J.

Mike s'agenouilla près de Joe.

— Comment va-t-elle ? s'enquit-il anxieusement.

— Je n'en sais rien. Sa blessure n'arrête pas de saigner, murmura Joe avec un regard de noyé. Si elle ne voit pas un médecin rapidement, elle ne s'en sortira pas.

Pendant trois jours, Olivia flotta sur un océan où les vagues de douleur alternaient avec des périodes de paix profonde. A demi consciente, elle s'accrochait au sentiment de flou pour ne pas affronter la réalité.

Le quatrième jour, les médecins diminuèrent la dose d'analgésique, et le flou se dissipa progressivement. Le premier visage qu'elle vit en rouvrant les yeux fut celui de Mary Beth.

— Salut, toi ! lança celle-ci en lui prenant la main. La Belle au bois dormant est revenue parmi nous. Il était temps.

— Mary Beth ? Que... que s'est-il passé ? Et qu'est-ce que tu fais là ? Qui s'occupe des clients ?

— J'aurais dû me douter que ta première pensée serait pour la boutique. Ne t'en fais pas, va. Janie et Maggie peuvent tenir le fort pendant quelques jours. En tant qu'amie, ma place est auprès de toi et pas ailleurs. Mais il faut de la constance. Je t'envoie restaurer une maison, et tu trouves le moyen de te faire tirer dessus !

— Tirer dessus ?... Mais...

Soudain, les souvenirs lui revinrent à la mémoire, et elle lui pressa la main.

— Joe ! Où est Joe ? Comment va-t-il ?

— Très bien. Regarde de l'autre côté du lit, tu verras par toi-même.

Lentement, Olivia tourna la tête et se retrouva face à un Joe hagard. Les yeux cernés, il avait les joues couvertes d'une barbe de plusieurs jours et les cheveux en bataille.

— Joe, tu vas bien ? s'enquit-elle, la voix un peu cassée.

— Oui. Et c'est grâce à toi, tu sais, répondit-il tendrement. Mais si jamais tu me refais un coup de ce genre, je te promets que je te donne la fessée.

Il plaça une paille entre ses lèvres et maintint le verre d'eau devant elle afin qu'elle puisse boire.

— Et Blair ? Elle va bien ?

— Elle chante tes louanges partout où elle va et se porte comme un charme. J'aimerais pouvoir en dire autant de toi. Tu nous as flanqué une sacrée trouille.

— Désolée.

Elle but encore une gorgée d'eau, puis fronça les sourcils.

— Je ne me souviens pas de grand-chose après que L.J. a voulu te tirer dessus. Qu'est-ce qui s'est passé ensuite ? Il ne s'est pas échappé, j'espère ?

— Non. Tu as pris la balle à ma place et, tout de suite après, la cavalerie est arrivée en renfort. Il est actuellement en garde à vue. La police l'accuse d'une liste de crimes longue comme le bras — dont tentative de meurtre et trafic de drogue, bien sûr. J'ai comme idée que notre L.J. va passer un bout de temps derrière les barreaux.

— Il ne l'aura pas volé.

Balayant la pièce du regard, elle tomba en arrêt devant les machines à cadran lumineux et les tubes de perfusion.

— Il y a longtemps que je suis à l'hôpital ?

— Quatre jours.

— Je pourrai sortir bientôt ?

— D'ici à une bonne semaine, mais tu seras en convalescence pendant plusieurs mois. Ordre du médecin. Du coup, j'ai pensé que le mieux serait qu'on se marie tranquillement et qu'on loue une villa en Italie ou en Espagne pour l'été.

— Nous en avons déjà parlé, Joe, intervint-elle tristement. Je ne t'épouserai pas.

— Mais si, mais si. Et ne viens pas me raconter que tu ne m'aimes pas. Si tu ne m'aimais pas, tu ne te serais pas précipitée au-devant de la balle pour me sauver. Et puis, voilà trois jours que tu n'arrêtes pas de m'appeler.

— Vous voulez peut-être que je sorte ? s'enquit Mary Beth avec un sourire amusé.

— Oh, que non ! Je veux un témoin quand elle avouera qu'elle m'aime.

— Joe…

— N'insiste pas, Livvie. Tu ne me convaincras pas du contraire.

Olivia leva les yeux vers lui en se mordant les lèvres. Son cœur se serra douloureusement au souvenir de la seconde où L.J. avait braqué son pistolet sur lui. En cet instant, elle avait compris qu'elle l'aimait pour de bon. Profondément. Irrévocablement.

La vie était bien injuste, songea-t-elle avec regret. Pendant des années, elle s'était obligée à le chasser de son cœur et de ses pensées, et y était finalement parvenue. Lorsqu'ils s'étaient retrouvés, elle ne l'aimait plus. Oh, bien sûr, elle l'appréciait et éprouvait toujours à son égard une sorte de tendresse nostalgique, mais ce n'était pas de l'amour.

Maintenant, elle se rendait compte qu'elle avait été bien présomptueuse de croire un seul instant qu'elle pourrait travailler à ses côtés sans retomber sous son charme. Les qualités et les vertus qui l'avaient séduite adolescente avaient ranimé la flamme de cet amour mort.

Sauf qu'aujourd'hui, elle l'aimait avec la constance et la lucidité d'une femme mûre ; elle n'était plus aveuglée par l'idéalisme et les rêves impossibles de l'adolescence. Aujourd'hui, elle ne le voyait plus comme le prince charmant des contes de fées, mais comme un simple mortel, un homme faillible. Un homme dont la droiture et la bonté faisaient oublier les faiblesses.

Le problème, c'est que, à son grand regret, elle ne se berçait plus d'illusions. Ils n'avaient pas d'avenir ensemble.

— O.K., capitula-t-elle enfin. J'avoue, je suis amoureuse de toi. Mais ça ne signifie pas que je vais t'épouser.

— Pourquoi ?

— Parce que je ne veux pas gâcher ta vie. Les préjugés de classe de ma mère sont peut-être périmés et ridicules, mais il n'en reste pas moins que nous sommes à Savannah. Que ça te plaise ou non, ces idées d'un autre âge ont encore cours ici. Les liens du sang et la filiation comptent davantage que la réussite. Toi et moi venons de deux mondes différents. Tu es né dans une demeure bourgeoise, et moi dans une maison de deux pièces. Blair et toi êtes allés à l'école privée de Savannah, moi à l'école communale. Tu as obtenu ton diplôme à Princeton ; moi, je me suis saignée aux quatre veines pour conquérir le mien dans une modeste université d'Etat.

— Et alors ?

— Alors, même si cela n'a pas d'importance à mes yeux, je n'ai pas le genre de pedigree qui me rendrait acceptable dans ton cercle d'amis. Si tu m'épouses, tu seras mis sur la touche. Jamais on ne t'invitera à devenir membre du Madeira Club et de l'Ogglethorpe Club comme ton père. Et jamais au grand jamais on ne me proposera de me joindre au club de bridge des femmes mariées. Je suis un risque social. Une vraie bombe.

Elle n'avait pas fini de parler que Joe fut pris d'un fou rire incontrôlable. Il rit si fort que les larmes lui montèrent aux yeux.

— Petit bout, tu es impayable ! lâcha-t-il quelques secondes plus tard en tentant de reprendre son sérieux. Franchement, est-ce que j'ai l'air d'un type qui s'intéresse à ce genre de niaiseries ? Mais je m'en fiche de leurs clubs !

A l'évidence, son discours n'avait servi à rien, mais elle ne s'avoua pas vaincue pour autant.

— Bon. Puisque tu t'en fiches, mettons de côté l'aspect social. Reste ta mère. Elle sera furieuse si nous nous remarions. Je t'aime, Joe, mais je ne supporterai jamais ses réflexions et sa rancœur toute ma vie.

Il sourit lentement, tel un chat devant une jatte de crème.

— Si c'est là ce que tu as trouvé de mieux, ma chérie, autant rendre la chose officielle tout de suite.

Et il tira un petit coffret de sa poche sous son regard incrédule. Elle était tellement sidérée par son insouciance qu'elle n'eut pas la présence d'esprit de résister lorsqu'il lui glissa une bague surmontée d'un énorme solitaire à l'annulaire. Incroyable ! Il ne pouvait quand même pas nier qu'Eleanore réprouverait ce mariage !

Histoire de parasiter définitivement ses facultés mentales, il se pencha vers elle et posa ses lèvres sur les siennes. Lorsqu'il s'écarta après un long baiser passionné, elle sentit son cœur se dilater devant l'émotion qui animait ses prunelles.

— Je t'aime, Livvie, et je t'aimerai toujours.

— Oh, Joe... Je t'aime aussi.

Elle tendit la main pour caresser sa joue rugueuse de barbe, et ajouta :

— Mais si j'ai appris une chose, c'est qu'il ne suffit pas d'ignorer un problème pour le faire disparaître. Et ta mère ne voudra jamais de moi pour belle-fille.

— Tu te trompes, petit bout. Tu as sauvé la vie à deux de ses enfants et, depuis trois jours, elle court dans toute la ville raconter à tout le monde que tu es une sainte, que tu as pris une balle pour me protéger et risqué ta vie afin de sauver Blair des griffes d'un assassin.

— Eleanore ? Tu plaisantes !

— Pas du tout. Je te le jure devant Dieu.

— Admettons. Mais ça ne signifie pas qu'elle m'acceptera au sein de la famille.

— Ma chérie, elle est en ce moment même occupée à préparer nos noces.

Incrédule, Olivia cligna des paupières.

— C'est vrai ?

— Aussi vrai que je te vois. J'espère que tu n'as rien contre l'idée d'un mariage dans le jardin.

— Ça alors ! Je… je ne sais plus quoi dire.

— Eh bien, dis oui ! s'écria Mary Beth. Pendant que nous attendions ton réveil, Joe et moi avons eu le temps de faire connaissance, et il me plaît beaucoup. Il n'a pas quitté ton chevet depuis qu'on t'a amenée à l'hôpital. Si tu veux mon avis, tu serais la reine des andouilles de laisser filer un type pareil une deuxième fois.

Bien que la joie pétille dans son cœur, Olivia s'obligea à rester calme et rationnelle.

— Mais… mon entreprise se trouve à Atlanta et la tienne, à Savannah.

— Aucune importance. Reese et moi ouvrirons une filiale d'AdCo à Atlanta. Ou bien, si tu préfères, tu pourras installer tes bureaux ici.

— Tu ferais ça pour moi ?

Il l'embrassa de nouveau, puis lui sourit tendrement.

— Pour toi, ma chérie, je ferais n'importe quoi.

Sous son regard brillant, elle sentit son cœur se dilater. Elle lui encadra le visage de ses mains et lui rendit son sourire.

— J'ai toujours eu envie de me marier en avril.

Composé et édité par les
*éditions*Harlequin
Achevé d'imprimer en février 2005

BUSSIÈRE

GROUPE CPI

à Saint-Amand-Montrond (Cher)
Dépôt légal : mars 2005
N° d'imprimeur : 50128 — N° d'éditeur : 11113

Imprimé en France